CS

D1706846

CAMPOSANTO

© 2005, Iker Jiménez

© De esta edición: 2005, Santillana Ediciones Generales, S. L.

Torrelaguna, 60. 28043 Madrid

Teléfono 91 744 90 60

Telefax 91 744 92 24

Diseño de cubierta: Eduardo Ruiz

Imagen de cubierta: detalle del panel del infierno de *El Jardín de las Delicias,* El Bosco

Imágenes de interior de final de capítulo: seres monstruosos de El Bosco

Primera edición: mayo de 2005

Segunda edición: mayo de 2005

ISBN: 84-96463-07-9

Depósito Legal: M-21.640-2005

Impreso en España por Unigraf S. L. (Móstoles, Madrid)

Printed in Spain

CAMPOSANTO

IKER JIMÉNEZ

¿Qué ve, Jerónimo, tu ojo atónito?
¿Qué la palidez de tu rostro?
¿Ves ante ti a los monstruos y fantasmas del infierno?
Diríase que pasaste los lindes y entraste en las moradas del Tártaro,
pues tan bien pintó tu mano cuanto existe en lo más profundo del averno.

Inscripción real en el único retrato de Hyeronimus van Acken.
Grabado de Lapsonius, 1572.

Monasterio de San Lorenzo
de El Escorial
1598

1

Las últimas noches de Felipe II fueron terribles. La alcoba estaba repleta de reliquias protectoras, de fémures y clavículas negruzcas, de cráneos desdentados de santos que habían sido comprados con fervor ante el lento avance de la muerte. El fiel consejero quiso adecentarlas, limpiarlas, quitarles la mugre que presentaban. Sin embargo, el rey se negaba a restarles propiedades; temía algo y no le afectaba el hedor de aquellos restos humanos que se balanceaban silenciosos colgando de los cortinajes.

Su efecto de escudo contra el mal era lo único que parecía importarle.

—Dicen que el *perro negro* ha regresado...

El padre Atienza negó con la cabeza sin dejar de mirar al suelo. Luego, con un hilillo de voz, intentó explicarle que aquello eran sólo habladurías, leyendas propias del populacho inculto y fantasioso. Pero el monarca insistía...

—No tengáis duda de que las sombras de los herejes me esperan al otro lado para atormentarme. Es su venganza.

El fraile, queriendo alejar al rey de aquellos pensamientos delirantes, le deslizó la Biblia a través de la sábana hasta la mano izquierda, cadavérica y llagada, pero aún con fuerzas para cerrarse en un puño. Sin mirarla siquiera, la apartó suavemente con los nudillos y prosiguió su angustiosa confesión.

—Cuando el fin está próximo él vaga por esos riscos... ya lo ha hecho otras veces y lo he visto a través de los ventanales. Es ése, ése de ahí.

Su dedo señaló justo al frente, hacia uno de los cuadros que había ordenado adquirir cinco años antes, desoyendo a los expertos que sintieron unánime desagrado ante aquellas composiciones. En el esquinazo inferior de uno de los trípticos aparecía, oscura como la noche sin luna y tan famélica que parecía esqueleto cubierto de piel, una alimaña con largas manos humanas. Como si quisiera abandonar el lienzo, miraba a través de su único ojo redondo y azul mientras devoraba las entrañas de un cristiano que suplicaba clemencia.

—Nunca debí haberlo hecho. Ellos, desde entonces, aguardan ahí, entre dos mundos, en su territorio, sabedores de que mi momento tiene que llegar muy pronto...

Atienza temió la nueva visita del fantasma de la fiebre y, sin mediar palabra, extrajo de una palangana varias cataplasmas frías que colocó en la frente del enfermo. Sobre ellas, a modo de amuleto, un hueso menudo y tan encorvado como los oxidados garfios marineros: la falange incorrupta de un mártir.

—Majestad, durante este tiempo siempre habéis defendido la única fe verdadera del peligro de los falsos profetas. Yo tengo la certeza de que esa esforzada labor os será recompensada en el Paraíso por Nuestro Señor Jesucristo. Podéis entregar vuestra alma sin temor alguno.

Los dedos que aún gobernaban el Imperio se tensaron y, en un esfuerzo supremo, llegaron a coger con rabia la larga sotana:

—No sabéis de qué estoy hablando. ¡No lo sabéis!

El grito hizo que el monje se encogiera instintivamente, como un animal asustado.

—Hasta dentro de estos aposentos le he llegado a ver. ¿No entendéis?

Le costaba hablar y su boca pareció desencajarse por lo forzado de la mueca...

—Se transforma en un niño... Un niño recién salido de su tumba prematura, con tierra en el pelo, las uñas negras y los dientes podridos, esperándome paciente ahí... Ahí mismo...

Y allí miró el consejero, al punto preciso donde aquellos ojos acuosos se dirigían una y otra vez, para encontrarse sólo con lo evidente: los cuadros del artista loco, del plasmador de delirios que con el extraño poder de sus obras parecía haber hipnotizado al hombre más poderoso de la tierra. Las pinturas, que se mostraban desde hacía una semana todas juntas formando una gran cruz, habían sido traídas de diferentes salones siguiendo instrucciones muy precisas del monarca, con el fin de crear un tenebroso mosaico frente al lecho de muerte.

—He escuchado ya los avisos, las carcajadas, las voces retumbando en mi cabeza. Sólo pretenden debilitarme para que llegue indefenso ante ellos. Por eso no puedo abandonarme al sueño ni por un instante. Sé con certeza que a través de esa oscuridad, por breve que sea, se adentrarán en mi alma... Por ello debo reunir mis últimas fuerzas para seguir en esta vigilia cristiana, haciéndoles frente y acostumbrándome a los espantos que me aguardan en el Más Allá.

—Bien sabéis que es mi sagrada obligación velar vuestra enfermedad. En honor a esa labor, aunque os contradiga, debo deciros que llevo de guardia seis noches y os puedo asegurar que en estos aposentos no ha pasado nada que...

—¿Acaso desautorizáis mi palabra? ¿Osáis insinuar que estoy perdiendo la cordura?

Tras el furioso estallido, la calma volvió a apoderarse de la habitación como si nunca se hubiese producido la conversación. El moribundo, cada vez más hundido en el almohadón, luchaba por no entornar la mirada, siempre clavada en el corazón de aquella tabla central. Así llegó el más absoluto silencio.

—Majestad, ¿apago el candil?

No respondió con palabras, sino con una negación repetitiva moviendo la cabeza. Un gesto de miedo.

Fue ya muy entrada la madrugada cuando el religioso notó cómo la respiración del rey se aceleraba. La repentina agitación le sacó del estado de duermevela en el que se había sumido, echándole hacia atrás y casi haciéndole perder el equilibrio sobre la silla.

—Majestad, ¿qué os ocurre...?

La mirada de Atienza también se tiñó de pavor. Ahora las dos coincidían en la misma dirección y daba la impresión de que...

—¿Quién anda ahí?

Fue tan sólo un segundo, un reflejo, una ensoñación de los sentidos abotargados por la larga espera. ¿Qué podía ser si no aquella figura oscura, carente de rostro, que se aproximaba lentamente a los pies de la cama, cada vez más cerca, con los brazos en alto y las negras manos muy abiertas?

El monje, descompuesto, abandonó la habitación dejando a Felipe II inmóvil en mitad del inmenso tálamo. Caminó aprisa, con el crucifijo aferrado entre las manos y dispuesto a atravesar el pasillo repleto de cuadros que, observados a través del temor, parecían transformarse y variar su gesto como si estuviesen sometidos a algún influjo maligno.

Al llegar a la biblioteca, suspiró aliviado al encontrar en la última mesa a un hombre menudo, con poco pelo y anteojos, leyendo un grueso libraco abierto de par en par.

—Lo ha vuelto a ver y en esta ocasión juraría que yo...

Benito Arias Montano, científico erudito y astrólogo, se puso el índice en los labios obligándole a cortar en seco la frase. A pesar de su abandono del monasterio hacía nueve años, retirado como eremita a unas cuevas del sur, había sido requerido por la Inquisición para expurgar de ciertos libros prohibidos aquel templo del saber que él mismo había erigido tiempo atrás. Tras el obligado regreso siempre, o al menos eso creía, había un censor del Santo Oficio pendiente de sus pasos, confundido entre los estantes, detrás de las puertas corredizas o en la discreta penumbra que nunca iluminan las antorchas. Desde hacía un tiempo estaba convencido de que lo adecuado en torno a ciertos asuntos era actuar con suma cautela y jamás alzar la voz. Pero Atienza no podía contenerse.

—Era una figura que como un fogonazo se presentó allí y...

—No siga, pues conozco de sobra la experiencia —replicó con tono cortante y mirando a ambos lados sin disimulo.

—¡Dios misericordioso! Surgió de pronto... Mis ojos lo han visto como ahora le contemplan a usted.

—¿Ha avisado a la guardia?

Negó presa del pánico, con las manos repiqueteando sobre la mesa por el temblor incontrolado, aún sorprendido por la frialdad de aquel hombre.

—Mejor. Por cierto, ¿le hizo saber la existencia del pergamino?

—Sería fatal para su estado... Lo mejor es que vaya al encuentro del Paraíso sin conocimiento de ese espantoso detalle. Después de lo que he visto... Hasta yo mismo dudo de que todo fueran delirios. ¡Santo cielo! ¿Estaremos perdiendo el juicio?

Besó el cristo de marfil con devoción y se levantó dispuesto a regresar a la alcoba. Antes de alejarse, Arias Montano dijo algo casi susurrando:

—Todo tiene que ver con lo vivido hace seis años. Y no sé si hacemos bien omitiendo la llegada de ese manuscrito. No deberíamos guardar un secreto así a nuestro rey.

—Pero ¿y si sólo se tratase de un bromista macabro?

—No sea iluso, padre; lo que el jinete anónimo tiró al Jardín de los Frailes hace seis noches en el preciso instante del cambio de centinelas es cosa muy seria. Son *ellos*, y han vuelto desde las sombras. Tal y como prometieron aquella tarde aciaga.

—Pero ¿me confirma que usted llegó a ver la rúbrica antes de que se destruyese el documento?

—Con mis propios ojos y un instante antes de que la guardia lo arrojase a la chimenea. Allí estaba el inconfundible emblema de los herejes, advirtiéndonos a todos.

—¿A todos?

—Sí, a los que propiciamos aquella atroz matanza de hombres, mujeres y niños.

Disuelta la reunión clandestina, subió el fraile a los aposentos del rey quizá con el objetivo de narrar aquel extraño episodio que, por temor, había pretendido obviar hacía menos de una semana.

Fue justo en ese momento, poco antes de enfilar la última hilera de peldaños, cuando creyó escuchar —en mitad de la negrura— una risa. La inconfundible carcajada de un niño que se alejaba como un mal sueño. Aceleró su carrera y al abrir la puerta de par en par se dio de bruces con la visión de la faz del monarca. Tenía la boca quebrada en un gesto de dolor y los ojos abiertos aún clavados al frente, reflejando el inconfundible color de la muerte.

Todo había ocurrido muy rápido, aprovechando la breve deslealtad de su ausencia.

El 13 de septiembre de 1598, a las cinco de la mañana, el cirujano regio Victoriano Morgado firmó el acta de defunción. Lo que la historia oficial jamás ha querido revelar es el tumulto ocurrido media hora antes. El galeno tuvo que reclamar la inmediata presencia de los tres alguaciles del comedor con el fin de sujetar a un padre Atienza que fue sorprendido encaramado a uno de aquellos trípticos. Iba provisto de una daga en su mano derecha y tenía la mirada inyectada en sangre.

Benito Arias Montano, alertado por el escándalo, vio cómo reducían a su amigo tumbándolo en la alfombra mientras gritaba con rabia palabras que carecían de sentido para el resto. Desde el suelo, echando espumarajos y presa de la histeria, no dejó de vociferar como si estuviese dirigiéndose al mismísimo demonio:

—¡Hay que acabar con ellos! ¡Están todos malditos...! ¡Han regresado...! ¡Hijos de Satanás!

2

o buscaba a un reportero muerto en 1977.

En realidad, buscaba su historia. Perseguía desde hacía tiempo las claves de un suceso que, por los vaivenes de este oficio pegado a la actualidad, siempre quedaba eternamente pendiente. Como si nunca fuese el momento.

A veces, enfrascado en otros libros y proyectos, cerraba los ojos con fuerza y volvía a imaginar su cara flotando en la oscuridad. La nariz aguileña, el pelo lacio y largo, la expresión ausente. Era la imagen que descubrí un día en el interior de una vieja revista, el rostro de aquel que llegó a ser un importante locutor de radio y de quien todos se olvidaron como si nunca hubiese existido.

Aquel de quien nadie hablaba... El mismo cuyo nombre provocaba que se hiciese el silencio antes de que la conversación entre veteranos colegas del gremio pasara a otra cosa. A veces, muy pocas, se decía algo en voz baja. Pero siempre para peor:

—La locura... El genio... Acabó casi como un mendigo...

—Maligno. Incluso cruel... Tenía un carácter tan difícil...

—Sus alucinaciones... Qué oportunidad perdida.

—El más grande hasta... El fracaso.

—Estaba siempre allí... Tenía algo que atemorizaba. Era capaz de cualquier cosa...

—Lo tenía todo... Y lo perdió todo.

—El alcohol, las mujeres... Fue *delirium tremens*.

Quizá porque me dedico a la radio, porque me entusiasma el periodismo de lo insólito, o por la extraña fascinación que a veces ejerce el inesperado fracaso del triunfador, intenté, durante años, hacer acopio de todo lo que escribió, fotografió y dijo. Nunca lo conseguí, pues la mayor parte del material se había perdido para siempre, pero con cada pequeño logro, con cada nueva pieza a modo de grabación magnetofónica de su mítico programa o incluso con cualquier artículo suelto ya amarilleado por el tiempo, regresaba el deseo de saber qué fue de él. De conocer su triste final.

Y entonces imaginaba aquella estampa silenciosa, haciéndose a un lado de la habitación, aguardando como quien dispone de todo el tiempo del mundo. Alto, delgado, las manos siempre metidas en ese gabán raído y oscuro.

Sí, allí estaba siempre él: Lucas Galván, el reportero de lo desconocido. El mejor de todos cuantos se han dedicado a este oficio.

—¿Ha dicho Hyeronimus van Acken?

—Eso mismo. ¿De qué se sorprende?

Dar un vuelco al corazón. Ése debió ser el diagnóstico preciso de lo que sentí en mi interior. Fue una tarde, recién iniciado el otoño, cuando hice esa primera llamada a Sebastián Márquez y supe, con esa certeza infalible que nos guía y que algunos llaman instinto, que había empezado ya a caminar hacia las sombras de la historia prohibida.

Un minuto antes de esa respuesta telefónica caminaba por la Cuesta de Moyano y sus casetas de libros viejos. Acudía en busca de Cándido, uno de los más veteranos bibliófilos de Madrid, siempre rodeado de esos incunables que en ordenado desbarajuste llenan su puesto de madera casi hasta el techo.

Fue el primero a quien enseñé el folio que había conseguido en Barcelona tras desembolsar una importante suma de dinero y allí estuvo mirándolo con mucho interés. Sin embargo, no era aquélla una operación de compra-venta, ni aquel papel podía compararse en modo alguno con sus piezas de museo. Lo que yo solicitaba era el asesoramiento de un experto, un consejo, una pista.

—¿Y esto quién dices que lo hizo? —me dijo desabrochándose su bata azul y sentándose en el taburete que algunas veces sacaba al exterior.

—Bueno, eso no importa mucho, lo que me interesa sobre todo son estas siglas de aquí, estas que se repiten... A lo mejor se refieren a alguna obra antigua que tú conoces.

—El anciano —respondió tras pasar la lupa por toda la superficie— me recuerda a algunos libros de demonología del siglo XVI: el *Martillo de las brujas*, el *Malleus maleficarum*... Ya sabes, igual es una copia, bastante mala por cierto, de lo que aparece en esos grabados. Quien lo trazó no era buen dibujante...

—Ya. ¿Y esto? ¿Puede tener que ver con alguno de tus libracos? ¿Te dicen algo las iniciales?

Cándido puso un mal gesto, dejando claro que no tenía ni idea. Sin embargo, cuando ya me iba y él comenzaba a enredarse con un cliente, algo debió de cruzársele por el cerebro iluminando los recuerdos en el último instante. Se levantó y, disculpándose ante el posible comprador, caminó a toda prisa serpenteando entre la gente hasta darme alcance.

—Toma este teléfono —dijo sofocado tras la breve carrera—, es de un buen experto en simbología. Ha editado muchos libros de arte, siempre para minorías. Es de total confianza y esto seguro que le puede sonar mucho más que a mí...

Nada más recibir el trozo de papel cuadriculado tecleé los dígitos en mi móvil. A Sebastián Márquez no le sorprendió mi llamada. Por fortuna, iba de parte del librero más ilustre y eso le debió de dar tranquilidad. Sin más preámbulos, le hice partícipe de mi gran duda:

—¿Sabe quién puede ser HVA? ¿Hay alguien conocido con esa firma?

Así comenzó esta historia... Pero antes, claro está, es necesario explicar cómo había llegado aquel misterioso papel hasta mis manos.

3

En un piso del Ensanche barcelonés, Ramón Gisbert, quien fuera el último director de la mítica revista *Universo*, puso en mis manos un texto que jamás llegó a la imprenta. Supe que estaba allí por el chivatazo de un miembro de la redacción, quizá algo resentido, que trabajó en aquel medio de comunicación en un día ya lejano.

—El viejo se lo guardó todo en su casa. Y *aquello* también.

Dos folios. En realidad, más que una crónica, se trataba de una retahíla de frases aparentemente inconexas, escritas a máquina con una vieja Olivetti y acompañadas de algunos documentos gráficos —unos en blanco y negro de apariencia más antigua y dos *polaroid* instantáneas a color— adosados con un clip.

Honestamente, yo esperaba más a tenor de los crípticos comentarios de algunos compañeros. Pero eso era todo.

Oficialmente, las dudas sobre el estado mental del autor, sus problemas constantes con el alcohol y su despido inmediato provocaron que el *dossier* quedase en su día enclaustrado, abortado en un cajón de aquella oficina situada en el subsuelo y que hoy, sin que nadie recuerde las exclusivas que desde allí se lanzaron al mundo, es un centro de estética dirigido por dos señoritas rusas.

Tras el hundimiento de la publicación, Gisbert había mantenido en su domicilio todos los restos de aquel naufragio de papel, hasta llenar con ellos un armario aparcado en su trastero. Entre ellos, como algo muy personal, se escondía el último artículo de su mejor y más polémico reportero. Algo que, muy a mi pesar, parecía decidido a llevarse a la tumba.

Con setenta y cinco años, pensionista y conectado cada tres horas a una bombona de oxígeno médico, se negó en redondo a aceptar los billetes que puse sobre su mano.

—Esto no tiene por qué interesar a nadie —dijo sin apartar la vista de los euros que aún seguían sobre mi palma.

Por fortuna, quien sí parecía dispuesta al trueque era su mujer. Avanzando por el pasillo con su bata de guatiné, farfulló que aquello sólo era basura y que ya era hora de desprenderse de todo por la mala suerte que les había traído. Ella se refería también a los archivadores, a las carpetas, a las diapositivas. A todo lo que se hallaba encerrado en el armario.

—A ver, ¿cuánto te ofrece el joven por esos papelajos?

Noté que les hacía falta el dinero y reconozco que me sentí violento mostrando aquella cantidad. Recuerdo que él repitió esa misma palabra, «¡Basura!», entre dientes y dirigiéndose a mí. Eso es difícil olvidarlo.

Con su pelo blanco cortado a cepillo y mostrando una permanente cara de odio, no le enterneció un ápice mi arenga de joven periodista de otra generación que confesaba admirarle. No me creyó. Al revés. Sus ojos mataban en silencio.

—Tú llevarías pañales cuando aquí hacíamos periodismo auténtico. No te compares.

Hasta el último momento, con expresión de derrota, sostuvo aquel sobre viejo contra el pecho. Me apenaba, pero yo no podía quitar mi vista de aquel rectángulo de papel sucio, como si en ello me fuese la vida. La ecuación era muy sencilla:

él no me lo quería dar... y yo no me iba a ir de allí con las manos vacías.

—Estoy dispuesto a doblar la oferta si usted me cuenta todo lo que pasó. Ayer, por teléfono, estaba prácticamente de acuerdo.

La mandíbula apretada le vibraba, como si fuera un perro guardián que quiere soltar la dentellada contra el intruso que viene a robar lo que no es suyo. Al final, ante la presión de su encorvada esposa, me dio lo que yo tanto deseaba, acompañando la entrega con una particular posdata personal.

—Para que te cuente lo que sé... no hay dinero en el mundo. Y ahora vete de aquí.

Ella contó el dinero y Gisbert, aún respirando fuerte con la boca abierta, se negó a pronunciar una sola palabra sobre él, sobre su recuerdo, ni siquiera para desmentir las leyendas que circularon en el gremio y que a buen seguro eran obra colectiva de envidiosos y mediocres. Todo era silencio en torno al autor de aquel último artículo interrumpido.

Cerró la puerta muy despacio y me solicitó, mientras le escuchaba correr el cerrojo desde el otro lado, que jamás volviese por allí.

Al bajar las escaleras de cuatro en cuatro me dio la impresión de que le había robado una parte del alma. ¿Tan importantes y reveladores serían aquellos escritos? ¿O la clave residiría en el puñado de fotografías?

Aquella noche, en un discreto hotel de la misma zona, desplegué sobre la cama y bajo la luz de la mesilla las notas manuscritas. Las leí en voz baja y sentí que aquella investigación volvía a cobrar sentido. Que ni el tiempo, ni el olvido, ni los tristes sucesos que acontecieron y que nadie quería recordar podían impedir que yo continuase su labor truncada sumergiéndome treinta años después en aquellas frases llenas de angustia que nadie comprendió.

Tras la huella de Adán
Por Lucas Galván

Ningún ser humano debería ver lo que yo he visto, ni siquiera saber de ello. Y si ya lo ha visto, lo mejor sería que muriese pronto.

Mis investigaciones están llegando a su recta final. Ya sé por qué el pueblo condenado quedó en la sombra. Sé quiénes lo habitaron y quiénes impidieron por la fuerza del fuego que las almas puras llegasen a su auténtico paraíso.

Fue la venganza de las manos blancas.

Todas mis suposiciones han acabado conduciéndome a una certeza que sólo puede ser comprendida por unos pocos. Atrás quedan los escritos sin valor, los sucesos cotidianos, las disputas y la envidia de los críticos. Sólo importa la gran misión, la única que realmente merece la pena, la que me ha hecho aprender de la luz y las tinieblas. La que, después de tantos años de búsquedas, me ha dado por fin evidencias para no dudar jamás.

Ellos eligieron la comarca por sus condiciones idóneas. Esas que sólo saben percibir los iniciados y no los falsos profetas. Descubrí, gracias a la involuntaria ayuda de personas que allí vivieron una serie de experiencias, que ése era el auténtico lugar de poder. Las dos fotografías lo mostraban sin margen de duda. Ellos, por pura ignorancia, sintieron temor ante esas figuras que son capaces de asomarse a nuestro miedo. Esa reacción es humana; sin embargo, la primera impresión sólo es la puerta. Al vencer el pavor y realizar las fórmulas precisas, lograremos atravesar el umbral del prodigioso túnel de luz.

Todo me demuestra que el dolor permanece y vuelve, nos refleja su enseñanza si conocemos la clave. Por eso se alzaron templos remotos en los epicentros del ensueño y se dieron las normas para que nada se olvidase. La Iglesia quiso borrarlos de la faz de la tierra y El Maestro HVA, viajero de los abismos, cronista de las oscuridades del alma, los resucitó cuando nadie lo esperaba. Su contacto definitivo en las catacumbas es la clave de esta verdad antigua y nueva.

Reivindicar su labor mágica es mi cometido a partir de este instante. Que se traslade a los hombres del futuro a través de mi testimonio, mi sagrada misión.

La falsa cruz creía que habían erradicado la verdad pura, cercenándola a sangre y fuego con sus apócrifas palabras y leyes divinas; pero entonces surgió el hombre que concentró todo el conocimiento perdido y los desafió. Lo hizo de tal modo, con tan maravillosas visiones, que otros muchos después de él pudieron seguir la tarea. Los Hermanos Electricistas del pasado también aportaron su luz con la triple llamada para invocar al retrato que nos espera. Bebieron de los códigos y pudieron recrear el espejo de las ánimas. Así hasta hoy. Hasta mí.

Ahora, desarraigado y mísero, no me muero porque camino hacia la última verdad. Aquella que ni la peste mentirosa que las sotanas inventaron pudo borrar de esta tierra. La triple llamada, en las circunstancias propicias, me permitirá caminar hacia el Más Allá con paso firme y a la búsqueda de un conocimiento nuevo para así convertirme en un auténtico hombre-árbol que observa el transcurrir de todas las dimensiones desde su atalaya.

Ya parto hacia las dimensiones eternas.

Y a partir de aquí, una serie de letras sin sentido ni conexión hasta completar el folio. En la parte de atrás aparecía una quemadura de cigarro en la esquina superior derecha, algunas marcas de bolígrafo —que parecían bordear la silueta de su propia mano— y, finalmente, unos números sueltos. Hileras de dígitos en el reportaje delirante de un hombre que —oficialmente— se volvió loco y desapareció.

Adán, dios padre del mundo puro que se perdió.

Con esta frase se ponía punto final, en el reverso, a aquel breve trabajo que, por razones obvias, no se publicó nunca. A lápiz, en un lateral, el boceto de una cara arrugada de alguien muy mayor tocado con un extraño sombrero. Lo más curioso es que del cuello nacían raíces y ramas gruesas que casi llegaban al límite de la hoja.

Al sacar las fotos que acompañaban al papel me sentí intranquilo. Una de ellas era una vieja iglesia derruida parcialmente. Detrás, a bolígrafo, una anotación:

Ermita de San Miguel, epicentro de una serie de fenómenos que tiñeron de sangre todo el valle durante el pasado siglo. Hasta aquí llegaron las influencias de El Maestro.

Dentro de lo que cabe, ése sí era un documento «lógico», incluido por el reportero y acompañado de un pie de texto para poder ser insertado en la publicación. Lo anómalo residía en las otras instantáneas en color, dos *polaroid* obtenidas en un lugar que parecía un cementerio abandonado.

¿Qué demonios era aquello? ¿Qué había visto aquel hombre en sus últimos días?

Dejé todo sobre la mesilla, apagué la luz y mirando fijamente las sombras del techo, que cambiaban de forma una y otra vez con el pasar de los coches en la calle, intenté conciliar el sueño. A las cinco y cuarto de la madrugada —así lo atestiguaban las manecillas fluorescentes de mi reloj—, algo me hizo dar un brinco.

—¡Dios mío!

¿Ponía realmente aquello o se trataba de una confusión por la apresurada lectura? ¿Acaso lo había escrito con sus propias manos profetizando su final? ¿Y cómo no me había percatado antes de aquel signo?

Me incorporé de golpe y encendí la lamparilla a tientas. Tomé de nuevo el sobre enviado desde Toledo en 1977 a la dirección de la revista *Universo* y lo giré para observar mejor el remite, con la tinta algo emborronada.

Allí, en el breve espacio de la solapa triangular y sin poner ninguna dirección, el propio reportero había escrito su nombre y le había añadido algo:

Lucas Galván (†)

Hertogenbosch, ducado de Brabante

Países Bajos, 13 de junio de 1463

4

quel día murieron setecientas cuarenta y tres personas después de que el techo de paja de la gran cabaña de la feria de ganado se prendiese precipitándose sobre la multitud.

Nunca se supo si fue un incendio provocado.

A las seis de la tarde uno de los laterales de la instalación, situada en un valle a las afueras, comenzó a arder y en apenas un instante el infierno tomó forma allí donde jamás había ocurrido nada reseñable. Los gritos de auxilio, los miembros humanos asomándose y crepitando entre la masa carbonizada y la impotencia de los demás vecinos se quedaron grabados para siempre en lo más profundo de las almas que contemplaron aquel horror.

—Es mejor que vayas a casa, Jerónimo. ¿No me has oído? ¡A casa!

Jan van Acken era uno de tantos que ni siquiera hicieron ademán de correr hacia la fuente pública para llenar los cubos de agua. La hoguera, alimentada por las mantecas de los animales, se había convertido en una montaña roja y cambiante que arañaba como una garra el cielo ya oscuro. Ante aquella fuerza de la naturaleza eran ridículos los pozales y palanganas que algunos —en su buena fe— llevaban colgando de los brazos. En las pupilas de los allí reunidos se reflejó durante horas una de esas escenas propias de los frescos medievales en las cuales las almas caen al averno tras el Juicio Final.

Al menos, eso mismo le parecía estar viendo a aquel muchacho de no más de doce años, a pesar de que esta vez era el infierno el que se había precipitado sobre las cabezas de los habitantes de Hertogenbosch.

—¡No debes ver esto! ¡Márchate ya!

El anciano gritó con furia a su nieto, consciente de que aquella imagen perturbaría su cordura de manera irreparable. Con aquel arrebato también desahogaba su propia impotencia; la misma que compartían los puñados de hombres y mujeres que habían abandonado sus quehaceres dirigiéndose a la gran explanada para contemplar la desgracia en silencio.

Durante varios días se decretó duelo. Desde Amberes y Lovaina llegaron los carros de muertos para ayudar a las tareas de recogida de cadáveres desperdigados. No se pudo apagar el fuego por ningún medio y hubo que esperar a que las llamas se consumieran por sí solas, manteniéndose la pira durante varios días a gran altura, y llenando toda la comarca de un olor nauseabundo. Algunos hablaron entonces de la maldición.

—¡*Ellos* son los culpables! ¡Dios ha castigado su atrevimiento y nuestra complacencia! ¡Venganza!

En aquellas noches de violencia pasaron más cosas, y todas ellas las vio el pequeño Jerónimo como testigo privilegiado desde la azotea en la que estaba su camastro, en la parte alta de la casa más próxima al lugar de los hechos.

Cumplido el segundo día de duelo, varias personas aparecieron descuartizadas en la plaza. Eran cuatro cuerpos —tres mujeres y un hombre barbado—, desnudos y apaleados hasta la muerte. El despiece se había producido con total impunidad en el centro del pueblo, seguramente con la aprobación silenciosa de muchos que, a pesar de las súplicas, no quisieron asomarse al exterior.

Al amanecer, el nieto y el abuelo —que avanzaban con sus pinceles y escaleras dispuestos a concluir el fresco de la iglesia— se encontraron de bruces con la macabra sorpresa. El veterano maestro, sintiendo vergüenza de su propio género, agarró fuerte al niño y lo apretó contra él.

—¡Por todos los santos! Volvamos al hogar... Mañana seguiremos con la labor.

—Pero deberíamos terminar hoy el muro derecho y...

—¡No mires ahí y hazme caso! ¡Rápido!

Jerónimo sólo le tenía a él en el mundo, al más renombrado artista de la ciudad, con el que se sentía feliz aprendiendo las artes de la pintura. Aquella mañana, al encontrarse con esas figuras descoyuntadas bajo la gran columna de la plaza, fue la primera vez que le vio llorar.

—¿*Ellos* fueron los culpables? —preguntó el muchacho sin obtener respuesta.

Mientras cambiaban el rumbo, mirando a través de los arrugados dedos que intentaban evitarle aquel horror, pudo ver las efigies deformadas, las cabezas separadas del tronco con los ojos muy abiertos, como si aún estuviesen contemplando a sus verdugos.

Se fijó en que en el suelo habían dejado las ocho manos, cercenadas de un tajo y extendidas para formar una cruz de carne humana sobre el adoquinado. Todas llevaban una especie de marcas en la piel, letras o signos que no pudo identificar y que se perdieron como un mal sueño al doblar la esquina.

Esa misma tarde, en la tienda de comestibles del señor Melchiott, hubo una gran discusión que el joven siguió con suma atención sentado sobre el gran saco de legumbres.

—¡Esto es una monstruosidad! ¿Quién puede asegurarnos que han sido *ellos*? —gritó su abuelo cada vez más indignado.

—Estimado Jan —contestó el orondo tendero terminando de quitarle la piel a una liebre—, la presencia de estos siervos del diablo sólo puede traernos complicaciones... ¡Es un hecho que no desean más que dolor para nosotros! ¡Así ha sido desde hace años y así seguirá siendo si no nos defendemos!

—¿Defendernos? —respondió el pintor agarrando la pieza de caza y metiéndola en su cesta—. ¿Así llamas tú a ese comportamiento de alimañas cobardes?

—Pero es que *ellos* practican cultos del demonio y llaman a los muertos. Con ese proceder maldicen nuestros campos, nuestros animales... y nos envenenan. Lo que ha pasado es fruto de sus ensoñaciones, de sus conjuros.

—¡Por favor! ¡No sigas diciendo majaderías! ¿Acaso todo el pueblo se está volviendo loco al mismo tiempo?

El hombre delgado y alto que había permanecido callado habló entonces con su voz ronca desde la esquina contraria.

—Defender a los herejes, señor Van Acken, no creo que sea la opción más inteligente por su parte. Esos malnacidos tenían nombre, y apellidos, y las indagaciones tendrán que llevarnos hasta el final para exterminarlos. A ellos y a quienes los protegen como la pústula maloliente que son.

—Ésa no es forma de actuar, padre.

—¡Cómo se atreve! ¿Acaso tiene otra idea mejor? ¿O es que se empeña en ir en contra de lo dictado por Dios?

—¡Dios no dice nada de despedazar a nuestros semejantes! —respondió enrojecido y dando un manotazo sobre el mostrador de madera.

—¿Se pone de su parte? ¿Simpatiza nuestro artista con el credo maléfico? —replicó el hombre de la larga vestidura negra a la vez que le señalaba, presa de la ira, con su dedo índice.

En aquel momento, Jan van Acken tomó a su nieto del brazo y zanjó la discusión, consciente de que ahondar en ella sólo le podía acarrear serios disgustos. El portazo fue tan fuerte que la entrada volvió a quedar abierta y allí, entre los faisanes colgados y la gran báscula, se pudo ver a los dos hombres susurrándose cosas al oído. En todo ese tiempo Melchiott no había dejado de acariciar su afilado machete de cortar carne. Les tenía tanto cariño a esos instrumentos que siempre ordenaba al herrero grabar sus iniciales en la hoja. Una curiosa costumbre.

—Tú no hagas caso de lo que dicen esos bárbaros. La venganza nunca trae nada bueno. Acuérdate de lo que te digo... ¿Me estás escuchando?

* * *

Durante las noches posteriores a la gran tragedia, Jerónimo se quedó en vela observando lo que pasaba en la explanada oscura. A altas horas, cuando todos dormían, ciertos moradores se aproximaban lentamente a la zona.

La primera vez, algo asustado y aún envuelto por la manta, pensó en avisar a su abuelo. Aquello era tan extraño que no se decidió hasta que estuvo un tiempo observándolos, muy escondido para no ser descubierto.

Entonces se le ocurrió hacer algo.

Con un pequeño candil de aceite junto a la ventana de la buhardilla y una tabla sobre el caballete, el muchacho, que ya había demostrado una singular destreza con los pinceles, empezó su primera obra personal. Le empujaba la necesidad de reflejar aquello tan insólito que estaba pasando a tan sólo unos metros de su casa, y pensó que no estaba dispuesto a dar un disgusto a la maltrecha salud de su veterano y refunfuñón maestro de oficio. Por eso trabajó con los colores durante horas sin ser visto, casi acurrucado, levantándose del jergón cuando todo quedaba a oscuras, asomado a su privilegiado ojo de buey y observando algo que parecía ocurrir al margen de la realidad.

Allí estaban, puntuales a su cita, los enigmáticos paseantes, los carros sin nombre que lentamente cargaban cosas tras rebuscar entre restos aún humeantes y, sobre todo, aquel grupo de personas vestidas con capa que, justo el día de la luna llena, se desnudaron tras bajar por la ladera poniéndose en círculo y diciendo palabras incomprensibles. ¿Quiénes eran? ¿Por qué cogían trozos de personas que nadie había reclamado y los volvían a embadurnar de aceite para prenderlos después en pequeñas hogueras hasta dejarlos reducidos a polvo?

Quizá fuese la acumulación de espantos vividos en esas fechas, o a lo peor la ensoñación por la falta de descanso. Nadie lo sabe a ciencia cierta, pero cuentan que el resultado fue tan fascinante y asombroso que hasta el propio Jan van Acken, que sorprendió a su discípulo una madrugada, quedó maravillado y horrorizado, mirando fijamente aquella creación, como hechizado por sus formas.

—Sé que he obrado mal, abuelo. La destruiré.

—No, no hace falta que hagas eso. Pero dime... ¿Esto que has pintado... lo has visto realmente? ¿Ha pasado allí abajo, Jerónimo? ¿Estas sombras son ciertas?

Y el niño se quedó en silencio. Un silencio y un aislamiento del que rara vez saldría a lo largo de su existencia.

* * *

Aquella semana pasaron muchas cosas en Hertogenbosch, demasiadas para un lugar en el que siempre había fluido todo con tranquilidad. Aconteció el gran desastre, hubo crímenes impunes, extrañas ceremonias, discusiones interminables y un miedo generalizado que hacía correr los cerrojos de las puertas nada más asomarse la noche. Sin embargo, el paso del tiempo borraría todo aquel recuerdo hasta el punto de que muchos se preguntan si alguna vez ocurrió todo aquello. De lo que nadie duda es de la existencia de aquella primera obra de uno de los más grandes genios de la historia del arte.

En mitad del dolor había brotado la visión particular y única de quien plasmaría cosas sólo imaginadas en los profundos terrores del ser humano. Y quizá adivinando la importancia que iba a tener para otros en los tiempos futuros, aquel niño tomó su pincel más fino y ante la mirada aún ensimismada del viejo maestro local —que tan superado había quedado en un instante— puso su rúbrica con decisión, como en un acto trascendental, deformando su propio yo y agregándole como apellido su lugar de procedencia en un gesto de identificación con aquel paraje desolado.

Así, en el margen derecho del cuadro hoy desaparecido que muchos siglos después los expertos llamaron *El carro de la calavera,* aparecieron sus tres iniciales bien visibles seguidas de un nombre que nacía para la Historia:

HVA
Hyeronimus Bosch

La tabla se perdió o se robó en 1911, pero los comentarios del profesor Madariaga nos ofrecen un testimonio inequívoco de los horrores que aquel muchacho plasmó en su siniestra primera obra:

El carro de la calavera
Comentario del ilustre profesor H. Madariaga

Óleo sobre tabla
Medidas: 48 x 35
Ubicación: colección particular, Lieja, hasta 1911
Datación: inscripción en un lateral con fecha de 1462
Estado: desaparecido

En mitad del campo aparece una especie de buhonero tapado con una sotana larga provista de capucha que le tapa la cara. No vende nada, ni trae de otras lejanas tierras productos exóticos. Lo que hace es llevarse sigilosamente algunos cadáveres en mitad de la noche (quién sabe con qué oscuros fines). En toda la región se escucharon entonces historias terroríficas de sacamantecas que negociaban con el unto y la grasa de los muertos que pudieron influenciar esta visión. En el carro que pinta Hyeronimus hay unos cuchillos gruesos que cuelgan en los laterales y una calavera, a modo casi de drakkar *de antiguo barco, elevada sobre un palo en la parte trasera. Se ve el cráneo envuelto en un resplandor tenue y se distinguen las anatomías de algunos niños y mujeres calcinados apilándose en la caja descubierta. Sobre las lomas aún se ven llama-*

radas e incendios más pequeños, como fuegos fatuos junto a los que se observan unas figuras con aspecto de estar meditando. Todo el paraje es de un negro desolado, y el contraste con la luz inquietante de esas hogueras va a convertirse en tema recurrente y en una de las características de su peculiar estilo futuro.

Es la noche de los malos presagios de la que jamás se alejará.

El caballo que dibuja con gran precisión y conocimiento de la anatomía animal tiene un color que no existe, el color de la sangre, y está lleno de pupas o marcas de algo parecido a la lepra. Hay un detalle sorprendente: el animal tiene un solo ojo a modo de cíclope. Un ojo de color azul.

En 1902, Alexandro Frebauer, a lo largo de un análisis profundo, descubre un curioso detalle que el estado de la tabla no había permitido observar con nitidez. Algunos de los muertos, concretamente tres, abandonados en la llanura, aparecen acompañados de su propia sombra. Una sombra opaca que se perfila con un tono ligeramente más claro que el de la oscuridad reinante y que permanece en pie, como provista de vida propia, sorprendida por el repentino desdoblamiento.

Uno de los detalles más curiosos, precursor de las anomalías que aparecerán a lo largo de toda su creación artística, es la luna. En su lugar aparece la cara de un hombre que nunca ha sido identificado. Un hombre de tez blanquecina que ríe. Para ciertos estudiosos, se trata de una cabeza decapitada y barbada que flota ingrávida contemplando la escena.

Algunas investigaciones del gran experto Klaus Kleinberger, especializado en psicología del arte antiguo, consideran esta pieza como una demostración de genialidad precoz que va más allá de todo lo conocido. Incluso especula con que fuese un trabajo posterior acerca de una escena ocurrida en 1462. El asombro es compartido por otros especialistas que no se explican la calidad plástica y la fuerza imponente de esta obra maestra de juventud. Un auténtico enigma que no ha podido ser resuelto por la desgraciada desaparición de la pequeña tabla.

Los biógrafos del gran artista germano Alberto Durero aseguran que éste pudo ver El carro de la calavera al pasar por Hertogen-

bosch en 1520, cuando Hyeronimus llevaba ya casi una década muerto. Al contemplarlo en la misma habitación donde fue pintado, el genio se arrodilló y después sólo pudo exclamar: «Hay aquí temores y cosas que no fueron vistas ni concebidas nunca por ningún otro ser».

5

Tuvo una novia que ahora es... ¿No sabes a quién me refiero?

Me quedé muy sorprendido, pero luego hilé nombres, datos y sí... podría ser. Hay que ver de lo que se enteraba uno en una apresurada comida ya en el mismo aeropuerto de El Prat gracias a un colega que decía haber trabajado en aquella revista.

—¡Ya no puedo cambiar el billete! ¡Habérmelo dicho antes y me hubiese quedado para entrevistarme mañana mismo con ella!

No supe si el gesto de aquel periodista —hoy reconvertido en empresario del mundo audiovisual— transmitía extrañeza por mi excesivo interés o si sólo quería demostrarme que hablar con esa persona no iba a ser tan fácil como me imaginaba. Sin hacer mucho caso de la mueca, pues la televisión le había ido convirtiendo en una especie de monigote que abusaba constantemente de ellas, me despedí dándole una palmada en el hombro. Durante todo el vuelo diseñé mi estrategia y recién llegado a Barajas me puse tras la pista.

—La directora se encuentra reunida en este momento. Si es tan amable puede dejarnos su mensaje y personalmente...

El simple trámite de concertar una cita fue una odisea que me demostró a lo largo de la tarde lo solicitada que estaba Elena Casado. Lo intenté por *e-mail* y sonó la flauta en el último instante.

[DE: directora@womanpf.com]
[PARA: anibalnavarro@yahoo.es]
[ASUNTO: RE: Entrevista]
Estimado amigo:
Me ha sorprendido enormemente su mensaje, pues pocos conocen esa antigua faceta mía como secretaria de una revista tan... ¿peculiar? La verdad es que no sé cómo ha sabido que era yo, pues ha pasado mucho tiempo. Estaré encantada de recibirle en Barcelona, aunque en fechas próximas tengo que viajar a Francfort y Milán por negocios. Le adelanto que no sé si le podré ser de alguna utilidad, pues, como le digo, ha transcurrido todo un mundo desde aquello. Sí le rogaría discreción total por el momento. No es que reniegue de mi pasado, sino que ahora estoy inmersa en otras cosas muy diferentes. Comprendo su interés por Lucas Galván, pues fue un personaje muy especial que a veces, aunque no lo pretenda, reaparece en mis recuerdos.
Para mayor seguridad establezca cita con mi secretaria personal, Erika Gufftansen.
Un abrazo,
Helena C. Sarasola

Con veinte años justos, recién salida del centro de mecanografía, se convirtió en la secretaria de *Universo*, publicación que trajo el «periodismo de anticipación» a España y en la que permaneció hasta su hundimiento. Tres décadas después era la directora de un pujante grupo editorial con ramificaciones en diversos medios y países. Moda, tendencias, belleza... prensa femenina de alto nivel encabezada por *Perfect Woman,* la revista en cuyo inmenso vestíbulo el más *out* era yo. Dos días después de aquel mensaje noté que mis botas y mi chaqueta de pana no pegaban nada con la fauna que invadía el espacio diáfano, con mucha luz y muy pocos muebles, tal y como al parecer mandan los cánones de lo último. Una hilera de modelos —hombres y mujeres—, con caras de sueño y anatomías recién sacadas de un catálogo de la Grecia clásica, ocuparon conmigo los dos ascensores de cristal que, como un gigantesco tubo de escape doble, conectaban la primera planta con los estudios de fotografía y el despacho de mi objetivo.

En aquella galaxia de la belleza mi aspecto contrastaba un poco.

—Helena estará encantada de recibirle. Espere aquí cinco minutos, por favor.

Aquello era como penetrar en la zona de alta seguridad del Pentágono. Una nueva salita, minúscula, me separaba del recinto donde Helena —ahora con hache— dirigía con mano de hierro aquel imperio. A través de la puerta escuché su voz, o más bien su grito:

—¡Te dije que era para las diez! *¡Ten o'clock*, Fabricio! ¡Lo de *Custo* no puede esperar ni un minuto! ¿Queda claro?

La valquiria de uno ochenta que hacía guardia en un atril con el logotipo del grupo me miró con cara de circunstancias al tiempo que se llevaba un buche de agua Evian a la boca.

—¡El reportaje debe estar mañana! ¡Así que a ver cómo os arregláis! ¡Adiós!

Desde luego que la mujer que ocupaba el inmenso despacho debía de ser, tal y como me habían avisado, todo un carácter.

A los cinco minutos exactos, tal y como comprobé en los dígitos del modernísimo reloj de plasma situado en la pared, pude pasar. La nórdica pulsó un botón y la puerta corredera de madera oscura se abrió de inmediato para mostrar un espacio gigantesco decorado con gusto exquisito. Había tres estantes de libros —novelas en su mayoría— y varias piezas de arte oriental. Por fin tenía ante mí a aquella mujer moderna y poderosa que tanto había cambiado desde sus inicios, la directiva —premio

Ejecutiva del Año concedido por el programa *Empresas*— que en su día trató muy estrechamente al prematuramente fallecido Lucas Galván.

—Yo, si no estoy de viaje fuera de España, escucho de vez en cuando tu programa. A pesar del miedo que paso... ¡me gusta!

Noté un alivio inmediato. Era una de esas personas vitales, de entre cuarenta y cinco y cincuenta años y aspecto cuidadísimo, que, acostumbradas a bregar con *yuppies*, balances y reuniones internacionales, hasta amedrentaban un poco con su enérgica forma de hablar. Pero aquella inicial declaración de intenciones relajó los ánimos.

Daba la impresión de que íbamos a llevarnos bien.

—¿Te va lo macrobiótico? He reservado en Fresh.

Me quedé en silencio, tanto que la mente se me fue por otros derroteros, campando libre, intentando imaginar a una chiquilla de veinte años, de cara asustadiza y blanquecina —nada que ver con el bronceado ligero que ahora doraba su piel a pesar de encontrarnos en pleno invierno—, tratando de tú a tú al reportero argentino. Recordaba su rostro en algún número de *Universo,* donde aparecía fotografiada con toda la redacción y juraría que había ganado en aplomo y belleza con los años. Observando el contraste de aquella cara inocente peinada a flequillo, me imaginé muchas cosas en esos segundos, mirándola fijamente. ¿Habría asistido a los episodios alucinatorios de los que me hablaron algunos veteranos colegas? ¿Y a los destrozos de material? ¿Y a las peleas? ¿Y a los intentos reiterados de suicidio? ¿Sabría algo de esa muerte de la que nadie hablaba? Y de saberlo... ¿estaría dispuesta a recordar?

—¿Nos vamos? —dijo, al tiempo que abría una polvera circular y plateada para retocarse la nariz.

Comprendí que aunque lo más difícil, encontrarla, ya estaba hecho, no iba a ser sencillo sumergirla en los abismos del pasado de aquel hombre, sobre todo ahora que, después de tanto tiempo, se había convertido en una persona célebre y reconocida. Solicitarle información sobre aquella época, y más aún en torno a una serie de sucesos oscuros, suponía sacarla de ese eco-sistema glamouroso en el que tan bien se desenvolvía.

De todos modos, tampoco pedía tanto, sólo quería saber cómo murió un periodista... ¿O perseguía inconscientemente algo más?

Al final, fue el sonido de las ruedas del flamante Audi A3 negro saliendo del garaje lo que me sacó de mis cavilaciones. Para mi sorpresa fue ella quien abrió el fuego sin disimulo:

—Te habrán contado muchas cosas de él... La mayoría, seguro, falsas.

Asentí en silencio, colocándome el cinturón. Era demasiado violento responder que sí, que efectivamente en estos casi treinta años sólo habían hablado unos pocos, y los que lo habían hecho era para asegurarme que le reventó el hígado por cirrosis, o que hubo un error en una transfusión de sangre desesperada; otros afirmaban que lo mataron, que se clavó un cuchillo él mismo contra una pared o que se desnucó en el proceso de un *delirium tremens* en el que siempre veía a unos niños muertos que se le aproximaban hasta los pies de su propia cama.

—Él no era mala gente... sólo sensible. Y los sensibles acaban pasándolo mal en este mundo de mierda. Muy mal. ¿O no?

No me esperaba una memoria tan clara, tan presente, tan viva. Me sorprendió lo directo de sus maneras. Las evasivas de otros me habían acostumbrado a sacar las respuestas con tenazas, pero esta vez intuí que no iba a hacer falta. Todo fluía y yo me limitaba a escuchar mientras, veloz, aquella mujer adelantaba a toda prisa por la Diagonal. La sombra de Galván, de algún modo, seguía presente después de tanto tiempo.

—Agárrate.

Iba a volver a preguntar aprovechando el aparente viento a favor cuando sonó una melodía robótica.

—¡Te digo que doscientos mil! —gritó nada más colocarse el diminuto cacharro en la oreja—. Al final vamos a tirar eso como primer número de *Elegance*... Tenemos que apostar fuerte para llevarnos el mercado. Así que la imagen de portada ya sabes de qué modelo tiene que ser.

Una llamada inoportuna, sin duda.

En un abrir y cerrar de ojos ya estábamos en la parte más exclusiva de la ciudad, con sus palacetes y sus vehículos señoriales en segunda fila, muchos de ellos custodiados por guardaespaldas y hasta algún que otro chófer uniformado. El aparcacoches, tras saludar reverencialmente, tomó las llaves y nos indicó la puerta de entrada a Fresh, lugar de lo más *in* que, por descontado, no había pisado en mi vida.

—Disculpa —dijo mientras avanzábamos por el suelo de mármol—, es que estamos a punto de sacar dos nuevas cabeceras...

El *maître*, traje italiano de raya diplomática, nos saludó con una sonrisa excesiva.

—¿Su mesa habitual? —preguntó mientras nos acompañaba a uno de los extremos del local.

La decoración del restaurante, confeccionada toda ella en blanco y negro, encajaba perfectamente con su traje de chaqueta ajedrezado. Quizá por eso, pensé, había elegido el sitio. Con esta gente nunca se sabe...

—Yo tomaré ensalada de tres sojas y *sashimi* —exclamó mi acompañante casi sin tomar asiento.

—Lo mismo —respondí sin llegar a abrir la elegante carta.

—¿Acompañamos con Chardonnay Pensec? —me preguntó ella señalando una botella verdosa de la que estaban dando buena cuenta en otra mesa.

—¡Faltaría más!

Helena sonrió, consciente de que yo no tenía la menor idea de lo que acababa de pedir, pero su gesto amable se quebró de inmediato cuando pasé a la carga:

—No te engaño si te digo que quiero saberlo todo sobre él. Descríbemelo, por favor. Su forma de ser, su forma de...

—Ha pasado mucho tiempo —cortó sin dejarme acabar— y todo ha cambiado tanto que lo recuerdo como una imagen lejana... Como de otro mundo. Quizá como alguno de esos sueños de la infancia que no se olvidan pero al mismo tiempo no se pueden recordar con total nitidez. ¿Sabes a lo que me refiero?

Asentí al tiempo que llegaba el vino.

—La señora —indiqué— lo probará; ella es la que sabe. Gracias.

Sonó el líquido vertiéndose en la copa.

—Por lo menos —proseguí— no lo has olvidado, como otros. Gisbert, el editor de *Universo*, me dio su último trabajo a regañadientes. Te aseguro que vi odio en sus ojos. Se despidió casi echándome una maldición.

—¿Gisbert? —respondió casi sin terminar de catar—. ¿Aún vive el viejo? ¿Y cómo le va?

—No tan bien como a ti...

—¿Todo a su gusto? —interrumpió el insistente *maître*.

—Sí, perfecto, como siempre.

Cuando su hierático caminar estuvo bien lejos, agarré mi maletín y lo abrí.

—Por cierto, Helena. ¿Tú sabes qué quería decir con todo esto? —pregunté sacando el sobre de color cartón.

El rostro de mi acompañante se llenó de sorpresa. Juraría que había algo de miedo en aquella cara.

—¡Santo cielo! ¡Aún lo guardaba!

—Claro, ya te dije que me dio su último escrito.

—Ya, ya —dijo casi sofocada y sin apartar la vista del material que puse sobre la mesa—. Es que yo, lógicamente, pensé que te referías a la revista. A lo que salió publicado. No a esto...

—¿Lo conocías? ¿Sabes lo que contiene?

En aquel momento, en aquel minuto exacto, supe que la mujer que dirigía *Perfect Woman* y tantas otras revistas, agencias de publicidad, páginas web y catálogos de moda estaba procesando una gran cantidad de información en su cerebro. No esperaba aquel detalle y estaba seguro de que a la velocidad de la luz miles de datos se estarían entrecruzando en las celdas de su memoria, al tiempo que sopesaba los inconvenientes de abrir la boca o dar por zanjada —amablemente, eso sí— aquella conversación que nada tenía que ver con su mundo de éxito y prestigio.

La respuesta llegó rápida.

—Cuando llegó eso desde Toledo él ya... había desaparecido.

—Y tanto —dije, dando la vuelta al sobre y mostrando el remite con la cruz fúnebre que lo acompañaba—. Ya ves... Él se daba ya por muerto al meterlo en el buzón.

La noté tragar saliva, angustiada, al ver aquello escrito de puño y letra del hombre a quien había amado hacía casi treinta años.

—Siento traerte estos recuerdos, pero deseo saber qué pasó, qué le ocurrió justo cuando...

—Eso fue lo que le destruyó —me cortó de inmediato—. Que no te cuenten otra cosa. Lo que estaba investigando, lo que quería escribir le mató.

—Pero no acabo de comprender —repliqué—, parece un simple reportaje histórico sobre herejías en una zona concreta de Toledo. Porque esto... —dije sacando la foto de la ermita semiderruida— es un pueblo de la provincia, ¿verdad?

Helena bajó la mirada y luego, poco a poco, la fue fijando en la copa. En ese instante llegó el primer plato.

—Creo que sí. Allí llevaba por lo menos dos meses, en la capital. No supimos apenas nada más de él. Decía que había descubierto algo y allí se fue. Era así.

—¿Pero nunca supisteis el nombre concreto de este lugar?

—No, bueno... No. Él estaba obsesionado con aquel tema y abandonó definitivamente la revista a pesar de que había vuelto después de varios fracasos en la radio como buscando un último refugio. Las cosas no le iban bien y aquella historia que descubrió porque alguien le debió de informar con unas fotografías le hizo alejarse de todo y de todos. Algo le había arrebatado la cordura. Como te decía, una mañana se trasladó a Toledo y allí montó su campo de operaciones. No sé bien cómo, pues no tenía un duro. Lo había perdido todo en apenas unos meses.

—¿Y no le seguisteis la pista?

—Nunca. De todo lo que pasó nos enteramos mucho después. Intenté ponerme en contacto con él varias veces pero fue inútil; deliraba, iba como un pordiosero... Hablaba solo y siempre del mismo tema, cada vez de forma más confusa. Fue horrible. Eso empezó incluso antes de marcharse allí, en la última época, en la que ya andábamos muy distanciados, cuando se refería a una gran historia que había descubierto por accidente. Yo intuí que caminaba hacia algún lugar del que ya no iba a volver nunca. Y acerté. No me tomes por loca, pero sabía que ya no iba a verlo más. Y empecé a sentir miedo. Un miedo que a veces, en mitad de la madrugada, noto cómo llega hasta mi cuarto y me despierta...

Iba a preguntarle por Hyeronimus van Acken, por su presencia en aquel último escrito, por si ella le escuchó pronunciar su nombre o sabía algo más. Sin embargo, me quedé en silencio. Helena estaba hablando en presente, como si ese temor impreciso al que se refería aún la atormentase. Entonces deseé con toda mi alma que el maldito *sashimi* tardase más de la cuenta, para que no rompiese con su llegada el repentino viaje al pasado.

—Una noche, a las tres de la madrugada, me desperté de pronto... Es algo que me pasó y que no se va por más que quiera...

Traté de tranquilizarla sirviéndole un poco de agua y ella bebió de un trago.

—Era invierno de aquel mismo año y ocurrió algo horrible... Algo que aún no sé cómo explicar...

—Inténtalo, por favor..., sólo inténtalo.

—Me sobresalté porque yo vivía en un piso con una amiga y esa noche estaba sola. Soñé que me despertaba en mi propio cuarto, viendo todo el entorno tal y como era en realidad y... ¡Dios mío!

Se puso las manos sobre el rostro y noté como varios comensales dejaban de dar cuenta de sus viandas para mirarnos. Era una situación incómoda.

—Tranquila, mujer, si quieres lo dejamos para otro día, yo no quería...

—Te juro que vi a un hombre... muy claramente, mirándome con los ojos abiertos. Muy abiertos.

Sentí el característico golpe en mitad del pecho. Me quedé helado.

—¿Una persona en la habitación? ¿Y quién era?

—Es que no era..., perdona, pero no sé cómo explicarlo. No era nadie... Eran más bien trozos. Trozos de alguien... ¡Allí!

¿Trozos? Mi mirada se volvió un inmenso interrogante. Ella prosiguió cada vez más apurada.

—Una cabeza, una pierna, un brazo, una mano... La imagen de un cuerpo descuartizado, con gesto de dolor, flotando en la negrura. Y un sonido como un grito, como un lamento constante, cada vez más fuerte... Algo que a veces noto cómo regresa.

En aquel instante yo ya no podía ni abrir la boca. Sólo escuchaba.

—En el sueño podía oír perfectamente, mientras aparecían aquellos restos avanzando lentamente por el pasillo, un «ring», un sonido de teléfono muy fuerte y repetitivo. Entonces me desperté sudando, como si alguien me golpease. Llegué a notar aquellas manos, aquellas palmas agrediéndome... En ese momento me quedé con la espalda contra el cabecero, muy asustada, mirándolo todo y supe...

Aguardé apretando los puños.

—Supe que iba a llamar. Eran las tres de la madrugada pero yo lo sabía. De pronto el teléfono de la sala se puso a sonar... Esto ya era absolutamente real. Estaba pasando, pero tenía conexión con mi sueño. A pesar del terror, me levanté.

—¿Que te levantaste? —dije rompiendo mi silencio y sin casi dar crédito.

—Lo hice, te lo juro, y es como si ahora mismo volviese a notar el frío de aquellas baldosas en mis pies. Intenté encender el interruptor y...

—¿Y? —pregunté ansioso.

—La luz se había ido... y aquel teléfono no dejaba de chillar. Entonces sentí un miedo como nunca antes había imaginado. Iba avanzando y pensaba en lo que había aparecido en el sueño, aquella cara deformada, como aplastada, con la boca torcida... El corazón me empezó a latir fuerte, tanto que pensé que se me salía por la garganta... Sabía que era Galván, que era él quien llamaba, lo sabía pero no sé cómo. Eso es lo que me daba pánico.

Otro trago, esta vez de vino y sin disimulo. Los ojos se le habían humedecido con una película de lágrimas que de un momento a otro iba a romperse.

—Allí, de pie y sola, empecé a notar un frío terrible, como si se hubiese abierto una ventana en mitad de la noche. Giré hacia la sala y sí, allí estaban las cortinas revoloteando con el aire helado que entraba. Me acerqué y miré al exterior. Vivíamos en un barrio de las afueras y vi las calles desiertas y las farolas encendidas... El apagón debía de ser sólo en nuestra casa, sólo en la nuestra.

—Pero... ¿Al final respondiste a la llamada?

Se lo pregunté a bocajarro, sin darme cuenta de que las grandes pupilas de Helena C. Sarasola se habían convertido, empequeñeciéndose hasta casi desaparecer en su particular viaje al pasado, en las de Elena Casado: la chica para todo, la secretaria, la mecanógrafa, la de los cafés a media mañana del grasiento bar. Los mismos ojos que habían visto cosas que nada ni nadie iban a poder desterrar de su alma. Dos goterones cayeron mejilla abajo y sentí un gran pudor. Noté que la gente de las otras mesas, atildada y de punta en blanco, la misma que había sentido curiosidad al vernos entrar conformando tan extraña pareja, nos escrutaba inquisitivamente. Daba la impresión de que yo, el extraño de ropa mediocre, estaba haciendo sufrir a tan elegante y familiar clienta.

Y eso sí que no podía ser.

—¿Todo en orden, señora? —se acercó el *maître* sin dejar de mirarme con gesto de *bulldog*.

Helena negó moviendo la mano y él, enfurecido por no poder echarme a patadas, le acercó un pañuelo que no cogió, pues prefirió secarse con el suyo. Quise disculparme, pero fue ella quien se adelantó.

—Perdóname, lo siento. Ahora vuelvo.

Al tiempo que sus tacones repiqueteaban camino de los servicios, el hombre del traje italiano detuvo su afilada mirada en el sobre. Por precaución lo volví a meter en el lugar del que quizá no debiera haber salido nunca. Entonces, como una premonición, intuí que, para aquella mujer asustada y frágil, el reportero muerto había sido alguien muy importante.

Alguien cuyo recuerdo aún flotaba como flotan a veces las apariciones en mitad de la madrugada.

6

urante los siglos II y III había, por supuesto, cristianos que creían en un solo Dios. Pero también existían en la misma comunidad quienes aseguraban la existencia de dos. Algunos insistían que los dioses eran treinta. Otros hablaban de trescientos sesenta y cinco... y todos ellos eran seguidores de Jesús.

Al ver que Aquilino Moraza —veterano sacerdote de la parroquia toledana de San Pedro Mártir— había dado buena cuenta de la perdiz escabechada, levanté la mano para advertir al camarero. Tras pedir los cafés, sentados en el discreto reservado adornado con aperos de labranza colgados de la pared, seguí anotando, escuchando su voz quemada por el tabaco.

—Al mismo tiempo, muchos creían que Dios había creado el mundo... pero otros pensaban que éste había sido formado por una divinidad subordinada e ignorante. Algunos, siempre dando por única su verdad y yendo un poco más allá, no tenían dudas de que la tierra era un error cósmico generado por una entidad malévola como prisión para encerrar a los humanos y someterlos al dolor y al sufrimiento. Y todos ellos...

—Eran seguidores de Jesús —concluí.

—¡Tan verdad como este cuchillo! Y te preguntarás —alzó la voz enérgicamente—: ¿Cómo demonios estas gentes con creencias que hoy parecen tan extravagantes no consultaron las sagradas escrituras para salir de sus propias dudas?

Me miró con unos ojos azules muy abiertos.

—Pues no lo hicieron —prosiguió— porque no había aún Nuevo Testamento. Los libros que lo integrarían sí existían ya... pero todavía no habían sido reunidos en un canon autorizado y reconocido. Es más, te diré que junto a las célebres crónicas de Lucas, Mateo, Marcos y Juan, convivían otros escritos, otros evangelios perdidos que revelaban cosas bien distintas. Algunos aseguraban que uno de ellos estaba dictado por el discípulo más cercano de Jesús, Simón Pedro, quien bajó a los infiernos para ver el tormento de las almas. Hay quien otorga otro al apóstol Felipe o a la propia María Magdalena. Y lo inquietante es que hoy por hoy no hay manera de saber cuáles contenían parte de la verdad.

En el primer plato ya tenía decidido que Moraza, por fuerza, tenía que ser uno de mis guías en esta aventura. No me costó determinarlo, ya que fue la primera persona —al margen de Helena, que tras la comida en Fresh poco más quiso contarme— a quien llevé el sobre con aquellas imágenes en las que, entre otras cosas, aparecía una ermita vieja y símbolos en las piedras que, sin duda, debían de pertenecer a comunidades religiosas muy antiguas.

Se quedó en silencio en cuanto las vio.

—En esto no creo que te pueda ayudar. No creo ni que sea la provincia.

—Sí lo es, padre. Lo pone aquí, en el artículo.

Noté que quería evitar el asunto a toda costa. Por eso las guardé en su sitio y seguí escuchando como quien asiste a una clase magistral. En definitiva, me habían asegurado que era la voz más autorizada de toda la región en torno a un asunto siempre oscuro: las primitivas familias o sectas, antaño unidas bajo el seguimiento a las palabras del Nazareno, y su inicio de fragmentación hasta hacerse irreconciliables.

—Algunos hubo por estas tierras que en su locura degradante acabaron convirtiéndose en asesinos de sacerdotes. ¡Como lo oyes!

—Lo imagino. Se ha matado demasiado en nombre de Jesús a lo largo de los siglos... y creo que no sólo lo han hecho los herejes.

La mandíbula le temblaba. Antes de responder abrió el pastillero plateado que había dejado sobre la mesa y se llevó una cápsula a la boca. Después prosiguió.

—La saña que demostraron algunos de ellos, empeñados en sus artes diabólicas, no tiene parangón ni es comparable a nada. Estaban movidos por Satán y eso, al menos para mí, justifica la reacción de algunos buenos cristianos. En ese tiempo o acababas con ellos... o te devoraban.

Hacía cierto tiempo que un compañero de Radio Toledo me había informado de que Moraza, tan espigado y vehemente, había sido doctor en la Sorbona —especialidad en Cristianismo Primitivo— y durante tres lustros miembro destacado de la CCS (Congregación para la Causa de los Santos), con sede en la mismísima plaza de San Pedro en el Vaticano. Al parecer, sus últimos años quería pasarlos en su ciudad natal y se le concedió el capricho gracias a su buena labor.

—Era una batalla sin cuartel. En ese tiempo algunos sostenían que Jesús era al mismo tiempo divino y humano. Otros cristianos lo consideraban absolutamente humano, pues ambas eran categorías incomparables. Y un buen número pensaba que era un ser de carne y hueso, como nosotros, *habitado temporalmente* por la esencia divina que lo abandonó tras la crucifixión...

—¿Poseído por Dios? —irrumpí mientras él cogía la cajetilla de Bisonte y se llevaba un cigarro hacia la boca.

—No exactamente...

—Creo que incluso existieron —proseguí— ciertos grupos que creyeron que nunca murió. ¿O lo que estoy diciendo es una aberración?

—En absoluto. Unos pensaban que su muerte traía consigo la salvación del mundo y otros aseguraban que su óbito nada tenía que ver con la salvación de nadie. Unos pocos, a los que te refieres, pensaban, efectivamente, que jamás falleció. Al final, en el siglo IV, se tomó conciencia de lo que era «inspirado» y lo que pertenecía al mundo de lo apócrifo, de lo falso... de lo prohibido.

—Por lo tanto, a partir de entonces ya coexistirán para siempre una verdad absoluta y unos herejes...

Frunció el ceño y apuró de un trago el café.

—Dos mundos irreconciliables. Sólo se salvaron por decreto los veintisiete libros considerados sagrados. El resto fue tragado por la tierra y el fuego. Y como es natural, pero reprobable, algunas de aquellas corrientes muy primitivas, que evolucionaron en distintos sentidos y con la sombra de un poder establecido acechándoles, buscaron otros lugares, otras salidas, escribieron sus textos, algunos de ellos imposibles de descifrar, y adoraron un cristianismo completamente distinto. La mayoría de esos movimientos fueron destruidos y olvidados. Otros, que se resistieron, merecieron el fin que tuvieron.

—¿Cómo?

—Ya sé que no es políticamente correcto lo que acabo de decir, pero se convirtieron en escuadrillas de asesinos. Así de claro. Eran malignos y ofendían a Dios.

—Imagino que no se podrá generalizar...

—¡Digo lo que es! Y por cierto, creo que ya es hora de...

Antes de terminar la frase, de un manotazo certero —pues aún tenía fibra y nervio para eso y mucho más— el padre Moraza hizo desaparecer una mota de ceniza de su larga sotana. Él era de los que aún la llevaban, y doy fe de que su estampa, embozada en tan negro ropaje talar, y más aún con su altura, propia de un coloso, generaba expectación al caminar por el viejo Toledo. Tardamos en abandonar el restaurante, pues en cada mesa alguien le saludaba cortésmente. Al salir tuve que subirme el cuello de la cazadora hasta las orejas. Amenazaba nevada.

—Me aseguraron que usted lo conoce todo acerca de las antiguas herejías en la zona...

—Lo que ocurre, amigo —dijo mostrándome las palmas de las manos en un gesto de sinceridad—, es que se ha fantaseado mucho. Tampoco hubo grupos de importancia.

—No sé, a mí todo esto me extraña. No sé si sabe que este reportero murió allí.

Su silencio se alargó.

—No sé mucho de la historia, pero al parecer se trataba de un hombre fantasioso. Le debió de dar un infarto. Otorgarle mayor importancia sería caer en el sensacionalismo... y usted huye de eso, ¿verdad?

—Ya que no me puede ayudar le pediría por favor que me indicase dónde vive este señor. Me han dicho que acudiese a él en caso de necesidad.

Le mostré el papel arrugado que guardaba en el bolsillo. Después de leerlo su gesto cambió.

—Esta persona es amiga mía desde hace más de treinta años. ¿No ha estado nunca en su librería?

—¿Es una religiosa? ¿La que está a un lado de la catedral?

—Esa misma.

—Ésa es la pista que me dio mi compañero de la radio. Me dijo que este hombre conoce cada palmo de la comarca y que a lo mejor...

—Lo dudo. Ha pasado mucho tiempo de aquello.

—Perdone que le insista, pero estas ruinas son bastante peculiares. ¡Un lugar así tiene que serle familiar!

—Cuando tengas mi edad lo comprenderás. ¡Esta memoria mía falla cada vez más! Si me haces caso, podría confundirte y darte datos erróneos. El tiempo no pasa en balde para nadie.

—Estas marcas y signos... ¿No los identifica con alguna escisión del cristianismo?

—Yo ahí sólo veo una ermita como miles que se alzaron en esta tierra.

—Pero en los archivos parroquiales constará algo sobre...

—¡Nada! —gritó sin mirarme.

Insistió mucho en acompañarme a ver al librero, detalle que agradecí y que tomé por una especie de amable compensación ante su falta de datos. Con paso firme avanzamos por las callejas estrechas de la judería hasta desembocar en el recinto sagrado de la catedral. Entramos en ella y, como siempre, quedé prendado de ese gigante pintado al fresco que habita en una de las paredes laterales. Desde niño me había causado una enorme impresión y hasta algo de miedo. Aquellas barbas, aquella cara...

—Es San Cristóbal —dijo Moraza sin volverse y caminando hacia la salida opuesta—, santo patrón de las muertes repentinas. El que lleva la fe y el mensaje a la otra orilla, al otro lado...

Aceleré mi caminar para ponerme a su vera.

—Entonces, padre, si no lo he entendido mal, todas las herejías o cristianismos marginados surgen de esa escisión inicial hacia el siglo IV y se vuelven irreconciliables... hasta hoy.

Escuché su respuesta mezclada con el eco de nuestras pisadas en el suelo de piedra rebotando en las bóvedas:

—Valdenses, dulcinistas, cátaros, humillados...

La retahíla de nombres, como sacados de un oscuro túnel del tiempo, sobrecogía en aquel lugar... Tanto que dudé si sacar el cuaderno y apuntar. Al final seguí tras él, escuchando términos desconocidos e intrigantes que parecían surgir de una crónica antiquísima, percibiendo cómo su rostro se crispaba cada vez más, como si en cada uno de aquellos movimientos de hace siglos residiera todavía un misterio y quizá una ofensa...

—Joaquinitas, perfectos, fraticellis, beguinos, utraquistas.

En línea recta, sin pestañear, el padre Moraza enfiló dirección hacia la puerta de madera. El revoloteo de su faldón se detuvo. Me adelanté y abrí. Él seguía recitando aquella especie de letanía cuyo recuerdo le tensionaba presionándole las venas que quedaban por encima del alzacuellos...

—Taboritas, patarinos, bogomilos, menonitas y...

Hizo una larga pausa, como dudando si cerrar la boca, y esperó a que la luz del exterior hiciese acto de presencia tras el crujido de las bisagras. Sólo cuando los rayos de sol cubrieron nuestras anatomías terminó, con un gesto de rabia escapándosele entre los dientes:

—... y los Hermanos del Libre Espíritu.

Tras mencionarlos subió por la calle de la Puerta Llana sin volver a abrir la boca. Parecía sumido en sus propios pensamientos, inmerso en un autismo que le hizo incluso pasar de largo ante el portalón ojival, justo debajo del arco de piedra.

—¡Padre, que es aquí! —le grité.

Mateo, el librero, era además un montañero experto, de los que no habían dejado de patear las colinas ni un solo fin de semana. Hasta dentro de su amplio local, al que se accedía por una escalinata que se adentraba bajo el nivel de la acera, llevaba puestas sus chirucas de vistosos cordones.

—Aquí mi amigo el periodista —dijo Moraza nada más entrar— que está empeñado en saber algunas cosas y ya le he dicho que tú conoces cada palmo de estos andurriales.

—¡Algo hemos caminado en todo este tiempo! —respondió el aludido con la sonrisa asomando bajo el bigotillo recortado.

—Bueno, en realidad me interesa saberlo todo de un lugar muy concreto...

El librero no me dejó continuar.

—Un momento, un momento... Como veo que te interesa la naturaleza te voy a regalar el libro que hice en el 81 y que fue todo un éxito provincial.

Tras acercarse a un expositor giratorio de metal, tomó una especie de folleto de no más de veinte páginas con un sorprendente título: *Toledo desconocido y subterráneo, rutas e itinerarios.*

—Lo leeré con mucho interés. Gracias.

—Y si me lo comentas en tu programa de radio mejor que mejor, ¿eh? —concluyó con una sonora carcajada.

Tras mi mueca forzada, queriendo ir al grano de una vez, puse sobre el mostrador de cristal una de las fotografías en blanco y negro pertenecientes al último artículo de Galván y que llevaba en mi carpeta bajo el brazo. El hombrecillo, visiblemente nervioso por la novedad, echó un vistazo...

—Pero esto...

Sin decir nada más entró en el cuarto oscuro que a modo de trastienda se abría a su espalda para regresar al instante con una pequeña lupa de las que utilizan los filatélicos. Nada más escrutar una de ellas se le disiparon las dudas.

—Tinieblas... Tinieblas de la Sierra.

Al pronunciar el nombre noté que los pasos del padre Moraza se detenían en seco. Mateo le miró muy fijamente, como si hubiese cometido un error al dar la respuesta. Tras acercar la copia al flexo encendido de su derecha, fue aún más explícito:

—Me da a mí que esto debe de ser el viejo barrio de Goate... Sí, eso es. Pero hay un problema: todo lo que se ve aquí ya ni existe. No quedó piedra sobre piedra casi desde el tiempo de mi difunto padre. El resto de pueblos se las llevaron. Y, por cierto, ¿quién las ha sacado?

El sacerdote ensotanado, cuya figura veía reflejada en la vitrina donde se custodiaban los libros de texto, se adelantó en la respuesta. Escuché su torrente de voz abriéndose paso desde atrás...

—¿Ya no te acuerdas de aquel periodista extranjero que estuvo por aquí hace treinta años?

El librero asintió con la cabeza, sin decir nada, pero con un gesto de asombro difícil de disimular. Acercó su ojo a la lupa metálica volviendo a repasar durante un buen rato la superficie brillante de la fotografía en blanco y negro con bordes dentados. Transcurridos un par de minutos, cortando el silencio que ya era violento, dijo:

—Quién sabe si el loco aquel estuvo desenterrando algo... porque, mirad, son los cimientos más primitivos de una ermita de la que ya no debe quedar ni la sombra.

—Pero ¿y esto de aquí? —dije señalando unos símbolos grabados que aparecían nítidos en la superficie de la construcción.

Moraza tosió dos veces. Mateo volvió a mirarle, con gesto cada vez más preocupado. Puso el cristal de aumento encima y aquellas figuras extrañas crecieron, como queriendo despegarse de las rocas.

—Bueno, esto deben de ser marcas de cantero... La verdad es que justo esta zona no la he peinado como se merece. Realmente no tiene el mayor interés.

Mi cara debió de reflejar incredulidad. Quizá por eso el voluntarioso montañero volvió a cortarme.

—Sé cómo acabó aquel infeliz, pero no conocía estas fotos. Eso no. De todos modos, ya no hay nada que rastrear allí. En 1977, cuando estuvo, quedaría algo, pero apostaría a que las fotos no las hizo él mismo, sino que se las dieron de otro tiempo mucho más antiguo. Así, en blanco y negro, con este grano... Pueden ser los años cuarenta perfectamente, y entonces sí que habría algo.

—¿Y cómo acabó ese periodista? —respondí al instante.

En aquel momento repicaron las campanas de la catedral y, justo es reconocerlo, los tres dimos un respingo al mismo tiempo. Después nos miramos sonriendo, conscientes de lo absurdo del sobresalto.

Como si no hubiese pasado nada.

7

o tardé mucho en descubrir el lugar que buscaba. Bordeé la tapia, abrí la cancela de barrotes oxidados y, tras santiguarme, emprendí paso firme hacia el interior del camposanto.

Caminé unos treinta metros en línea recta y con la fotografía entre las manos me fijé en el crucero que se alzaba justo en el centro. Una columna gruesa, coronada con la figura, muy primitiva, de Cristo crucificado. Un Cristo sin cara, con los rasgos borrados por el tiempo, con los pies y las manos desproporcionados clavados en la piedra. Debajo, en un bloque de piedra, la inscripción:

A las ánimas de los h...

El resto de las letras apenas se intuían, como si el tiempo y las inclemencias hubiesen convertido aquel trozo de piedra en una clave ilegible perdida para siempre. Me dio la impresión, como se la daría a cualquiera con un mínimo sentido de la estética, de que la talla de piedra era muy anterior al conjunto de la columna y la base sobre el cual alguien había grabado ese texto. La frase sería del siglo XIX y lo más seguro es que la efigie se remontase a lo más profundo del románico.

Una reutilización curiosa.

Saqué del bolsillo de la cazadora otra de las viejas imágenes y comprobé si se adivinaba algo más. Pero no hubo suerte. Aquello, tres décadas antes, estaba igual de borroso. Harto de mis primeras indagaciones, bloqueado por periodistas que callaban, sacerdotes y montañeros que repentinamente lo ignoraban todo, o antiguas novias a las que el recuerdo les impedía en cierto punto seguir articulando palabra, decidí poner la directa y plantarme allí al caer la tarde de un día de diario.

Tinieblas de la Sierra, se le escapó al librero de marras. Y de allí fui al mencionado barrio o alquería de Goate, situado al otro lado del monte, semioculto ya por la maleza. Muerto.

A pesar de que los dos lugares no aparecían en ningún mapa de carreteras y de que el padre Moraza y su amigo me intentaron disuadir a toda costa, un buen amigo de la policía científica me dio la descripción exacta el día anterior con un plano militar en las manos. Y allí estaba, completamente solo, intentando observarlo todo y comparar.

Serían las cinco de la tarde cuando lo vi.

Giré ciento ochenta grados y entonces tuve la completa certeza. Ahí fue. Ahí se inmortalizó por última vez, con la cara hinchada, con la mirada perdida, con arrugas prematuras, pálido y amoratado, embozado en el gabán raído de siempre, los cuellos subidos, el pelo sin lavar y las huesudas manos de calavera asomando por las mangas.

Ahí fue donde se fotografió para su último reportaje, consciente de que a su nombre ya le acompañaba una cruz. Una cruz idéntica a la que dominaba todo el viejo camposanto.

—Una mano.

Lo dije porque fue lo que vi. Y me extrañó. ¿Dónde había visto yo algo parecido?

Sí, una mano pintada de blanco y de pequeño tamaño —como si un niño la hubiese plasmado en el cemento antes de fraguar— sobre la lápida que estaba pisando. La fotografié varias veces y el aire, como un soplido helado, se hizo de pronto tan presente que ni siquiera escuché el pulsar del disparador. Toda aquella naturaleza sin vida comenzó a moverse, a agitarse, a emitir el lamento del viento como un cántico. De pronto pareció despertar.

Sería mi imaginación, pero noté que cuando dejé de pisar la lápida todo volvió a la calma. Mi inquietud, quizá mi principio de obsesión, iba ganando enteros.

Galván se había retratado justo allí. Y lo había hecho por algún motivo. Quizá buscando explicación para aquellas dos *polaroid* que completaban el lote de imágenes anexo a su último artículo y donde se reflejaba algo que parecía imposible.

Que era imposible.

Me coloqué en cuclillas y verifiqué cada uno de los detalles. Los restos de la verja con pinchos al fondo, la loma, el muro posterior... Con la excepción de un montón de escombros que aparecían ahora en un lateral, todo era idéntico. Como si el reloj del tiempo no hubiese avanzado un solo segundo en aquel lugar.

Todo es un inquietante ciclo, pensé al colocar el aparato digital sobre una piedra para hacer de trípode. A él, hacía más de treinta años, le llegaron unas imágenes que alguien por algún motivo tomó allí. Después, desahuciado y a la deriva, se fotografió justo en ese punto para comprobar algo. Y ahora me tocaba a mí, sin saber muy bien lo que buscaba.

Siempre allí.

Durante toda la tarde di vueltas, respirando aquel aire tan frío que casi hacía daño al entrar en los pulmones. No me encontré con las otras lápidas que se intuían en las tomas del argentino, pues los matojos habían cubierto toda la zona creciendo durante décadas en completa libertad. Sólo se podía ver aquélla —la de la mano abierta—, un rectángulo pequeño, sin inscripciones, donde no había una brizna de hierba. El resto permanecía casi selvático, dominado por el abandono. Sobre todo en algunos sectores, por ejemplo, delante del solitario crucero, la vegetación estaba muy alta y llegaba casi a la cintura. A pesar de las reticencias, ya atardeciendo, avancé muy lentamente, procurando llegar a la zona de la tapia tanteando con las manos. Entonces vi arañas de considerable tamaño, translúcidas y de patas muy largas, tejiendo su tela en los huecos de los nichos. Una de ellas, quizá alertada por mi llegada, se fue metiendo en la gruta artificial, que se adivinaba profunda. Aquella visión me produjo desagrado, una presión, una necesidad de alejarme inmediatamente.

Justo sobre ese hueco, una pequeña placa:

Sector niñas. 1819

Confieso que no llegué hasta aquella colmena gris repleta de orificios, ya que cuando me encontraba a unos tres o cuatro metros mi rodilla derecha se topó con algo duro, con filo, que me hizo retroceder. Ni siquiera aparté los matojos para identificar el obstáculo, pues noté como se me hinchaba al tiempo que un reguero caliente de sangre bajaba por el pantalón hasta llegar a la bota.

Al alejarme cojeando creí ver una cruz partida, o un cilindro de hierro, pero no quise comprobarlo. Una sensación interna de mutismo absoluto que hacía daño a los oídos, como activando esa alarma que todos llevamos en lo más profundo, me indicaba que había que marcharse de allí cuanto antes.

Al salir del recinto, subí a la pequeña loma y lo noté con más claridad; ni un pájaro, ni el viento, ni el silbar de las ramas.

Nada.

Desde allí, a punto de ser devorado por las nubes grises que avanzaban desde el norte, vi lo que quedaba del pueblo muerto. Los esqueletos que en su día fueron casas, casas en las que se amó y se lloró hasta que llegó este silencio eterno.

Girando la vista a la derecha, más al fondo y ligeramente elevada sobre un promontorio, aparecían, como dormitando, los restos de la ermita completamente derrumbada en su sector sur. Una edificación, al parecer del siglo XII, que una hora antes había fotografiado de arriba abajo. En el exterior pude observar capiteles deformes, con escenas de hombres y animales convertidas en muñones limados por la lluvia y el aire. Había amplias zonas antiguas pero reformadas, y anatomías absurdas que parecían haber sido picadas en varias ocasiones. Arrancadas por manos anónimas en algún momento de la Historia. Las mismas que no pudieron borrar los signos esquemáticos, grabados profundamente en los recios muros, que aún estaban ahí, en pie. Los mismos que a buen seguro llamaron la atención de Lucas Galván. Los mismos que según mi amigo el cura y su ayudante montañero ya no existían hace años.

De nuevo, plasmada en el centro de algunos bloques, la mano pequeña como de niño albino. En la parte alta aparecían dos figuras, una tenía el cuerpo partido y la otra observaba sin inmutarse. Aquello podía ser de todo... menos marcas de cantero. Había otra en la que un hombre flotaba ingrávido, tumbado en paralelo al suelo, sujeto por una especie de liana o tentáculo que salía de su tripa a modo de largo cordón umbilical. Nunca había visto iconografía parecida.

En el interior, ocupando la zona donde presumiblemente estaría ubicado el altar, aún permanecía parte de un gigantesco fresco con una representación del purgatorio, ese espacio etéreo donde según la creencia cristiana las almas flotan entre el cielo y el infierno. Ánimas atormentadas entre dos mundos a la espera del Juicio y, junto a ellas, una gran parte completamente oscura, negra, repintada en tiempo posterior.

En una zona de la bóveda que aún se mantenía en pie algo atrajo mi atención como un imán: un Padre Celestial de gran tamaño, sentado, con una mirada que daba la impresión de volver repentinamente a la vida a cada contacto con el *flash*. Paralela a él había una parte deformada y abstracta, una gran mancha quizá repintada, quemada y negruzca. El cuerpo había sido borrado con saña y sólo se distinguía la horrible cabeza de un demonio. Un cráneo abombado, con dos orificios a modo de nariz y una expresión incompleta que helaba la sangre.

Dios alzaba una mano, de nuevo abierta y blanquecina, hacia el cosmos con su dedo índice desproporcionado. En la otra, del mismo color, tal y como si llevase un arcaico guante, sostenía un libro abierto. En su interior leí: *Ego sum lux mundi*. «Yo soy la luz del mundo».

A través del visor digital me fijé en la boca sonriente, entreabierta, que le cruzaba el rostro dándole un aspecto terrible. A sus pies, gigantescos, deformes y emergiendo bajo la túnica blanquecina y recta, gente desnuda quemándose en las hogueras del infierno y algunos cuerpos mutilados entre las llamas. Juro que en aquel silencio casi pude escuchar, rebotando en las bóvedas desgajadas, el grito de los que allí aparecían sufriendo martirio; serrados vivos por la mitad en manos de los demonios que sencillamente aparecían como siluetas oscuras, despedazados en cuatro partes, cocidos en calderos de aceite... Todo vigilado por ese pantocrátor inmisericorde y justiciero con el pelo a mechones sobre la cabeza calva y esos ojos grandes, sin pupilas, que te siguen vayas a donde vayas.

Mires a donde mires.

—¿Y dice que esto se lo ha hecho en Tinieblas?

El rostro de la veterana enfermera del dispensario cambió en cuanto pronuncié ese nombre, como si le sorprendiese que un forastero se desplazase hasta aquel rincón en vez de disfrutar con otras reconocidas atracciones turísticas de la comarca.

—Allí, como mucho, quedarán diez o doce vecinos...

Quise responderle, inventarme algún motivo, pero una punzada me hizo apretar los dientes...

—Ya le dije que iba a doler. Aguante..., aguante un poco que ya está.

El frío líquido del alcohol enseguida se convirtió en un ardor que me subía por toda la pierna hasta la ingle. La buena mujer, algo nerviosa, pinchó en hueso antes de acertar con el lateral de carne por donde debía empezar a coser. La herida no era muy grande pero...

—Es bien profunda. Yo le recomendaría que fuese a la capital y que allí le revisen esto a fondo. ¿Con qué se lo ha hecho exactamente?

En un principio no supe qué decir.

—Con un trozo de hierro oxidado.

Puso otra vez cara de incredulidad. Un gesto que ya me empezaba a molestar.

—¿En Tinieblas? ¿Con un carro o algo así?

Su curiosidad rayaba en la indiscreción.

—Más bien con una máquina agrícola. Me tropecé y caí sobre ella.

—¿Usted tiene tierras allí?

Sin duda me había topado con el detective privado de la región.

—No, mire, es que estoy haciendo un trabajo sobre la vida en los pueblos de la zona. Soy fotógrafo —dije meneando el diminuto estuche de la cámara.

—Pues da la impresión —respondió al tiempo que cortaba el negro hilo de sutura— de que lleva varias horas abierta y eso no es nada bueno. No sé si con el alcohol bastará. Le repito que debe ir al hospital y que allí le pongan la antitetánica cuanto antes.

Respondí afirmativamente con una sonrisa. Me bajé de la mesa apoyándome en la pared de azulejos verdes y ya a punto de salir estuve tentado de preguntarle por la historia de aquel pueblo. Me quedé mirándola.

—¿Sí? —respondió ante mi fijeza, metiendo las gasas en un bote metálico.

Me contuve y decidí zanjar la conversación con un apretón de manos. Al fin y al cabo ella no iba a saber más que las tres únicas personas que anteriormente me había cruzado en Tinieblas de la Sierra. Tres ancianos, de los cuales dos se limitaron a guardar silencio bajo el vuelo de la boina. Sólo uno, casi centenario y sentado sobre una silla de paja frente a su vivienda, señaló decidido al otro lado del monte, indicando un lugar donde, bien lo sabía, se alzaba el llamado camposanto viejo, recinto al que nadie iba, perteneciente en realidad a una pedanía —Goate— que fue importante en su tiempo pero que acabó desapareciendo y ya sólo era un recuerdo borroso.

—Allí ya no quedan ni los muertos —me dijo antes de levantarse de su asiento en mitad de la calle desierta sujetándose con su garrota.

—Pero en su día eso fue un pueblo... casi como éste de grande.

—¿Como éste? Eso nunca —contestó indignado alzando el bastón—. Sepa usted que Tinieblas ha sido cabeza de partido desde que yo tengo uso de razón.

—¿Usted llegó a conocer a alguien de allí? —insistí.

—¿Del barrio abandonado? Yo no..., pero mi difunto padre sí llegó a tratar con uno que dejaba el ganado allí.

Aquello me animó. Pero cuando me apoyé en la pared, haciendo ademán de acomodarme para escucharle, cortó por lo sano.

—Joven —dijo oteando las alturas—, pronto se hará la tormenta... Yo que usted cogía carretera. Y rápido. No son buenos estos caminos. Oiga, ¿qué le pasa en la pierna que la tiene engarrotada y con sangre?

—Nada importante. Pero escúcheme, es que me interesa mucho saber...

Después de hacer oídos sordos y darme la espalda, fue arrastrando las zapatillas de cuadros hasta desaparecer devorado por el umbral de la puerta de piedra.

Como una araña metiéndose en el nicho.

ino a buscarme a la máquina del café, al final del pasillo. Eran esos pasos rápidos que hacen sonar la tarima del suelo y que siempre preceden a una noticia importante.

—¿Qué? —le dije nada más girarme.

Como respuesta hizo un gesto grave, llamándome con la mano.

—¿Has encontrado algo? —repliqué sin moverme.

Dicho esto volvió a meterse en el estudio de grabaciones A5.

Quedaban pocos minutos para que empezara el programa y no quería distracciones. Sin embargo, como es lógico, le seguí intrigado.

—¡Ahí está!

Los dedos de Javier Bravo, técnico de sonido de la emisora, se movieron con la rapidez que otorgan las décadas de oficio. Tres golpes de ratón con la mano derecha abrieron una pantalla donde aparecía el gráfico de una onda.

—Se ve claramente... Fíjate como nace en este punto y se diferencia de lo demás.

Yo permanecía atento a la superficie del monitor, que proyectaba con su brillo blanco la única luz dentro del aquel habitáculo. Se trataba de la grabación digital que había efectuado a lo largo de mi estancia en Tinieblas de la Sierra con intención de ir comentando lo que veía. Como el ulular del viento y otros ruidos de la naturaleza eran muy interesantes, el técnico siempre tenía la costumbre de extraerlos para ambientar dramatizaciones y futuras emisiones.

—Vamos a escucharla de nuevo, y ponte éstos mejor... —dijo alcanzándome por encima del hombro unos cascos negros unidos a la mesa por un cable en espiral.

—¿Subo el volumen con la ruedecilla? –pregunté.

—Sube.

11 seconds, 8 seconds, 3 seconds...

El programa Dalet 5.1 de alta tecnología no necesitó mucho tiempo para convertir aquellos datos en algo audible. La grabadora había captado algo en el camposanto; algo que parecía un lamento pero que en la primera revisión resultaba incomprensible.

¿Sería aquella ráfaga de viento?

Después del proceso de depurado sonoro, a pesar de escucharse mis palabras y mi propio caminar, todo parecía mucho más claro...

¡Purgatorio!

El reloj digital del techo marcaba las 1.13 horas de la madrugada. No hizo falta preguntar si lo habíamos oído; el grito era tan claro como si uno de nosotros, a la distancia a la que nos encontrábamos dentro de aquel cuarto, hubiese mencionado la palabra de manera angustiosa. Una voz cantarina, no sé si de hombre o de mujer. En todo caso alguien anciano, como arrastrando el final, surgiendo muy de fondo pero nítida, clara.

Presente.

—Esto no puede ser. Ponla otra vez, Javi, haz el favor.

Después de repetir el proceso me asaltaron las dudas. Me senté, me levanté, me apoyé en la pared sin saber qué hacer. Al hacerlo me palpé instintivamente la rodilla, que aún permanecía entumecida tras la inyección que me habían suministrado en Toledo. Ante el gesto de dolor mi compañero se preocupó...

—¿Por qué no dejamos enlatado el programa y te vas a casa?

Negué con la cabeza mientras colocaba la pierna recta sobre un taburete. Él miraba la pantalla todavía incrédulo...

—Para mí —dijo señalando los trazos angulosos que reflejaba la pantalla plana— es una auténtica psicofonía. Un grito de alguien que sufre, como en otro plano...

—Déjate de historias —le corté—. ¡Ésa puede ser mi propia voz!

El técnico, ofendido, saltó como un resorte.

—Macho, si después de trescientas semanas contigo no sé distinguir tu voz y diferenciarla de una psicofonía mejor me dedico a repartidor de pizzas. ¿No crees?

—Vamos a ver, Bravo. Yo iba con el *mini-disc* —dije señalando el artilugio plateado— caminando por ese lugar en pleno día y fui describiendo los lugares. Hay trozos donde se me escucha hablar y por eso digo que igual eso soy yo divagando... o hablando solo.

Bravo no respondió. Se limitó a teclear dando una orden precisa a la computadora:

Audio repeat

El lamento, esta vez al máximo volumen, retumbó en los bafles. Después me miró muy serio.

—Ésta no es tu voz. Y lo sabes.

Al revuelo provocado por el extraño sonido se acercaron varios compañeros que hacían guardia de informativos. Cristina, la jefa, se puso el índice en la sien haciéndolo girar, indicando que nos faltaba un tornillo.

Le respondí asintiendo a través del cristal, pero ya convencido de que la fría e implacable informática demostraba que a la hora y diecisiete minutos de grabación se colaba aquella inserción que, sinceramente, no se parecía en nada a mí. Ocurrió, si mis cálculos no fallaban, justo cuando me coloqué frente al crucero del camposanto.

Incluso se me escuchaba, después de tomar aire y caminar unos pasos, decir:

—¡Aquí fue!

A trancas y barrancas, desoyendo el consejo de mi amigo, me senté durante hora y media ante el micro para cumplir la cita con los oyentes. Al llegar a casa el dolor se agudizó. Cogí el portátil y me lo llevé a la cama dispuesto a leer mi correo electrónico. El sexto mensaje, para rematar la accidentada jornada, llegaba con sorpresa:

[DE: SergioZabalaGn55@grupozo.com]
[PARA: anibalnavarro@yahoo.es]
[ASUNTO: RE: Fotos camposanto]
Hola Aníbal,

Acabo de recibir los análisis de los laboratorios de criminalística y pronto terminará el que te estamos haciendo aquí. De momento puedo decirte, y no es poco, que queda descartada la manipulación de la imagen. Lo fotografiado, o se trata de un efecto natural complejo que provoca ilusión óptica, o realmente es algo muy extraño. Ellos, en el grupo 21, han hecho un trabajo bastante extenso sobre las copias escaneadas que me remitiste.

Desde luego que no estamos ante un fallo del autorrevelado, ni ante un foco de luz que genera esas formas. Tampoco es una superposición intencionada. Te paso copia del informe completo.

La verdad es que todo esto ha fascinado a mi superior, que ya sabes que es uno de los mejores expertos en el análisis y el retoque fotográfico, además de escéptico radical en torno a las cosas misteriosas. Por eso su dictamen tendrá un especial valor. Él cree que eso que parece un niño pudiera ser un elemento real. Es decir, un niño de carne y hueso, vestido de forma extraña, que repentinamente pasó por el lugar sin que el autor de la imagen lo supiera. Alguien que gastó una broma pesada quizá. De no tratarse de eso... vamos a tener un quebradero de cabeza.

Te informaré pronto. Un abrazo
SergioZabalaGn55@...

Para un periodista interesado en lo extraño, como yo, ese correo contendría unas extraordinarias noticias. Sin embargo, aquellas palabras, cerca de las cuatro y media de la madrugada, me intranquilizaban.

Desconecté el ordenador y apagué la luz. A la media hora me desperté sobresaltado creyendo escuchar algo.

Algo dentro de mi cuarto.

Miré al largo espejo frontal y me vi a mí mismo con cara febril, pelo desmadejado, sudando. Una faz mortecina.

Quizá me había puesto la antitetánica demasiado tarde. Quizá notaba el lento ascenso de la fiebre en mi cuerpo. Quizá no tenía que haber ido a aquel lugar bajo ningún concepto. Quizá...

Miré hacia la mesilla de la derecha y no me pude resistir. No sé por qué, pero lo hice. Allí estaba el *mini-disc* con la grabación en su interior y los cascos. Me los acoplé a los oídos y, como un robot, pulsé el *play* vigilando mi propio reflejo como si de un momento a otro fuese a hacer algo con voluntad propia.

¡Purgatorio!

Fue una sensación extraña y desagradable. La fiebre, probablemente... Así que volví a hacerlo...

Play

01.17.32...

Me miré, como si aquel yo fuese otro, escuchando el tono que, efectivamente, era un lamento. Un lamento que casi cortaba mis palabras reales como queriendo responder a mi «¡Aquí está!» de la grabación.

Se hacía presente justo en ese instante y la sensación del miedo ya fluía por todo el cuarto. Es algo que se percibe, que se siente. No se puede medir en un laboratorio, pero se sabe a ciencia cierta. Noté que mi propia alcoba me era desconocida y que mis ojos no querían ni siquiera mirar al umbral de la puerta que daba al pasillo.

Y en el cristal, aquella cara de loco flotando en la oscuridad. Esa que era la mía y que en aquel instante tanto me recordaba a la del propio Galván.

¿Qué me estaba ocurriendo? ¿Por qué demonios hacía aquello?

Me quité los cascos de un tirón, me incorporé y a punto estuve de levantarme. Había escuchado algo. Algo al otro lado de los auriculares, allí mismo, como cuando desperté sobresaltado minutos antes.

El volumen me había impedido percibir con nitidez lo que creí que eran unos golpes. O unos pasos.

¿Cómo saberlo?

Quizá era alguien llamando con los nudillos a la puerta. A mi puerta.

Eso me pareció. Alguien que a aquellas horas llamaba y nada más...

Me cubrí con las sábanas, con ese absurdo instinto que creemos que nos puede salvar de la visita en mitad de la noche.

Noté mi sudor, lo caliente de mi piel. Y las punzadas palpitantes de la rodilla. Sonreí entonces a pesar de la fiebre.

Procuré conciliar el sueño, achacándolo todo a la enfermedad y enfocando racionalmente la situación. Al menos, intentándolo, consciente de que, en aquel instante, lo más probable es que acabase pensando en lo que no quería: la visión que una madrugada ya lejana tuvo Helena, la secretaria de *Universo*.

A ella también la despertó algo: la imagen de un hombre descuartizado que vagaba. Esa imagen grabada a fuego en mi inconsciente y que mi consciente quería evitar a toda costa en mitad de la oscuridad.

Fue entonces cuando sonó el teléfono del salón.

Tal y como había temido.

Palacio de los Guevara
Malinas, Países Bajos, 1593

9

E l padre Atienza puso cara de asco. Después pasó el crucifijo a lo largo de las tablas pronunciando una oración extraña.

—Sabed que a mí esto me parece una absoluta locura —dijo tras ordenar a los guardias que las cubrieran de inmediato con dos mantas para meterlas en el carruaje.

Antes de subirse a él, uno de ellos alargó al joven, hijo y heredero del gran coleccionista don Diego de Guevara, una pequeña bolsa de cuero.

Nada más desatar el cordel, aún sentado en su sillón de terciopelo, Feliphe Saulo de Guevara protestó airadamente:

—¡Esto no es lo acordado!

Atienza, ya con un pie en el peldaño de acceso a la carroza, volvió sobre sus pasos. Su rostro estaba henchido de ira:

—¿Merecen más estas obras del diablo? ¡En la hoguera deberíamos reservar un rincón para ellas y para su creador!

El apuesto muchacho se levantó, quedando su cabeza muy por encima de la del fraile.

—Se pactó el equivalente a dos mil ducados... y eso es lo que me habréis de dar si pretendéis llevároslas. No soy yo quien las desea fervientemente, sino el rey. Discutid con su majestad las dudas teológicas que os inspiren y no conmigo. Yo sólo las vendo al mejor postor.

—Ya veo que todo lo divino aquí sobra. ¡Ya lo veo con mis propios ojos! —rebatió señalándoselos con los dedos.

Efectivamente, el padre Atienza, como primer consejero, y muy a su pesar, se había tenido que desplazar de nuevo hasta la animada y siempre bulliciosa ciudad de Malinas, centro cultural repleto de comerciantes y artistas. Consideraba la orden de Felipe II algo casi humillante; regresar hasta aquel palacio gótico donde se exponían pinturas majestuosas y otras mucho más extrañas y que permanecían bajo llave en algunos cuartos, sólo dispuestas para compradores muy especiales.

—Ya os dije que los cuadros más interesantes no eran los que os llevasteis en vuestra visita anterior —sentenció el comerciante sonriendo, deleitándose con la rabia del comprador.

—¡Estas tablas y quienes sacan beneficio de ellas algún día acabarán ante el fuego purificador, que es de donde jamás tendrían que alejarse! —gritó con toda su alma el encolerizado monje como respuesta.

—Como digáis, pero de aquí no os las llevaréis si antes no recibo lo que valen. Hay otras personas interesadas y sabed que no dudaría en aceptar sus propuestas.

El crucifijo, con el característico temblor que se le reproducía por todo el cuerpo cuando estaba cerca del síncope, se le cayó al suelo sin producir mucho estruendo al verse amortiguado por la alfombra roja. Tras recogerlo chasqueó los dedos y, acto seguido, uno de los dos alguaciles con armadura que le acompañaban se adelantó unos pasos, dejando sobre la mesa otra bolsa de piel anudada idéntica a la primera.

—¿Acaso desoiríais la oferta de un monarca? ¿A tanto llega vuestra osadía de burgués descreído y avaro?

—La avaricia, al menos en mi negocio, la tienen quienes llegan a un acuerdo e intentan burlarlo en el último instante...

El fraile no podía contenerse. Aquellas faltas de respeto en España serían intolerables. Y lo sabía. Pero la orden regia era muy clara: esas pinturas tendrían que llegar a El Escorial a toda costa. Quizá el hecho de desconocer los motivos de esa arrebatadora obsesión de su monarca era lo que en verdad le sacaba de sus casillas.

—Así está bien —dijo Feliphe Saulo tras contar hasta la última moneda—. No sabéis cuánto me alegra que en el corazón del Imperio predomine el gusto del buen arte. ¡Que tengáis feliz viaje de regreso! ¡Y controlad esa bilis tan impropia de un hombre de fe!

El padre Atienza se echó a un lado del asiento corrido. Como si no quisiera tocar bajo ningún concepto aquella compra maldita.

Tras acomodarse, y desde el otro lado del cristal, dijo algo en tono solemne:

—Ya sabéis el destino que espero yo para todo esto. Por cierto, hay una tabla en la que mi señor está también interesado y pagaría una gran suma por ella. Una de este mismo pintor hereje y que al parecer tiene cierta fama...

—Creo que sé a cuál os referís. Llevo años oyendo hablar de ella. Pero jamás ha pasado ni por aquí ni por ningún otro palacio o comercio de todo Flandes. De eso podéis estar seguro.

—¿Y cómo sé que no me engañáis, truhán? —dijo apretando los dientes y con los ojos inyectados de odio.

—Con franqueza, si yo dispusiese de ese cuadro sólo me quedarían dos opciones: loco o muerto. Y creedme que prefiero estar así, vivo y cuerdo.

Durante la noche, a través de los caminos, los caballeros fueron abriendo paso a la comitiva. En el interior del carruaje, ya casi en las primeras tierras de Francia y con el incesante traqueteo, el ofendido consejero se despertó como de un mal sueño. Había luna y todo el entorno se veía con gran claridad. Las arboledas, las lomas, las pequeñas aldeas con sus casas de balcones floreados en la lejanía. Sin saber bien por qué, alargó la mano hasta uno de aquellos envoltorios y, poco a poco, casi con temor reverencial, quitó muy lentamente la manta. La claridad entró por el ventanuco con milimétrica precisión y entonces vio un fragmento del cuadro. Espantado, creyó observar una expresión distinta a la que tan sólo una hora antes colgaba en aquel palacio. Le horrorizó tanto que se acurrucó como si allí mismo estuviese el Príncipe de las Tinieblas. En un acto reflejo, tomó la pequeña cápsula esférica de metal que llevaba al cuello junto con la cruz, abriéndola de un solo giro. El agua bendita de su interior tocó la superficie de madera y acto seguido, en apenas un segundo, un relinchar terrible paró en seco el rodar de la comitiva. Fue tan brusca la detención que el propio Atienza salió despedido contra el otro lado. Las tablas cayeron al hueco abierto entre los dos bancos, a punto de fragmentarse. Afuera, los caballos se negaban a continuar. Miraban al frente, paralizados, ingobernables y con las crines erizadas.

Mientras uno de los alguaciles azuzaba a los excitados animales, otro fue raudo a atender al fraile descalabrado. Lo sacaron un tanto aturdido por el golpetazo, tanteándose la redonda coronilla de la tonsura. Cuando los tres estuvieron con el pie en tierra miraron sin disimulo la ladera y entonces se sintieron tan inquietos que cada uno, sin decir una palabra, volvió a su puesto con un escalofrío inesperado dentro del cuerpo. A los pocos minutos, tras varios latigazos de más, el carruaje volvía a reemprender camino.

Atrás quedaban aquellas siluetas de troncos gruesos alzados en mitad de la explanada sin aparente orden. Eran palos argollados de los que salían varias cadenas y en los que al día siguiente iban a arder varias personas vivas...

Un campo de herejes.

—Reconozco que vuestro segundo viaje ha sido más exitoso. Pero aún falta la obra más importante... ¿Cuándo habré de conseguirla?

El rey, caminando de un lado a otro de su biblioteca privada del monasterio de El Escorial, ni siquiera las había desenvuelto de las mantas. Sus doce consejeros en ocultismo, nigromancia y artes toledanas no separaban los ojos de ellas. Cuando por fin ordenó subirlas a un atril para que fueran mostradas, se hizo un silencio absoluto, como si todos contuviesen la respiración.

—Son dos piezas impresionantes, majestad. ¿Seguro que deseáis colocarlas en vuestros aposentos? —preguntó fray José de Atienza mirando al resto con desconfianza tras besar de nuevo su crucifijo.

—Mi determinación es absoluta. Pero falta la tabla central para la composición que deseo hacer. Me han hablado tanto de ella que considero que todo aún queda incompleto.

—¡Hemos buscado ese cuadro en seis países! ¿Y si se tratase de una leyenda? —apuntó el bibliotecario Benito Arias Montano desde su lugar, dando la espalda a la única ventana ya oscurecida por la noche.

—No lo es —irrumpió un hombre de larga barba, muy envejecido, vestido con una capa marrón y un cordel al cuello—. Deben saber que mi padre llegó a verla una vez... y acabó loco, arrojándose años después a la laguna.

Atienza se santiguaba cada vez más rápido. El resto de consejeros miraban de frente al rey, el único que permanecía en pie y en el centro de la estancia. Ninguno osó moverse un centímetro en sus sillas alineadas. Fue el monarca quien, intrigado, volvió a preguntar:

—¿Y cómo no me habéis dicho nada hasta ahora, fray Doménico?

—Hay cosas que es mejor olvidar, majestad. Pero viendo vuestro gran deseo, tengo que revelar esta historia por si sirve para hallar esa pintura, a la que me atrevo de calificar de demoniaca.

—¿Por qué decís eso? —replicó el monarca aproximándose hasta quedar cara a cara con él.

—Los sueños y pesadillas se le repitieron durante un largo tiempo después de aquello hasta que al final, perdido el juicio, puso fin a su vida. Eso me contó mi madre ya en Nápoles muchos años después. Ahora tengo ochenta y siete y cuando esto ocurrió no contaba más de uno.

—¡Santo Cristo! ¿Y con tales antecedentes no será pecado albergar ese cuadro en este sagrado lugar alzado a la mayor gloria de nuestro rey?

—¡Al revés! Yo pienso que éste es precisamente el enclave donde debiera estar, pues aquí se podría corregir su poder... e incluso aprender de él —exclamó otro sabio más decidido.

—¡Callad todos!

El grito de Felipe II hizo que las voces se cortaran como si por cada lengua hubiese pasado una reluciente espada.

—Quiero escuchar a Doménico. ¿Y dónde vio vuestro padre esa tabla? ¿Habéis dicho Nápoles?

—No, majestad. Fue en Venecia. En las mazmorras de Venecia donde cumplió pena. Allí estuvo colgada un tiempo muy breve, pues según me contó mi difunta madre hubo un gran incendio y ya nunca más se supo.

—¿Y allí estaba la más terrible imagen que nunca nadie osó imaginar?

—Por lo que gritaba mi padre en sus pesadillas, allí debía estar.

—¡Ordeno en este preciso instante que se encuentre esa pieza a toda costa! ¡Ése es mi máximo deseo! ¡Ofreceré una gran recompensa de por vida a quien arroje pistas veraces sobre su paradero!

Con un movimiento de su mano, enfundada en un guante de terciopelo rojo, dio la orden de disolver la reunión. Todos se levantaron al mismo tiempo, provocando las sillas de madera un gran estruendo al rozar con el suelo. Justo después, un hombre muy delgado y que parecía vestir una túnica blanca no perteneciente a ninguna orden conocida hizo una confesión inesperada, hablando muy despacio, como si meditase cada una de sus palabras.

—Majestad, yo he oído que esa tabla llegó a España un día ya muy lejano. Y que no está tan lejos como imaginamos.

NOTA

Hubo un primer viaje del atormentado padre Atienza, ocho meses antes, hasta Malinas. Allí cumplimentó la primera adquisición, viajando solo como gran conocedor del arte flamenco. Sin embargo, el día de su regreso, se llevó la más severa reprimenda que se recordase en el monasterio. Las obras por las que había optado pertenecían al enigmático autor, pero desde luego eran temas que nada tenían que ver con los que en concreto obsesionaban al rey. Una de ellas era *La extracción de la piedra de la locura* y otra el *Tríptico de la Epifanía* —ambas visibles hoy en el Museo del Prado de Madrid—. El religioso las había elegido por considerarlas más normales y bellas que el resto de las que había visto en aquel lugar. Las otras, además de desagradarle, las tomó como algo diabólico pintado para los espíritus impuros y desoyó el verdadero encargo:

«Una pintura de Hyeronimus van Acken como no hay ninguna otra, que muestra por vez primera a un espectro diabólico y es capaz de ensoñar y hechizar a quien la mira por mucho tiempo».

Cuando volvió sin ella a punto estuvo de ser encerrado por haber decidido él mismo y no haberse limitado a acatar las órdenes. Obligado a regresar con instrucciones más precisas, llegó de nuevo a El Escorial aquel 2 de junio de 1593, con la cabeza gacha y dos tablas por las que había dado una auténtica fortuna. Los expertos discreparon abiertamente durante horas. La primera noche, Felipe II dictaminó que las subieran directamente a su alcoba.

Hoy sabemos que uno de esos cuadros era *La tabla de los siete pecados capitales* —expuesta también en el Museo del Prado—, una especie de gran ojo divino que revelaba los males del mundo. El otro, que se perdió durante el gran incendio del monasterio tras su muerte, ha suscitado hasta nuestros días la fantasía y las investigaciones de historiadores y coleccionistas. La mayoría coincide en afirmar que se trataba de una de las pinturas de madurez, momento en la vida de Hyeronimus en el que ya habían aparecido e influido ciertos personajes que serían claves en su devenir. Aquella tabla, en el viejo primer inventario de la decoración de los salones regios, aparece con una breve reseña:

«CL7- *El anticristo* o *La noche sin Cristo*. Pintura del pintor de Brabante llamado Van Acken, también conocido por el alias de Bosqui o El Bosco. Lugar: aposentos del rey».

De este cuadro hoy desaparecido, el historiador S. Lamarcus reseñó los siguientes datos:

El Anticristo
Óleo sobre tabla
Medidas: 120 x 150
Ubicación: El Escorial
Datación: 1499?
Estado: desaparecido

Podemos referirnos a esta obra gracias a los grabados muy posteriores efectuados clandestinamente por el taller del impresor Heinz Küipper, basados en copias del llamado Círculo Bosch, que permaneció activo a lo largo del siglo XVI.

Estos seguidores, devotos de la simbología y la calidad de El Maestro, *recuperaron los temas perdidos de algunos de sus cuadros prohibidos o quemados y son hoy la única clave para conocer la iconografía representada en las tablas originales.*

El contexto en el que se realizó esta tabla es el de la Europa apocalíptica, encadenada a un miedo cerval al Anticristo, una antítesis perfecta de Cristo, una figura mucho más oscura cuyo nombre produce escalofríos de terror a cualquier buen católico. Enviado de la anti-humanidad, enemigo declarado de Dios, regresa como un rey poderoso a la tierra. Es imaginado como una horrible bestia en algunas fuentes (Apocalipsis 13, 1-8 y 11-17) o como este inquietante personaje humano que Hyeronimus van Acken representa fríamente y por vez primera como un recién nacido.

Un niño, apenas un bebé, es la figura central de esta composición. Sonríe mostrando sus dos largos incisivos, a modo de serpiente, como únicos dientes. Sólo tiene mechones de pelo en la cabeza y está sentado en un trono regio que termina en cuatro robustas patas o columnas que son cabezas de león. Sus ojos están desprovistos de pupilas, son globos blancos, pulidos, sin expresión. Tiene un cetro de oro en la mano y viste una larga túnica rojiza, repleta de joyas y medallas. En la cabeza, una corona de pequeño tamaño, tocada con piedras preciosas. En la frente, como grabada por quemadura, una cifra: 666.

Tras él se representa un paraje sinuoso en el cual se ha levantado una hoguera. Entre las llamas, atada por la cintura a la gran estaca, gritando y con las dos manos en alto, mostrando las palmas en una especie de última pose ceremonial, aparece una mujer robusta cuyos pies se asoman ya convertidos en muñones calcinados.

Las investigaciones pertinentes no dejan lugar a dudas: se trata de la representación de la quema de la hereje Margarita Porete en 1310. Precisamente esa fecha, esos dígitos, surgen a modo de rememoración sobre el madero como título mortuorio, a modo de INRI, en números romanos.

Porete fue perseguida, condenada y ejecutada en la hoguera de París junto con las copias de su libro prohibido Miroi des simples âmes (El espejo de las ánimas simples), un compendio de la doctrina herética de los Hermanos del Libre Espíritu, secta de origen adamítico que combatió duramente con la Iglesia y que fue reprimida hasta las últimas consecuencias. Practicaban la pobreza y la mendicidad y al mismo tiempo renegaban de la represión del pecado, considerando esta actitud de la Iglesia mucho más negativa que la propia maldad. Dios había creado a los hombres imperfectos y éstos no podían escapar de sus instintos.

La libertad sexual absoluta y la conciencia de que ningún acto primario está mal a ojos del verdadero creador forjaban la inocencia con la que había que ascender a los cielos. En algunas escisiones posteriores de la secta, por la que Van Acken parecía tener ya en esta época una simpatía absoluta, se crean verdaderas escuadrillas de sacrificadores y ejecutores, auténticos psicópatas que no redimen su ansia animal de matar y que enfocan su odio visceral hacia los oficiantes eclesiásticos, a quienes consideran el auténtico enemigo represor del mundo. En Alemania, Italia, Francia y España hay información inquisitorial, no se sabe hasta qué punto exagerada o adecuada para los fines de la persecución, acerca de matanzas e inmolaciones inducidas por miembros de esta agrupación. La vida practicada en total sintonía con el instinto primordial es el único camino hacia lo que definen como Verdad Adámica; el auténtico Paraíso anterior al pecado original.

Temían el malditismo de algunas ánimas, pero anhelaban su información sobre el otro lado. Rechazaban el enterramiento y practicaban la incineración ritual como norma básica ante la muerte.

No se consideraban seguidores de Dios, sino alumbrados por la esencia divina, en un escalón superior al resto de los mortales. No aceptaban ni a la Virgen, ni a los santos, ni ninguna norma de la institución, de la que se consideran enemigos. Su conexión directa era con Dios.

Con todos estos precedentes y la inclusión disimulada —pero apreciable con una simple lupa— del signo de la cruz invertida, además de la presencia en el margen derecho de dos cerdos provistos de tocados propios de las monjas —tal y como volvería a plasmar años después en la misma zona visual dentro de El Jardín de las Delicias—, no es extraño que esta obra fuese incluida nada más ser desembalada por fray José de Atienza en el índice de obras condenables dentro del censo teológico-artístico del monasterio de El Escorial.

Sólo una orden directa de Felipe II la apartó de la destrucción instantánea.

La inscripción que aparecía en la capa del bebé apocalíptico, traducida del gótico, decía:

«El Anticristo será el último hombre y tendrá dos dientes al nacer».

10

eo ajusticiado por el tormento de ahorcamiento en palo.

Acerqué la lámina a una de las viejas lámparas del taller mientras Márquez se lavaba las manos de grasa en un lavabo incrustado en la pared. Tras secarse con el delantal de cuero se aproximó y tocó con su índice la cara de aquel moribundo:

—Un antecedente del célebre garrote vil en un estilo muy parecido a las *Pinturas negras* de Goya. Ahí lo tienes.

—¿Y vas a hacer un libro sobre esto tan macabro? —respondí.

—Ya lo creo. Una serie limitada de las mías, ya me conoces.

Era la enésima visita a la pequeña imprenta de Sebastián Márquez en aquella semana. Me dio tanta confianza, y tan ilimitado me pareció su conocimiento en las horas que estuvimos disertando, que no dudé en mostrarle el último reportaje de Lucas Galván, las fotografías y, por supuesto, mi enorme interés en Hyeronimus van Acken. Ya éramos dos los que sentíamos una particular atracción por el pintor de Hertogenbosch.

—Fue uno de los más grandes genios universales, pero, curiosa paradoja, no sabemos cuándo nació exactamente, ni qué escuela tuvo, ni para quién pintó sus cuadros, ni qué quiso decirnos con ellos. No hay un solo escrito de su puño y letra. Hasta desconocemos si su célebre autorretrato de vejez es realmente él. Ni siquiera sabemos cómo murió. Ni cuándo. Como ves, nos encontramos ante una anomalía única en toda la historia del arte.

Coleta canosa recogida en una goma, pantalones de pana y gafas a la antigua usanza. Ése era Sebastián. Antiguo seminarista y —desde hacía treinta años— editor para minorías, lo poco que había comenzado a saber sobre su biografía repleta de bandazos ideológicos, de crisis filosóficas y de coqueteos con alguna que otra extraña hermandad bien daría para uno de esos volúmenes con cubiertas en piel de ternera.

—De ese Galván —dijo entornando la mirada como quien hace un esfuerzo para viajar al pasado— algo llegué a escuchar hace más de treinta años, cuando yo era joven. Sí, recuerdo vagamente algún programa de aquellos que hacía de madrugada hablando de historias terroríficas. No le presté excesiva atención quizá porque aún no me había adentrado en ciertas esferas de conocimiento. Nunca sospeché de su extraño interés por *El Maestro*. Ni creo que lo hicieran ninguno de los expertos e historiadores que conozco. Más bien da la sensación, viendo y leyendo lo último que escribió, de ser alguien que se tropezó con la historia y empezó a indagar en solitario hasta las últimas consecuencias.

Gracias a su amor al oficio —y a una nada desdeñable herencia—, Sebastián era la viva imagen del tipo feliz que disfrutaba con lo que hacía. No quedan muchos como él, con ese brillo de quienes están enamorados de la propia existencia. Cierto es que ya no tenía tanta fe como antes —ni en el catolicismo ni en las doctrinas de algunas sociedades discretas en las que militó—, pero hacía libros. Y esos *condenados* le gustaban más que nada en el mundo.

—Por cierto... Qué mala cara traes. Estás mortecino —me dijo al mirarme fijamente bajo la bombilla.

Mi aspecto aquella tarde no debía de ser el mejor. Horas de angustia y fiebre me habían dejado unas ojeras que parecían marcadas a fuego.

—Lo estoy pasando mal con este asunto. Me están sucediendo cosas... inesperadas.

Colgó su atuendo en una especie de garfio parecido a los de las carnicerías y abrió la puerta. Entró una bocanada de frío intenso que hizo revolotear algunos papeles.

—¿Te han dicho ya algo los de los análisis fotográficos? —dijo pasándome su bufanda escocesa antes de cerrar con llave.

—Parece que no hay fraude. De momento.

Salimos a la calle de las Tres Cruces, vacía a pesar de encontrarnos ya en plena recta de las Navidades. Muy de fondo llegaba el bullicio de los villancicos, indicando que las concentraciones de gente que atiborraban los grandes almacenes quedaban un poco más arriba. Una muestra palpable de cómo la zona, un tanto sombría, había ido quedando al margen de la ruta comercial. El último reducto del Madrid castizo, detenido en el tiempo y sin apenas adornos, enclave donde aún se podían ver algunas tiendas de artesanos, zapateros o encurtidores. Talleres pequeños, con luces blancas, estantes de madera y el propietario dando martillazos mientras de fondo sonaba la radio colocada en el mostrador. O esos colmados con las cajas de verduras en la acera y la vieja balanza de aguja, a un lado el calendario y, quizá aguardando, algún visitante tan entrado en años como el propio dueño. Nada que ver con la vorágine que se vivía cuatro calles más arriba.

—Estoy muy a gusto en este barrio. Nos conocemos todos. ¿Sabes?, en el fondo somos como una aldea gremial del medievo —comentó tras saludar alzando la mano al peluquero de bata blanca que hizo lo propio sosteniendo la navaja por encima del cráneo del cliente.

Así era Márquez, entusiasta y trabajador, aunque su cuenta corriente no necesitase tamaño esfuerzo diario. Su editorial —especializada en Historia del Arte y en algunos temas más propios del ocultismo— le daba para vivir bien a él y a sus veinte empleados, pero en cuanto podía —algunos lo consideraban patológico— abandonaba el moderno edificio inteligente y acristalado de la zona residencial para perderse en ese pequeño mundo que hubiese fascinado al propio Gutenberg: un microcosmos provisto de planchas, oscuros engranajes, palancas... y el olor de las bobinas de papel nuevo.

En ese ambiente peculiar se ponía a la faena, a eso de las seis, confeccionando y encuadernando algunas ediciones limitadas —cincuenta o cien ejemplares a lo sumo— que eran auténticas maravillas destinadas a los especialistas.

—Aún me sorprende que en este tiempo de internet y televisión por cable haya gente dispuesta a gastarse un dineral en uno de tus libros.

—¡Y menos mal! Agradecidos debemos estar a esas personas que aprecian la calidad y que aún tienen sensibilidad para escapar del borreguismo generalizado —respondió al tiempo que indicaba hacia la esquina.

—Yo os aseguro que si tuviera tantos posibles como vuesa merced, también compraría semejantes joyas con los ducados de mi bolsa. ¡Que conste!

—¿Os quejáis vos de vuestra paga, malandrín? —resopló empuñando una espada imaginaria.

—¡Deténgase en su tropelía! Sólo hago constar que, como buen hidalgo y maestro impresor que es, merece esos opulentos bienes terrenales que ya los quisiera este humilde trovador de cosas raras. ¡Vive Dios que así es!

Nos reímos los dos mientras a nuestra espalda iban sonando las persianas metálicas de los comercios al ir cerrando una tras otra. Todas las bromas se detuvieron de inmediato cuando nos sentamos en una de las mesas del café. El jolgorio anterior dio paso a un rictus preocupado.

—Ayer me despertó el teléfono a las tres de la madrugada, en mitad de mis pesadillas.

—¿Y? —respondió inmutable sacando su pañuelo para limpiar los anteojos.

—Que presentía que iba a ocurrir. ¿No lo entiendes? Me incorporé en la cama con un sobresalto, pensando cosas muy raras y entonces...

—Eso tiene una explicación. Habitualmente la llamada real se produce, nosotros la escuchamos mezclada con el sueño y despertamos. Entonces el interfecto telefonea otra vez y nosotros creemos que se trata de una intuición.

—Ya. Pudiera ser pero...

—¿Y quién te llamaba a esas horas?

—Pues por eso te digo. No sé, tú ya me conoces un poco, con esto no bromearía jamás pero es que...

—¡Que quién demonios llamaba!

Los ojos de Márquez eran muy pequeños. Hasta ese momento no me había fijado bien. Su brillo azul —remarcado por las arrugas que aparecían en el contorno— aguardaba una respuesta inmediata.

—Nada. Cogí y nada.

—¿Que no era nadie? —dijo incrédulo.

Tras ponerse las gafas, las órbitas se dimensionaron y la expresión volvió a ser más cercana y familiar.

—Escuché sólo la señal —dije simulando un auricular invisible—. No debí de llegar a tiempo.

—Eso es alguien que se habría equivocado. Seguro. Y no debes obsesionarte, si no, acabarás mal. Te lo advierto desde ya.

—¿Equivocado? ¿A las tres de la mañana?

Sebastián se sopló los dedos tras comprobar lo ardiente de la taza blanca recién llegada. Después habló muy despacio, remarcando cada una de sus palabras:

—Con estas cosas no hay que perder los estribos. Ésa es la clave. Conozco personas muy próximas que acabaron en el psiquiátrico. Y no sólo una, ni dos... sino varias. Lo que de algún modo está reclamando tu atención no es un juego.

—Explícate, por favor —respondí cada vez más nervioso.

—Sería muy largo, y habría que comenzar por el principio, remontándonos años, siglos... ¡Milenios!

—Márquez —le corté—, no me vengas con la antigüedad ahora. ¿Qué es lo que sale en esas fotos? ¿Para ti qué es eso?

Al editor no le sorprendió mi repentino ataque de ansiedad. Él, por lo poco que le conocía, no solía enervarse ni en las condiciones más adversas. Dio un sorbo y muy serio dijo:

—Larvas.

Me quedé de piedra, esperando la lógica explicación.

—Los que sabemos un poco del *otro lado* de la naturaleza hemos oído hablar de ellas. *Fravashi* las llamaban los persas, *eidolón* los griegos, *tarki* los etruscos. Da igual que uno crea o no en esas realidades. Eso a ellas les importa bien poco. Es algo que viene desde que el hombre es hombre, por eso te advierto del peligro. Son larvas de miedo... y de dolor. Son receptáculos en los que, de algún modo, se concentran las dos energías más potentes, las más densas que existen. Las únicas que son capaces de impregnar un lugar si se dan las condiciones adecuadas.

—¿Condiciones?

—Si se dan los *tres componentes* tenemos clara la ecuación —dijo removiendo la cucharilla muy lentamente.

—Háblame en cristiano, Márquez.

—Querido amigo, si no nos remontamos al principio, al origen, ni puedes entenderlo ni puedes creerlo. Así que te recomiendo que...

—¿Pero qué demonios es una *larva*? ¿Y qué *tres componentes* son ésos?

Me fue imposible obtener más información. Sebastián estaba empeñado en que acudiese a fuentes remotas.

—Tú estás tranquilo porque aún no te he contado lo de la voz que se ha grabado en el camposanto, no sabes lo de...

—Ni falta que hace —concluyó tajante—, ya que en el fondo todo se reduce a una medición de fuerzas. Sólo puedo darte un consejo: si ves que el asunto te puede, es mejor abandonar. Y hacerlo de inmediato. Si sientes miedo, lo dejas. Punto y final. Ya verás como todo comienza a mitigarse hasta desaparecer, como una mala pesadilla que nunca ocurrió.

—No es miedo exactamente, es más bien...

—Eso se llama miedo. Y no hay que avergonzarse por ello —sentenció, quizá con el aplomo de alguien que, alguna vez, había vivido la misma situación.

Mantuve el silencio durante unos instantes, concentrado en la negrura del café y consciente de que mi amigo tenía algo de razón. Él sólo quería lo mejor para mí.

Y yo, efectivamente, tenía miedo.

—Tú has buceado durante años en estos mundos del ocultismo, con rigor, con los mejores maestros... y necesito saber si todo esto es cierto. Eres el único que me puede ayudar. Ahora o nunca.

El editor frunció el ceño, como si no le gustase el término.

—Esto no es ocultismo, ni esoterismo. Es, sencillamente, la naturaleza de las cosas. Lo que ocurre es que hay una cara que nunca se cuenta. La que está ahí, pero no queremos ver porque nos asusta y rompería en mil pedazos nuestro cómodo pensamiento uniforme y racionalista impuesto desde hace un par de siglos por unos científicos tan dogmáticos como los viejos gurús del espíritu. Bajo su nueva doctrina vivimos sin preocupaciones ultraterrenas, como el borrico con orejeras esperando que llegue el dueño con el palo para guiarle. Lo que ocurre, y ahí está el gran inconveniente, es que no hay nada demostrable en todo esto que yo te cuento. Siempre podrán decir que te volviste loco, que malinterpretaste, que todo se debe a la febril imaginación. Así ha ocurrido con muchos. Y si antes se quemaba a la gente, hoy se hace el mismo auto de fe pero con otra inquisición. Y la pena es la misma: muerte social, olvido, despido, descrédito...

—Ahora necesito saber... —repetí, notando cómo la fiebre volvía a palpitar en mis sienes—, y mis oyentes y lectores también. Comprenderás que no podré negarles esa información. Es mi misión.

—Bonito tópico. Pero equivocado —replicó malévolamente.

—¿Cómo?

—Que esto es un camino personal. Estrictamente individual. Te puede cambiar la vida, pero, probablemente, no puedas demostrar nada a nadie. O no podrás hacerlo como el diabólico sistema te exigirá para aceptarlo. Ése es el juego, y el *otro lado* lo sabe muy bien y mueve ficha. Si siempre haces todo pensando en los que te leen y te escuchan, más vale que ni lo intentes. El precio puede ser demasiado alto. Recuerda que ya les pasó a otros...

—¿Te refieres a Galván?

—A ese mismo, por lo que veo en su último escrito de agonía. ¡No querrás seguir su camino!

—Pero yo —tartamudeé— cumplo una misión como informador. Lo sabes. Tengo que obtener evidencias para ellos.

—Tú lo necesitas. ¡Tú! —gritó apuntándome con su dedo—. Lo demás sobra. Así de claro. Esto es una etapa en solitario y lo que yo puedo enseñarte no es nada objetivo. Son conjuntos de creencias y doctrinas de un universo que siempre ha estado oculto, pero que se rige por unas leyes bien diáfanas y que los iniciados no ponemos en duda. Olvídate de tu concepto aséptico de informador porque en estos mundos esa pose no te va a valer de nada. Esto, mal llevado, puede acabar con una persona. Puede destruirla y convertirla en polvo. Ya te he dicho que hay amigos que ahora mismo están en una habitación acolchada del manicomio, hablando con las sombras en un diálogo que sólo ellos entienden...

En ese momento vi la humedad aflorando en sus ojos.

—Y así pasan meses, años... Con la camisa de fuerza como único vestido. Compañeros míos que se perdieron en el lado oscuro y que ya ni me reconocen.

Le puse una mano en el hombro. Tras casi un minuto de silencio, elevando de nuevo la mirada, prosiguió:

—Tú, ahora, casi por accidente, te has topado con una de las aristas, la punta de un iceberg insignificante. Para ti es un trauma descubrirlo ahora de sopetón. Para mí todo está claro... es una simple cuestión de creencia. De pura fe.

—Pero yo no busco fe, Sebastián, busco pruebas. Soy un investigador.

Mi buen amigo arrojó dos monedas en el platillo y se levantó volviendo a ponerse el abrigo gris de un golpe.

—¿Investigador? Ya, hombre, ya. A eso me refiero. Esto no se puede demostrar, pero está. Eso te lo digo yo y te lo dicen los iniciados del siglo IV, por ejemplo. Está en las pinturas terribles de *El Maestro*.

—¿Cómo? —pregunté extrañado.

—Esas obras plasmadas con algo maligno y mágico, que ya te demuestran de entrada la prueba del valor, indicándote que es mejor que no te adentres jamás en esas brumas. Obras de hombres que vieron cosas que nosotros no podríamos nunca imaginar.

—Evidentemente, a veces nos olvidamos de que los artistas de esa época tuvieron que presenciar cosas que hoy no cabrían ni en nuestras peores pesadillas: autos de fe, guerras santas, la peste...

—Eso y más. Mucho más.

—Pero ¿te estás refiriendo a las pinturas de Hyeronimus que están en el Museo del Prado?

Al escuchar mi pregunta volvió a dejar caer su peso sobre la silla. Como si la hubiese esperado durante mucho tiempo. Entonces habló muy lentamente, con el tono solemne de quien menciona a un auténtico *enviado*.

—Por ejemplo. ¿Te has fijado bien en la parte derecha de *El Jardín de las Delicias?* Esa composición, por la que muchos pasan quedándose sólo en la anécdota superflua de sus figuras y tormentos más o menos célebres, es capaz de transportarte si la miras fijamente y penetras con ciertos códigos en su profundo misterio, en su auténtico reverso. En el otro lado.

Mis ojos eran dos platos que no parpadeaban.

—Pero ya te advierto que si tu interior es muy sensible, si tienes auténtica luz vital, puedes verte arrastrado por algo ajeno a ti, algo que respira todavía en el alma de esos cuadros.

—El infierno de El Bosco...—dije en un susurro, intentando visualizar en mi recuerdo aquel gran tríptico del museo, ese que tiene una parte oscura y amarga que contrasta brutalmente con las escenas del Paraíso bucólico y feliz de los otros dos tercios de la obra.

—Él fue el primero que experimentó y recogió una serie de doctrinas que venían desde muy antiguo y que el largo periodo de la Edad Media había ido destruyendo en una guerra larga y sangrienta. Muchas de esas corrientes heréticas y algunas muy peligrosas por lo primitivas e instintivas se reactivaron a finales del siglo XV de una manera que llegó a inquietar a la Iglesia. Él plasmó la esencia perdida y sólo algunos comprendieron el mensaje, ese mismo que a la vez es la sustancia vital, el principio energético que se refleja en las *polaroid* del cementerio. Es decir, lo que debió de atormentar a tu reportero loco hasta matarlo.

Creo que el propio Sebastián se quedó un rato en silencio, queriendo analizar lo que había soltado a borbotones. Yo, por supuesto, hice lo propio, callar intentando proyectar en la pantalla del cerebro alguna de las criaturas de los cuadros de aquel artista tan extraño.

—Para conocer bien lo que ahí se esconde —prosiguió mi amigo al ponerse en pie— hay que remontarse muy lejos, penetrando en un mundo que otorga pocas pruebas, pero que con la recta actitud es capaz de darnos certezas.

—¿Certezas sin pruebas? —respondí ya en la calle oscura.

—Exacto. Y eso...

Apretó los dientes.

—Eso vale más que cualquiera de tus libros.

Sebastián, como un sereno antiguo, fue alejándose pausadamente por el adoquinado, dejándome allí plantado. Pensé que se iba a detener, pero no. Ante la puerta iluminada del café, cuando estaba a punto de llegar a la primera bocacalle, le grité:

—¡Ayúdame!

Ni siquiera hizo ademán de volverse, pues sabía perfectamente que era yo el que me iba a acercar. Lo hice en una pequeña carrera para ver su perfil sonriente.

—No cambiarás nunca —sonrió mientras se ponía un cigarrillo en los labios—. Acompáñame al taller, quiero enseñarte algo.

Nada más llegar encendimos de nuevo las lamparillas. Con cada una de ellas se iluminó un sector y comprobé cómo el grabado del reo ajusticiado, subido en el atril y serpenteando en el contraluz, daba otra impresión muy distinta. Como si alguna de sus facciones agarrotadas hubiese cambiado. Era el fantasmagórico efecto de la luz y la sombra que tan bien manejaron los antiguos maestros...

—Yo tan sólo soy un pequeño conocedor del universo de Hyeronimus, sin embargo, tengo el honor de mantener fluida correspondencia y amistad sincera con una de las mayores eminencias en el estudio de su psique y misterio. El gran especialista vivo, constantemente nombrado en cualquier trabajo sobre El Bosco. Incluso le traduje y publiqué este trabajo inédito hace algunos años, el único que se atreve a adentrarse en su verdadero sentido oculto.

Me alcanzó un tomo grueso en cuya portada aparecía el retrato de un individuo de piel muy arrugada y mirada firme y serena, tocado con un traje abotonado y una especie de gorro de tela. Debajo, el título: *Viaje al mal. Análisis psicológico de las pinturas de H. van Acken* (El Bosco), por Klaus Kleinberger.

—Ésta —prosiguió el editor pasando suavemente las yemas de los dedos por la portada— es la única representación que queda de *El Maestro*. Fue un grabado, realizado por sus seguidores, hallado después de su muerte en la biblioteca de Arrás. Aún discuten los historiadores si realmente es él.

—Es... inquietante —dije sin apartar la vista de aquella efigie tan parecida a la que Lucas Galván había dibujado en los márgenes de su último escrito.

—Lo que te aseguro es que a pesar de que no sepamos casi nada de él, ni de su método ni de su mensaje, hoy es uno de los más cotizados artistas de todos los tiempos. Tuvo un círculo, un taller que realizó algunas copias en grabado de cuadros que fueron prohibidos. Sus obras, de la noche a la mañana, pasaron de ser favoritas de reyes como Felipe II a piezas heréticas prohibidas. ¡Triste destino el de la hoguera!

—¿Las quemaban?

—Sí, y no sólo los grabados. Algunos impresores, como Heinz Küipper, fueron condenados y prendidos con muchos papiros garabateados de los seguidores del Círculo Bosch como pasto de las llamas. Le acusaron de ser el principal difusor de las ideas de *El Maestro*. Así de cara se puso la cosa y, como suele ocurrir, toda aquella producción desapareció casi al instante, como devorada por un gran agujero negro. Por eso hoy son tan valiosos.

—Gracias por el libro. No sé qué relación puede haber con las fotos del cementerio, pero te prometo que lo empezaré a leer esta misma noche.

—¡Quieto, quieto! —replicó arrebatándomelo como si le fuese la vida en ello.

—¿No me lo dejas?

—No, querido amigo. Creo que no has comprendido bien. Tú debes ir más atrás para empezar a entender. Todo tiene un camino y no se debe empezar por el final. Has de rebobinar en el tiempo a gran velocidad hasta llegar al mismo núcleo primigenio de donde bebió él. Es el único modo de alcanzar auténtico conocimiento. Y eso es lo que te propones. ¿O me equivoco?

—Esto es de locos. ¿Pero no aseguras que éste es el mejor experto del asunto? ¿Qué problema hay? Lo leo y así me entero.

—Ya tendrás tiempo de conocer al señor Kleinberger. Te lo presentaré cuando proceda, si es que procede. Fue catedrático de Lovaina y ahora está en la Sorbona de profesor emérito. Estoy seguro de que te gustaría escuchar lo que sabe. A veces viene por aquí, pero dentro de unas semanas seré yo el que tenga que ir a Venecia para intentar comprar uno de mis sueños. Si no haces de las tuyas, iremos juntos.

Asentí, sin saber bien a qué se refería y sin dejar de apartar la mirada de aquel retrato hipnótico, atrayente.

—Voy a *cazar* un grabado del Círculo Bosch sobre una de aquellas obras de *El Maestro* desaparecidas tras el incendio que se produjo en El Escorial justo después de la muerte de Felipe II. Se trata de una oportunidad única, increíble, en la que tendré que batirme el cobre con varias alimañas que tienen la misma afición y bastante más dinero que yo. ¿No es emocionante?

—Sí, pero... ¿Por qué sonríes?

—Porque es curioso que el fuego de aquella Navidad de 1598 se cebase sólo con determinados autores heréticos y respetase pulcramente a los otros, ¿no crees?

—¿Entonces fue algo provocado?

—Bueno, eso mejor te lo contará Klaus.

Sebastián rió como un niño, alejando la mueca de preocupación que había tenido a lo largo de toda la conversación.

—Oye, ¿y qué aparece en esa obra que quieres comprar?

—¡Ah, amigo! Quieres saberlo todo y ya te he dicho que eso no puede ser —respondió dejando el volumen en la pila exacta de donde lo había tomado—. ¡Tiempo al tiempo!

Tiempo al tiempo. Una de las frases predilectas de mi erudito colega. Dicho esto se ausentó perdiéndose en el fondo del local, un lugar en el que jamás me invitaba a entrar. Cinco minutos después llegó con los anteojos llenos de polvo y bien ufano con un ejemplar de tapas verdes entre las manos. Era tan viejo que casi no se leía nada en su desgastada cubierta.

—Llévatelo a casa, lee y recuerda. Hace falta poco más... aquí empieza todo.

—Pero —respondí algo decepcionado— ¿esto es lo que me va a revelar la verdad sobre el origen de lo que aparece en las fotos?

Al escucharme, se sentó en su taburete y me dio la espalda.

—Eres incapaz de ver un poco más allá —gritó— y ése es tu gran problema. El problema de todos los que vivís al día. Tanta saturación, tantas noticias, tanta novedad. No reposáis en lo que de verdad importa. En lo esencial...

—¿Y lo esencial es esto? ¿Jeroglíficos? —pregunté sin salir de mi asombro.

—Lee... y recuerda. Tú me dijiste que has estado en Egipto varias veces y yo te digo que esto refrescará tu memoria de inmediato. Haz la prueba y ya hablaremos mañana.

Dejé allí al veterano impresor, entre sus ruidos chirriantes y sus láminas de hace siglos. Ni se despidió.

Caminando hacia casa, luchando contra el sopor de mi malestar, intenté descifrar su consejo. Y empecé a recordar, retornando en el tiempo como él me había insinuado, con aquella antigua edición del *Libro de los muertos* entre las manos.

11

l alma hambrienta y perdida de los muertos puede re-gresar a su casa terrestre y hacer aullar de terror a los que deben nutrirles, de generación en generación. Sí, maldición a aquellos que permiten que los olvidados puedan convertirse en la sombra negra del Khaivit, gritando sus quejas en el silencio de la noche...

Al abrir la primera página me encontré con algo que, cierta noche del año y en un punto muy concreto de Egipto, se clama a la oscuridad milenaria del interior de la Gran Pirámide. Cómo olvidarlo...

¡Oh Khaivit! ¡Doble primario desgajado del alma pura y el cuerpo terreno! ¡Queda en esta morada y culmina tu misión según está dictado en las letras de la eternidad!

—Lee y recuerda... —me fui repitiendo a mí mismo por la calle oscura, como si Sebastián Márquez aún lo estuviese diciendo con aquella cara tan seria cuando me dio el libro.

Y eso hice.

Tuve que sentarme en un banco, pues comenzaba a hilar aquellas letras con mi segundo viaje a El Cairo. Sí, ahí estaban escritas, palabra a palabra, las expresiones que cinco años atrás pude escuchar en árabe y retumbando en el eco de la Cámara del Caos, en lo más profundo de la pirámide de Gizeh, notando la presión de dos millones de bloques de piedra sobre nuestras cabezas.

—Esto lo hacemos cada año para purificar el lugar y así quedan atrapadas aquí algunas almas que pudieran ser dañinas. Lo hacían nuestros antepasados... dejaban comida, amuletos y joyas para que su doble errante quedase un tiempo en el receptáculo, entretenido, sin salir al exterior.

Tras decir eso, nuestro viejo guía Nabbil Arab, tal como lo hicieron sus antepasados en aquel mismo lugar de poder, rezó para no turbar el descanso de las sombras que, según su creencia, allí se concentraban desde el inicio del tiempo. Escucharle con aquella voz tan ronca haciendo eco en las galerías sobrecogía como pocos sonidos pueden hacerlo. Según la antigua liturgia sólo se podía entrar aquella madrugada y no otra; hacerlo dos veces significaría la muerte. Así había sido en los últimos treinta siglos y quizá por ello nos fuimos arrastrando con cierto nerviosismo por el pasadizo de acceso, con el pecho sobre el suelo y el techo raspándonos el cráneo. La oportunidad de asistir a la ceremonia, estaba seguro, merecía la sensación de asfixia y claustrofobia de sesenta metros de auténtico tubo subterráneo. Por un momento, emparedado entre el guía y mi amigo el arqueólogo Ignacio Cabo, pensé lo horrible que podía ser morir allí atrapado, con la piedra rozándote la nariz y la coronilla, sin ver nada y tanteando con las manos para palpar la superficie pulida del embudo que te va tragando.

—Una noche de vuestro año 1000, muchos antepasados míos se reunieron aquí. No se sabe el motivo, pero murieron asfixiados. Por eso en mi familia llamamos a este trecho «el largo sepulcro».

En aquel momento quise reírme del comentario tan oportuno, pero no lo hice para no tragar más el polvo en suspensión que entraba por la boca a cualquier descuido y se me pegaba en las lentillas produciendo un escozor insoportable.

—¿Estás libre de culpa? —me gritó un Nabbil del que sólo podía ver su inmenso trasero y sus sandalias casi pegadas a mi cara.

—¡Qué! ¿A qué viene esto ahora? —le grité parándome y propinando una patada a la linterna de mi colega que venía gateando justo detrás.

—Es que si no estás puro por dentro es mejor que no entres —replicó el guía taponando como una ballena varada el final del orificio que ya daba acceso a la cámara.

—Pero... ¡Avanza ya, que nos morimos aquí!

—¿Estás libre de culpa?

En aquel momento habría podido cometer un crimen sin el menor problema de haber tenido un cuchillo a mano. Debía de ser cierta la teoría de que las entrañas de la pirámide activan lo bueno y malo que llevamos dentro. En aquel instante se despertó mi lado oscuro sin lugar a dudas...

—¡Sí! ¡Lo estamos! —dijimos periodista y arqueólogo al mismo tiempo, medio desfallecidos y alumbrando hacia el final de aquel agujero.

Así fue como conocí el lugar mágico y tenebroso en el que tenían sentido aquellas frases del antiguo libro que me había dado Márquez con algún motivo para seguir mi investigación. Sólo allí conseguían su efecto.

A veces estas formas que vagan entre los universos de la vida y la muerte se representan bajo la forma de un pájaro con la cara del difunto; en el instante de la muerte esta alma revoloteadora dejaba el cuerpo y se escapaba por los pozos, por las mastabas, y regresaba a visitar los parajes familiares. Y a veces los hijos o la esposa, confundidos y atenazados por los miedos, se topaban con aquella figura que tenía el rostro de su ser querido.

—¡Oh poderoso Khaivit! —gritó con tono angustiado, arrodillándose hasta tocar su negra frente con la arenisca del suelo—. ¡Quede atrapado tu mal en esta caverna y no regreses a otros lugares para amedrentar a los tuyos! ¡Descansa aquí o vuelve al otro mundo!

Se me hacía inquietante aquel recuerdo. Pero ¿qué tendría que ver con la investigación de la muerte de Galván? ¿Qué relación había con las fotografías del cementerio que iban adjuntas a su último artículo? ¿Y con las pinturas de *El Maestro*? ¿Realmente era necesario viajar casi hasta el inicio de los tiempos?

¡Maldición a los vivos que tan fácilmente olvidan sus deberes para con el alma de los muertos! ¡Maldición a aquellos que se muestran mezquinos acerca de la calidad de los amuletos o los alimentos que les son debidos! ¡Su arrogancia puede hacer que aparezca la Sombra y los atormente generación tras generación! ¡Así sea para los que no cumplen con el ritual sagrado del Caos!

Ya en casa me tumbé boca arriba, acercándome el ejemplar abierto de par en par hasta casi apoyarlo sobre mi nariz. Allí aparecía la figura negra, como una silueta, ausente, flotando a unos palmos del suelo. ¿En aquella efigie reposaría la clave? ¿Eso era lo que Sebastián me quería decir? ¿Eran ésas las larvas que han vivido junto a nosotros desde el inicio de la civilización madre?

Sin embargo, el abandono, o la maldad contenida, pueden generar una sombra perdida entre dos mundos que no alcanza la luz y se queda perdida, sin saber a quién acudir... Rehuidla, no busquéis el encuentro o acudirá hacia vosotros atraída por la luz que os quede en el alma.

En aquel viaje a Egipto fui descubriendo, con el objetivo de hacer un amplio reportaje para la revista en la que trabajaba, distintos pasajes de la *Salida del alma a la luz del sol*, o *Libro de los muertos del escriba real Ani*, grueso compendio de textos hallados en las pirámides, unificados hace cuarenta siglos como manual para obtener las enseñanzas con las que pasar al otro mundo.

—El Khaivit debe comprender su destino, ascender a la luz. No quedarse aquí —dijo Nabbil marcando sus manos en el suelo hasta que quedaron grabadas en aquella especie de polvo amarillento.

Cómo olvidar su argumento. La palma abierta, con los dedos bien separados, paralela una a la otra, era un signo ancestral de los que conocían el secreto. De aquellos que estaban en contacto con las sombras. Y al parecer así ha sido durante siglos.

—Aquí quedan mis huellas de conexión con el otro lado. Mi respeto para vosotros y mi veneración eterna...

Cuando llegamos al final de la cámara, iluminados sólo por un reflejo, me estremecí como pocas veces lo he hecho en mi vida. Ahí estaba: el lugar en el que Bonaparte pasó una noche en vilo y del que tras salir demacrado obligó a sus biógrafos a borrar cualquier alusión a lo vivido. Enfocando hacia arriba comprobé cómo las paredes de roca viva, rasgadas como si hubieran sido horadadas por las uñas gigantescas de algún dios primitivo, se perdían hacia un infinito adonde no llegaba la mirada. A mitad de camino se detenía el haz, como si la electricidad no se atreviese a profanar esa zona sagrada y secreta. Entonces el guía se sentó en posición de loto. Yo me limité a presenciar la escena de pie mientras se me ordenaba apagarlo todo.

—¡A oscuras, todo a oscuras!

A pesar de mi recelo inicial cumplí y así el núcleo profundo de la pirámide volvió a envolverse de una negrura tan densa que, a pesar de moverlo arriba y abajo, no distinguía mi propio brazo.

Reconozco que la sensación era tan asfixiante que creí perder la conciencia por falta de oxígeno. Opté por salir, arrastrándome como un náufrago por el pasadizo, dejando allí, en mitad de la nada y sin verlos, a mi compañero de viaje y al egipcio. Recuerdo que minutos después Cabo salió transfigurado, blanco, sin querer contarme su experiencia.

Y respeté aquel silencio. Nabbil, sin embargo, sonreía.

Recordé casi en la frontera del sueño como al día siguiente de aquella inolvidable expedición, el arqueólogo, hasta entonces tan ortodoxo y poco dado a la espiritualidad y las creencias, seguía muy afectado, como si hubiese visto algo no deseado. En el desayuno del hotel, junto a la piscina, rompió su silencio, confesándome que había sufrido horribles pesadillas a lo largo de la noche. No me quiso contar más. Una hora después, ya en el Valle de los Reyes, buscó entre los frescos de las paredes la representación que había revoloteado por sus sueños.

—Cuando esa alma queda gobernada sólo por las sombras, por los más bajos instintos, sin tendencia a la luz, se llama *Khaivit*. Y a eso temían más que a nada en el mundo los antepasados de estos señores —me dijo aterrorizado, señalando un punto concreto de aquella tumba alargada y solitaria.

Jamás supe qué le pasó a Cabo en el interior de las entrañas de la pirámide. Jamás volvió a ser el mismo, convirtiéndose en una persona silenciosa y huraña. Recuerdo que aquella misma mañana, al final de aquel muro pintado hace cuatro mil años, encontré un dibujo de un ser oscuro, sin cara, observando a alguien tumbado a su lado y que parecía recién muerto. Era una escena secuenciada, al modo de nuestras viñetas, contando un salto en el tiempo. En la primera parte, a la izquierda, el moribundo tenía el pecho abierto y su propio corazón aparecía con rostro, con una sonrisa inquietante. Al lado, un jeroglífico que el propio Cabo me tradujo para después subir rápidamente en busca de la luz. Yo me quedé allí abajo, anotando en el cuaderno, con una sensación extraña al cruzar la mirada con aquella cara de ojos blancos que surgía del pecho para posteriormente convertirse en sombra:

Khaivit, el que vive en nuestra muerte.

En mi dormitorio, a merced de aquel calor que me nacía de dentro y que se agravaba desde el accidente de mi maltrecha rodilla en el camposanto de Tinieblas, imaginé aquellas entidades macabras tal y como estarían en aquel mismo instante, a aquellas horas de la madrugada, encerradas en su oscuridad de siglos. Algunas estaban desprovistas de cara, de cabeza o de extremidades, como muñones humanos, por el proceso de imperfección de su alma. Habían sido malignos, no habían alcanzado el bien y regresaban así, deformes, tullidos, mutilados.

Recordé el vértigo tan distinto a todos que se apoderó de mí al descender paso a paso hacia la última morada de Ramsés VI, en el corazón del Valle de los Reyes, en aquel viaje a la busca del lenguaje perdido de los muertos. ¡Qué sensación tan parecida a la que me había invadido en aquel cementerio olvidado en mitad de Castilla!

Durante la madrugada, con el sudor recorriendo todo el cuerpo, mi mente repitió la escena constantemente, sin pausa, como proyectada por un motor incansable. Una y otra vez, mezclando imágenes hasta el delirio.

Hasta despertar sin aire y mirando a todos lados.

Tenía miedo a recostarme de nuevo en la almohada empapada y caliente. Miedo a la conjunción que se proyectaba nada más cerrar los ojos dentro de mi cerebro; la superposición, como si fueran antiguas filminas, de las *polaroid* del camposanto y aquellas pinturas de las cámaras funerarias.

Cuando desperté estaba realmente convencido de que lo descubierto por Galván antes de su muerte y lo reflejado en aquellas fotos tenía que ver con aquel fenómeno, con aquel principio activo ya conocido por los antiguos egipcios y que siempre, con diferentes nombres y aspectos, ha atemorizado al hombre.

Me fui a poner en pie y vi el *Libro de los muertos* en el suelo, abierto por la página 51.

Los vivos, tan olvidadizos, a veces se adentran en un universo que sólo pertenece a las sombras famélicas que buscan alimento. Sólo el sacerdote conocedor de las verdaderas claves y rituales podrá, en un único día señalado en las estrellas, verlos cara a cara. Llegar de otro modo y sin ese conocimiento significa ofrecerse a ellos. Y ellos nunca pierden la oportunidad de arrastrar al incauto. De arrastrarlo hasta más allá de la muerte. Hasta ese lugar maldito donde todo es nada eterna.

12

quélla fue la última vez que escuché su voz. Respiraba muy fuerte y decía cosas incoherentes. Cosas propias de alguien que ha perdido la cordura.

Helena me recibió en su imponente apartamento de la zona alta de Barcelona. Ya me había recuperado de la fiebre e intenté estar a la altura poniéndome mi mejor traje... Mi único traje.

—Me dijo que ya lo comprendía todo... y se empezó a reír. Yo le gritaba, le llamaba por su nombre... pero él sólo respondía con palabras que parecían árabe, como si estuviese rezando o algo así. Reconozco que le colgué llena de miedo.

Pensé mucho el movimiento y al final actué con cierta brusquedad. Extraje un libro de mi maletín y lo coloqué sin más preámbulos sobre la mesa.

—¿Qué opinas de esto?

Es difícil olvidar su gesto. Las manos se le agarrotaron e instintivamente se echó hacia el respaldo.

—Tranquila... Es sólo un pintor. No sé si Lucas te habló de esto en sus últimos días; en caso de haberlo hecho quisiera saber si...

—*El Maestro* —me cortó.

—¿Cómo has dicho?

Helena pareció asustarse aún más ante mi expresión de alucinado... Estábamos entrando —sin quererlo— en la espiral del miedo.

—Recuerdo que eso es lo que gritó varias veces en su última visita a la redacción. Yo le escuché decírselo a Gisbert en su despacho, a viva voz, asegurando que en esos cuadros estaba toda la verdad y que iba a descubrir algo que le haría inmortal. Desvaríos de ese estilo.

—¿Y no te llegó a decir nada más?

La directora del emporio PW volvió a angustiarse. Por un momento temí que rompiera a llorar de nuevo. No debía de ser frecuente verla así. Algo le ocurría. Algo que no podía olvidar, que se había quedado enganchado en el corazón como un imperdible que atraviesa la carne, un dolor escondido en alguna parte de sus recuerdos que tenía que exorcizar...

—Mira, Aníbal, esto para mí es muy doloroso. En realidad, ya en aquel instante era otra persona completamente distinta.

—Helena, quiero que sepas que todo tu esfuerzo es muy importante para mí. Podemos estar cerca de saber qué es lo que le ocurrió, ¿comprendes?

—A veces no sé si es mejor dejarlo todo como está. Eso pensaba antes de llamarte. No me siento bien reviviendo todo esto.

Alargué mi mano y cogí la suya con fuerza.

—Te doy mi palabra de que creo que estamos a punto de descubrir algo importante.

Asintió en silencio, con la tristeza brillando en sus ojos. Después se sirvió otra copa. Y acepté la invitación para volver a preguntar, apoyándome en el gigantesco sofá de cuero. Ya casi a su lado.

—En aquella discusión durante su última visita a la revista, él ya se había marchado a Toledo, ¿no?

—Sí. Llevaba ya tiempo fuera de *Universo*. Y de la radio. Desligado de su mundo. Había cortado con todo. Con todos.

—¿Y vivía en la indigencia?

—Creo que el pobre Lucas ya no tenía ni para comer... y eso tuvo que afectarle también para acabar como acabó.

Si mis datos eran los correctos, la tarde que lo encontraron llevaba el gabán raído de siempre, unos pantalones de pana, sin camisa, y le faltaba un zapato.

Dios se apiade de mi pobre alma...

—Yo le quise a mi manera. Pero sabía que no había futuro —dijo a bote pronto Helena, como arrojando de su interior algo que no había querido confesar hasta entonces.

Aquella frase me la esperaba. Cogí las tenazas de plata y saqué otro cubito que cayó ruidoso sobre la mesa.

—Encarnaba al aventurero —prosiguió ella con una sonrisa espontánea al percatarse de mi *destreza*—, al intrépido, al loco. Eran otros tiempos y nos engatusaba con su forma de hablar, apasionada y feroz. Era de los que se bebía la vida a tragos... sin pensar qué ocurriría al día siguiente.

—Muchos tragos, por lo que me han contado —apunté mirando hacia la botella de whisky de doce años que había abierta sobre el mueble bar.

—Sí, pero no tanto como algunos te habrán dicho. Este mundo del periodismo ya lo conoces. Todo es ego, envidias... puñaladas al que brilla, al que lo vive, al que se atreve. Un mundo de mediocres que reprimen su frustración en corrillos, criticando al que hace cosas distintas. Y él fue diana de muchos, claro.

—¿Por qué era tan diferente al resto?

Cerró los ojos un instante, como volviendo atrás a gran velocidad.

—Se comprometía con las cosas. Creía ciegamente en el Más Allá, en lo extraño, en... ¿Has leído algún reportaje suyo?

Asentí y tomé la iniciativa, queriendo deslizarme hacia un terreno más personal.

—¿Es cierto que tenía éxito con las mujeres?

Helena bajó de inmediato la mirada hacia sus zapatos, quizá por mi repentina indiscreción mal calculada.

—Era extraño, de cara rara, siniestra..., pero gustaba porque era diferente. Tenía una aureola que es difícil de describir. Eso que transmite sólo alguna gente. No sé cómo definirlo; se metía en cada historia que le encargaban o le proponían, y sólo vivía para ello. Se dejaba llevar hasta el límite y a veces, muchas, soltaba discursos vehementes que eran capaces de hacer enardecer al grupo que estábamos escuchándole. Otras, cuando aún estaba bien, nos narraba en la redacción terribles sucesos que había conocido... los recreaba, ponía voces... gesticulaba. Recuerdo como si fuese hoy el día que, queriendo contarnos la historia de un brujo ajusticiado, simuló un garrote vil, sentándose y vendándose los ojos. Todos alucinábamos, pues él era de esos que no se limitan a contar las cosas sino que se meten dentro de ellas. Recuerdo que hizo que Andreu, el maquetista, se colocase detrás, para hacer de verdugo.

Los labios de Helena sonreían como pocas veces.

—Ahora que lo pienso, la verdad...

—¿La verdad? —la animé a continuar.

—Es que cuando ya dejó la radio de Barcelona y lo ficharon de Madrid... Sí.

—¿Sí? —repetí sin comprender.

—Quiero decir que entonces llegó a ser algo parecido a una estrella, empezó a ser conocido por más público y no sólo por el gueto en el que se movía por aquí... Y ya se sabe cuáles son los peligros inherentes a la capital.

—Ya me imagino. ¿Fue entonces cuando lo dejasteis?

Dio un sorbo y remató su vaso de whisky. Después se le escapó una mueca amarga. Sentí que me estaba precipitando de nuevo.

—Lo dejó él. Se marchó él. Y no supe más... No hubo ni un hasta luego. Tampoco me prometió nada. Él era así: ave de paso, nómada de la existencia, decía. Le perdí la pista por completo hasta que un tiempo después, cuando le habían despedido, regresó. Eso no lo esperaba.

¿Se presentó en la redacción de nuevo? ¿Con qué objetivo? ¿Sólo pretendía hablarle de los cuadros de El Bosco a Gisbert?

—Andaba ya inmerso en la locura. Con esa espantosa demencia que lo arrastraba. Era otro...

—Y por supuesto ya no...

—¿Si ya no tuvimos relaciones? —hizo una breve pausa—. Por supuesto que no. Era algo extraño... sus ojos no tenían luz. Me da espanto recordarlo, pero aquella cara era como las que aparecen en esos reportajes sobre gente poseída o hechizada. ¿Has visto alguna vez las fotografías de los zombis de países africanos? Él tenía esa misma expresión helada...

—Los *sin alma* —masculló entre dientes.

—Exacto. Más que hablar, balbuceaba. Dijo al entrar que practicaba el ayuno, como para justificar su alarmante delgadez. En tan sólo unos meses todo aquel prodigio de la oratoria se había convertido en alguien que apenas articulaba bien las palabras. También su agilidad felina era ya acartonamiento, rigidez. Simplemente, ya no era él.

—¿Y te dijo algo especial en esa última visita?

—No —respondió apenas con un hilillo de voz—, habló sólo con Gisbert, el editor. Se gritaron, se pelearon. Un redactor, Agustín, tuvo que entrar a separarlos. Galván sólo insultaba, profería maldiciones y daba puñetazos al aire. Al chico este le dio uno en toda la cara, pero al final lo pudieron reducir.

—¿Que se liaron a tortas en el despacho? —pregunté incrédulo.

—Tal y como te lo estoy contando. Creo que no le dieron más importancia y al final, en plan limosna, le firmaron un cheque como adelanto por algo que iba a traer. La gran exclusiva, ya sabes. Él siempre estaba detrás de la gran exclusiva. Da igual que no tuviera donde caerse muerto. En ese aspecto era indomable.

—Y jamás regresó —sentencié.

Al salir del portal y despedirme agitando la mano supe, mirándola en la ventana, que aquélla no iba a ser nuestra última entrevista. Quedamos en llamarnos, en cenar. Algo vago e impreciso que no intenté forzar. Me limité a comprometerme a seguir informándola de todas mis pesquisas. La confianza era cada vez mayor, pero tenía claro que aquella mujer aún guardaba recuerdos bajo siete llaves. Recuerdos que temía compartir con un recién llegado como yo. A fin de cuentas, ¿qué diablos me empujaba a revivir la historia de aquel hombre muerto hacía tanto tiempo?

¿Qué perseguía yo en realidad?

13

Tras despedirme de Helena y dejar atrás su calle, repleta de setos y muros blancos al estilo mediterráneo, me decidí a buscar un restaurante por la zona. No encontré más que una amplia cristalera donde se veía a gente departiendo y dando cuenta de sofisticados platos. Me planté en la puerta, precedida por una ostentosa alfombra, y, para mi sorpresa, me despacharon sin disimulo alegando que el recinto era sólo para socios.

—¿Tiene usted tarjeta oro del club? —escuché mientras me miraban de arriba abajo, conscientes de que jamás había puesto el pie allí y por lo tanto era complicado que tuviese nada de ese lugar.

Lo mío no eran los *maîtres* de la zona, desde luego. No había empatía. Contrariado, seguí caminando, con mil historias peleándose en mi mente, hasta que ya en las lindes de un barrio menos exclusivo me topé con las puertas de madera de Can Faba, lugar que, a primera vista, me pareció idóneo. Un menú del día abundante, buen café y poca gente. Un cóctel perfecto. La hora avanzada me proporcionaba silencio gracias a la ausencia de comensales. Y así, acurrucado en la esquina, junto al ventanal por donde se colaba el inesperado sol de invierno, empecé a recopilar lo que sabía hasta el momento de aquel personaje que ya se había convertido en mi obsesión. Recortes, anotaciones en el cuaderno, dibujos y teléfonos... Toda la vida de aquel hombre atormentado estaba atrapada entre dos tapas duras.

—¿Otro solo con hielo? —dijo el camarero viendo la cantidad de papeles y viejos documentos que afloraban de pronto sobre la mesa.

—Un irlandés, por favor. Voy a pasar aquí bastante tiempo —respondí sonriendo.

—¡Marchando!

La llamada a la que se refería Helena y que tan grabada se había quedado en sus pensamientos fue efectuada una madrugada del último mes del 77 desde una vieja casa de alquiler en pleno casco antiguo de Toledo. Tan sólo un año antes de esa breve y aparentemente absurda comunicación, el periodista, afincado en España pero nacido en Tucumán, llegaba como cada noche a la emisora más prestigiosa y potente del país acompañado de su chófer. Llegó a ser una estrella de la radio y lo tenía casi todo.

Los seguidores que se concentraban cada madrugada a través de su recordado programa a nivel nacional, aguardando siempre la sorpresa y el misterio, se llevaron la más grande cuando un día, sin previo aviso, sonó música clásica durante la hora y media que correspondía al célebre *Plenilunio*.

¿Qué había ocurrido? ¿Dónde estaba la voz cavernosa de aquel contador de historias? ¿Dónde el suceso, el misterio, el crimen o el hallazgo que él casi había convertido en cotidiano?

La sinfonía número 40 de Mozart y varias composiciones de Juan Sebastián Bach sustituyeron a aquellos largos monólogos de Galván. Una de las piezas que sonó fue, precisamente, la marcha fúnebre.

Oficialmente todo aquello desapareció de un día para otro por una inesperada renovación de la parrilla. Extraoficialmente, su mal genio, su egolatría, sus excentricidades habían llegado al límite. Contaban los viejos del lugar cómo se peleó con algunos compañeros, vieja costumbre que, mala suerte, llegó a practicar con el hijo del principal accionista de la emisora.

Fue lo último que hizo allí.

Lo que tampoco supieron sus incondicionales, porque nada de esto salió en antena, es que bajó muy rápido los peldaños que conducen al más absoluto olvido. Convencido de que era él y sólo él la figura imprescindible, se marchó enfurecido con sus bártulos, sin despedirse de nadie, ni siquiera de sus oyentes, seguro de que a la mañana siguiente la noticia de su situación haría pelearse al resto de radios, que no dudarían en poner el talonario encima de la mesa.

¿Quién iba a dejar la oportunidad de contratar a quien había llegado a ser líder de audiencia de las madrugadas?

Durante tres meses, como cura de humildad, Galván accedió a regresar a Cadena Intercontinental, vieja emisora que no creía en los avances de la técnica pero que aún tenía una implantación robusta entre los oyentes de más edad de la capital de España.

Ésa fue la única propuesta en la mesa vacía. Increíble pero cierto. Un puñetazo en lo más profundo del ego. Nadie más se interesó por él.

Era eso o abandonar Madrid. Y los que le conocieron dicen que no estaba dispuesto a lo segundo. En Barcelona, de donde procedía, no había dejado amigos. Su temperamento violento es lo único que, según mis indagaciones, se recordaba treinta años después. Por encima incluso de su innegable genialidad para la escritura, para la comunicación. Una pena.

De un plumazo, las presumibles disputas de los grandes grupos, las imaginadas ofertas a precio de oro y hasta el chófer que conducía diligente el Seat 1430 azul marino, se convirtieron en un rincón, ni siquiera despacho, una Olivetti sin dos teclas y un tercio del sueldo.

Así es la vida.

El resto del país dejó de escucharle. Las conferencias y congresos bien pagados desaparecieron como por arte de magia, y las llamadas que su secretaria seleccionaba entre decenas al día se habían convertido de pronto en un teléfono negro, mudo, sobre una mesa pegada a la ventana que daba a un sucio patio interior.

Como un azucarillo en el agua se fueron disolviendo todos y cada uno de los sueños que tenía ya en la palma de la mano. Alguien, en mi búsqueda de información por la Ciudad Condal, me confesó que los del programa *Fantástico,* el gran éxito de la televisión de la época, estaban pensando en ficharle como colaborador, después de haberlo llevado dos veces a su plató. Hasta una revista del corazón le llegó a tentar —si los rumores eran ciertos— para realizar una sección fija semanal en la que respondiese por escrito a los lectores.

Su particular efigie, su frialdad algo altanera y su atuendo siempre oscuro hacían girar las miradas cuando subía por la Gran Vía. Y eso le encantaba. Sobre todo, según cuentan los que vivieron junto a él esos momentos, cuando esas miradas procedían de jovencitas.

De todo aquello no quedó nada. Ya nadie le reconocía. Ya nadie le reservaba sitio en el restaurante o en la zona preferente cuando acudía con alguna señorita a la sala de fiestas Boccaccio. Dicen las malas lenguas que un día regresó, creyendo que aún le quedaban amigos allí adentro, y el portero —hacía no mucho colega de palmadas y risotadas— no le dejó pasar. Tampoco tenía tarjeta del club.

Se indignó y quiso pagar su entrada, pero al final, tras tumultos y gritos, abandonó el recinto con un ojo morado. No debió dolerle el hematoma. Dolía la humillación. Y el olvido. Y las risas de los compañeros, antaño tan amigos, que se regocijaban en corrillo mientras se alejaba.

Pasé página y me topé, emborronando una cuartilla entera, con la transcripción de las palabras de la directora de la Intercontinental, Carmen Castillejo, simple becaria en la época, que también se refirió a él en el mismo tono cuando la entrevisté en su despacho:

—Una vez me lo encontré en la Gran Vía, delante de la puerta de la Casa del Libro, mirando al frente con la mano sobre los ojos, para protegerse del sol. Tenía la vista fija en el edificio de su antigua emisora, a la que tanto añoraba. Parecía no creerse lo que le estaba pasando. ¡Él, que tan alto concepto tenía de sí mismo! Era duro reconocer que nadie se acordaba, que nadie lo quería. Siempre había sido irascible, lejano, cortante... pero en los últimos meses, casi hasta principios del 77, ya empezó a hacer cosas muy raras. Se le despidió poco después de Reyes. Al parecer habían hecho un gran esfuerzo para nuestras posibilidades y todo lo consideraba poco. El programa era un delirio y no cumplió las expectativas. Algunos insinuaban que estaba drogado. No sé, lo que le debía de pasar es que creía que seguía estando en su antigua radio y la realidad no era ésa. Nunca supo aceptarlo.

Lucas Galván, nacido en una aldea de la provincia más pobre de Argentina, llegó a Barcelona en 1973 tras comprobar la buena acogida que tenían sus reportajes sobre antiguas culturas y aventuras varias enviados por correo con dirección a España. «Periodismo de anticipación», lo llamaba. Conoció el estrellato radiofónico concentrando a varios millones de personas con su estilo inconfundible, directo, único, sin concesiones.

«Se preguntaba lo mismo que el hombre de la calle. Ésa era la clave de su éxito. Y lo hacía con una gran modulación de voz, pero con la sabiduría suficiente como para transmitir en el mismo lenguaje del pueblo, haciendo las cosas comprensibles. Era un momento de explosión de lo desconocido y lo pilló de lleno. Después de un año haciendo radio aquí, en Barcelona, en la Onda Peninsular, le llamaron de Madrid con un contrato importante. Se fue dando un portazo y a mí me dolió, pues me consideraba su amigo. Quizá fui el único por el cual sintió algo de simpatía. Eso quiero pensar. Se marchó de aquí y no llamó ni una vez. Yo sí lo hice, y siempre me salía aquella secretaria suya diciendo que el señor Galván tenía muchos compromisos. ¡Si hasta el nombre del programa lo puse yo!

»En fin... Guardo este vinilo de Vangelis como recuerdo. Era el que siempre ponía al comenzar. Lo alucinante es que sigue habiendo gente que aún hoy nos pregunta por él».

Eso me dijo sin vacilar Jorge Bustos cuando me presenté ante él en los inicios de esta búsqueda. Él fue su mano derecha en aquel tiempo lejano. Tampoco conocía bien las circunstancias del óbito. Ni parecía querer saberlas cuando le entrevisté cuaderno en mano. Así quedó reflejado.

«Creo que acabó en un albergue de mendigos, con la mitad del cuerpo paralizada. No tenía familia, y murió de cirrosis. Eso me contaron».

No era cierto. Versiones sobre la muerte del genio de las ondas había muchas, pero sólo una era la verdadera.

Tenía un rictus de dolor aún grabado en la cara y estaba encogido, en decúbito prono según el forense y en posición fetal en palabras de la única periodista que cubrió el suceso.

Su esquela fue una breve nota perdida en la sección local de un periódico de provincias. Muy poco para quien durante un lustro había sido la inconfundible voz del misterio.

14

Qué te parece?

—Tiene que ser un error o un efecto óptico —respondí sin soltar el auricular.

—En absoluto. Es más, creo que se trata de una forma que sólo se percibe desde cierta altura. Algo imposible de detectar a ras de suelo.

Para comprobarlo me acerqué hasta casi meter la nariz en aquella fotografía aérea, entornando los ojos ante el brillo parpadeante del monitor.

—Instala de nuevo el programa y vuelve a probar por si acaso —escuché con el teléfono aún pegado a la oreja—, aunque si te sirve de algo yo he repetido la operación cinco o seis veces esta noche...

—¿Y este *software* es fiable?

—Totalmente, la base la han hecho unos compañeros míos.

Colgué sin dejar de mirar cada píxel de aquella pantalla y comprendí por qué Sergio, jefe de guardia de la división informática de la policía científica, me había dejado varios recados en el contestador de casa después de analizar las *polaroid* que acompañaban el artículo de Galván.

Jamás llamaba al móvil si la cuestión era importante. Decía que hasta un niño puede pincharlos y doy fe que de eso sabía un rato.

Reinicié el ordenador frotándome los ojos. Eran las dos y media de la madrugada y estaba todo tal y como lo había dejado antes de marcharme en el puente aéreo. María, la mujer que dos veces por semana me ayudaba a mantener las cosas en orden, había depositado varios sobres en la mesa del *hall*. Uno de ellos era un libro —*Herejías medievales en la península Ibérica*— que dejé a un lado del teclado. En ese momento lo que urgía era descubrir si aquella anomalía era algo más que una simple casualidad. Ya habría tiempo para la lectura y la revisión de ciertos datos.

Llené un vaso de leche y, como es costumbre en mis dominios, apagué todas las luces de la buhardilla encendiendo después el flexo. Anoté, tal y como se me indicó antes de colgar, unas claves para confirmar, con un novedoso pero aún poco conocido sistema, si aquella imagen sorprendente se correspondía con la realidad. Abrí el navegador y como si de un ritual se tratase introduje la dirección http://sigpac.mapa.es/cibeles/visor. Acto seguido apareció la península Ibérica copando casi toda la pantalla. Debajo, un sencillo panel de herramientas para seleccionar el área que quería ser observada desde el aire. Aquello parecía magia de las alturas al alcance de cualquiera.

Mis dedos, sin perder un segundo, introdujeron las coordenadas exactas que me había indicado mi buen amigo: *X-527940.60*

El recuadro viajó hasta un punto concreto del mapa y sobre él cambió de color. Después se me solicitaron otros dígitos para acceder a la imagen prefijada: *Y-4733190.46*

Esperé unos segundos y lo que hasta entonces era un dibujo pixelado se convirtió en una espléndida fotografía tomada desde el cielo. En la parte inferior apareció la herramienta «lupa» y se me invitó a ir aumentando. Poco a poco, pulsando «intro», acabé teniendo una privilegiada vista de la zona en cuestión. Entonces, como si anteriormente no hubiese tenido aquella misma anomalía ante mis ojos y apareciese repentinamente y por sorpresa, volví a enmudecer.

—¿Ves como era cierto? —respondió Sergio respondiendo a mi nueva llamada.

—¿Sigues teniendo la imagen delante?

—La tengo y en tres ordenadores distintos, con definiciones diversas.

—No hay margen de error... —sentencié cada vez más inquieto.

—Compañero, lo que está ahí no es ninguna aberración de la técnica. Es real. Tan real como tú y como yo. Por eso se refleja del mismo modo en todas las pantallas. Está ahí y parece que desde hace muchos siglos. Quizá marcando algo.

Apagué entonces la única luz, cogí un cuaderno y a base de rayajos intenté reproducir lo que veía sin apartar los ojos del monitor.

—¿Sigues ahí? —gritó mi amigo desde el otro lado.

—Claro... Pero, oye, este programa de confirmación, ¿exactamente para qué sirve?

—En realidad —replicó de inmediato— es un modo de control de la parcelación agraria. Está escaneado y fotografiado todo el territorio nacional. El objetivo es determinar las lindes, catalogar tipos de suelo, etcétera.

—¿Y las tomas aéreas cuando se hicieron?

—Hace tan sólo un año.

Volví a utilizar la «lupa virtual» para alejarme. A unos quinientos metros de altura, según el medidor lateral, ya se distinguía la mancha cruciforme, algo oscuro y rotundo en mitad del secarral.

—¿Lo máximo que podemos acercarnos es a cien metros? —pregunté al comprobar que el aumento se bloqueaba irremediablemente en ese punto.

—No lo sé. Creo que había un sistema para... espera un momento.

Escuché el chirriar de las ruedas de su silla y después el aporrear de diversas teclas.

—Nada... Lo han debido desactivar. Cien metros justos; ése debe de ser el límite con el que se puede radiografiar el país entero sin peligro. De todos modos es bastante evidente que eso no es una casualidad del terreno.

—¡Pero es que toda la loma está repleta de...!

—Lo estoy viendo como tú, amigo —dijo sin dejarme terminar—. Por cierto, ¿eso de ahí es una iglesia?

—En realidad es la ermita, que está medio derruida. Aún conserva algunos frescos en el interior.

—¿Y a simple vista tú no recuerdas nada de lo que aquí aparece?

—Absolutamente nada. Pero ten en cuenta que yo bajé por la otra ladera. Y hablando de eso, ¿se puede medir la distancia que hay de un punto a otro?

—Es algo más complicado, pero dime qué área quieres calcular y lo voy procesando desde aquí.

Acerqué mi huella dactilar a la pantalla hasta tocarla y la deslicé a lo largo de unos centímetros.

—Bien —proseguí—, ¿ves que junto al montículo hay un recinto cuadrangular que se destaca en oscuro?

—Lo tengo. ¿Y eso qué es?

—Eso es el cementerio abandonado del que te hablé. Allí se hicieron las fotografías que tiene ahora tu jefe en su despacho.

Mi amigo resopló.

—Me gustaría saber la distancia concreta desde esa estructura hasta la pared de la ermita.

—O sea, toda la zona donde aparecen estas hileras de...

—Exacto.

Durante un minuto escuché el rápido cliqueo de ratón al menos cien veces...

—Ya está. Ciento once metros —dijo con total seguridad.

—Y todo repleto de sepulcros.

—Sí, todo lleno de tumbas cavadas en la piedra formando una gran cruz.

15

El horrible sonido del portero automático me despertó a las nueve de la mañana y sin apenas haber pegado ojo.

El mensajero se disculpó al ver aquella estampa propia del caballero de la triste figura bajo el umbral: pantalón de pijama y pelo revuelto propio de estar aún vagando por otra dimensión ajena a lo terrenal. Casi no podía ni abrir los ojos.

—¿Aníbal Navarro? —preguntó embozado en un anorak gordo y azul mientras sacaba algo de su mochila.

Asentí con un sonido gutural, sin abrir la boca. Debía de tener mala cara porque notaba en el cuerpo, como si fuese una larga paliza, el efecto de las pesadillas repetidas a lo largo de las tres horas en las que me había sumergido en el sueño. Eché una rúbrica notando que apenas podía leer aquel formulario.

—No, ahí no —me indicó con el índice un recuadro diferente al que yo había comenzado a marcar.

Se me nublaba la vista y en un momento temí caerme redondo. Cerré de un golpe, sin decir una palabra, dispuesto a sentarme en la mesa de la cocina, pensando que estaba forzando el cuerpo en exceso. Justo al final del pasillo noté algo raro en el espejo. Me detuve y lo confirmé. Era mi espalda.

—Joder.

Me asusté y entré de nuevo al dormitorio, que aún permanecía a oscuras y con las persianas bajadas. A un lado de la cama palpé varios libros abiertos e intuí rotuladores fluorescentes sin tapar. Restos de una noche de documentación. A tientas, cogí las gafas que siempre utilizaba para leer y me metí en el baño. Allí pude ver, girando el cuello al máximo, las dos marcas rojas que bajaban como un zarpazo de tres dedos, desde el mismo hombro hasta casi los riñones. Debía de haber estado arañándome a mí mismo durante toda la madrugada, como peleando con alguien.

Pero... ¿con quién?

Miré mis manos abiertas y no encontré el rastro de sangre en esas uñas que yo mismo me tenía que haber clavado hasta rasgar la piel.

Mientras intentaba averiguar qué había sucedido, noté la familiar llegada del bajón de tensión invadiéndome poco a poco. Me arrastré hacia el frigorífico en busca de un trago de cafeína y al llegar agradecí el frío de la puerta plateada tocando mis pómulos.

—Sebastián... —acerté a decir en un balbuceo mirando el remite del paquete recién llegado.

Terminé con la lata de un golpe y me senté, esperando el efecto reparador. Fue entonces, moviéndome a cámara lenta, cuando lo rasgué.

Como te conozco, sé que habrás dado el primer paso con el Libro de los muertos *en unas pocas noches y habrás comprendido que las sombras están ahí desde siempre.*

Ya es el momento de leer lo que hizo El Maestro. *Suerte.*

La nota era escueta y misteriosa, muy en el estilo de Márquez. Junto a ella, otro paquete más pequeño, que presentí de inmediato, sobre todo por el tamaño, que sería el libro del profesor Klaus Kleinberger; el mismo que tanta curiosidad me había provocado en el taller-imprenta de mi amigo días antes. El mismo que llevaba el enigmático retrato de El Bosco grabado en su portada.

Lo que no entendía era lo del mensajero, pues nos veíamos casi cada día y me lo podía haber dado en mano con total comodidad. Aquello del sobre dentro del sobre parecía algo propio de las muñecas rusas. Sólo comencé a entender al fijarme en el matasellos y en el segundo remite:

«Centre Panthéon. 14 Rue de la Sorbonne. 75005 Paris».

Saqué la obra y, tal y como ocurriese días atrás, volví a quedarme prendado por aquella efigie grabada en su tapa. La boca pequeña, las cejas arqueadas, los ojos expresivos pero perdidos en una extraña melancolía, las arrugas de la frente, la larga nariz y el pelo escalonado cayendo sobre las orejas. Aquel hombre se parecía a mí. Quizá a como seré yo dentro de unos años. Aquel hombre... se parecía a mí.

Volví a acercarme al espejo y me miré muy despacio, colocando aquella portada junto a mi cara...

¿Qué ve, Jerónimo, tu ojo atónito?
¿Qué la palidez de tu rostro?
¿Ves ante ti a los monstruos y fantasmas del infierno?
Diríase que pasaste los lindes y entraste en las moradas
del Tártaro, pues tan bien pintó tu mano cuanto existe
en lo más profundo del averno.

Leí la inscripción hallada en el reverso de aquel su único retrato. Venía en la primera página. Al pasarla, negro sobre blanco y a pluma, se podía leer una dedicatoria:

Querido amigo:
El compañero Márquez me ha informado con detalle de sus apasionantes pesquisas. Le dedico este volumen con el firme deseo

de que lo utilice como guía para sumergirse en el mundo oculto de Hyeronimus y revele las cosas que nadie más se atreve a contar. Yo creo que El Maestro *pudo estar en España en una etapa de su vida y con un objetivo concreto, aunque la Historia del Arte lo niegue. Algunas de sus pinturas guardaban una clave mágica capaz de hacer enloquecer.*

No le adelanto más, pues sé que a usted lo que le gusta es descubrir.

Con afecto, y esperando el pronto encuentro,
K. Kleinberger.

16

Ni me inmuté al raspar la puerta del coche contra la columna de piedra.

El sombrío *parking* que se alza frente al Alcázar es, más que un lugar para estacionar, un verdadero examen de precisión, y yo aquella tarde estaba nervioso. Muy nervioso.

Metí la marcha atrás, escuché el chirrido del metal y sin ni siquiera pararme a mirar el estropicio salí de allí como alma que lleva el diablo en busca de mi objetivo.

—¡Serán bandidos!

Subí las cuestas casi bufando, ansioso por encontrarme con mi *amigo* Aquilino Moraza y su compañero, el *librero explorador* que respondía al nombre de Mateo. Si hay algo que me indigna en esta vida es que me tomen por idiota.

Y ellos lo habían hecho.

Al pasar junto a la puerta del reloj y fijarme en la mirada vigilante de una de sus gárgolas no pude evitar un escalofrío: de algún lugar de esa misma calle estrecha y vieja que quedaba a mi espalda debió de partir la última llamada telefónica de Lucas Galván. Aquélla a modo de despedida en la que, según oyó Helena al otro lado del auricular, reía como un loco y decía palabras en un idioma desconocido.

—¡No hay nada que más despierteeee...!

La voz ronca de una anciana enlutada detuvo mis pasos. Por un momento me sobresalté al cruzarme con una escena que parecía de otro tiempo. Con las manos arrugadas hizo tañir de nuevo la campanilla oxidada.

—¡Que pensar siempre en la muerteeee...!

De inmediato imaginé una de esas obras de teatro que reproducen en plena calle ciertos romances medievales o pliegos de cordel. Sin embargo, aquella mirada, aquella cara que se me aproximaba...

—¡Apiádese de la moza de ánimas! ¡Apiádese!

Avanzando con pasos cortos pero muy rápidos, cruzó la calzada y yo sentí una repulsión inmediata. Su rostro estaba lleno de pupas sanguinolentas. En la parte de la cabeza que no cubría el pañuelo se veían calvas y costras. Al abrir la boca, ya junto a mí, vi un solo diente descolocado, roto, afilado. No pude evitar, a pesar de mi escorzo, que me agarrase de la muñeca. Intenté zafarme de aquella escena absurda, pero al primer tirón comprendí que aquello era más bien una garra de alimaña que ya se me había clavado con sus uñas infectas. Una tenaza que me sujetaba.

—Hay que protegerse de las ánimas... Usted las ha despertado y lo necesita más que nunca. ¿No escucha a las almas del purgatorio chillar? ¡Óigalas!

Aquellos ojos tenían casi la misma fuerza que la mano que me asía. Ojos abombados, como huevos cocidos, con la pupila gris y borrosa por las cataratas. Ojos que parecían querer salir de las órbitas. Giré la cabeza varias veces buscando a otros peatones, pero, a pesar de la hora, nadie pasaba por allí.

Nadie.

—¡Ellas siempre están esperando! ¡Protéjase o le harán daño! ¡No vuelva por sus dominios! ¡Jure que no va a regresar!

La anciana, de muy baja estatura, tomó la oxidada medalla que colgaba de su cuello y la besó. Después extendió su palma sucia sobre la que caía el agua lentamente.

—¡Lo lamentará si no me ayuda ahora! ¡Ellas están aquí! ¡Vigilándole!

¿De qué hablaba aquella mujer? ¿Por qué me estaba apretando tanto? ¿Por qué su rostro apergaminado reflejaba algo tan maligno?

—Yo puedo salvar... o condenar. ¿Quiere ponerme a prueba?

En un movimiento automático saqué un billete del bolsillo y sin mirar su valor lo inserté entre aquellos dedos huesudos. En uno de ellos distinguí un grueso anillo dorado, tan ajado como lo que se había llevado un instante antes a los labios. Las uñas frotaron el papel moneda de modo instintivo, como si no pudiera verlo, y yo aproveché ese momento para salir a la carrera al tiempo que escuchaba su risa a mi espalda.

—El purgatorio nos espera... ¡No acuda a él antes de tiempo!

Al doblar la esquina me sentí más seguro. Por un momento estuve tentado de volver sobre mis pasos y vigilar las acciones de aquella vieja para comprobar si hacía lo mismo con otros viandantes. Sin embargo, la inquietud me empujó a seguir adelante y alejarme. Cuando entré en la librería religiosa ya no caía aquella lluvia fina y silenciosa que había dejado las calles de Toledo completamente desiertas.

Bajé la escalinata y allí los encontré, charlando amigablemente uno a cada lado del mostrador.

—Imagino que esto tampoco lo conocían, ¿no? —dije sin saludar siquiera y tirando sobre el mostrador dos folios impresos con la imagen aérea del viejo camposanto.

Ambos me miraron en total silencio. Mateo se adelantó:

—¿Qué es?

—¡Ah! ¿Todavía quedan ganas de guasa? —respondí.

El silencio se hizo más denso. Cogí uno de los papeles y lo agité con fuerza poniéndomelo a la altura del pecho.

—¡Creo que se ve bien claro! ¿O estamos tan ciegos como la vieja pedigüeña de ahí fuera?

Me miraban con el mismo asombro de quien hubiese visto aterrizar a un marciano.

—¡Tumbas de piedra! ¡Cientos de antiguos nichos horadados en la roca! Y no lo sabían, ¿verdad? Nunca habían pisado aquello, ¿verdad? Es un lugar sin el menor interés, ¿verdad?

El padre Moraza, tranquilo y sobrio, se ajustó el alzacuellos y terció sin ni siquiera mirar el documento.

—No dudes de que nuestra intención era buena. Lo que ocurre...

—¿Intención? —le corté de inmediato—. Aquí no hablamos de eso, padre. Ya veo que no me puedo fiar de ustedes... ¿Por qué no me dijo nada de *la secta?* ¿Por qué no me dijo nada de lo que pasó allí en tiempo remoto? —grité golpeando las hojas con rabia.

—¡No te hemos engañado! —intervino Mateo sin dejar de fijar su vista en el papel donde se mostraba aquella cruz de sepulcros horadados en la piedra vistos desde cien metros de altura—. Simplemente pensamos que lo mejor...

—¡Lo mejor siempre es contar la verdad! —sentencié.

Moraza, tan inmutable como el granito, tomó los documentos y los dobló con delicadeza. Después abrió mi propia carpeta de donde un minuto antes habían salido y los metió dentro.

—Comprendo tu irritación..., pero en verdad te digo que hay asuntos que no conducen a nada, sólo a perder el tiempo.

—¡Le rogaría que me permitiese decidir en qué invierto mi propio tiempo! —respondí apretando los puños—. Si a uno le mienten y no le cuentan la verdad, si lo desvían en su investigación con engaños... ¡Entonces es cuando se pierde!

—Pero es que... —dijeron atropellándose al iniciar una frase a la vez.

—¿No es cierto —proseguí sin escucharles, mirando fijamente al sacerdote— que en esa zona se instalaron los *herejes?* ¿No es cierto que al preguntarle por ellos y por el paralelismo con la simbología de los muros de la ermita que aparecía en aquellas fotos que les traje hace menos de una semana usted sólo me respondió con silencio?

—¡Pero no te mentí...! —dijo inmediatamente y mostrándome las palmas de las manos.

—Cierto —apuntó Mateo saliendo del mostrador—, sólo te confirmamos que no conocíamos bien la zona ni aquellos signos. Y ésa es la pura verdad.

—¡Marcas de cantero! ¡Me dijeron que aquello que he visto con mis ojos en la ermita eran marcas de cantero!

El librero, ofendido, quiso responderme en el mismo tono, pero se contuvo mirando la alta figura ensotanada de Moraza.

—Todo esto es un malentendido. Mateo, como tanta otra gente de la región, tiene un poco de aversión a esa zona. Son sus cosas y hay que respetarlo. No gusta por aquí que hablen de ese sitio. Dicen los viejos que no es un lugar bueno, y quisimos ahorrarte el viaje y el esfuerzo. ¿Qué interés pueden tener estas absurdas creencias de los aldeanos?

—Sería fatal para la comarca que volviesen a escribir de todo aquello —suspiró Mateo—, pues con el tiempo ya está superado.

—Y supongo —dije entre dientes— que también me engañaron con lo de Galván...

—¿A qué te refieres? —me respondió el sacerdote.

—Estoy seguro de que llegó hasta aquí mismo dispuesto a revelar lo que ocurrió. Y usted le conoció. ¿Me equivoco?

Su amplia frente se arrugó.

—Sería largo de contar y es necesaria tu total discreción.

—Ya sabe que soy periodista, y que no puedo prometer nada. Mucho menos después de que me haya ocultado una valiosa información.

—Muy bien. Ten en cuenta que podría seguir callando. Calibra lo que pierdes... y lo que ganas.

—No se preocupe —repliqué de inmediato—, si persiste en su silencio de algún modo obtendré esos datos que con tanto celo se guarda. ¿Tampoco sabían nada de extrañas fotografías obtenidas dentro del camposanto? ¿Ni de lo que aparecía en ellas?

Hubo un silencio corto pero absoluto. Calculado.

—Estimado amigo —dijo poniendo su mano en mi hombro—, te doy mi palabra de que nuestra disuasión nació con un espíritu positivo. Hay hechos que, te repito, no llevan a nada. Sólo a crear una polémica que no beneficiaría en absoluto a la zona. Mitos sobre mitos. Ya sufrieron bastante aquellas gentes y a los pocos que quedan por allí hay que dejarlos descansar en paz. ¿No lo entiendes?

—En paz ya están, padre. Allí sólo hay muertos.

Noté que el librero bajaba la mirada.

—Sospecho que todos esos enterramientos que forman una cruz se debieron a la represión y aniquilación de ciertos cultos antiguos de la zona. ¿O también me van a negar eso? —insistí.

—Algo pasó... pero en Tinieblas nadie querrá recordarte nada —remarcó Mateo, ya situado a mi vera y poniéndose el abrigo—. ¡Son tan herméticos!

—Todo esto es un poco complicado como para narrarlo en forma de cuento, que es lo que os gusta a los periodistas —dijo Moraza con aire de suficiencia al entreabrir la puerta haciendo sonar las campanillas situadas en el quicio.

—Debe serlo, para engañarme de esa manera.

Noté que el espigado sacerdote sintió la estocada. Alargó el brazo y después agitó su mano para describirnos el frío del exterior. No llovía, pero el aire helado cortaba. Al invitarme a salir clavó sus ojos azules en los míos.

—¿Seguimos hablando frente a un café?

El corto trayecto hasta La Perdiz lo hicimos sin hablar. Nada más llegar y acomodarnos en el reservado saqué de mi maletín el libro *Herejías medievales en la península Ibérica* —el mismo que me había embebido en tan sólo una noche— y lo abrí de par en par por la página 333. Se lo mostré a ambos, aunque estaba seguro de que conocían muy bien aquella imagen.

—¿Y qué explicación tiene esto?

En la hoja se veía una especie de medallón oscuro con dos personas toscamente grabadas en una postura erótica. El pie de foto era de lo más sugerente.

«Pieza 304 R. Detalle de colgante de bronce del siglo XIV con escena de fornicación hallado tras unas excavaciones efectuadas en 1903 en la pedanía de Goate, alquería o barriada perteneciente al municipio de Tinieblas de la Sierra. Se atribuye a alguna de las familias que se desgajaron del movimiento herético conocido como Hermanos del Libre Espíritu y que tuvieron predicación en determinados núcleos del sur de Castilla».

—Efectivamente, tal y como ahí pone, esto se encontró allí. No voy a negar la evidencia —dijo un Moraza al que por vez primera noté nervioso—. Sólo te advierto que es peligroso extraer conclusiones precipitadas.

—Los herejes estuvieron allí. ¡Esos mismos que me describió al hacer un repaso por las sectas más peligrosas! ¡Por eso buscaba Lucas Galván algo precisamente allí!

Me indicó calma con las manos, al tiempo que preparaba su respuesta, quizá sorprendido por la documentación fidedigna que había obtenido sin hacer caso a sus recomendaciones.

—¡Estuvieron! —proseguí a voz en grito—. La prueba es que dejaron aquellos signos que usted bien conoce sobre las paredes de la ermita.

—Como muestra de mi talante, te daré algo que podrá ampliar tu perspectiva. Utilízalo bien y ya hablaremos cuando sea necesario.

—¿Quiénes son todos esos muertos? ¿Quién los enterró fuera del camposanto y dejando esa forma? ¿No era ése precisamente el modo de volver a purificar un lugar que había sido corrompido por la secta?

—No corras tanto, tranquilo —dijo haciendo de nuevo el gesto de aminorar—. Hubo algunos conatos, como en otras partes de España, con ciertos alumbrados y grupos de locos que se negaban a recibir la fe cristiana. Fueron un problema para la Iglesia, pero también para cualquier buen ciudadano.

—¿Cómo? —pregunté nervioso y queriendo tirarle de la lengua.

—Esos grupos se convirtieron en una comuna licenciosa que renegaba de todo lo sagrado, que llegaba a matar a los ministros de Dios, que practicaba la orgía, los rituales prohibidos, el contacto con los muertos... ¡Que atentaba contra todos y cada uno de los principios de nuestra fe!

—Entonces me confirma que esos sepulcros son de los propios herejes... ¿Acaso se acabó con todo el pueblo?

—No. La Iglesia no actúa jamás con esas represalias. Eso es a causa de una peste que asoló la región. Una terrible maldición... merecida.

—¿Y por ella desapareció la aldea de un día para otro?

—Claro. ¿No lo has escuchado? —apostilló Mateo.

—La muerte negra —continuó Moraza— diezmó la población hasta reducirla a cero. Eso pasó en otros muchos pueblos y no hay que darle mayor importancia.

—¿Y los frescos de la vieja ermita? ¿Qué representan exactamente? ¿De quién son?

—¿Acaso también tienen misterio para ti? —replicó con sorna.

—Depende. ¿Qué le dice el nombre de El Bosco? —pregunté a bocajarro al ver que el sacerdote apuraba su taza y hacía ademán de levantarse.

—¡Ése es el que pintó el *Jardín de las Delicias!* —soltó un Mateo al que respondí con una sonrisa indicándole lo evidente de su ocurrencia.

Le noté apretar los dientes.

—Ya me dirás qué tiene que ver. Yo lo desconozco por completo —respondió quedándose quieto en el sofá, como una estatua petrificada después de escuchar aquel nombre.

—Pues parece ser que pudo estar en España en algún momento del periodo que va de 1500 a 1505; un tiempo vacío en el cual se supone que viajó a algunos puntos del sur de Europa.

—¿Insinúas que El Bosco pintó los frescos de Tinieblas? —replicó alzando la voz como si yo hubiese afirmado una monumental osadía histórica.

—No he dicho nada semejante, padre. Y usted lo sabe muy bien. Lo que ocurre es que él era algo más que un pintor y...

—¡Ah! —irrumpió—, pues hasta el momento que yo sepa es un simple artista y nada más. Olvídate de esoterismos baratos. Y, por cierto, nunca estuvo en España según la historia oficial.

—Creo poco en lo oficial, padre. El Bosco fue el propulsor de unas ideas heréticas reprimidas duramente por la Iglesia. En esos cinco años enseñó su mensaje a través de sus obras y hubo un pequeño grupo de seguidores llamado Círculo Bosch que llevaron después esa doctrina a otros muchos lugares a través de frescos e iconografías muy concretas. ¿No ha barajado la posibilidad de que...?

—Amigo —interrumpió con la sonrisa cada vez más tintada de amargura—, estás pecando al considerar una serie de leyendas como algo real y verdadero. En esa época pudo estar en Italia y por un periodo de tiempo muy corto. Nunca aquí. Lo más probable es que jamás saliese de su pequeña ciudad provinciana. Eso dicen los documentos y has de saber, en honor a ellos, que no es bueno leer majaderías de iluminados si se pretende ser objetivo en una investigación...

—Veo que conoce muy bien al personaje —respondí como si le hubiera sorprendido in fraganti al escuchar aquellos datos sobre El Bosco, sólo al alcance de un especialista.

El rubor en el padre Moraza fue evidente e imposible de disimular. Viendo el apuro, el hasta entonces ausente Mateo quiso salir al paso con tan poca fortuna como siempre.

—Es un auténtico ilustrado y sabe de todo. ¿Qué misterio hay en eso?

—¿Ha leído este libro? —dije sacando de mi maletín la obra de Kleinberger con el retrato de *El Maestro* en la portada.

—Ante todo, conozco de primera mano la catadura del autor.

—¿Cómo dice? ¿Conoce personalmente a Kleinberger?

—Hay cierta gente de la que es mejor ni acordarse —sentenció al tiempo que extendía la mano dando por finalizada la charla en aquel preciso instante.

—Me da igual que se marche. Yo voy a continuar indagando
—concluí.

—Tranquilo —contestó girándose—, me han hablado de
tu proverbial tozudez y mejor será no disuadirte más. No quiero
que digas que obstruyo tus pesquisas, pues conociéndote no me
extrañaría que dijeras que la Iglesia toledana te ha puesto la zan-
cadilla...

—Esa sensación tengo...

—Mira, Navarro, como muestra de buena voluntad te in-
dicaré dónde tienes que dirigirte para saber un poco más. Aunque
ya verás que todo tiene una explicación triste y terrena: la peste
bubónica. Yo en estos días voy a estar muy ocupado. Toma esto
y ahora, si Mateo quiere, puede contarte lo que él sabe.

—¿A qué se refiere? Me están liando entre los dos una madeja que...

—Al loco ese de Galván que tanto te interesa. ¿A qué voy a
referirme? —dijo antes de desaparecer cerrando con violencia
la puerta de servicio.

17

Pedí otro café y me recosté en aquel sofá verde dispuesto a escuchar a un Mateo que ya contaba con la venia de Moraza para desvelarme su secreto.

—Esto pasó en 1977, justo cuando él se encontraba en Roma, recibiendo instrucciones del Vaticano para otros asuntos. Le llamé varias veces y le mantuve al corriente. Me recomendó calma y silencio. Sobre todo silencio.

—Parece que Moraza tiene mucho oficio en sellar bocas —repliqué.

—Fue en un día como hoy —siguió el librero sin hacer caso de mi comentario—, ya con tiempo del invierno y mucho frío, como ahora. Iba a echar el cierre... recuerdo que en la calle no había un alma. Me quedé un instante fuera, en el portal, y entonces vi cómo avanzaba una figura que, sinceramente, tomé por un mendigo...

—¿Tan mal vestido iba? —le pregunté calentándome las dos manos con la taza de café con leche.

—Más bien era el rostro sin afeitar, los hombros caídos... y aquella mirada que me dejó allí clavado.

—¿Clavado?

—Sí, pero no sé cómo explicarlo... Era... ¡como si no me pudiera mover!

Me vio subir una ceja, en gesto escéptico.

—No me tomo por hombre temeroso y no sé lo que sería, pero había algo de hipnótico en aquellos ojos. ¡Eso te lo juro!

—¿Y le dijo algo?

—Sí, con una voz que a mí me recordaba a algo o a alguien, como si alguna vez la hubiera escuchado por la radio...

—¿Pero usted oía el famoso *Plenilunio?*—tercié sorprendido.

—Pues sí, alguna vez que me pillaba de reforma en la tienda, o cargando libros hasta las tantas. Contaba historias raras y, bueno, con aquel tono como cavernoso me preguntó si aún se podía entrar. Yo le respondí que naturalmente, siempre que no tardase mucho. Y le abrí.

Noté que el librero temblaba al dejar la taza sobre el platillo y que parte del contenido se derramaba.

—Desde ese momento tuve una sensación rara. Como de peligro. Como si ese individuo me fuese a hacer algo.

—¿Y qué hizo? ¿Qué compró?

—No se llevó nada. No me separé de él en ningún momento. Su rostro blanquecino y chupado no transmitía confianza. Estaba sin peinar y llevaba un abrigo hasta los pies, como una gabardina gorda, negra y descuidada. Le vi las uñas sucias... Me temí lo peor cuando ya estaba dentro. No sé, parecía drogado, no borracho... eso no. Era otra cosa, como si fuese un autómata, un ser sin voluntad. Total, que me preguntó por un libro muy viejo, imposible de encontrar, y me dejó de piedra sólo con pedir aquello. Era una obra para eruditos... algo muy especializado. ¿Para qué demonios lo querría?

Saqué mi cuaderno dispuesto a apuntar. Él, cada vez más nervioso, prosiguió.

—*Estudio médico de la peste en los Montes de Toledo,* del doctor don Leandro Sárraga. Eso me solicitó, ni más ni menos. Una cosa de los años veinte o treinta para médicos y forenses de aquella época y que por supuesto yo no tenía, ni tenía ya nadie en toda la ciudad. Antes de eso me pidió un mapa de la comarca, pero le dije que tampoco tenía. Recuerdo entonces que señaló ese antiguo que yo tengo enmarcado en la pared de mi librería. ¿Sabes a cuál me refiero?

Asentí recordando un plano grande, justo en la entrada.

—Se acercó a él muy despacio. Yo ya temí que iba a liar alguna, y miraba al portal para ver si había gente: pero nada, todo desierto, como se pone siempre esto al caer la noche.

—¿Y qué hizo con el mapa?

—Lo miró un rato y señaló un punto...

—¿Tinieblas?

—Exacto. Puso el dedo ahí, donde aparece el signo de ruinas de Goate, y me dijo que si había algo publicado acerca de este lugar aunque no fuera lo que me había solicitado. Y le respondí la verdad, que no. Que sobre esa zona justamente no. Entonces me miró con odio...

Mateo se llevó la taza a los labios, a pesar de que ya no había líquido.

—Noté que era alguien malo, o loco, y en ese instante creí que se me abalanzaba. Le vi el gesto de una alimaña a punto de lanzarse, hasta vi cómo arqueaba las manos, cómo abría esos dedos largos... Yo me quedé quieto como un cirio, sin moverme, fijo en la barra de hierro por si acaso.

Aquella noche nos quedamos hablando un rato más y él me contó que el solitario periodista en vez de atacarle giró sobre sus talones y se fue diciendo algo que nunca pudo escuchar ni entender.

—Cuentan que pasó un tiempo en una casa de la calle del Hombre de Palo. Se la alquilaron y vivió allí, en un cuchitril, pues en aquel tiempo ésa era una zona sin restaurar, con viviendas muy deficientes y baratas. Allí dicen algunos que estuvo, pero que se le veía muy poco. A veces se oían gritos. Yo jamás volví a cruzarme con él.

—Desapareció...

—Pues se diría que sí. Como tragado por la tierra. Yo me interesé en él, sobre todo después de que apareciese en el camposanto y saliese la noticia en *La Tribuna*. Incluso hablé con María Lardín tras llamar al periódico. Ella fue la que firmó aquella nota pero poco más sabía la buena mujer. Más o menos lo que le quiso contar la policía. Ya ves que aquí no estamos acostumbrados a investigar...

—¿Y sólo se publicó aquello?

—Únicamente. Llevaba varios días cadáver cuando lo encontraron. Claro, como por allí no va nadie... pues eso. No se dieron más datos, sólo las iniciales, y al día siguiente ya todo se había olvidado. La mujer que le alquiló el piso, doña Amalia, tenía bastantes en toda esa zona, pero ya murió hace mucho y nunca quiso hablar de aquel tipo. Cuando le pregunté no me dijo nada. Era una mujer huraña y avariciosa que no gozaba del cariño de la gente. Yo, como conocía el pasado del poblado y me habían contado que él iba constantemente a Tinieblas y al cementerio, telefoneé a Aquilino a Roma. Me extrañó que tuviera esa obsesión con un lugar que muy pocos conocen y donde habían pasado cosas raras, pero bastantes años antes. Igual quería contar la historia del lugar... Quién sabe.

Eran las dos de la madrugada cuando me despedí. Continué en solitario, dispuesto a dar un rodeo. Toledo de noche se siente distinto, y si uno camina sugestionado —como era mi caso— no es difícil percibir sombras y figuras que parecen huir conforme la luz alumbra las esquinas. Bécquer sintió este embrujo en su leyenda *Tres fechas*:

Más allá de este arco que baña con su sombra aquel lugar, dándole un tinte de misterio y tristeza indescriptible, se prolongan a ambos lados dos hileras de casas, desiguales y extrañas, cada cual de su forma, sus dimensiones y su color. Calle construida en muchos siglos; calle estrecha, oscura, deforme...

Necesitaba oxigenarme y no dudé en dirigir mis pasos hasta la calle del Hombre de Palo, fijándome en los comercios cerrados, con sus escaparates reflejando la oscuridad. En alguno de ellos —jugarretas de la mente— creí ver repentinamente, como en un reflejo, esa mirada a la que todo el mundo se refería. Esos ojos desconcertantes del reportero muerto, vigilando desde su guarida.

Carnicería Garcinuño. Desde 1879.

La cara del cerdo, colgando de un garfio, me saludaba desde el otro lado del cristal con esa risa deforme y macabra de la que aún goteaba un hilo de sangre. Y en el mostrador de piedra blanca se distinguían dos afilados cuchillos. Comercios de otro tiempo, sin duda.

Viejas paredes y buhardillas repintadas, ventanas de madera por donde se atisbaba de nuevo esa negrura entre visillos en la que siempre puede haber alguien observándonos. Y en uno de ellos, quizá aquél, tuvo que ocultarse Galván durante sus últimos días enfebrecido con aquella investigación interrumpida por la muerte.

Al final de la calle vi una placa de cerámica donde se dibujaba un extraño ser y se recordaba la figura de Juanelo Turriano, inventor, ocultista, genio y relojero de Carlos V. Leí en voz baja la leyenda, carraspeando previamente, con el objetivo de romper aquel silencio asfixiante:

«Cuenta el pueblo que este insigne inventor construyó un muñeco de madera que, mediante un mecanismo de relojería, caminaba a manera de ser humano. Su creador, mediante la programación de la máquina, le utilizaba para que hiciera cierta clase de recados que el autómata realizaba recorriendo algunas calles de Toledo. Unos dicen que este recado era el de acudir diariamente al palacio arzobispal a recoger una ración o limosna para el propio artífice».

Estaba terminando de leer la inscripción cuando súbitamente noté frío, como una lengua helada que me recorrió desde los tobillos a la nuca en una sola pasada. Paralizado, miré al esquinazo que permanecía iluminado tenuemente con la luz de una farola. Me giré repentinamente y miré la calle larga y completamente vacía, intentando encontrar algo. Pero nada. Ni un mísero gato negro. Al reemprender el camino, ya a punto de abandonar esa travesía, me volví de nuevo, muy aprisa, tanto que entonces la vi proyectándose en la pared, no muy lejos de mi espalda.

Una vieja con un pañuelo en la cabeza avanzaba hacia mí, deslizándose por la pared de la izquierda.

Corrí como si en ello me fuese la vida, sin llegar a cruzarme con nadie, topándome con tiendas y tabernas cerradas desde hacía horas en aquella soledad en la que sólo escuchaba mi sofoco yendo a más. Al llegar frente al Alcázar seguía sin haber un alma. Presa del pánico entré en el *parking*. Me subí al coche y entonces un lamento horrible, como un chillido prolongado, erizó hasta mi última vértebra. Pisé el freno y comprendí: era la puerta trasera, rozándose de nuevo contra la columna pintada con una franja verde y las siglas K-18. No le di la menor importancia al estropicio y acto seguido, al tiempo que salía de allí marcha atrás y serpenteando por entre las plazas vacías, metí la mano en el bolsillo para comprobar que la tarjeta que me había dado Moraza estaba a buen recaudo.

Esteban Plaza Marcos
Archivero Diocesano
Teléfono XXX XX XX XX

Encendí las largas convencido de que en cualquier momento esa figura espantosa se iba a recortar de nuevo frente al capó. O lo que es peor, ya en la carretera nacional, imaginándola en el hueco oscuro que siempre queda justo detrás del asiento del conductor. Ese lugar donde ni siquiera llega el retrovisor.

18

ay un lugar que me da mucho respeto. Quizá por eso busqué una excusa aquella mañana.

—¿Y no podemos vernos en otro sitio?

—Nada —respondió una voz veterana a través de la línea telefónica—, estoy hasta arriba de trabajo. Ha habido un accidente múltiple de unos obreros en Aluche y no voy a llegar a mi consulta hasta muy tarde. Tengo lío durante toda la noche.

El doctor Baltasar Trujillo es uno de los forenses más reputados de nuestro país. Cuatro mil autopsias a sus espaldas son un currículo del que no puede presumir cualquiera. Siempre habla despacio, bajo, seseante.

—Los muertos nos cuentan muchas cosas, nos hablan a su manera. Por cierto, ¿cómo se llamaba el que tanto te interesa?

Curioso empedernido, es uno de esos amigos que valen un tesoro. Un auténtico CSI al que conocí en Radio Nacional de España hablando de un crimen famoso ocurrido en el cortijo de Los Galindos y que había quedado impune después de veinte años provocando una gran polvareda social. En la mesa del estudio, para sorpresa del conductor de aquel programa de sucesos en la madrugada, surgió la química, el chispazo. Es algo así como el enamoramiento intelectual, casi tan apasionante como el afectivo. Hablábamos el mismo idioma, un lenguaje de búsqueda, de pasión por lo desconocido, por las claves, por los misterios y las interrogantes. Y, como suele ocurrir, tras dos cafés y tres horas de charla supimos que la casualidad nos había puesto allí para conocernos y ayudarnos.

Desde aquel instante, el doctor Trujillo se convirtió en un asesor de excepción en mi programa de radio. Cualquier duda solía ser solventada con sencillez y llaneza, cosa que agradecían los oyentes, mal acostumbrados a la pedantería de algunos sabios que ocultan su falta de pasión y compromiso con una retahíla de terminologías incomprensibles. Era respetado por toda la profesión forense y sus tentáculos solían llegar a donde los demás ni siquiera atisbaban.

Siempre se reía del mismo modo, como un ratón, cuando le pedía ayuda.

—Tú y tus aventuras insólitas. ¿Y qué es lo que ocurrió esta vez?

—Pues aún no lo sé muy bien —respondí garabateando en el bloc—, pero igual el cadáver pasó por tus manos y todo. Lo encontraron muerto dentro de un cementerio abandonado hace casi treinta años. Estaba sobre una lápida y transcurrieron varios días antes de que lo hallasen. A lo mejor te acuerdas, pues no deben de darse muchos casos así...

—Pues alguno ha habido, te lo aseguro. En Hendaya, justo en la frontera con Francia, allá por el otoño del 62 fue encontrada una mujer que...

Sonó un chirriar muy agudo. Tan desagradable que sensibilizaba los dientes.

—En fin, que tengo mucho lío. Pásate por la facultad a partir de las diez y media. Aquí seguiré yo con el trajín.

Volví a escuchar la sierra circular mecánica tapando su voz. Percibí su inconfundible cántico al toparse con el hueso humano y cortarlo con limpieza dejando al aire los tuétanos.

—¡Uf! —suspiró antes de colgar—. A ver si a ése le podéis dar la vuelta, que está muy deformado. Te dejo, amigo, ya te dije que había mucha faena.

Un lugar siniestro, sin duda.

Ministerio de Cultura
Biblioteca Nacional
Carné número: 19.415 / Pupitre: 104
Solicitud: *Estudio médico de la peste en los Montes de Toledo*, Dr. Leandro Sárraga
Signatura: 3/11508

Mi objetivo estaba claro: leer el mismo libro por el que Lucas Galván había preguntado en sus últimos días de vida en la librería religiosa de Mateo. Quizá en sus páginas estaba impresa la clave que le empujó a la muerte.

Rellené la ficha, dejé mi abrigo y mis cuadernos sobre la mesa de madera y antes de salir de nuevo por el pórtico, contemplé el esplendor de la grandiosa Sala Cervantes, donde tantas búsquedas y sorpresas me habían sido desveladas por los libros a lo largo de los últimos quince años. En las mañanas de los días de diario la estampa era siempre parecida: un estudiante universitario aplicado tomando apuntes en una esquina; arriba, vagando por las interminables estanterías, un erudito con gafas de pasta recreándose y hasta declamando entre susurros con algún volumen enciclopédico entre las manos; y más allá, casi en el centro de la escena, el funcionario bostezando mientras coloca un sello sobre impresos de varios colores con los que se solicitan legajos especiales o fotocopias.

Un lugar entrañable, lleno de secretos por desvelar con paciencia, como en una pelea en la que enfrentarse al silencio del tiempo y la Historia que allí duerme en millones de volúmenes.

Al fondo, muy al fondo, estaba yo con mi lamparilla y el pupitre repleto de documentos que a la entrada y como es de rigor la vigilante de seguridad había repasado con cansina actitud. Sobre todos nosotros, rompiendo la penumbra general de tanta madera oscura, un par de pantallas donde van apareciendo dígitos en rojo anuncian a cada visitante que su petición ha sido encontrada, avisándole de que ha de salir a otra sala más iluminada y moderna donde se encontrará con lo demandado.

Miré de reojo el reloj y bajé al sótano, en busca de la familiar cafetería. ¿Cuántas horas de mi vida habría pasado allí con un café, una rosquilla... y la mente siempre dando vueltas, ansiosa por hallar el documento?

Las risas de tres archiveras sentadas en una mesa larga y con la inconfundible bata blanca y la credencial plastificada colgada del pecho me sacaron de mis cavilaciones. Las miré y las escuché: hablaban en aquel momento de relax del último debate televisivo nocturno de gran audiencia. Universo de contrastes, la Biblioteca Nacional.

—Veinte minutos —me dije a mí mismo clavando mis ojos en el reloj.

Volví sobre mis pasos, me miré en el espejo del ascensor comprobando el horrible efecto de la luz blanquecina sobre mi rostro ojeroso y llegué por fin a la sala silenciosa de recogida.

Sin apenas mirarme, la funcionaria me devolvió la ficha llena de tachones. Primer chasco.

—No le podemos servir esta obra —me dijo la bibliotecaria joven, con las uñas recién esmaltadas.

Mi rostro de incredulidad provocó su respuesta inmediata.

—Este libro no está aquí. La signatura es la correcta..., pero la obra, que era ejemplar único, ya no consta.

—¿Que ya no consta? —repetí sin acabar de creerlo mientras otro empleado con acicalada barbita se me acercaba por la derecha exigiendo silencio y bajando las manos.

—Ya lo ha escuchado —respondió autoritariamente el recién llegado, que, sin duda, era el jefe de ese sector—, esto —continuó tras arrebatar la tarjeta rosácea de las manos de su compañera— no se puede consultar. Le ruego que pida otro ejemplar.

—Ya, muy bien. Pero es que el que busco es precisamente ése... y en el catálogo no consta que falte ni se indica nada al respecto.

—¡Pues falta! ¡Falta desde...!

Entonces, como dudando de sus propias palabras, se acercó el rectángulo garabateado a los ojos...

—¡1977! —concluyó mirando a la chica con sorpresa.

—¿Y no lo han repuesto desde entonces? —pregunté apoyándome en el mostrador.

—Pues parece ser que alguien lo pidió... y no lo devolvió. A veces ocurre y es que ni siquiera aquí estamos a salvo de los sinvergüenzas.

—¿Y podría saber —insistí— quién fue la última persona que lo consultó?

—¿Se refiere al delincuente que lo robó?

—¡A ese mismo! Le aseguro que es muy importante para mí.

—Pero... vamos a ver si se explica mejor —dijo mesándose la barbita—, porque eso es una información personal que a nadie concierne. En primer lugar, ¿tiene usted el carné de investigador de esta institución?

Señalé el pequeño fichero antediluviano donde se guardaban las credenciales y donde había que depositar el carné nada más entrar en esa zona.

—Por supuesto. Soy el lector del pupitre 104, puede usted consultarlo ahí.

La mirada de aquel individuo reflejaba desconfianza y algo, creo, próximo al desprecio. El típico hueso. Antes de abrir el archivador dijo algo inquietante.

—Sepa usted que estamos extremando las medidas contra los ladrones de documentos. ¡Y que ya han caído varios!

Miré a la joven funcionaria de bata blanca, que seguía la escena tan estática como una figura de yeso, y me encogí de hombros exageradamente. El jefe me vio de reojo y se giró.

—Comprenda —prosiguió con su tono aflautado— que su tozudez con un libro robado hace tanto tiempo me obliga a...

Repentinamente se detuvo a medio camino y comprobó mis datos una y otra vez en total silencio. Después me miró de arriba abajo y su gesto cambió de inmediato. Una metamorfosis digna de ser grabada en vídeo...

—¡Es el del programa de por las noches! ¿Es usted, verdad? ¡Pero haberlo dicho antes, hombre de Dios!

La providencia me había venido a visitar fiel a su costumbre, siempre al filo y en la última recta. Sonreí forzadamente y le extendí mi mano.

—¡Yo le escucho siempre! ¡Por favor, por favor! ¡Tiene que dedicarle un libro a mi esposa! Se lo pago, ¿eh? ¡Qué regalo de cumpleaños! ¡Qué regalo!

Se deshacía en aspavientos. Y yo allí, parado, esperando que me devolviese mi carné.

—¡Es que no se lo va a creer cuando le diga que he estado aquí con una celebridad como...! ¡Madre mía, si es usted el de las madrugadas de misterio! Pero Eulalia —dijo agitando el brazo de su inmóvil compañera—, no se quede así, mujer... ¿Es que no lo conoce?

A los cinco minutos la situación era bien distinta. Los dos avanzábamos por un lugar secreto para el visitante. Y mi corazón latía con tanta fuerza que creía escucharlo sin aguzar mucho el oído. Daba la sensación de que profanábamos un mundo oculto para el común de los mortales.

¡Los archivos centrales de la Biblioteca Nacional! ¡Kilómetros de estantes! ¡Cientos de estancias! ¡Millones de volúmenes! ¡Billones de palabras, de pensamientos, de soflamas, de aventuras, de amores, de tragedias! Todo dormido en mitad de aquella oscuridad que se abría por vez primera ante mis ojos.

—¿Y qué es lo que se esconde tras este libro, querido amigo? ¿Acaso un nuevo misterio? —me preguntó mientras tomaba una especie de larga escalera metálica y la colocaba en unos raíles que parecían los de un tranvía hacia ninguna parte.

—Hombre, tanto como nuevo no diría yo. Es un libro que interesaba mucho a un reportero que murió en extrañas circunstancias. Un hombre atormentado que quizá descubrió algo en él.

—¡Santo cielo! ¿Lo que leyó le llevó a la tumba?

—Pudiera ser.

Después de mirarme muy fijamente, quizá esperando algún detalle más por mi parte, el amable acompañante se quitó la chaqueta de punto y me la extendió. Acto seguido ascendió con agilidad por los peldaños cilíndricos y el sonido de la chapa al entrar en contacto con el zapato se escuchó varias veces hasta detenerse en seco frente a uno de los casetones que, sinceramente, recordaban a nichos... a los mismos nichos de aquel cementerio abandonado.

—*Voilà!* —le escuché gritar con medio cuerpo metido en esa cavidad. Tras asomarse de nuevo al exterior, aferrándose con la mano izquierda a la escalera, hizo un aspaviento para alejar el polvo que parecía concentrado desde hacía tiempo en ese lugar. Sostenía una ficha algo más grande que las actuales, de color crema y con signos de haber sido deformada en uno de sus ángulos por la humedad.

—¡Esto es lo que buscábamos! —dijo incorporándose animosamente a la aventura.

Sonreí ansioso.

Tomó el documento con las dos manos y, ahora casi con tanto interés como yo, lo acercó a la luz blanquecina del flexo que alumbraba en mitad de aquel estrecho pasillo...

—Galván Giménez, Lucas. Número de carné 11.267, última visita 30 de octubre de 1977. Pasaporte 18599, pupitre 73. ¡Éste es el ladrón! ¡Éste es!

Al escuchar aquel nombre noté el mareo, la tensión, la pérdida de visión. Y el corazón latiendo muy fuerte. Me agarré a una barandilla.

—¿Es este tipo al que andaba buscando? —gritó desde arriba.

Me aproximó la ficha de su retención por robo y allí vi por vez primera la firma ilegible y las letras angulosas, tan desestructuradas e irregulares como su mente, saliéndose incluso del espacio punteado marcado para las inscripciones. Había sido, antes de desaparecer como un espectro, habitual de dos secciones: arte antiguo y epidemiología. Curioso cóctel.

—¿Se le denunció? —pregunté tomando aquel documento casi como si fuese la última reliquia de un santo.

—No consta aquí. El libro no era un incunable, por así decirlo. Solamente con las obras realmente valiosas se ejercía un seguimiento policial. Este hurto no fue para eso, sin duda. Es un volumen muy especializado que había sido consultado muy pocas veces a lo largo casi de un siglo.

—¿Y cómo hizo para saltarse todas las medidas de seguridad? ¿Dónde escondió el libro? ¿Cómo lo sacó del edificio?

—Tenga en cuenta —respondió mostrándome de nuevo la puerta del fondo— que hace veinticinco o treinta años era mucho más fácil. No había ni siquiera sensores en las salidas. Se lo metería debajo de un jersey o algo así. Mucho debía de interesarle aquel libro, pues sabía de sobra que ya no podría volver más por aquí y que le llegaría una multa a su propio domicilio.

—¿Viene aquí su dirección...? —pregunté releyendo con rapidez aquellas notas.

—Pero, si ya murió, para qué quiere...

—Es importante, muy importante.

El hombre sonrió, como sintiéndose ya dentro de la aventura.

—Ya comprendo. El misterio, la investigación... No se preocupe... ¡Discreción total!

Se acercó el dedo a los labios, tomó la ficha y salió de allí a paso ligero y conmigo detrás.

Búsqueda completada: calle del Hombre de Palo 66, 1º. Toledo.

Los dígitos en fósforo verde de aquel ordenador antediluviano me hicieron dar un brinco. Por increíble que parezca, aquel armatoste de IBM funcionaba todavía. Cuando vi a mi amigo tomando uno de aquellos discos flexibles de cinco pulgadas, de una época en la que ni se atisbaba internet, me temí lo peor. Sin embargo, el ordenador, dispuesto a echarme una mano, rugió durante un minuto y, como en un parto lento, fue llenando la pantalla pequeña y desenfocada con letras mayúsculas.

—¡Ésa fue su casa! ¡Esto no engaña!

Lo que ni sus más allegados recordaban me lo había revelado aquel artilugio de la prehistoria informática. Y sentí una inmensa alegría que a punto estuvo de lanzarme sobre aquel monitor abombado para darle un abrazo.

Me contuve y antes de despedirnos le prometí ese ejemplar para su esposa. En pleno apretón de manos dijo algo que aún incrementó más mi ánimo.

—De todos modos no se dé por vencido. Creo que todavía hay una posibilidad de descubrir más cosas de este sujeto, o al menos de lo que hizo por aquí. Le mantendré informado.

19

Basilio, veterano celador del Instituto Anatómico Forense de la Ciudad Universitaria, le costó reconocerme a través del cristal por culpa del violento aguacero.

Finalmente, abrió la puerta de barrotes de hierro y tras indicarme el camino se metió en su cuarto, más bien garita, donde se adivinaba una televisión encendida con la última edición del Telediario.

Llegaba tarde, pero estaba seguro de que Baltasar Trujillo seguiría allí, sin descanso, buscando secretos entre los muertos.

La pared de azulejos verdes, larga y cortada por amplios ventanales desde donde se veían los jardines interiores, daba la bienvenida y obligaba a hacer un giro en seco de noventa grados. A partir de ahí un cartel en forma de flecha con letras despintadas:

Medicina Legal / Salas de duelo

Avancé escuchando mis propios pasos, con esa luz muy clara, como de hospital antiguo de posguerra. De pronto, me sobresalté al percibir un resplandor afuera.

Un relámpago.

Al fondo, una escalera oscura que subía en caracol y otra indicación:

A segunda planta / Morgue

Convenía agarrarse a la baranda de madera y casi tantear, pues la negrura solía ser total en este tramo. Y más por la noche y sin alumnos subiendo y bajando. Preferible, desde luego, era no mirar las paredes, donde colgaban ciertas fotos espantosas. Imágenes de otro tiempo que siempre vigilan al caminante, escenas en blanco y negro como las que acompañaban el reportaje postrero de Lucas Galván. Rostros contraídos, con la boca abierta, mutilados, acuchillados, tiroteados, ahogados... que siguen ahí, atrapados en un purgatorio enmarcado al que ya nadie hace caso.

«Teruel, octubre de 1922, autopsia del doctor Escalante-Villanueva; mujer campesina electrocutada. Óbito por impacto por quemaduras generalizadas provocadas por precipitación de esquirla de centella».

Era una espalda oronda, los brazos en cruz, tumbada en la hierba. La cabeza, tan abrasada, aparecía reducida al tamaño de una muñeca. Desde la nuca al cóccix una especie de zigzag quemado y remarcado en la piel, grabándose en lo más profundo como un tatuaje mortal. Al acercarse podía comprobarse que la propia columna vertebral había hecho de último pararrayos. Me fijé en la última frase del texto.

«Se le da entierro en tumba de tercera categoría».

Tres o cuatro escaleras más, y apareció la cara de un monstruo que mira fijamente con su cabeza aplastada y deforme abriéndose paso entre la oscuridad. Un rostro casi quemado por el *flash* del fotógrafo judicial. Junto a él, un oxidado raíl de tren que atravesaba la noche. La ficha de este caso estaba rota por la mitad y sólo se podían leer poco más de dos líneas escritas a máquina:

«Atropello ferroviario con víctima mortal en Tocina, Sevilla, 1931. Decapitación traumática y pérdida de masa encefálica. Autopsia del doctor Fuentes León. Víctima sin identificar que...».

Reconozco que caminé aprisa evitando mirar a mi derecha. En la segunda planta, al final del pasillo, aparecía la vitrina solitaria, iluminada por un foco directo. Si uno se aproximaba no hacía falta leer el texto que la acompañaba para sentir una honda inquietud.

«Tarancón, Cuenca, 1904, bebé cíclope con nariz tubular probóscide que vivió dos días».

Flotando ingrávido en su bote de cristal relleno de formol ya sucio, con los brazos acabados en manos translúcidas en las que se vislumbraban cartílagos y venas rojizas, con dos dedos agarrotados a modo de tenazas y un solo ojo de iris azulado en mitad de aquella cara, el ser parecía el olvidado centinela del lugar. Cruzando ante su mirada se penetraba después en una sala alargada donde las impresiones, desgraciadamente, continuaban.

—¡Venir aquí en plena noche es como acudir a la casa de los fantasmas! —grité descongestionando mi ánimo al entrar.

—¿Eso va por mí? —respondió una risa que agradecí al instante.

Fui a abrazarle, pero enseguida me contuve y él lo entendió. Su bata estaba manchada de sangre y sobre la mesa de metal, con el tétrico sonido de los fluidos escapando por los orificios de desagüe, un cuerpo, o más bien la mitad de una anatomía humana, estaba siendo diseccionada con precisión milimétrica.

El doctor, más que acostumbrado, parecía no sentirlo, pero yo noté el mareo potenciado por ese olor, esa atmósfera de disolvente o lejía muy fuerte que solapaba cualquier otro aroma poco recomendable.

—Ya lo tapo, ya lo tapo...

A pesar de que sus manos enfundadas en guantes de color crema actuaron con rapidez, vi perfectamente, antes de que la lona de plástico lo cubriese, el torso completo de una mujer sin cabeza que ya solamente era un dígito, un expediente dentro del inmenso archivo.

—De verdad que es un trago venir aquí, doctor. ¡Me pongo lívido!

Baltasar Trujillo, sesenta y cinco años, profesor emérito y catedrático además de doctor *honoris causa* por tres universidades, cogió varios utensilios semejantes a tornos de dentista y los puso bajo el chorro del grifo. El ruido del agua terminó antes que el de los otros líquidos que aún se vaciaban lentamente por los sumideros.

—Mientras vengas como periodista vivo... todo irá bien. Espero no recibirte nunca de otro modo.

Jamás he comprendido ese humor negro tan característico en algunos forenses. Después de mi mueca, parecida a una risa, se quitó el atuendo, incluido una especie de gorro transparente que le daba aspecto de manipulador de alimentos, y tras doblarlo lo dejó sobre uno de los tableros vacíos. Había cuatro con bultos sospechosos.

—Un andamio cedió y fíjate. Todos son de Europa del Este, sin papeles. Un drama del que pocos periódicos han hablado. ¿Te apetece un café?

Respondí negativamente con la mirada. En aquel momento ni una gota de saliva hubiera cabido por mi estómago sin producirme un vómito. Salimos y decidí ir al grano.

—¿Sabes ya algo de lo mío?

—No he tenido mucho tiempo de mirar nada —respondió tras aporrear la máquina que se acababa de engullir medio euro—, pero por fortuna he constatado alguna cosa que quizá pueda interesarte...

En aquel momento, como por arte de magia, todo mi malestar se alejó. Acepté hasta la invitación al descafeinado.

—Parece ser que el individuo ese, el tal Lucas, estaba en bastante mal estado cuando lo encontraron. Debió de pasar por aquí —señaló con el pulgar hacia atrás la puerta de la morgue— justo cuando yo estaba en la facultad de Dublín. Por eso yo no me acordaba con detalle. Ya sabes que todo lo raro se me queda y eso no se me hubiese escapado fácilmente.

—¿Y quién le practicó la autopsia? ¿Lo conoces?

—Era un magnífico profesional.

—¿Era? —le interrumpí.

—A eso voy. Falleció en 1983. Y te va a parecer increíble, pero va a ser muy difícil encontrar esos expedientes.

Estrujé el vasito marrón de plástico y lo lancé con furia contra la papelera. Fallé. Al acercarme para depositarlo dentro escuché la voz de Baltasar a mi espalda.

—No te voy a contar nada nuevo: nula informatización, archivos antiguos desastrosos, dejadez... Sólo los casos más relevantes fueron rescatados y pasados al programa CDE1, o lo que es lo mismo, Catálogo Digital de Expedientes de 1-Clasificación. Si no tenemos ni siquiera los números del registro de defunción, es imposible encontrar nada.

—Galván no era de primera categoría ni de lejos, ¿no?

—Desde luego que no. Un pobre diablo muerto de infarto en un camposanto no constituye un crimen de Estado ni un motivo para exhumar nada. Una simple muerte natural como tantas otras.

—¿Y cómo sabías que llegó en muy mal estado?

El forense dio un último sorbo al café y volvió a enfundarse, muy lentamente, otros guantes de goma inmaculados.

—En el Juzgado de Toledo tengo un viejo amigo que se acordaba de algo y me confirmó lo que yo ya conocía, que allí no realizaban apenas ningún trámite sobre las anatomías. Él no estaba allí cuando ocurrió y ahora, ya jubilado, ha tenido tiempo para consultar alguna nota de la prensa, o recordar el comentario de un ayudante del juez que debió de hacer las primeras fotos. Poco más. Según me confirmó, en un camposanto muy apartado, en desuso, se encontraron un cuerpo en avanzado estado de descomposición. Tanto es así que parecía un muerto al que hubieran sacado de su propia tumba en una noche de profanación.

Escuchando las palabras de mi interlocutor, como transportándome en el tiempo y el espacio, imaginé repentinamente aquel lugar, aquella soledad, aquellas pinturas románicas de ojos vacíos.

—De todos modos —insistí saliendo de mi ensoñación—, se podría mirar en los archivos de aquí por si acaso.

—Es tiempo perdido, amigo. Si te enseño el cuarto donde se guardan los expedientes que no retornaron o por los que nadie preguntó te puede dar algo. Hay que tener, por lo menos, los dígitos de su primer expediente. Eso es algo básico para...

—Enséñamelos.

Baltasar Trujillo, con su amplia calva y sus mechones de pelo blanco sobre las orejas, se quedó de una pieza.

—Pero hombre, te digo que son montañas de papeles desperdigados que...

—¡Enséñamelos!

Taller de Hyeronimus van Acken
1500

20

La buhardilla a oscuras y un punto rojizo y pulsante en una de las esquinas. Un espejo y, frente a él, la cara desencajada de *El Maestro* aproximándose. Todo es silencio en la vieja casa en la que vivió con su abuelo y que es ahora un estudio de acceso prohibido hasta para su propia mujer, la bella y joven Aleyt.

Lleva cuatro días sin comer, tal y como manda el credo secreto, integrado en las sombras, navegando por ellas repitiendo una letanía, viajando a lo más profundo de su propio abismo en busca de algo que la mayoría de los hombres desconocen y que sólo podrán contemplar cuando ya no haya posibilidad de regreso.

De la única ventana en forma de ojo de buey cuelga una manta gruesa, que impide saber si fuera es de día o si ya ha caído la negrura de la noche. Así permanece hora tras hora, acompañado tan sólo por la palangana de agua, los libros prohibidos de arcanas sabidurías y algo parecido a un hierro candente en forma de herradura alumbrando un poco más allá.

Hyeronimus está desnudo. Su piel blanca es recorrida por goterones transparentes de sudor que serpentean hasta el suelo de madera. El ambiente es asfixiante y en momentos imprevistos, sin cálculo ni medida posible, todo se pone a girar, a girar como las agujas del inmenso reloj imparable que mide el tiempo y la vida. La cara del espejo se mueve, viene y va, cambia su expresión, se deforma como la de un monstruo. Ya se presenta otra vez el torbellino que da vueltas en un vértigo que nunca se detiene, en una pendiente pronunciada, cuesta interminable, lengua que desciende y sobre la que el pintor se precipita, se cae, se desploma como un saco lanzado desde el mástil de un barco hacia la mar, chocando, explotando contra una barrera densa que duele y después de la cual nota la respiración contraída, el tapón en los oídos.

Empieza a rodar por el suelo, la melena desmadejada, hasta darse con la pared tan fuerte que rebota en un golpe seco para volver de nuevo. Una y otra vez su mente cae en picado, notando que el estómago sube hasta el pecho, que no se puede respirar porque entra tanto aire que la nariz y los pulmones ya se han bloqueado. Todo es rojo, oscuro, infinito. Y de pronto, la calma.

Ha traspasado la barrera del dolor, ha perdido los sentidos y El Bosco se siente desdoblarse muy lentamente, se ve a sí mismo ascendiendo como una pluma balanceante e ingrávida, blanquecino y fibroso, nadando en mitad de un abismo sin estrellas. Los brazos se hunden en el aire, desaparecen, regresan como si nadasen en el éter.

Es entonces cuando surge la cara.

¿Un hombre?

¿Un animal?

Es hombre y animal a un tiempo, un monstruo que avanza, que va a su encuentro. Es una araña con cara de anciana que sonríe y va escalando para alcanzarle metiendo sus patas ponzoñosas en el éter, muy rápido, portando su cuerpo abultado coronado por una cruz amarillenta. Él se mira y ya no nota sus pies, ni sus manos. Han desaparecido y en vez de extremidades es todo una bola hedionda y brillante. En un esfuerzo supremo empuja sus hombros, pero sus manos no salen de ese aire que ahora pesa como el barro denso de la ciénaga. El arácnido letal de ocho ojos hace un ruido parecido al zumbar de los panales. De la boca le surgen dos puñales afilados, gruesos, relucientes, como colmillos de metal sobre una boca abierta en la que, muy al fondo, como asomándose desde el estómago, se ven caras. Caras de niños atormentados que se funden unas con otras, que lo llaman, que le reclaman desde lo más hondo de aquellas entrañas infectas.

Lucha por salir de la trampa gelatinosa, suda, respira hondo, vuelve la asfixia, se mira el abdomen y entonces comprende que se ha convertido en una mosca, en una pútrida mosca caída en la tela y que va a ser engullida de inmediato.

Un golpe fuerte en la sien y el frío en la cabeza hacen que repentinamente todo se disuelva, que la escena se contraiga y se desarticule como un paño que se dobla, que la sabandija venenosa se pierda a lo lejos, catapultada hacia alguna dimensión incomprensible y lejana. Quiere volver en sí agarrándose al cordón umbilical plateado que surge de su ombligo, tirando de él como si fuera el nexo con otro mundo. Otra vez, al cogerlo con las manos, nota la sangre acelerada corriendo por su interior, siente el golpe en el esternón, el estallido que se tiene cuando, ascendiendo de las profundidades, ya casi sin aire en los pulmones, se alcanza al fin la superficie.

Las manos se tocan el cráneo tanteando la herida. Apenas tiene fuerzas para levantarse. Al abrir los ojos comprueba que todo sigue igual: el hierro emitiendo su calor junto a una pequeña luz brillante y acristalada, la ventana tapada, el vapor asfixiante.

Las yemas de los dedos recorren el cuero cabelludo calculando la longitud de la abertura. Se arrastra con mucho esfuerzo hasta la gran tabla que reposa sobre el caballete. Está casi acabada, quizá tan sólo falte la firma.

Es un cuadro oscuro, con multitud de personajes jamás antes imaginados. Hay un cristiano descabezado, danzando en mitad de un círculo de alimañas nunca catalogadas por la ciencia.

En un esfuerzo doloroso se estira para, con el pulgar manchado de sangre, redondear el óvalo del cráneo tirado en el suelo. Después se desploma antes de lograr llegar a la palangana de agua. Entra en un profundo sueño y se siente despegar lanzado con furia hasta dar con el techo a dos aguas y quedar allí, justo en el vértice, adosado de espaldas. Las nalgas permanecen pegadas a los tableros y el cabello y el sexo cuelgan hacia abajo. Es un estado de relajo absoluto, viéndose a sí mismo en mitad del suelo, como reflejado en un espejo gigante.

Entonces, transcurrido un minuto, el zumbido vuelve y se apodera de todo. Es como una turba que anuncia el subir de varias personas. Una marabunta de chillidos, instrumentos desafinados y frases incomprensibles que van ascendiendo por el hueco de la escalera y que ya están ahí, pidiendo paso.

¿Cómo es posible si solamente Jacobo tiene las llaves de ese lugar sagrado? ¿Acaso se trata de un grupo de bandidos que ha matado a su gran amigo y que acude ahora para ajusticiarlo a él? ¿Se habrá difundido su pertenencia a la agrupación?

Asustado, intenta descender del techo, pero nota que los maderos se han recubierto de algo tan pegajoso como la pez. Un engrudo que quema y que lo mantiene allí sujeto, como una lapa a las rocas. Presiente que necesita regresar a su anatomía de inmediato y dotarla de fuerza y sentido, que debe regresar el ánima que mueve el motor de la carne inerte tirada allí abajo para volver en sí y hacer frente a los bandidos que suben cada vez más aprisa. Pero es inútil, se siente fijado hasta los huesos, adherido por completo, los brazos en cruz y las piernas separadas, mirando hacia la puerta, ladeando la cabeza tanto como puede y notando ya un sonido de trompetas al otro lado. Han subido y están ahí. Sabe que van a matarle, aprovechando su estado inconsciente, sudoroso y desnutrido, abandonado de juicio y de razón.

Menea la cabeza para apartar sus cabellos y ve que nadie ha abierto, pero los visitantes ya están dentro. No son vecinos con ansias sanguinarias, es mucho peor. Se trata de la tropa de las sombras, el batallón de las criaturas jamás imaginadas y vistas por otro hombre. La comitiva de los horrores que se padecen en el purgatorio. Los mismos que tantas noches percibió tras efectuar ciertos rituales en la campa en la que años atrás ocurrió el gran incendio. Los mismos que aparecían acompañando a las sombras del purgatorio.

Un enano con pico de pato, sombrero de metal y manos acabadas en tenazas como las del cangrejo, es el primero en abalanzarse sobre el cuerpo; lo pincha por los pies y lo zarandea hasta hacerle rebotar entero, de bruces contra el suelo. Siente entonces, ahí arriba, el golpe, el dolor, la punzada atravesando el pie de parte a parte como si acabasen de entrarle por el empeine los clavos de Cristo.

Aquellos seres grotescos, escuadrilla del mal perdida en el confín de los universos y las conciencias, le apalean sin piedad, riendo y haciendo sonar sus instrumentos arcaicos. Un arpista cadavérico, faz de cordero sin piel ni carnes, toca y toca como si fuese el músico del infierno. Va embozado en una capa verde que oculta el espantoso anfibio que lo transporta en su lomo, salamandra viscosa que se acerca y muerde una oreja del pintor abandonado. La arranca de cuajo y la devora dejando los tendones al aire. Hyeronimus siente que le abrasa un lado de la cara, intenta ponerse instintivamente la mano para tapar la hemorragia, pero no puede. El engrudo del techo es más fuerte. Ahora, de su densidad ocre surgen diminutas manos, miles, millones de pequeñas manos de niño que lo sujetan ahí arriba, desdoblado e impotente, observando el delirio que se está produciendo en mitad de la oscuridad del estudio.

Un pez gigantesco, con piernas negras de humano y tocado con una corona de huesos, corretea de un lado a otro de la estancia, emitiendo un sonido gutural, un grito que hace daño a los oídos hasta hacerlos estallar. Otro individuo, peón del ejército de las tinieblas, se sube a su lomo resbaladizo y grasiento. Es un pájaro picudo con gafas de erudito. Tiene el cuerpo fino, de serpiente, y calza botas con cuchillas de hielo en su punta. Recorre dos o tres veces el largo del habitáculo y saca de debajo de su túnica roja un libro viejo y grueso. Lo abre y lee unas palabras extrañas que hacen que el resto de la comitiva se detenga como si escuchasen una orden irrebatible.

Se hace el silencio, el gran animal marino se detiene y el ave maldita se precipita desde la altura escamosa, enfilando su pico largo y letal. Cae poco a poco, con parsimonia, revoloteando aún con el tomo satánico entre las manos. Al final de su trayecto, daga de otro mundo, se clava en el pecho del pintor desolado con tal ímpetu que lo atraviesa de parte a parte, llegando a traspasar la madera del suelo. La punzada es un dolor tan grande, tan intenso, que todo se vuelve negro, como un tubo, un tubo donde no se ve nada ni a nadie, donde todos han desaparecido. Gira, se retuerce, va arriba y abajo como si fueran las entrañas abisales de un gigantesco reptil.

Al final aparece un círculo, una luz. Algo intenso, blanco, que brilla hasta hacer daño en la mirada, en cuyo interior se pierde la noción del todo y de la nada. Donde sólo hay una claridad sin límite, angustiosa en su inmensidad que nunca termina. Así pasan horas y quién sabe si días enteros. Sólo al final se percibe un grupo de sombras que muy a lo lejos elevan sus brazos hacia las alturas. Después todo se apaga poco a poco.

Cuatro golpes secos en la puerta le despiertan. Antes de abrir los ojos, acurrucado en mitad del suelo y con todo el cuerpo lleno de moratones y arañazos, nota como las escenas se van despegando de su cerebro, de sus sesos, que aún siente envueltos en capas de diversos grosores que poco a poco se desgajan hasta quedar todo como estaba. Es un proceso tan rápido que apenas se puede retener nada. El ombligo, de donde antes partía el grueso cordón de plata que se balanceaba entre dos mundos, ya no está y su presencia ha dejado un halo rojizo. Siente el mismo dolor de quien ha sido linchado sin piedad, a merced de las huestes del averno.

—¡Hermano Hyeronimus! ¿Estáis ahí?

No tiene fuerzas para incorporarse y escucha descorrerse el cerrojo. Después, nota el alivio al encontrarse una silueta familiar: un hombre alto vestido completamente de negro, con calza, medias y traje de terciopelo, además de elegante bonete de fieltro y botones redondos que reflejan el punto rojo que sigue candente en una esquina. En el pecho, un escudo dorado; en el rostro, un bigote inmenso y unos ojos profundos.

El individuo es Jacobo Almaigen para el común de los habitantes del condado de Brabante, sin embargo, para el pintor es, sencillamente, el Gran Maestre, el único que puede acudir a ese lugar y compartir ciertos secretos.

Hablan unos minutos, sin que en ningún momento el hombre le ayude a levantarse, como si fuese sabedor de que cualquier contacto con la piel en esos momentos podría ser mortal al encontrarse el viajero de las sombras aún bajo los influjos de unas energías muy poderosas. Se aproxima el elegante visitante al cuadro circular y lo ve ya terminado. Sonríe y asiente con la cabeza, mientras el pintor, poco a poco, consigue apoyar su espalda desnuda contra la pared y contemplarlo maravillado, como si no fuese fruto de su mano privilegiada, como si otros lo hubiesen acabado en esas horas o días de delirio y visiones. No sabe a ciencia cierta cómo lo ejecutó, recuerda trazos, fragmentos, luces y sombras en mitad de la pesadilla recién vivida. Sobre un círculo de sangre ahora aparece un rostro maligno, tan diabólico que es imposible sustraerse a su expresión. Las piernas acaban en garras dobles parecidas a rígidos tentáculos cercenados en su mitad; igual ocurre con las manos, a modo de tenazas.

Almaigen se aproxima aún más, hasta casi mojar su nariz en el óleo, y se sobrecoge, es la viva visión de un *Imprimatur* atemorizando a un hombre suplicante. De un enviado de la oscuridad interaccionando con el mundo terrenal, llegado desde algún lugar desconocido pero próximo, para infundir temor y locura.

En algún momento de esas noches enteras, en un estado de trance inexplicable, lo ha terminado, con tanta fidelidad al horror que bien pareciera que ese diablo retratado se hubiese personado en el estudio para posar ante los ojos de *El Maestro*.

—¿Puedo pasarle el diamante?

El Bosco asiente acurrucado en su rincón. El hombre toma la herradura de bordes rojizos e incandescentes y echa un poco de agua de la palangana. Acto seguido la humareda renace y suenan los extremos convertidos en ascuas de hierro pulsando su energía. Sobre una de ellas aproxima el punto acristalado, un gran diamante que, a riesgo de abrasarse, coloca en el vértice. Después, poco a poco, va pasando a prudente distancia el artilugio de hierro ardiente y material precioso, envolviéndolo con su vapor. En plena oscuridad el calor infiere sobre el cristal puro y un estallido de cromatismos lo invade todo. Entonces, por un instante, sólo por un fragmento minúsculo de tiempo, sobre el cuadro se ven cosas que a simple vista son imperceptibles. Un símbolo, la palma de una mano oscura, una cruz invertida un poco más allá, elementos etéreos que subyacen en profundas capas de pintura escondidas al común de los mortales.

—¡Magnífico! —exclama Almaigen con los ojos relucientes, teñidos de rojo por el fulgor que invade toda la estancia asfixiante y cerrada.

Después de un buen rato, el hombre de negro, orgulloso de la capacidad de plasmación del genio, le alcanza una especie de camisón blanco y le habla emocionado de una próxima invocación en pleno campo.

Hyeronimus sonríe, y ambos disertan en torno a su próxima obra, viendo la última ya finalizada, alargada y triunfante sobre el caballete. En sus entrañas ya duermen ocultos unos signos secretos. Pero, excepto los elegidos, nadie lo sabrá jamás.

Por eso ríen satisfechos.

Para el próximo tienen otras ideas y otros riesgos previstos. Será algo definitivo y asombroso. Una obra que, como la que acaba de ejecutar, nadie comprenderá en su sentido más profundo y de la cual también se conjeturará por los siglos de los siglos. Un cosmos con cielo e infierno. Un espejo de las dimensiones que permanecen a ambos lados de la realidad cotidiana y que sólo podrá ser interpretado por los verdaderos iniciados.

Antes de cerrarse la puerta, de nuevo en aquella soledad oscura, *El Maestro* siente un nombre rondando por la cabeza al ver sobre el caballete la última parte del edén primigenio al que hay que regresar y que reivindican a toda costa todos los Hermanos del Libre Espíritu. Se concentra a la busca de un término, de un bautismo que lo englobe todo, que sea el resumen de sus inmersiones en otros mundos.

Algo como *El Jardín de las Delicias.*

—Y después, querido maestro —le dice ya bajo el umbral—, después de esa gran obra que resume nuestro espíritu y que sin duda lo hará trascender a través de los siglos, quiero planteraros una misión que va más allá de todo lo conocido. Os invito al encuentro que ningún artista tuvo jamás. Vos mismo, en el lugar que voy a proponeros, lo retrataréis para mostrarlo a todos aquellos que lo sepan leer. Os doy mi palabra de que será la experiencia definitiva que tanto tiempo llevabais buscando.

21

No tengo que ir precisamente a la Feria del Libro Antiguo de Bilbao, así que si quieres, adelanto mis planes y vamos juntos.

Las palabras de Sebastián Márquez en su moderno despacho de la editorial me reconfortaron.

—Además he leído esas últimas hojas de Lucas Galván que me pasaste y creo que, dentro del aparente desorden caótico, efectivamente hay cierta lectura para *iniciados*.

—¿Y has llegado a comprender algo de todo eso?

—Sí, y me ha apasionado. Creo que, de algún modo, poseía información privilegiada. Merece la pena que te lo explique... durante el viaje. Ya sabes que no me gusta hacer kilómetros solo.

—No sé —respondí lánguido—, se me acumula el trabajo en la emisora y me van a dar un toque cualquier día.

Mi amigo se desató la coleta y sacó de la cajonera las fotocopias del último texto del reportero muerto. Era la única persona que las tenía aparte de mí y estaban marcadas con círculos rojos, llenas de flechas que conectaban unas palabras con otras, repletas de aspas para llamar la atención sobre determinados aspectos.

—Pues ahora empiezo a creer sinceramente que aquí hay algo interesante. Esto es, a su manera, una especie de testamento. Y merece la pena que lo hablemos tranquilamente... rumbo a Bilbao, por ejemplo.

—¡Que me van a echar de la radio, Márquez! —repliqué sonriendo.

—Entonces escribes algo para mí y santas pascuas. Algo por ejemplo sobre el *Imprimatur.* Algo que interesaba mucho a tu amigo el reportero.

Le miré con gesto escéptico.

—Ten fe en la búsqueda... y confía en mi corazonada. Creo que algo vas a encontrar allí. Es un pálpito. Galván estaba al corriente de varias cosas que de algún modo pueden entroncar con todo lo que te conté de viejos cultos animistas. Es probable que descubriese algo importante. Venga, te recojo dentro de dos horas en tu casa.

—¿Y a ti qué se te ha perdido precisamente en Bilbao?

—Quiero comprar unas cosas raras de esas que me gustan a mí —respondió guiñándome un ojo.

—¿Libros?

—Libros malditos.

Le sostuve un rato la mirada y de inmediato volví a centrarme en aquella tarjeta de visita, la del comercio de un fotógrafo que no sospecharía ni remotamente que andaba tras sus pasos como un sabueso. Ese pedazo de cartón fue lo único que pude encontrar después de una frenética búsqueda durante toda la noche entre los polvorientos archivadores del Anatómico Forense. En los ficheros correspondientes a Toledo, casi vacíos para mi decepción, lo único que merecía la pena era esa lejana referencia a quien en los años setenta se encargaba de realizar y revelar todas las copias para la autoridad judicial. Foto Ridaura fue un estudio de los de toda la vida que, tras las gestiones y telefonazos pertinentes, descubrí que se había trasladado a los márgenes de la ría bilbaína hacia 1980. Allí había que buscar.

—No se hable más. Y ahora déjame que tengo la visita de un distribuidor que viene de Sevilla. A la una y media en tu portal.

Aún envuelto en dudas salí en dirección a mi barrio con el fin de preparar el equipaje básico. La verdad es que era un viaje kamikaze... ¿Se acordaría aquel señor del macabro cadáver del camposanto? Y de acordarse, ¿estaría dispuesto a hablar? ¿Conservaría las fotografías o se habrían perdido en algún oportuno trámite burocrático? ¿Sería tan morboso para haberse guardado unas segundas copias? Y de haberlo hecho, ¿por qué demonios me las iba a dar a mí treinta años después?

Esa misma mañana, durante un par de horas y con el neceser sobre la cama, volví a llamar al teléfono que me dieron en Toledo los comerciantes de móviles que ahora ocupaban el sitio en el que en su día se ubicó Foto Ridaura. Era un número que siempre contestaba igual, con aquella voz femenina repetitiva y que ya odiaba con toda mi alma.

«El teléfono marcado no se encuentra operativo en estos momentos».

«A Bilbao 427».

El Jaguar Sovereign verde de Márquez pasó como una centella junto al cartel, enfilando la Nacional I con ese estilo propio de los coches de más de diez millones y deslizándose elegante hasta dejar atrás los bloques de piedra para empezar a vislumbrar el campo. Contrastaba la imagen campechana de aquel editor en camisa de cuadros capaz de pasarse horas en un taller grasiento del centro de Madrid y el lujo británico aderezado con cuero y maderas nobles.

A la altura de San Agustín de Guadalix ya estábamos enfrascados en un intenso debate.

—Esa fórmula que tanto te inquieta y a la que sin duda se refiere el último escrito de Galván no es apta para todos los públicos —dijo gritándome sobre el ruido de fondo del camión al que adelantábamos.

—¿La triple llamada? —recordé acercando mis manos a la rendija por la que salía el aire de la calefacción.

—Quiero decir —prosiguió Márquez— que es conocida tan sólo por determinados grupos de heterodoxos. Y si está ahí es por algo. Es una adaptación más o menos libre de lo que en algunos círculos conocemos como *trilogía del llamamiento*.

Abrí al máximo los ojos, sorprendido por el término.

—Es como recrear una serie de condiciones en tres pasos concretos para generar un estado, un espacio, una dimensión donde pueden aparecer energías que moran en un plano paralelo desconocido para nosotros pero que está ahí. Eso siempre que se efectúen en el lugar adecuado.

—¿Lugar? Creo que él escribió algo así como «epicentros del ensueño». ¿Se referiría a un enclave especial elegido por algo?

—Seguro. Hay entornos muy precisos donde ocurren desde siempre cosas anómalas, conjunciones caprichosas de fuerzas telúricas que recorren la tierra y que se cruzan en nudos complejos en los cuales, utilizando las fórmulas concretas, podremos vislumbrar el otro lado e incluso penetrar en lo más oscuro de nosotros mismos.

—¿Otro lado?

—Oye —insistió—, que te estoy hablando completamente en serio. Yo lo he visto y he sabido siempre bordearlo, respetándolo, no arriesgándome. Ya no me interesa más que en el sentido de la evidencia personal, pero comprendo que a otras personas, sobre todo si poseen una sensibilidad especial, aquello les empuje al abismo. Ya te he alertado del peligro del torbellino, del embudo que poco a poco te atrapa y te va sumergiendo en un lugar que está ahí fuera pero que también radica aquí...

Se señaló la cabeza.

—Y aquí... —hizo lo propio con el corazón.

—No comprendo del todo, Sebastián. Perdona pero...

—Pues es relativamente sencillo. Este periodista se dejó llevar poco a poco hacia ese magma de lo oscuro, esa otra dimensión que convive con nosotros queramos verla o no. En determinados puntos esa fuerza está ahí, activa, y se puede experimentar. Desde muy antiguo algunas culturas incluso trazaron rudimentarios mapas para poder calcular la ubicación de estos lugares de poder. Dicen que Felipe II encargó uno a su séquito de nigromantes.

—Ya estás con lo de siempre. ¿Gente que enloquece tras acercarse a algo? ¿A un tema en concreto? ¿A un sitio?

—Pero no es la locura tal y como la conocemos. Lo que ocurre es que ahí adentro, en nuestro cráneo y en nuestra alma, ocurren cosas... y no siempre sabemos cómo vamos a reaccionar. Son fuerzas que gravitan sin que conozcamos sus leyes más profundas. Y te juro que gravitan con más intensidad en ciertos entornos en los que ha habido tragedias superpuestas. Es ese dolor que no se va, en el que se queda impregnado el *Imprimatur*. Existen esos puntos, y en ellos, habitualmente, se alzaron determinados templos y corrientes heréticas. Es probable que alguien receptivo lo pase mal allí, se maree, vomite, tenga visiones, incluso varios factores podrían conducir a un fin trágico. Con franqueza, la aldea esa que aparece en las fotografías de Galván...

—Goate, la vieja alquería muerta junto a Tinieblas de la Sierra —apunté sin dejarle terminar.

—Eso. Pues ese enclave sería, por determinadas circunstancias como ubicación, magnetismo o dolor acumulado, una especie de batería en permanente carga. Eso los viejos sabios lo conocían muy bien. Si la gente huyó de allí, si lo abandonaron, sería por algo. Lo que se adivina en esas imágenes, esos niños que parecen casi vaho entre las tumbas mirando al objetivo, pone la carne de gallina.

—Pero si eso fuese así, casi todo el mundo estaría repleto de lugares con *Imprimatur*. ¡Tragedias las hay a patadas cada día y en los cinco continentes!

Mi amigo desatendió la carretera y por más tiempo del recomendable volvió a mirarme fijamente a través de aquellos anteojos de médico antiguo.

—No es sólo eso, tiene que haber más condicionantes. Los antiguos creían que determinado tipo de piedra, el granito por ejemplo, tenía facultad para retener esas energías densas.

—Pues anda que no tenemos granito en...

—¡No te quedes sólo con lo superfluo, caramba! Además de eso tiene que haber un pasado de *apertura de puertas...*

Antes de dejarle proseguir impartiendo cátedra, le señalé al frente, a la fila correspondiente para pagar el peaje. Al abrir la ventanilla entró un viento que helaba hasta los ojos. Se elevó la barrera, aceleró y continuó...

—Tú has investigado muchos casos de supuestas casas encantadas, ¿me equivoco?

—¿Y?

—Pues ahora haz memoria, amigo reportero; en esos casos, en los reales, en los que tienen denuncias policiales, intervenciones de jueces, sacerdotes..., en los que pasa algo de verdad, ¿qué antecedentes te encuentras? ¿Qué es lo que ha pasado en esa casa precisamente? ¿A que hay dos cosas que casi siempre coinciden?

En aquel momento pasaron por mi mente, como en una rápida proyección, las caras de gente de toda condición y creencias que habían declarado ante el micrófono en los últimos quince años. Personas atormentadas con algo que parecía haberse adueñado de la vivienda. Personas que no sabían a quién acudir, que tenían miedo de llegar cada noche a su propio hogar.

—Crímenes y espiritismo —dije muy serio, como si en parte no me gustara darle la razón con mi experiencia.

—¡Exacto! ¿Lo ves? No sólo es la sangre. En muchos de esos casos los jóvenes, sobre todo mujeres, habían practicado el mal llamado juego de la *ouija,* habían pasado horas tomándoselo a broma y quizá como medio para intimar con sus amigos, invocando a supuestas presencias. ¿Me equivoco?

—Pero el espiritismo oficialmente nació en el siglo XIX y estamos hablando de un pueblo mucho más antiguo que...

—Esos sistemas de contacto han existido desde siempre.

—En España eso estuvo muy controlado por la Iglesia.

—Ya. Pero sus deseos y represiones no pudieron evitar la presencia de algunos grupos heréticos que bebían de aquellas doctrinas antiguas. ¿Recuerdas a los Hermanos del Libre Espíritu y similares? Pues lo tenían muy claro; no querían saber del reino de los cielos, o del infierno, por lo que dijese el párroco. Querían experimentar por ellos mismos. Y entonces, en determinados lugares donde se asentaron...

—Quedaron abiertas las puertas.

Tras pronunciar estas palabras, que desde luego se alejaban de mi máxima periodística de objetividad en estos temas, recordé la estampa de Galván, siempre cubierto con su gabán oscuro, siempre imponente en su mirada de águila.

—Pero Lucas —irrumpí rompiendo el breve silencio— era un tipo avezado y además zorro viejo. No creo que se obsesionase fácilmente con un par de *polaroid* por extrañas que sean y un pueblo donde ya no hay nadie. Le tuvo que pasar algo más, algo que nunca llegó a contar y que quizá le mostró lo que no esperaba.

—¿Algo más? Mira, hay una delgada línea —hizo lentamente un trazo con su índice en el aire— que, en un momento dado, todos podemos pasar. Es esa que hace que el hombre normal, querido por lo suyos, padre ejemplar, novio ideal, esposo amantísimo, de pronto coja un hacha, como dominado por una fuerza ajena a él y despedace a su familia entera. Después es consciente de la barbaridad que ha cometido y llora como volviendo en sí, pero durante unos minutos ha sido gobernado por algo que...

—Pero hombre, ¡para eso la psiquiatría tiene un diagnóstico!

—Claro —dijo separando sus ojos del parabrisas—, ¡qué fácil! Así lo arreglamos todo. Los psiquiatras son los primeros, si son honestos y buenos profesionales, que saben que penetramos en un universo completamente desconocido. Que existen fuerzas misteriosas que forman parte de nosotros y que a veces parecen proceder o emerger inesperadamente sin que haya ningún síntoma interno o externo para su predicción. Es una cosa terrorífica que no sólo se explica con una bata blanca y un historial médico. Hay algo más que nos ronda, que se cuela por los intersticios, que es capaz de acudir si le trazamos un puente de acceso... algo que es capaz de llamarnos por nuestro nombre. Una voz que se acerca en la oscuridad.

—Y entonces, ¿crees que Galván llegó a conocer la fórmula de la triple llamada y que la ejecutó en aquel lugar donde apareció muerto?

—Pienso que todo es un proceso, una profundización. Va más allá de lo orgánico y lo mental. Y ocurre constantemente. Vamos a ver... ahora yo muevo así el volante, así, sólo un poco, de este modo...

Lo aferró desde la parte de abajo y nos cimbreamos tanto que tuve que poner el antebrazo para no dar con mi cabeza en la ventanilla.

—¡Estás loco! ¡Nos vamos a matar!

—Tranquilo, hombre... Imagínate que nos damos contra la mediana y tú quedas malherido...

—¿No podrías poner otro ejemplo o qué demonios te pasa? —le grité.

—Escucha, escúchame atentamente. Quedamos mal parados y tú sufres un EAC...

—¿EAC?

—Sí, Estado Alterado de Conciencia, una percepción de que tu cuerpo se queda atrapado entre los hierros pero al mismo tiempo puedes tener la visión panorámica completa...

—¿El viaje astral?

—Bueno, sí. Notas entonces cómo algo, esa alma, ese *ka* del que hablaban los egipcios hace tanto tiempo, se va elevando hasta contemplar la escena con total detalle. Eres tú, pero realmente estás ahí abajo... ya sabes a qué me refiero.

Lo sabía perfectamente. Los casos de experiencias cercanas a la muerte habían protagonizado en alguna ocasión mis reportajes en prensa y el debate central del programa de radio. Recientemente había departido en antena con un doctor sevillano, Enrique Mazas, que había compilado un estudio asombroso de treinta y cinco pacientes que habían sufrido experiencias muy parecidas de visión remota de su propio cuerpo tras sufrir accidentes gravísimos. El suceso más inquietante de aquel listado, ocurrido en Córdoba en 1981, había llegado a manos de ese médico por la imposibilidad de darle explicación por parte de los facultativos de dicha ciudad. En la mesa de operaciones, tras un penoso accidente de tráfico, una mujer de 35 años se había «despegado de su anatomía» y había descrito, a su regreso y tras cuatro días de inconsciencia en la UVI, lo que ocurría en la sala de operaciones. Según su testimonio, en ese estado de aparente no corporeidad su otro yo había logrado salir al exterior y observar incluso el entorno del edificio, detallando un terrible choque entre una motocicleta y una camioneta de reparto del propio centro hospitalario. A consecuencia del impacto, el chico de la moto había resultado con una pierna amputada traumáticamente por desgajamiento. Aquella mujer no sólo describía el color de la cazadora del joven —naranja—, sino el de la piel del conductor —negra—, e incluso el lugar exacto del atropello, en la misma entrada del *parking*.

—En algunos de estos casos los pacientes, de diferentes culturas, religiones y condición social, han descrito lo mismo, exactamente lo mismo...

—Claro, claro —respondí uniendo mi pulgar con el índice—, una esfera de luz que se acerca y se transforma en un túnel; la visión repentina en segundos de escenas que retroceden en la propia vida y la aparición de unos seres de tipo bondadoso o angelical que dicen que no es tu momento...

—Exacto, pero no siempre ocurre así. Hay otro tipo de apariciones, otro tipo de visiones de las que, y me parece hasta lógico, no se habla por no asustar...

Supe a qué se refería, y no pude evitar el escalofrío a pesar de la temperatura que ya alcanzaba el habitáculo empañando mi parte del cristal. En ocasiones, al final de ese túnel lo que aparecían no eran precisamente individuos llenos de luz que incluso podíamos identificar con nuestros antepasados más queridos.

No.

Y fue Márquez, con esa facultad que parecía telepática, quien puso palabras a mi pensamiento.

—En ellas aparece una sombra negra al final del túnel. El moribundo se aproxima y ve allí a alguien que sufre, a veces es un niño deforme o un anciano decrépito, desdentado, que se aproxima acortando la distancia hacia nosotros; a veces es el rostro arrugado, con ojos hundidos, de una vieja que extiende sus brazos para acogernos en un universo al que no queremos ir. La sensación es inversa a la de los otros casos. ¡Radicalmente inversa! Queremos frenar, nos agarramos hundiendo las manos en las paredes inmateriales de ese conducto que nos lleva allí donde hay algo que no nos gusta. Podemos ver incluso lo que parecen personas malheridas, con miembros que faltan, que nos llaman, que nos gritan, que nos cogen por las piernas y nos arrastran con ellos... A veces es un torso humano con los brazos descoyuntados el que emerge como única imagen, sin cabeza, sin piernas, para darnos la bienvenida a ese infierno. Así ha ocurrido muchas veces según la neuropsiquiatría. Y yo te pregunto, querido amigo, ¿dónde has visto eso antes?

—Egipto —contesté mirando al frente y sin dudar ante el repentino test—, las tumbas, los seres sin cara, las sombras perdidas a las que les faltan miembros, partes del cuerpo, troncos humanos ingrávidos... Almas sin acabar su proceso de realización.

—¡Ahí están! ¡Aguardando! Y ellos, hace cinco mil años, lo sabían y ya experimentaban con sus propias fórmulas, con su modo de ver todo eso sin someterse directamente a un trance entre la vida y la muerte.

—Se colocaban en ese umbral para observar...

—Exacto. Incluso uno de los sistemas era lanzarse al vacío, golpearse el cráneo con la fuerza exacta para entrar en el coma y permanecer el mayor tiempo posible en ese estado. Algunos nunca regresaban, claro. Pero otros sí y narraban al grupo de iniciados, después de la lenta recuperación en la que se involucraban los sumos sacerdotes, lo que habían visto y sentido. Todo eso se plasmaba en jeroglíficos y tablillas de arcilla, como un archivo del conocimiento del Más Allá. Algunas escisiones del cristianismo primitivo también ejercían estas prácticas peligrosísimas dando un paso más, generando largas ensoñaciones provocadas por la visión hipnótica de ciertas pinturas, por las músicas repetitivas... casi un estado de trance místico que a veces era agudizado por días sin comer ni beber.

Márquez me abrumaba con su conocimiento. Las espigadas torres de la catedral de Burgos quedaron atrás, allí abajo, al otro lado de las ventanillas. Casi ni me fijé en su grandeza, absorto en aquel universo totalmente nuevo para mí.

—Para los etruscos, por ejemplo, si el experimentador tenía pecado y mal en su interior, si en lo más profundo de su ser residía la sustancia negra de la ruindad, la envidia o el crimen impune, en mitad del *viaje* surgía inesperadamente esa sombra, ese Khaivit egipcio, ese *fravashi* de los persas arrastrándolo de verdad hacia la muerte. El testigo sufría entonces convulsiones y era presa de un horror indescriptible.

—¿Eran siempre enterrados en las afueras?

—Por supuesto. Y de eso se cuidaron mucho todas las culturas. A partir de ese instante algunos recintos quedaban marcados para siempre —respondió taxativo mi amigo.

—Entonces fue precisamente la Iglesia la que atacó duramente este tipo de prácticas por toda Europa hasta que las hizo desaparecer...

—Las reprimió durante siglos, cierto, pues eran muy conscientes de que ofrecían unas realidades que pertenecían al estricto ámbito del saber supremo que jamás debían ser reveladas a los pobres mortales si no era por medio de las sagradas escrituras. Pero nunca llegaron a derrotarlas del todo. Precisamente algunas de las más violentas, como los Hermanos del Libre

Espíritu, consiguieron muchos adeptos con la promesa de estas visiones del Más Allá que eran muy sugestivas para los hombres y mujeres de aquella época.

—Tu amigo Klaus Kleinberger dice en su libro que esa secta estuvo en España y que El Bosco pudo influir en algunos pintores que transmitieron esas creencias nuevas.

—Es más que probable, pero eso es mejor que te lo cuente él. Es innegable que ciertas obras de Hyeronimus causan una reacción inesperada, o esperada, pues eso nunca lo sabremos con certeza. Esas pinturas mostraban una verdad, una forma de organizar los ritos que era toda una guía para adentrarse en un universo tabú. Incluso dos tablas que precisamente se llamaron *Visiones del Más Allá* representan por vez primera en la Historia la ensoñación del embudo, es decir, todo lo que te he contado paso a paso. La misma que mataba y permitía ver el otro lado reflejada pincelada a pincelada con una técnica de profundidad que *El Maestro* inventa justo para esa creación con una tridimensionalidad nunca antes vista en el arte. Hoy están expuestas en Venecia, en el Palacio Ducal, pero falta la tabla central.

—¿La tabla central?

—Exacto. Una tabla que fue arrancada por los goznes y que por vez primera representaba el *Imprimatur*. Así fue bautizada por el genio. No podía ser casualidad.

—¿Y llegó a estar entre las del monasterio de El Escorial?

—Sabemos que estuvo allí, precisamente en otro granítico lugar de poder. Sin embargo, tras la muerte de Felipe II, se perdió para siempre. Otras obras aparentemente más inocentes, curiosamente, se salvaron de la quema.

—Creían ver aquellos mensajes en todas ellas...

—¡Y tanto! Los dominicos y el padre Atienza, tal y como cuenta la Historia, fueron inmisericordes. Creían que provocaban locura, ensoñación... y que atentaban contra el cristianismo como si fueran un arma arrojadiza de los herejes. Unos herejes entre los que ya consideraban a Hyeronimus, que, por fortuna para él, llevaba muerto casi un siglo.

—No acabo de explicarme la relación de un hombre tan ortodoxo y defensor de la fe católica como Felipe II y los cuadros de El Bosco.

—De eso Klaus sabe más que yo. Hay quien cuenta que el gran monarca tuvo remordimientos tras algunas represiones contra los Hermanos del Libre Espíritu. Quizá sintió interés por las víctimas y fue cuando algún consejero, probablemente el gran Benito Arias Montano, bibliotecario y sabio en la alquimia y la astrología, le contaría la existencia de unos cuadros casi mágicos en los que venía todo el conocimiento oculto de aquellas personas tan decididas a morir por su fe.

—Claro, porque, aunque totalmente confundidos para la Iglesia, aquellos hombres y mujeres se comportaban en ocasiones como auténticos mártires. Por lo poco que he leído para documentarme, parece que esas gentes se introducían en las llamas danzando, se autoinmolaban cuando presentían que llegaban las tropas para obligarles a renunciar a su fe. Un comportamiento digno de aquellos santos primitivos del cristianismo.

—No temían a la muerte violenta, se arrojaban al fuego con cánticos misteriosos.

—¿Es cierto que esos cuadros le acompañaron en su lecho de muerte? ¿Que su agonía fue provocada o aumentada por ellos?

—Hombre, eso es ya hilar muy fino... pero también es cierto que no pocos estudiosos hablan de temores y no de remordimientos. Fue una agonía horrible.

Como a veces sucede en los viajes, la conversación se cortó por unos instantes. El silencio, a pesar de todo, no era total. El ruido del potente motor nos permitía a cada uno adentrarnos en nuestros propios pensamientos dejando a un lado la capital alavesa y viendo ya como el paisaje se iba transformando en montaña verde y redondeada.

Entonces, una nueva duda se me presentó repentinamente.

—Hay unas pinturas en el interior de la ermita de Tinieblas que de algún modo...

—¿Las que tú fotografiaste en tu viaje al camposanto?

—Sí, ésas. Me producen una extraña sensación y he visto que hay ciertos paralelismos con esas obras prohibidas de El Bosco. Sé que están ejecutadas de manera muy tosca. Quizá un grupo de iniciados o...

—Puede haber cierta conexión, aunque deben de ser un poco más antiguas, creo yo. De esas dudas es más probable que te saque Klaus. A ver si viene dentro de poco, pues está entusiasmado con tus hallazgos y podréis verlas *in situ*.

—Querrás decir podremos...

—No, amigo. Yo puedo ayudarte con lo que sé, pero no me pidas eso.

—Bueno, igual si te enseño la fotografía aérea que un amigo mío policía me ha conseguido hace unos días aún tengas más ganas de ver este lugar. Son sepulcros puestos en cruz, fuera del pueblo, decenas de tumbas muy antiguas que...

Hice ademán de girarme para buscar mi cuaderno, que reposaba en el asiento de atrás. Márquez me detuvo agarrándome el brazo.

—No te molestes. No iré jamás allí. Tu siguiente paso es otro más urgente: hablar con ese fotógrafo.

Delante de nosotros se veían los primeros edificios de Bilbao, casi echándose sobre el mismo asfalto de la carretera. Al llegar al centro neurálgico de la ciudad, la plaza de Federico Moyúa, puso el freno de mano justo frente a la entrada del lujoso Hotel Carlton.

—Ahora urge encontrar a ese tipo, hazme caso. Yo tendré lío hasta bastante tarde. Ya hablaremos mañana con más calma.

Autobús urbano 8. Calle Autonomía-Baracaldo.

Los milagros ocurren y Foto Ridaura aún existía. En el industrializado Baracaldo, una tienda pequeña llevaba aún ese nombre, y su dueño había llegado hace mucho desde Toledo. No podía fallar.

Consternado por la charla anterior bajé del autobús ya de noche. Los bloques de viviendas, uniformes y oscurecidos por décadas de exposición a los humos de los Altos Hornos de Vizcaya, encendían sus luces blanquecinas sin orden ni concierto entre descampados. Al fondo, como recuerdo de otro tiempo, se asomaba por encima de los tejados una grúa gigantesca, con un garfio oxidado en su extremo, naciendo de las mismas entrañas de la ría. Se veían sin dificultad las grietas surcando fachadas enteras y debajo algún niño solitario, jugando a la pelota contra la pared y vigilado de cerca por las cuerdas con ropa tendida.

La imagen enmarcada que precisamente ocupaba gran parte del escaparate del estudio fotográfico era una toma aérea de la ciudad obtenida en los años setenta. Al lado, otra del equipo de fútbol local, enfundado en apretadas camisetas blancas y amarillas y con la publicidad de un restaurante en el torso. Las chimeneas echando fuego en mitad de la oscuridad iluminan en la vieja toma el cauce por donde pasaba el agua de color rojizo y químico. Las casas ya aparecían con su corteza negra de polución y una bruma que se intuía tóxica se expandía por toda la urbe a través de tuberías y conductos que convivían apretados con los coches y los colegios.

—¿Cuánto vale? —pregunté señalando el cuadro al entrar y encontrarme al presunto dueño de pelo cano mordiendo una boquilla de plástico sin cigarro y anotando algo encima de los sobres del revelado.

—No se vende —me respondió extrañado, mirándome sin disimulo de arriba abajo.

Por lo menos estábamos solos. Carraspeé y miré hacia el suelo.

—Vamos a ver cómo se lo explico... ¿Es usted el señor Ridaura?

Lo que vino después fue una conversación de dos horas. Una larga charla en la que brotaron recuerdos y coincidencias en aquella trastienda llena de botes con líquido fijador y focos apagados. Por un momento, me dio la sensación de que aquel hombre había esperado casi treinta años a que alguien como yo llamase a la puerta. Noté que se le había quedado algo dentro —una duda, un miedo, una pregunta— desde la misma tarde lluviosa en la que vio aquel cuerpo tirado en el camposanto de un pueblo de Toledo. La rapidez de la autoridad en dar carpetazo al asunto, las constantes peticiones de que fuera especialmente discreto, y lo extraño de aquella muerte le habían generado un puñado de interrogantes que ni siquiera el cambio de vida y los kilómetros habían podido borrar.

Como digo, los milagros existen.

22

Estoy seguro de que se refería a ellos al escribir esto de «Hermanos Electricistas».

Sobre la mesa del lujoso bar del hotel, repleto de maderas oscuras y clientela selecta, reposaban aquellos últimos papeles de Lucas Galván que había leído mil veces y escrutado milímetro a milímetro. Sebastián, con su conocimiento inmenso y su aplastante seguridad, siempre descubría nuevas claves indescifrables para el profano. Por eso asentí maravillado. Señaló con el dedo una frase concreta de aquel reportaje póstumo y como si ahora tuviese otro significado la leí en alto:

«Muchos años después, los Hermanos Electricistas del pasado también aportaron su luz con la triple llamada para invocar al retrato que nos espera. Bebieron de los códigos y pudieron recrear el espejo de las ánimas».

—La de Andrew Crosse —prosiguió el editor apurando su vermut— y su selecto grupo es una historia triste, pero entronca perfectamente y da sentido a todo esto. De algún modo fueron los continuadores de aquellos experimentos antiguos de los que hablábamos ayer. Son iniciados del siglo XIX que añaden la magia de la naciente electricidad para atisbar en la oscuridad de las dimensiones. Lo que ocurre es que los que se sumergieron de verdad, los que quedaron atrapados por el otro lado, acabaron muy mal. Terriblemente mal.

Durante una hora de disertación, en aquel ambiente británico que hacía mucho más fácil sumergirse en el ambiente de la historia que me relataba, conocí a un personaje que sin duda también debía de haber sido importante para el infortunado reportero argentino.

—No te quepa duda de que este desgraciado leyó los trabajos de Crosse. Estoy convencido de que quizá, en lo más profundo de su locura, los quiso poner en práctica. Y así acabó.

Desde el siglo XIX, junto a otros pioneros de la novedosa energía que maravillaba al mundo, en laboratorio y ante testigos, Andrew Crosse efectuó experimentos concretos para la captación de lo que denominaba bajos astrales, elaborando así las bases de lo que llamaron *trilogía del llamamiento:* un rudimentario sistema que empleaba luz directa sobre los ojos, provocación de estados alterados de la conciencia y recreación de condiciones de tormenta estática electromagnética en determinados lugares previamente seleccionados. Este tipo de sesiones finalizaron con la muerte de Crosse el 26 de mayo de 1865 tras los sucesos que comenzaron a vivirse en su propio caserón de Fyne Court. Un lugar que quedó maldito e incluso fue exorcizado por un reverendo a petición de los vecinos poco después de quedar deshabitado.

—¿Y qué le pasó realmente? ¿Cómo murió? —pregunté al sabio al salir de la gigantesca puerta giratoria.

Sebastián Márquez se quitó uno de los guantes con la otra mano para pagar a la señora ciega a la que acababa de comprar un número de lotería. El mediodía era muy frío y ya caminábamos rumbo al casco viejo en busca del restaurante donde había sido concertada la cita.

—Se volvió loco y falleció.

—¿Y todos aquellos científicos que trabajaron con él?

—Las ratas del barco siempre son las primeras en huir. Al final, aunque eso sólo lo sabríamos si se encontrasen las últimas páginas de su diario personal, se quedó solo, completamente solo.

—¿Escribió un diario?

—Se subastó en su día por una buena cantidad, pero faltaban las últimas 34 páginas. El encabezamiento, en su época ya de delirio final, es histórico... decía algo así como «la suma de todos los conocimientos humanos no es más que ignorancia».

—No es mala frase.

—Pues que conste que fue autor de descubrimientos muy interesantes, pero acabó maldecido por la comunidad científica, ya sabes el mecanismo. En su tumba, junto a la entrada de la mansión, pone *The Electrician*, en honor a esa energía mágica que prácticamente se estaba descubriendo en su época.

—Es decir, que algo se acabó apoderando de su mente... —dije reflexionando en susurros.

—Es lógico que desvariase en su última época, pues sus experimentos con el lado oscuro acabaron devorándole.

—¿En qué consistían aquellas visualizaciones?

—Por lo que dejó escrito en las actas de su última ponencia ante la Sociedad de Bioelectromagnetismo de Londres, tras un proceso de «fosfenismo» o dilatación de la visión a raíz de determinadas exposiciones a la luz directa, en un habitáculo a oscuras y activando rastreos luminosos con un foco concreto en un lugar *cargado,* aparecían fugazmente rostros, cuerpos, siluetas.

—¿Y cómo determinaban si había *carga* o no en un lugar?

—Ya te dije que las culturas primitivas han sabido diferenciar lugares telúricos con energías positivas o negativas. Crosse y su grupo tenían predilección, a tenor de sus trabajos, por determinados centros megalíticos antiquísimos y por lugares donde habían tenido lugar violentas batallas o en los que la peste había diezmado drásticamente a la población.

—¿Y allí se llevaban sus equipos para experimentar?

—Exacto. Él, junto con Townsend, Szarmach, Faraday... Les apasionaba aquello, pero la mayoría abandonó en el momento justo. Llevaban los primitivos focos y los laboratorios portátiles de la época. A veces actuaban sobre sus propias retinas, permanecían horas hasta alcanzar un estado de ensoñación muy concreto, después iluminaban sectorialmente algunas zonas de oscuridad y entonces, en ocasiones, aparecían las sombras, las caras avanzando, los niños...

—Le dejaron solo...

—Cierto, todos le abandonaron y él siguió. En aquella última acta se especificaba que quería plasmar esas visiones con la recién nacida ciencia de la fotografía. Por lo que sabemos, nunca lo logró. Ninguna cámara se puso a su servicio. Finalmente, lo encontraron en su propio laboratorio, frente a los focos ya apagados, como si en su última noche hubiese visto algo que le reventó el corazón. Había muerto *de miedo*.

—¡Santo cielo!

—No es el único caso ni será el último. ¿Acaso no recuerdas a Jurgenson o tantos otros? Pues ahí está la advertencia, tan clara como el agua.

Claro que lo recordaba. El documentalista Friedrich Jurgenson tenía el dudoso honor de ser el descubridor oficial de las psicofonías, las supuestas voces que aparecen —como a mí me había ocurrido en el camposanto de Tinieblas— grabadas en soportes magnéticos o digitales sin haber sido escuchadas previamente por nuestro oído. En 1959, con sus bobinas de cinta abierta en un paraje solitario en las cercanías de Mölnbo y con el fin de registrar la voz de los pájaros para la banda sonora de un reportaje, percibió en la posterior audición que se habían registrado unos vocablos lejanos. Una especie de frases entrelazadas en un grito que parecían llamarle o recriminarle. Sin embargo, allí no había absolutamente nadie en kilómetros a la redonda. Al ampliar su volumen oyó claramente las palabras «Friedel... Friedel... ¿Puedes oírme?», que identificó inmediatamente y sin género de dudas con el timbre y tono de su propia madre ya difunta. Ella era la única que le llamaba así.

A veces eran palabras amables sueltas en el éter, en otras ocasiones eran amenazas que se filtraban aún poniendo como barrera las más severas condiciones de hermetismo sobre el aparato magnetofónico.

Amenazas de muerte.

En su última época, tal y como les ocurrió a sus compañeros, aquella causa no identificada que hablaba desde algún punto del tiempo y el espacio comenzó a adivinar hechos de su vida pasada o futura, e incluso establecía cierto diálogo respondiendo a preguntas pregrabadas. De ahí se pasó a las alucinaciones auditivas, al permanente estado de alerta... y al miedo.

Murió completamente obsesionado, fuera de sí, concentrado únicamente en aquellas voces sin rostro que, de algún modo, lo habían arrancado de la realidad.

¿Habría sufrido Galván un proceso similar al de Crosse? Tras las palabras de Sebastián era evidente que indagar en el lado oscuro era peligroso y, si se iba demasiado lejos, podía llegar a ser... *mortal*.

23

ebastián abrió la puerta de uno de esos restaurantes populares cuya celebrada cocina hace que desde primera hora la entrada esté a rebosar. Al final de la barra nos aguardaba el señor Ridaura, con una gabardina gris, la mirada perdida en algún punto indefinible y un vaso entre las manos. Sin embargo, su cara estaba más pálida que el día anterior.

Era un rostro de preocupación.

—Que sepan que he estado a punto de no venir... —dijo invitándonos a pasar a la sala contigua donde se repartían no más de cuatro mesas para los clientes de siempre.

En aquel instante, Márquez, mientras apilaba los abrigos en los brazos de un camarero, se presentó. El fotógrafo, de unos cincuenta y cinco años, rostro alargado y pelo encanecido peinado hacia atrás, ni siquiera respondió; alargó su mano y se limitó a sentarse.

—Aquí estarán muy a gusto los señores... —dijo apartando las sillas un sonriente y uniformado *maître* que desapareció rápidamente tras escuchar que no íbamos a tomar nada de aperitivo.

Aquel primer gesto de la persona que en lejanos tiempos trabajaba en Toledo para los juzgados me indicó que algo no marchaba bien... Lo mejor era escuchar sin hacer preguntas. Y su voz angustiada comenzó a fluir como si tuviera que reprocharnos algo.

—Llevaba años sin ver las copias... y anoche, después de hablar con usted, me fui directo al archivador donde guardo los trabajos de aquella época. No se cómo decírselo sin que se rían de mí pero...

Márquez y yo, instintivamente, nos miramos en silencio como si adivinásemos —aunque no lo adivináramos ni en lo más remoto— la causa de aquel miedo.

—Ha sido una impresión fortísima. No se cómo, pero, en fin, que no me tengo por hombre miedoso después de haber retratado tantas desgracias. Y sin embargo, ya les digo que...

—No vamos a reírnos. No somos tan ignorantes. Tenga por seguro que si estamos aquí, ante usted, es porque precisamente creemos que hay algo extraño en toda esta historia. Y recuperar esas imágenes puede ser clave para nuestra futura investigación, ¿lo entiende?

Las palabras de mi amigo, a pesar de transmitir un tono tranquilizador, no lograron su propósito. Muy al contrario, Ridaura parecía cada vez más nervioso.

—¿Ustedes por qué vienen con esto treinta años después? ¿Qué interés les mueve exactamente? Es que no sé si me puedo meter en un lío y de verdad que a estas alturas yo lo que menos deseo es...

El repentino cuestionario, deformación profesional, no me gustó un pelo. Aquel hombre estaba mucho más lejano y distante que el día anterior en la penumbra de su tienda de revelados. Miré instintivamente la bolsa de mano situada en el asiento libre de su lado y él, dándose cuenta del brillo de mis ojos al centrarse en aquella pieza, puso su mano encima, dando un palmetazo como quien levanta una barrera.

—Es importante que veamos esas fotografías... —le dije sin apartar la mirada de mi objetivo.

El hombre, quizá atemorizado por no saber quiénes éramos y si le estábamos engañando, empezó a encogerse, a balbucear, a explicarse atropelladamente.

—Miren, con franqueza, yo no sé si tendría que llamar a Toledo, a los juzgados. Nos advirtieron en su día y a pesar del tiempo que ha transcurrido no quisiera causar problemas allí, además quiero que sepan que tengo dos hijas y...

A pesar del temblor de sus manos cerró el pequeño tramo de cremallera de la bolsa, dejando bien claro que allí, en su interior, estaba lo que buscábamos. Pero ¿de qué tenía tanto miedo?

De pronto una voz, más bien un grito abriéndose paso entre el murmullo general y el fragor de platos que venía de la cocina, llegó hasta nosotros haciéndonos mirar hacia atrás con un golpe de cuello casi violento:

—¡Aquí están las anchoítas con pimientos verdes de Gernika, el bacalao como Dios manda y el marmitako de bonito!

Los tres reímos al unísono, agradeciendo la irrupción del *maître*. Nos dimos tiempo muerto, saboreamos los platos en total silencio, casi sin mirarnos, y las copas de vino fueron servidas parsimoniosamente. Al terminar la primera de un trago, Ridaura fue más claro...

—Tienen que disculparme... Esta noche he tenido una pesadilla tan real que...

—¿Qué? —respondí sin poder contenerme y volviendo al estado inicial de tensión.

—Pues ya le digo, abrí las carpetas, vi las fotografías y sentí miedo. No sé, algo insano que no me ha abandonado desde ayer.

—¿Pero de qué va a tener miedo usted a estas alturas? —dijo Márquez al tiempo que depositaba los dos cubiertos en paralelo sobre el plato limpio.

—Mi mujer me ha dicho que he pasado una noche horrible... Ella misma se ha asustado. ¡Me ha tenido que despertar a golpes!

Tragó saliva, como si aún no tuviese confianza para narrarnos lo ocurrido con detalle. Nosotros, quietos como muñecos de cera, aguardábamos.

—Me dijo, llorando, que a eso de las tres me había despertado dando un alarido.

—¿Que usted se había despertado? —matizó mi amigo.

—Sí, yo. Que me había erguido, o sea, que me había sentado apoyando la espalda en el cabecero y que había empezado a reírme. Pero a reírme de una manera muy rara... sin parar. ¿Lo entiende?

En aquel instante, noté el lento ascenso del escalofrío por mi espalda.

—Estuve así un buen rato y ella, según me dice, me miraba entre las sábanas, sin saber qué hacer, porque al parecer es muy peligroso despertar a un sonámbulo...

—¿Pero usted lo es? —dijo de nuevo Márquez.

—¿Yo? ¡Qué va! ¡Ni de niño! Por eso estamos asustados. Dejé de reírme y estuve un tiempo en silencio, mirando al frente, fijo en el umbral de la puerta. Mi mujer me llamó por mi nombre, me tocó en el hombro y nada, como una figura de cera. Ni sentía ni me movía. Y claro, ella empezó a pensar que era un ataque o algo...

Hizo una breve pausa y bebió media copa de un trago, temblándole la mano en el trayecto.

—Al minuto o así comencé a hablar con alguien, pero tenía los ojos abiertos, sin parpadear. Era como si una persona invisible se hubiese presentado de pronto en mis sueños para decirme algo. Mi esposa empezó a agitarme y a llamarme por mi nombre... pero nada. Según parece, dije palabras y cosas extrañas, sin sentido... y hablaba con alguien a quien yo miraba en el umbral de la puerta.

—¿Y sus hijas? —pregunté—. ¿Se despertaron?

—Eso es lo peor y lo que me da miedo de verdad.

En un momento los ojos de aquel hombre se llenaron de lágrimas que se contenían en el último instante antes de abandonar la retina. Noté que la mandíbula se le tensaba.

—Aparecieron las dos por el pasillo, llorando. Serían las tres de la mañana y es entonces cuando me desperté..., como si todo hubiese sido una pesadilla, un sueño terrorífico. Yo no recuerdo nada y lo que me encuentro es a mi mujer presa de la histeria, abrazándome, y mis dos hijas ahí, temblando y muertas de miedo. A mis niñas también les había pasado algo...

En aquel instante juraría que a Márquez, a pesar de su pose seria mesándose la barbilla y mirando fijamente a nuestro interlocutor, también le latía el corazón tan fuerte como a mí.

—Explíquese, por favor...

—Ellas no se habían despertado por mi voz... ¡Qué va! Según me dijeron, histéricas y sin dejar de gritar, escucharon algo parecido a un llanto, pero no el de su madre, sino el de un hombre, muy cerca de ellas. Casi bajo la cama, avanzando poco a poco a ras de suelo... Era alguien que las llamaba a cada una por su nombre. Así lo sintieron.

—¿Pero lo habían escuchado estando dormidas? —preguntamos casi a la vez.

—No sabían decirlo, pero algo las había despertado y como su cuarto da a un patio interior pensé en lo peor, en algún ladrón... Total, que cogí el hacha que guardo en el armario y fui para allí dispuesto a todo. No había nadie, pero mis hijas, mis dos niñas, no dejaban de repetirme que habían visto algo, que habían soñado algo, que algo las había despertado a la vez, al mismo tiempo... Algo que era la cara de un muerto, sólo el rostro, blanquecino, con la boca abierta, torcida, y los ojos muy abiertos. Eso es lo que vieron, acercándoseles muy lentamente desde la ventana, como flotando, hasta situarse justo encima de ellas. Las dos describían exactamente lo mismo. Al mismo hombre.

Los dos goterones cayeron por las mejillas, en silencio. Tras sacar un pañuelo del bolsillo de la chaqueta de cuadros y hacerlos desaparecer, agarró con decisión la bolsa de piel negra y la depositó en el suelo. Después, con fuerza, la arrastró bajo la mesa hasta casi ponerla bajo mis piernas.

—No quiero saber nada más de esto. Mi propia familia no sabe lo que hay aquí y yo jamás conté nada. Me da miedo y sé que algo tiene que ver. Sé que ese sueño y lo que vieron mis hijas tiene que ver con esto. Yo les doy lo que contiene a cambio de un solo favor...

Asentimos con la cabeza sin pronunciar palabra.

—Jamás vuelvan a preguntarme por nada de esto. Les juro que no sé qué pasó ni entonces ni ahora, ni estoy dispuesto a saberlo. Todo está ahí, las fotos que hice y nada más. Ustedes se lo llevan y si a mí en un futuro alguien me pregunta algo, que no creo, diré que me robaron en casa y que no sé nada. ¿Estamos?

El *maître* regresó en silencio. Nuestras caras debían de ser un poema y le dejaron sin ganas de exaltar las delicias de las natillas y los barquillos que traía en tres pequeños platos calientes.

—Pero yo creo que no debe zanjar el asunto así como así. Lo que nos ha contado es un sueño, una sugestión..., suele pasar y le aseguro que tenemos preguntas importantes para resolver un caso que nos intriga. Se las debemos hacer, pues usted estuvo allí y pudo fotografiar ese cuerpo antes de que las autoridades se lo llevasen. Ayer no tenía el menor problema y es importante que...

Mi disertación fue cortada de raíz con un gesto hosco.

—Creo que he sido claro. Hoy no es ayer. Por si no le basta, mire esto.

En su mano izquierda tenía un trozo de papel cuadriculado. Tras desdoblarlo vimos una palabra escrita a trazos de rotulador grueso. Noté de reojo cómo la cara de mi amigo Márquez se ponía tan blanca como la leche.

—Esto es lo que anotó mi mujer en mitad de mi crisis, en el momento en que no me podía despertar de mi pesadilla. Es lo que yo repetí más de cien veces, sonriendo, con los ojos abiertos, mirando al umbral de la puerta y dialogando con algo invisible que al parecer estaba allí mismo. Yo sé lo que significa y ustedes también, pero mi familia no. Ahora, si me permiten y son tan amables...

Un sorbo y dos apretones de manos. La bolsa bajo mis pies y la sombra del atormentado señor Ridaura desapareciendo del comedor entre el tumulto y las apreturas de aquel lugar viejo y estrecho.

Los dos nos quedamos, uno junto al otro y sin saber qué decirnos, mirando aquel rectángulo en el cual se podía leer claramente una palabra en mayúsculas. Un lugar que, desde luego, conocíamos muy bien: TINIEBLAS.

Venecia
Fecha indeterminada entre 1500 y 1505

24

l rostro de Hyeronimus quedó fragmentado por una línea de sombra. Los ojos y la nariz se iluminaron con la blancura de la luna que se filtraba por el ventanuco.

—¿Quién profiere esos lamentos? —preguntó a un acompañante vestido de terciopelo cuyos pasos se alejaban resonando en la catacumba.

—Cristianos que navegan ya hacia su último viaje —respondió Jacobo de Almaigen, Gran Maestre del Libre Espíritu, mientras intentaba obligar al artista a no permanecer más tiempo contemplando la escena.

—¡Parece la mismísima barca de Caronte guiando a las almas hacia el Más Allá! —contestó *El Maestro* sin despegarse del cuadrado abierto en el muro por donde llegaba, como un cántico, el rosario de voces quejumbrosas provenientes de una gran góndola negra que pasaba bajo el puente de piedra.

La apreciación del pintor no podía ser más exacta. La embarcación, comandada por un fraile encapuchado en la popa, trasladaba un pasaje peculiar: diez hombres vivos y otros tantos muertos. Los últimos iban sentados, sin cabeza, borboteándoles aún la sangre por el espinazo recién cortado a golpe de hacha.

El resto gritaba ante el espanto de la visión, con la certeza de que iban a sufrir un fin igualmente dramático.

—El *Draccatore*, miembro destacado de los Signori di Notte, los lleva a la ensenada que hay detrás de la pared sur. Allí les atarán unas piedras como éstas al cuello —dijo golpeando unas inmensas rocas pulidas y esféricas provistas de argollas que se apilaban en cada esquina de aquel pasadizo— y los dos pies, bien aferrados con la soga, irán amarrados a cada uno de los cadáveres decapitados. Es el ritual para los condenados por violación.

—Hermano Jacobo, ¿aquí estaré realmente...?

—¿Seguro? ¡Por supuesto! Ya te he dado mi palabra de que no ocurrirá nada si respetas las reglas. Mis relaciones comerciales con los dux de esta ciudad son un salvoconducto poderoso. Ellos son condescendientes con mis creencias... y yo me limito a no airearlas innecesariamente y, sobre todo, a ser muy generoso.

—¡Pero esos Signori...!

—No temas en vano, pues no debes cruzarte con ellos a lo largo de todo este tiempo. Tu *pozzi* de aislamiento está al final de un conducto que no pueden visitar bajo ningún concepto. Ya me he encargado de hacer las gestiones precisas para que sea discretamente vigilado. Así no tendrás que preocuparte más que de lo verdaderamente importante...

—¿Y si un día descubrieran el motivo real de mi estancia y el contenido de mis tablas?

—¡Te digo que eso no ocurrirá jamás! El dux ya ha cobrado su parte y tenemos un acuerdo. Aquí eso es la ley.

Al llegar a una intersección, iluminados tan sólo por el candil de aceite que portaba Jacobo de Almaigen, se oyeron unas toses repentinas. Voces de la tuberculosis que clamaban desde el final del húmedo pasadizo. Al acercar la lumbre, a través de un ojo de buey practicado en la pared y a no mucha altura, pudieron ver a hombres hacinados, sin camas o jergones sobre los que recostarse siquiera. Todos estaban embadurnados con algo parecido a grasa o polvo de carbón. Muchos tenían pupas y manchas en la piel. Y nadie hablaba. Algunos parecían muertos hacía tiempo, como muñecos desplomados en el esquinazo lleno de orines donde había un orificio a modo de letrina. Los ojos de todos ellos, clavados en el cebo de la luz como si fuesen insectos nocturnos, desaparecieron en cuanto el soplido del Gran Maestre apagó la llama.

—Esta oscuridad parece llena de malos presagios... —dijo Hyeronimus al tiempo que tanteaba la portezuela de roca viva que su mentor había abierto provocando un gran chirrido al descorrer los tres cerrojos.

—Es el medio en el que debes desenvolverte, como en el fondo, querido maestro, siempre has hecho. Efectuado el ritual de ayuno y oración, comenzarán tus visiones. Te auguro que será algo mucho más potente que todo lo anterior. Debes estar preparado.

Acostumbrándose a la ausencia de luz, distinguió trazos más oscuros que surcaban toda la pared. También había manos negras, plasmadas con furia, quizá proyectadas en su propia sangre.

—Como puedes comprobar, aquí ya hubo alguno de los nuestros que en tiempos lejanos fueron ejecutados sin la menor piedad. Mañana un guarda que está enterado de nuestra sagrada misión te abrirá y dejará tres tablas y tus pinceles.

—¿Cuántos han muerto aquí? —preguntó poniéndose en cuclillas ante los signos y escrituras en diferentes lenguas que empezaban a vislumbrarse mejor, como si rodeados de alguna sustancia desconocida reflectasen sobre el muro gris.

—Estamos en la fortaleza de tortura y ejecuciones más antigua de Europa, es incalculable la cantidad...

—¿Cuántos?

Antes de escuchar la respuesta, *El Maestro* fue pasando la mano por aquellas firmas póstumas dejadas por quienes, cercano el filo del hacha, se lamentaron en un último grito grabado entre las cuatro paredes. El mero contacto de la palma de la mano le hizo sacudirse como si hubiese sentido a través de su esqueleto la descarga de un rayo. En ese instante, su cerebro, como si fuese capaz de dilatar el tiempo por algún milagroso don, se llenó de escenas inconexas, caras sin cuerpo, rostros negros, risas desdentadas de niños, manos arrancadas que sangran por las muñecas, lamentos interminables, esputos lejanos de los tuberculosos... y su propio nombre. Su nombre en voces desconocidas que, avanzando lentamente, le daban la bienvenida a este mundo de pesadilla.

—Está repleto, hermano Jacobo... Lo siento dentro de mi alma, están aquí, como en una sinfonía de locura y sombras detenidas. Están aquí para...

El Gran Maestre lo tenía todo calculado. La despedida iba a ser un momento particularmente complejo. Temía que Hyeronimus quisiera echarse atrás. Quizá por eso, deslizándose como una de esas culebras de agua que abundaban a sólo unos palmos del muro, salió y aseguró raudo los cerrojos.

El pintor, lejos de sentirse abandonado, se puso brazos en cruz en mitad de aquel suelo que parecía transpirar y donde los hongos verdosos asomaban entre las grietas. En su rostro, incomprensiblemente, se empezó a dibujar una sonrisa y unas palabras...

—Venid a mí...

En ese instante El Bosco estaba a punto de comenzar su gran viaje secreto a lo más hondo del dolor, la locura y la muerte. Aguardaba ya el encuentro definitivo con las entidades que iba a poder retratar como nunca antes había logrado ningún otro ser humano. Ya no le importaba nada. Ni los datos concisos acerca de los más de dos mil hombres que perdieron la vida en ese habitáculo que iba a ser su nuevo hogar, ni el extraño sonido, como un golpeteo seco y acompasado, que había comenzado a escucharse fuera.

Con la simple ayuda de un mísero ventanuco habría sido capaz de averiguar el origen de la inquietante melodía. Era otro de esos frailes encapuchados a los cuales debía evitar a toda costa a lo largo de su estancia en el mundo subterráneo del Palacio Ducal de Venecia. Había salido por una portezuela que daba directamente al canal y llevaba un gran saco entre las manos. Tras abrirlo, se había arrodillado, como si ejerciese una ceremonia cotidiana, y en ese mismo instante dejaba caer, una a una, las cabezas de los diez decapitados. Cada chapoteo se producía dejando un margen de aproximadamente medio minuto. Y en ese tiempo, de sus labios, surgía un rezo susurrado e incomprensible.

Las caras, en un último rictus de dolor, iban desapareciendo hacia el fondo de la corriente oscura, sumergiéndose poco a poco, alejándose con los ojos muy abiertos, mirando la vida que dejaban atrás.

25

Por un momento pensé en llamar a Helena en el viaje de regreso para hacerla partícipe del hallazgo, pero luego reflexioné. ¿Le gustaría ver un retrato tan cruel de la persona que amó?

Al final, queriendo ahorrarle el mal trago, opté por el camino de la lógica y le pedí a Márquez que arrimara su Jaguar junto a la larga acera que muere en el Instituto Anatómico Forense.

Era extraño, pero en el trayecto apenas hablamos de las fotografías. Él se negó en redondo a verlas, como si no quisiera relacionarse ni por un instante con aquel material. Se pasó todo el rato hablando maravillas de los tres gruesos libros —*Malleus maleficarum*, de 1596, *Disquisitorium magicarum*, de 1699, y la impresión del manual para exorcistas o *Fuga daemonum* de Girolamo Menghi, de 1703— que había adquirido por una nada módica cantidad en la feria de libreros de Bilbao y que habían sido el motivo real de su viaje.

—Aquí te dejo. Mi familia me reclama y, si te soy sincero, estos sitios no me gustan nada y menos a estas horas. Por cierto, muchacho, creo que tú también deberías descansar —dijo desde el oscuro interior del vehículo.

Bajé con la bolsa negra de Ridaura en una mano y con la de viaje en la otra. Me quedé observándole, aguardando a que los pilotos rojos se fueran alejando hasta desaparecer girando la esquina. Tuve suerte, pensé al mirar hacia arriba. Esa noche el profesor Baltasar Trujillo no tenía demasiado ajetreo, no se veía el coche fúnebre aparcado en la entrada. Así que subí la escalinata del siniestro edificio tan rápido como pude.

—«Pánico 7». Esto es lo que veo yo aquí.

Esperé unos segundos a que ampliara su primer diagnóstico y acabase de rastrear aquel material con su lupa de bordes negros. Una de las fotos, como si fuese especial o diferente al resto, la clavó con un alfiler en un corcho de la pared y la iluminó detenidamente con el foco dirigible de la mesa. Entonces aquella expresión torturada y deforme pareció cobrar por un instante un efecto parecido a la tridimensionalidad, definiéndose con una claridad fantasmagórica.

—¿Te impresiona? —preguntó sin mirarme—, pues yo me reafirmo: «pánico 7», sin más.

Carraspeó y, siempre centrándose en la misma imagen, colocó una especie de lámina plástica o filmina transparente sobre ella con algún objetivo que no quiso desvelar.

Dos minutos después me explicó pormenorizadamente los secretos de aquel término. Ese dígito en la escala del miedo es el que produce la muerte instantánea por parada cardio-respiratoria. Los especialistas de todo el mundo coinciden en que un tipo de terror repentino puede conducir al óbito; no son casos corrientes, pero ocurren y hay bibliografía científica precisa.

«Pánico 7», no sería mal nombre para una novela.

—Esta contracción —puntualizó sobre la imagen efectuando un círculo alrededor de la cara con el dedo índice— no es producto de la hipotermia y la congelación. Eso es posterior. Antes ha sufrido un *shock* de tipo complejo...

Según me explicó el profesor, los síntomas de esta fase son repentina opresión en el pecho y fulminante caída durante la que sobreviene el óbito. En un ochenta y cinco por ciento de los casos, antes de impactar de bruces —señal inequívoca de este tipo de desenlaces— la víctima ya es cadáver. Por eso ni siquiera pone los brazos para mitigar el golpe.

—Simplemente cae, cae entre la vida y la muerte, cae por el abismo que se abre a veces en mitad de nuestros sueños y nos despierta sobresaltados con la sensación del vértigo. En menos de un segundo ya han hecho el viaje infinito.

El aspecto de las piernas y los brazos, descolocados como los de un títere, sugerían que algo así debía de haber ocurrido. Al parecer, lo más frecuente era que en la víctima existiesen factores condicionantes anteriores, tales como placas de colesterol adheridas a las arterias que se desprenden y bloquean el riego. Cuando el individuo está sano es difícil diferenciar el «pánico 7» de la muerte súbita por colapso.

—Sin embargo —continuó Trujillo poniéndose la palma abierta sobre el pecho—, en algunos incidentes como éste se desencadenan unas reacciones químicas tan potentes que inducen a la masiva entrada de calcio en el interior de la células cardiacas, originando un bloqueo en este músculo que se contrae al máximo hasta romperse.

—Entonces tuvo que sufrir una agonía terrible —dije sin dejar de mirar aquella fotografía clavada en el corcho y cubierta por el plástico.

—Cierto, pues la sensación de terror provoca un intenso estímulo en el hipotálamo, el cual induce a las glándulas adrenales a lanzar al torrente sanguíneo una gran cantidad de lo que nosotros llamamos «catecolaminas» —dijo la palabra muy despacio como reseñando su importancia y para que yo la anotase en el cuaderno—, elementos que contraen los vasos sanguíneos y aumentan la posibilidad de producir un coágulo general. Es una muerte horrible, la peor que se puede desear.

—Y todo eso lo ves aquí, en esta cara —sentencié acercándome y tocándola con el índice.

Mi amigo sacó de su bolsillo de la bata las otras seis copias y las extendió sobre la mesa apartando otros informes y una balanza de presión que había allí. Destacó una de cuerpo entero.

—Los muertos son capaces de hablar, ya lo sabes. De contarnos qué les pasó aunque nadie pudiera verlos en su último instante. En el fondo, y que no me escuchen los colegas, es una última comunicación, una postrera confesión que relata lo que les ha sucedido y por qué. En este caso está meridianamente claro; fijándonos en la hinchazón y en esta especie de hematomas verdosos que se ven en las muñecas, podemos suponer que se incrementó el ritmo cardiaco y se desvió sangre del sistema gastrointestinal a los músculos y al cuerpo. Por decirlo de algún modo, se dispuso todo el organismo en estado de emergencia para huir o luchar. Ése es el mensaje concreto que recibió su cerebro; un órgano que está haciendo que se secreten catecolaminas por vía nerviosa. Éste es el proceso por el que más daño se produce en todos los órganos... y cuyas secuelas típicas puedes ver aquí.

Efectivamente, en dos de las imágenes las manos arqueadas de Lucas Galván aparecían con las venas muy marcadas y una especie de filamentos negruzcos se destacaban bajo el manto de la piel casi traslúcida. En el cuello, alrededor de la yugular, ocurría otro tanto. Incluso en otra, que era un primer plano del perfil, con los ojos abiertos y la boca desencajada como en un grito, surgían esos trazos oscuros junto a las sienes, como formando una estrella o, más bien, una araña fúnebre y mortal. Sin embargo, había algo que no me encajaba del todo.

—¿Y esto que se ve a la altura de la sien?

—Es secundario, seguramente el golpe sufrido al precipitarse contra la propia tumba. Prácticamente descartaría la acción de un traumatismo producido por arma contusa, pues los detalles de esa *muerte por miedo* me parecen previos. Sintió o vio algo terrible y luego cayó. Mira aquí —me dijo con tono autoritario señalando la pupila— y dime qué ves.

—Que está muy dilatada.

—Exacto. Dilatada tres veces y medio respecto a su tamaño natural. Ese incremento, contabilizado en los dos globos oculares, es por el que se diagnostica el dígito 7, el tope máximo en esta escala de la muerte súbita por pánico. Cada número corresponde a medio aumento. Curioso, ¿verdad?

—Así que ése es por lo tanto el límite que soporta el ser humano... —deduje sin quitar la vista de aquel ojo que parecía vivo, fijo a un lado de la nariz aguileña aplastada contra la tumba mojada.

—Oficialmente sí, y Galván cerca anduvo de superarlo. Pocos casos he visto con esta dilatación en cuatro décadas de profesión.

—¿Hay señales de que hubiese ingerido algún tipo de sustancia extraña?

—¿Por qué lo dices?

—Por el detalle que dejó escrito en el remite de su última carta. Se puso una cruz, como si anunciase de alguna manera su próxima muerte. Como si supiese lo que iba a hacer o con quién se iba a encontrar...

—En una primera inspección veo que no existen síntomas bucales de veneno, pero no sabemos si consumió, por ejemplo, drogas. Eso, sin los informes en nuestra mano, es imposible de determinar. Lo que aquí ves es el poder del terror, querido amigo. El poder del miedo puro y la conciencia de no tener salida.

—Sin embargo —le corté reuniendo en un solo montón las siete fotografías—, Galván estaba en un espacio abierto, con posibilidades de huida. ¿Qué le atemorizó tanto como para sentirse atrapado?

—Eso es lo desconcertante. ¡Este rostro me recuerda tantas cosas! Sin ir más lejos al espanto que provocaba Josef Mengele, célebre diseccionador del III Reich. ¿Has oído hablar de él?

—Claro. *El Ángel de la Muerte*.

—Sus simulacros de fusilamiento con balas de fogueo fueron un medio dramático para graduar las escalas del terror en el ser humano.

Asentí dándole la razón y él se levantó, como para dar relevancia a lo que me iba a decir.

—Hay una foto de un judío que nunca olvidaré. El doctor Villanova, uno de los más grandes forenses que en este país han sido, nos la mostró cuando yo venía a dar clase aquí, aquí mismo, hace cuatro décadas. Era la imagen, efectuada por los propios nazis y rescatada por las tropas soviéticas años después, de un hombre al que le habían aplicado unos electrodos atado de pies y manos a unos oxidados raíles. Al parecer, medían el nivel de aguante del corazón hasta el momento justo de que la locomotora los despedazase. Se daba la tétrica circunstancia de que esta pobre gente desconocía lo que iba a ocurrir. A veces el tren no existía y lo que ponían era su sonido en un gramófono, emitido desde atrás y deteniéndolo antes del presumible atropello. En otras se consumaba la carnicería. Esa imagen previa de aquel moribundo nos la trajo nuestro maestro y la colocó aquí, para que viéramos los síntomas del terror en la fisonomía humana; para que anotásemos las modificaciones monstruosas que somos capaces de soportar antes de la última expiración.

Al acabar la improvisada disertación sus ojillos estaban brillantes. Quizá para que no me percatase de ello tomó de nuevo la lupa y aumentó a través del cristal circular aquella efigie despeinada por la lluvia, que reposaba boca abajo, ya a punto del inicio del proceso de putrefacción, desplomada como un saco terrero reventado sobre una lápida en la que sólo se distinguían algunas letras. Botas puntiagudas con tacón, pantalón de pana arremangado en la pierna izquierda, camisa abierta, desgarrada, y un gabán oscuro y largo. En una de las fotos se veía una sombra en la espalda, algo anómalo que el profesor no supo determinar pero que descartaba como causa mortal. Quizá una mancha del propio negativo. Lo indiscutible era que en el borde blanco de las siete fotografías había una larga hilera escrita a mano con dígitos similares a los de una cuenta bancaria seguida de unas palabras:

«Varón sin identificar, decúbito prono, Tinieblas de la Sierra, 22 de diciembre de 1977».

Precisamente esa fila de números, según el profesor, podría arrojar en el futuro alguna pista reveladora. Por lo menos, decía, ya teníamos anzuelo para pescar algo en los archivos. No me prometió nada y, como siempre, me despidió con una palmada en la espalda y una franca sonrisa antes de meterse de nuevo en la morgue, con la misma tranquilidad de quien va a comprar el pan cada mañana.

—Lo que darías por saber lo que vio esa retina antes de morir, ¿eh?

26

uando salí de la Ciudad Universitaria era ya noche cerrada y sin luna. Caminé entre los jardines y los edificios vacíos en busca de un taxi a todas luces imposible en aquella zona tan alejada del centro. Respiré el aire frío que penetraba en los pulmones.

Al final de la calle principal, en dirección contraria, un hombre alto con sombrero se aproximaba atravesando el *parking* exterior, casi vacío de no ser por algún coche medio abandonado.

No lo había visto llegar, pero estaba allí.

Se acercaba rápido, demasiado como para llevar buenas intenciones, y sentí que se disparaba mi dispositivo interno de alarma.

Un individuo entrando a esas horas por esa zona... ¿Adónde iría tan decidido si allí no había nada ni nadie?

Por un momento, apreté la bolsa que contenía las fotos de Galván contra el pecho, como si instintivamente hubiese relacionado a aquel viandante con toda la historia que gravitaba dentro de mi cabeza. No supe qué hacer, si girarme y emprender carrera en sentido contrario o si sencillamente esperar hasta cruzarnos en buena lid.

Seguí avanzando y entonces noté una ráfaga de aire que hizo ulular los árboles que se abrían paso a mi espalda, bajando en terraplén hasta la carretera de circunvalación. Por un momento, convencido de que aquello era una situación rara, se me pasó la idea de adentrarme en el bosquecillo y bajar por la pendiente. Di un par de pasos en esa dirección y de pronto, como si mi conciencia volviera a imponerse a la fantasía, me percaté de mi error.

¿Qué me iba a hacer aquel hombre?

¿De dónde salía aquella inquietud?

No podía ser nada más que un caminante...

Lo miré entonces sin disimulo, percatándome de que su abrigo largo, abierto, ondeaba como una sombra alada que se acercaba a buen ritmo.

¿Había algo que temer?

Ralenticé mi paso y afiné la mirada —que no es mi sentido más fiable— para intentar distinguir su rostro. Aún estaba demasiado lejos. De pronto, como un latigazo, sentí algo moviéndose en mi pierna y me llevé la mano al bolsillo con un gesto parecido al de los pistoleros. Era mi móvil.

—Hola, espero que no sea muy tarde para llamarle...

—Disculpe, ¿quién es? —contesté apretando el aparato contra mi oreja y notando cómo la cobertura se iba de un lado a otro con una larga interferencia que entrecortaba la voz.

—Soy Alonso, Federico Alonso... El de la Biblioteca Nacional.

Hice un aspaviento, orillándome un poco hacia el parque y apoyándome en el tronco de un castaño. De reojo observé a la figura, cada vez más cercana, pasando bajo la luz de las farolas redondas que iluminaban la acera. Lo curioso es que no escuchaba el rebote de sus pisadas.

—¿No me diga que encontró otra copia del libro *Estudio médico de la peste en los Montes de Toledo*?

—No..., pero creo que tengo algo mejor. Sería importante que nos viésemos mañana. Este hombre consultó una serie de cosas que...

—¿Mañana? ¿A qué hora? —respondí sin dejar de mirar al frente.

—A mediodía, o cuando quiera hasta las cinco. Creo sinceramente que esto le puede interesar. Ya le dije que cuando yo me pongo a investigar, ¡no hay quien me pare!

—Espere por favor, ahora le llamo yo.

Separé el teléfono y miré al frente.

—¿Me escucha? ¿Oiga? —por el auricular sonaron las exclamaciones de Alonso hasta que pulsé el botón de cortar llamada.

¿Cómo podía ser?

Salí a la carretera. Miré al frente, detrás, a ambos lados, siempre sin dejar de avanzar. Había notado algo muy extraño, inconfundible, como cuando alguien se te aproxima clavándote la mirada en la nuca y se te eriza el fino cabello de esa zona.

—¿Hola?

Grité un par de veces en lo que, visto desde fuera, debía ser la absurda escena de alguien hablándole a la nada y esperando respuesta.

Me detuve en seco y giré sobre mis talones hasta casi completar una circunferencia. Si mis cálculos no fallaban, excepto ese pequeño trecho ajardinado, no había manera de salir de allí. Todo eran muros de bloques contiguos, sin espacio ni bocacalles entre ellos. Una avenida ancha pero sin salidas, mal alumbrada por diez farolas. Nada más. Imposible desaparecer sin que yo lo viese.

Entonces, ¿qué estaba pasando?

—¿Hola?

Noté el latido del corazón cada vez más fuerte al reanudar la marcha, convencido de que algo se ocultaba a mi mirada, vigilándome. El chasquido de mis zapatos golpeando rítmicamente el asfalto fue sonando cada vez más aprisa. Pasé por el lugar por donde apenas veinte segundos antes avanzaba el hombre del abrigo ondulante y me detuve otra vez en seco.

Ni un alma.

—¿Hay alguien?

Sintiendo cada vez más cerca esos ojos invisibles, notando cómo me escrutaban de arriba abajo, decidí partir en busca de las luces que se dibujaban al final del camino, dejando atrás el edificio gigantesco donde la única ventana que aparecía blanquecina entre hileras de rectángulos negros era la morgue donde trabajaba el solitario doctor Trujillo.

Al llegar a la rotonda, ya en plena entrada a la ciudad, miré atrás y juraría que vi al hombre allí parado, al final, en mitad de la calle.

Mirándome.

27

El bibliotecario me había citado en una cafetería del paseo del Prado, justo frente a la más importante pinacoteca del mundo. Llegó con aire misterioso, con una carpeta bajo el brazo y encarnando un papel que, tan alejado de la cotidianidad de su empleo, parecía fascinarle. Se aproximó hasta mi mesa y sin saludar siquiera se sentó con una sonrisa asomando en los labios.

—Ayer se cortó el teléfono y no pude contarle lo que he descubierto.

Me quedé mirando lo que traía en aquella especie de portafolios de cuero. De fondo sonaba el chirrido de la máquina del café y un hombre comía algo en la barra. Estábamos prácticamente solos.

—Por eso le he traído esto, para que usted mismo pueda verlo.

Sacó un periódico antiguo, una edición amarillenta y muy deteriorada en cuya contraportada se podía leer:

El Caso, 4 de marzo de 1961
Se mata al intentar robar en el Museo del Prado
¿Un maniático, un demente, un hombre ansioso de publicidad?
Muchas versiones y cábalas se hacen alrededor del suceso ocurrido en el Museo del Prado, pero es probable que la verdad com-

pleta no se sepa nunca. Desde luego, a ninguna persona normal
se le puede ocurrir un robo tan descabellado, ya que las medidas de
seguridad son tales que ni el grupo mejor equipado podría intentar
esa aventura con alguna probabilidad de éxito...

Me detuve nada más leer el primer párrafo. No entendía nada.

—¿Éste es su hallazgo? ¿Y qué demonios tiene que ver con
Lucas Galván?

Se llevó el índice a los labios, rogándome silencio. Después dio la vuelta a la publicación y señaló el número que a rotulador aparecía en el vértice superior derecho.

—Ahí está. ¿Lo ve? —me dijo como si fuese un espía que
muestra su contraseña secreta.

—«Rv 1058/461». ¿Y? —respondí sin saber de qué iba el
juego de signos.

—¡Es la signatura! —respondió algo decepcionado por no
escucharlo en mi boca—. ¡El número de identificación de la Biblioteca!

Me quedé mirándolo fijamente. Sin decir nada.

—«Rv» se refiere a revistas y publicaciones periódicas no
microfilmadas. El primer dígito corresponde al semanario de
sucesos y el 461 es el número exacto de ejemplar. ¿Comprende
ahora?

Tras brindarme una mueca de desencanto ante mis pocas
luces abrió de nuevo la lujosa carpeta y sacó un papel rosáceo
lleno de anotaciones. Entonces empecé a comprender. Era la
ficha completa de peticiones realizadas por el socio Lucas Galván
Giménez en aquel lejano 1977. El registro completo de todo lo
que había solicitado en las salas de la Biblioteca Nacional en el
que se reflejaba algo evidente, la repetición sistemática de aquel
Rv 1058/461.

—Esto significa que lo examinó a fondo y, como puede ver
aquí —dijo señalando aquel listado—, solicitó varias veces hacer
fotocopias de esta misma contraportada. O sea, que le inte-

resó muchísimo lo que pone aquí, en este periódico. Y eso, en mi opinión, no tendría menor interés de no ser por esto otro...

Me extendió aquel rectángulo lleno de números, deslizándolo a lo largo de la mesa. Al observarlo más de cerca pude comprobar que otra signatura se repetía obsesivamente, unas treinta veces, copando casi todas las solicitudes que hizo en sus últimas visitas hasta desaparecer con un libro que no le pertenecía.

Le miré esperando una respuesta al misterio.

—Eso son peticiones monográficas especiales. Un abono con el cual se pueden reservar los libros en un depósito personal para no tener que esperar la búsqueda diaria. Sería algo así como un apartado propio donde se guardan una serie de volúmenes concretos sobre los que se está trabajando. Lucas Galván estuvo por lo menos tres meses consultando obsesivamente estos diez libros.

—Hasta que se escapó con el *Estudio médico de la peste en los Montes de Toledo* bajo el brazo.

—Cierto. Uno de ellos era esa obra. Pero había otras dos muy curiosas, y antiguas, por ejemplo sobre Venecia. Ya ve qué cosas. El resto no tenían mucho que ver, eran estudios diversos sobre un solo pintor: El Bosco.

Instintivamente me eché hacia atrás en la silla.

—He revisado esos tomos uno por uno, pero no los he podido traer dado su grosor. En muchas de sus páginas hay símbolos, anotaciones, letras sueltas y algún número. Incluso existe constancia de una queja, un par de años después, de otro lector que encontró todos esos garabatos en unas obras tan cuidadas. Anteriormente nadie había hecho el menor comentario al respecto. Lo que sí tengo aquí es una fotocopia de una de esas páginas. Éste es el dibujo que más veces se repite en los otros nueve volúmenes. Como ve, está hecho a lápiz, de modo que en condiciones de luz como las de la Biblioteca no es muy fácil percibirlo...

—¿Esto lo puso muchas veces en todos los libros?

Alonso asintió en silencio y yo me quedé mirando aquella mano pequeña estampada por algún motivo que desconocía.

Después le pedí la fotocopia y gentilmente me despedí. Le dije que me dejara el ejemplar del periódico, cosa que hizo con cierta resistencia. Prometí informarle de cualquier novedad y me alejé en dirección a la plaza de Carlos V. Me oculté en un portal y discretamente observé su salida del bar hasta que poco a poco fue perdiéndose entre el gentío.

Antes de volver al paseo del Prado, con todos los sentidos puestos en el museo, volví a mirar aquella pequeña mano oscura trazada a lápiz mientras desplegaba *El Caso* como un viandante que lee el diario sin saber que han pasado más de cuarenta años.

Genaro Castro, celador de diecinueve años e hijo de los jardineros del museo, salió de su vivienda, que se encuentra dentro del mismo recinto y dista unos diez metros de la propia fachada de la pina-coteca, alertado por el ruido sordo y seco que se había producido a poca distancia de su ventana. Estaba a punto de meterse en la cama, pero instintivamente se puso su traje de guardés y salió al exterior provisto de la estaca reglamentaria. Por las declaraciones que ha realizado a nuestro reportero sabemos que hacia la una y cinco mi-nutos de la madrugada se produjo el incidente.

Al ver a aquel hombre, acurrucado en sí mismo y en mitad del suelo de piedra, pensó que podría tratarse de un obrero que en mitad de la oscuridad hubiese pisado en falso precipitándose al vacío. El miedo le sobrevino al muchacho cuando vio a un individuo vestido completamente de oscuro, provisto de una bolsa del mismo color y zapatillas con suela de goma, probablemente con el objeto de ca-minar en sigilo y no despertar sospechas.

Según relató a los miembros de la BIC —Brigada de Investi-gación Criminal—, no despertó a sus padres para evitarles el susto, sobre todo cuando comprobó que aquel intruso agonizaba por un profundo corte en el cuello producido al rozarse con la propia alam-brada que tapa una de las ventanas por la que intentaba colarse.

Sin duda, el hombre había saltado la verja en el momento pro-picio del cambio de turno de la vigilancia central, encaramán-

dose rápidamente a la conducción de agua que asciende por la fachada trasera hasta la segunda planta. Al llegar frente a la ventana empezó su labor. Portaba unas tijeras gruesas y cortas semejantes a las de un podador con las que logró iniciar un orificio circular en una de las entradas de la Sala 32. Probablemente resbaló al encontrarse la cornisa mojada por las últimas lluvias.

La caída, de unos diez metros, resultó mortal. El material que portaba en la bolsa fue requisado por los agentes. Al parecer había un tosco plano marcado con varias cruces a modo de señal y unos rollos de fieltro grueso con los que, se supone, habría protegido las valiosas telas o tablas que pretendía sustraer.

Genaro prestó declaración durante tres horas en la tarde de ayer y confirmó que varias veces se había visto al sujeto, de unos cuarenta años, paseando con detenimiento por una sala concreta del museo. Además aseguró que vio huir a alguien, también vestido con ropa oscura y sombrero, que observaba la escena desde el otro lado de la verja de entrada.

A pesar de las pesquisas de la BIC la identidad del finado no se ha podido averiguar hasta el momento.

28

La sala 57 A produce una extraña sensación al visitante del Museo del Prado. Siguiendo el trayecto obligado y antes de llegar a ella me quedé estático ante las tablas de Pedro Berruguete en las que aparece la quema de libros prohibidos por la Inquisición. Observando la escena me fui empapando, ayudado por la música medieval que llevaba en los cascos, de un tiempo turbulento; de una época de fuego y arengas, de autos de fe y miedo a las epidemias.

Al entrar en el área dedicada a los primitivos flamencos me maravillé con los colores de *El descendimiento* de Roger van der Weyden, con esas formas que parece que van a abandonar la pintura con el fin de acudir a nuestro encuentro. Un poco más allá llegan los retratos y ropajes ceñidos a la realidad, pasajes bíblicos y temas populares creados por las amables pinceladas de Gossaert, Isenbrandt o Gerard David. Pero el cromatismo, el pan de oro y algunos rostros de santos y vírgenes llenos de dulzura se detienen abruptamente ante la puerta de la nueva estancia.

En ella todo es distinto. Todo cambia como cambia el cielo justo antes de la tormenta.

Las risas son llantos, los pueblos aparecen devastados y las llamas del averno se apoderan de la tierra difunta y estéril. Las tablas se han convertido, al pasar el umbral, en documentos gráficos de un tiempo en el que los hombres vivían obsesionados con el incierto destino de sus almas y la constante presencia del diablo. La angustia, el miedo y la ruina física y moral ya es un hecho. Los demonios y su cohorte, los seres deformes y las sombras malignas hacen que más de un forastero se eche atrás nada más toparse con los primeros cuadros. Algunos pasan rápido, movidos por el instinto. Son curiosas las reacciones, incluso las muecas de desagrado al cruzar la mirada con *Las tentaciones de San Antonio,* en la que los ahogados deformes cruzan el río oscuro mirándonos mientras se alejan a la deriva y los peces de los que surgen brazos humanos a través de las branquias vuelan observando cómo los espíritus queman las casas con sus dueños dentro. Es una ruptura que sorprende, como un puñetazo inesperado en el diafragma.

En esta ocasión, además, el visitante percibirá que flota en el ambiente algo denso y diferente a todo lo anteriormente visto. Algo que revela que aquel cronista veía más allá que sus contemporáneos, que oteaba las profundidades nunca antes descritas. Que sus ojos, diferentes, tenían una facultad para radiografiar el interior del miedo humano, como si su pincel pudiese ahondar en la carne, rebasando los límites que detenían al resto, para ir en busca de los tormentos del alma.

—Llevo aquí veinte años y la sala siempre ha estado dedicada a este pintor —me respondió aquella mujer sin levantarse de su silla, colocada al final de la estancia, y mirando sin disimulo mi cuaderno abierto.

—Estoy seguro de que es una de las que más sorprende a la gente...

—Y que lo diga. Ante ese cuadro, los grupos, sobre todo los extranjeros, se pasan las horas enteras. De noche, al apagar las luces, sigue teniendo un brillo muy especial.

Siguiendo la indicación de su dedo crucé todo el habitáculo hasta toparme con el impresionante tríptico abierto de *El Jardín de las Delicias*. En uno de sus laterales aún podía verse el número 122.69 correspondiente a la primitiva catalogación efectuada en el monasterio de El Escorial, el lugar donde pasó los siglos olvidado y maldito.

—En el lado derecho se retrató el autor. ¿Lo ve?

Hasta que pronunció aquello yo me mantuve, como cualquier persona que se deja atrapar por la prodigiosa creación, sumergido en ese mensaje indiscutiblemente herético que hubiera sido inmediatamente prohibido en cualquier lugar del orbe cristiano de no ser por la férrea protección que Felipe II ejerció sobre él. Y es que lo que se percibe a simple vista es un mundo lujurioso para la mirada eclesiástica de una época en la que se ponía especial celo en la supresión o disimulo de los cuerpos desnudos en determinadas posturas. Sobre todo si eran de mujer.

Aquella campiña donde retozaban cientos de personas de todas las razas, en una escena jamás imaginada anteriormente, era un auténtico paraíso prohibido, un edén primigenio de frutos rojizos, fuentes de la eterna juventud y cuerpos entrelazados y pecaminosos en los cuales el placer nunca terminaba. Como dijo la mayoría de grandes expertos, aquello parecía el minucioso ideal de una secta adamítica. Ni más ni menos.

Pero llegados a este punto algo no encajaba. ¿Qué demonios hacía en los aposentos privados del rey más poderoso de la ortodoxia católica?

—¿Su retrato? —pregunté sorprendido buscando el ya familiar rostro de Hyeronimus a lo largo de los tres inmensos paneles del tríptico.

—Sí. Ahí lo tiene, en mitad de *El infierno musical*.

La sensación angustiosa me sobrevino, como si llegase de pronto un vapor que se apodera del pecho, al encontrarme con aquella cara humana en pleno centro de la tabla más apocalíptica que nadie osó imaginar. La misma en la cual aparecen híbridos deformes tocando instrumentos que atormentan a los cristianos; enanos provistos de ropas de clérigo y cerdos con tocados de monja en un claro ataque a la Iglesia. La misma en la cual la sagrada mano de Dios, blanquecina y amputada, surge apuñalada contra una mesa, sosteniendo un enigmático dado, atravesada con un cuchillo que, como casi todos en las obras del brabanzón, lleva la letra M en su afilada hoja.

Aquella mano me recordó instantáneamente, quizá por su tonalidad inconfundible y su gesto con un índice alargado y desproporcionado, a la del gigantesco pantocrátor de la ermita de Tinieblas de la Sierra.

—Tiene toda la razón; es idéntico al único grabado que al parecer se guarda de él... —dije asombrado al fijarme en un detalle al que nunca antes, caminando por el museo como cualquier visitante, había prestado atención.

Ahí estaba la faz inconfundible de Hyeronimus van Acken, oteando el exterior como si él ya perteneciese a otro mundo, mirando hacia mí y a la deriva, constituida su anatomía sobre un tronco viejo terminado en dos piernas cuyos pies eran barcazas inestables en mitad de la corriente de un río abisal. Era el mismo hombre, el mismo gesto que aparecía en la portada del libro de Klaus Kleinberger. La efigie de quien se hunde poco a poco y sin remedio en su propio averno, contemplando un cosmos tenebroso que lo absorbe, navegando al Más Allá incierto. El rostro desconsolado de quien ha acabado atrapado en sus propias pesadillas y se ha plasmado a sí mismo por los siglos de los siglos en el epicentro del mal, como queriendo dar un mensaje angustioso. Ahí estaba la estampa del ser a quien sin la menor duda se refería Lucas Galván en su último escrito: «el hombre-árbol».

—Todos éstos —irrumpió la mujer disolviendo mis pensamientos— los trajeron de El Escorial. Para los especialistas se trata de la colección de *boscos* más importante del mundo. Ni más ni menos. Eso sí, allí, en los pasillos y estancias del monasterio, debían impresionar aún más.

La encargada de la sala era una persona afable, de unos cuarenta años y gafas colgando al cuello con cadena, vestida con el traje de chaqueta azul marino de todos los empleados. Llevaba una especie de *walkie-talkie* a la cintura del que a veces surgía una voz dando contraseñas. Al final lo apagó, pues parecía sentirse cómoda con mis preguntas en mitad de la larga mañana de martes sin apenas visitantes.

—A estas alturas no me caben dudas de que usted ya será una de las más expertas en este pintor. Apostaría a que pocas personas han pasado tantas horas ante estas obras.

—De tú, por favor. Llámame de tú —respondió sonriendo y un tanto ruborizada.

—Según tengo entendido, todas las obras que aquí se exponen estuvieron en la alcoba de Felipe II hasta el día de su muerte, ¿me equivoco?

La mujer no dudó un segundo en su respuesta, haciendo crecer mi curiosidad.

—Cuentan que allí hubo bastantes más, pero desaparecieron tras los incendios ocurridos después de la agonía del rey. Por ejemplo, se sabe que ésta, *Los siete pecados capitales* —dijo acercándose en línea recta hasta una tabla en la que surgía un gran ojo vigilante del mundo—, era una de sus preferidas y que también estuvo a punto de ser pasto del fuego. Por fortuna se pudo salvar.

—Hablando de desapariciones, ¿alguna vez ha habido robos en esta sala?

Sabía que había mencionado un tema tabú para los vigilantes; sin embargo, amabilísima y a la vez intrigada por mi interés, aquella inesperada colaboradora se fue soltando hasta proporcionarme una serie de datos que en aquel instante se revelaron como un auténtico tesoro. Hasta 1970 la ubicación de la estancia dedicada a Hyeronimus van Acken fue otra muy distinta. Las creaciones favoritas del monarca, incluidas *La extracción de la piedra de la locura, El carro de heno, Las tentaciones de San Antonio* o *La adoración de los Reyes,* junto con piezas casi tan tenebrosas de Joachim Patinir o Quentin Metsys, estuvieron en la segunda planta, en el lugar preciso por el que quiso entrar el ladrón malogrado del que hablaba la vieja contraportada de *El*

Caso. De algún modo se concibió una sala temporal en la cual se colgaron los cuadros —los que quedaban— que en su día engalanaron el monasterio a modo de recreación de los aposentos de Felipe II.

Y había una sorpresa más. Genaro Castro, el joven celador que presenció aquel accidente mortal, aún ejercía su oficio de cuidador de Patrimonio Nacional en un lugar muy especial: el monasterio de San Lorenzo de El Escorial.

Aquel martes nublado y frío parecía mi día de suerte.

29

 e trata del lugar de poder más importante de España. Una clave energética de primer orden en la que no dudes que todo fue minuciosamente planificado al detalle. Por algo se eligió ese sitio y no otro. Nada es azar...

La voz de Sebastián Márquez se entrecortó varias veces al llegar a las revueltas que la carretera da conforme se asciende hacia al macizo serrano de Abantos.

Al final se cortó.

«Mierda de manos libres», pensé dando un palmetazo al volante.

Al enfilar la recta desde donde ya se divisaba la imponente imagen del recinto que muchos denominan la Octava Maravilla del Mundo, el sabio editor volvió a llamar. Ahora sus palabras sonaban tan claras como la nieve que aparecía en los márgenes del camino y en la cima de las montañas.

—Juan de Herrera y Juan Bautista de Toledo eran auténticos iniciados en la arquitectura sagrada. Ya te digo que no eligieron ese lugar por casualidad. Las coordenadas astrológicas, numéricas y telúricas estaban perfectamente calculadas con el fin de construir una especie de nuevo Templo de Salomón.

Un recinto de treinta y cinco mil metros cuadrados donde conjugar todo tipo de conocimientos oficiales y también oscuros. Estoy seguro de que en esa área marginal pero apasionante entraba la pasión por las obras de *El Maestro*. El rey las quería por algo. Y las quería allí a toda costa.

—Pero Sebastián... ¿seguro que estamos hablando del mismo Felipe II?

—Por supuesto. De la misma persona que en lo alto de esa torre afilada con cruz y veleta que debes tener ahora ante ti...

Miré instintivamente hacia ella, una daga recta y gris que cortaba el cielo helado, coronada por una esfera de bronce que relucía.

—... metió cientos de reliquias protectoras, trozos momificados de santos incluidos, para contrarrestar la energía maligna que, según todos los cálculos de los sabios de la época, circundaba el lugar. Llegó a tener unas ocho mil guardadas en más de quinientas cajas o relicarios; la mayor colección jamás compilada. Y eso por no hablarte de la botica alquímica que instaló, de la contratación de decenas de nigromantes venidos de todos los rincones de Europa para experimentar allí... o de la biblioteca herética más grande de su tiempo, ordenada por otro heterodoxo de pro como Benito Arias Montano. En fin, el gran Felipe II tiene una historia oculta tan apasionante como la oficial; una sombra alargada que muchos escribas y cortesanos quisieron borrar tras su espantosa muerte.

—¿Y dejó escrito algo de todo eso que me cuentas?

—No. Y ése es uno de sus grandes misterios. Fue el único monarca que no permitió biografía oficial de lo que en verdad pasó allí. Al parecer, el tramo final fue una etapa atormentada, solitaria, donde se reprodujeron, como estigmas, algunos miedos que él ya llevaba dentro. Historias como las de las sombras vagando por las estancias, el aullido del *perro negro* que se aparecía en determinados momentos, las muertes accidentales de muchos obreros. Analizando todo eso algunos pensamos que...

Al entrar en el *parking* que abre sus orificios en arco de medio punto junto al monasterio, la señal se perdió de manera definitiva. Al volver a llamarle ya nadie contestaba.

¡Mierda de manos libres...!

Ya en soledad, con todas mis dudas acrecentadas tras la conversación interrumpida con el sabio editor, decidí refugiarme en El Charolés, un lugar empotrado casi en un lateral de las mismas moles de granito que constituyen el entorno del palacio y donde el cocido escurialense alcanza categoría reconocida.

—¡Ay, amigo! ¡Pero mire que paso miedo con su programa! ¿No me dirá que ha ocurrido algo nuevo por aquí?

—Aún no lo sé. Pero le prometo que se lo contaré.

El camarero, de amplia sonrisa y pajarita verde, me recibió así antes de señalarme una mesa en mitad del primer comedor ante la que inmediatamente le torcí el gesto. Al instante indicó la de la esquina, muy al fondo, lejos de las miradas curiosas... Manías que tiene uno.

—Aquí estará usted mucho más tranquilo. Y dígame, ¿es cierto que continúa apareciéndose el espectro del monasterio?

Sonreí. La leyenda sobre una cámara de vigilancia que había captado una sombra espigada, como de un tiempo lejano y caballeresco, deambulando por el mismísimo Patio de los Reyes, nunca había podido ser comprobada. Sin embargo, diez años después ahí seguía, imborrable en las mentes de quienes cada día pasaban por aquella impresionante basílica tan recta y poderosa que daba vértigo mirarla en mitad de la serranía helada.

—Sé lo discreto que es usted, pero estoy seguro de que viene por eso. ¡Para recuperar aquel caso que se nos ocultó a todos los que somos de aquí! Porque yo soy nacido aquí, ¿sabe usted?

Puse mi mejor sonrisa de circunstancias.

—Por cierto, amigo, hay un guarda jurado, compañero de un compañero, que me juró que había visto una de esas cintas. Era justo en la Casa del Rey, en su habitación y en el escritorio. Ahí instalaron una cámara de vigilancia por una exposición de cuadros hace unos años y ahí mismo salió, en plena madrugada, una figura que pasaba de una habitación a otra y que iba vestida toda de negro, como de terciopelo...

Le dije la verdad, que sabía poco de aquella historia. Pero él no me creía y quizá por su desmedida afición radiofónica y su deseo de saber más decidió obsequiarme con raciones extra para las cuales tuvo que acoplar otra pequeña mesa a la mía. Así, entre trasiego y trasiego de los garbanzos, la sopa, el codillo o el tocino de pura cepa, llegaba él muy rápido y amable para servirme el vino, aumentando los detalles de la historia.

—Hace mucho, en un programa de radio, algún listo comentó, yéndose de la lengua, que el espectro ese, o lo que fuera, se parecía a Felipe II. Y ya sabe lo que pasa con estas cosas...

—¿Qué es lo que pasa? —respondí al tiempo que le veía trinchar los trozos de gallina para ponérmelos en el plato.

—¿No lo sabe usted? —dijo incrédulo—. Pues lo lógico: que a la mañana siguiente lo echaron. Los de Patrimonio guardaron la cinta bajo siete llaves... pero yo sé que existe. ¡Por éstas!

Así transcurrió la sobremesa, rematada con un café con hielo doble que sirvió para ahuyentar la previsible modorra después de un banquete de tal opulencia. Tentado estuve de explicarle al buen oyente que aquello eran sólo eso, fabulaciones perpetuadas en el tiempo. Sin embargo, lo hablado previamente con Sebastián me impidió hacerlo.

¿Y si realmente...?

Al final, lleno de dudas y guardando prudente silencio, me despedí, prometiéndole regresar con futuros datos para saciar su curiosidad, y bajé la escalinata, blanca por la nieve acumulada en el pasadizo Grimaldi. El inmenso patio de piedra bajo las nubes grises y el viento escarchado me transportaron de inmediato a tiempos lejanos. Aquellos en los que la delgada figura de Felipe II, el hombre más poderoso del planeta, rey de España y de las Indias, de Nápoles, Sicilia, Milán y los Países Bajos, paseaba silencioso y ausente en sus últimos días de vida, inmerso en extraños pensamientos y oteando esos mismos parajes surcados por el águila imperial.

Borré de un plumazo las modernas construcciones y los chalés de veraneantes que bajan por la colina. Lo eliminé todo e imaginé la soledad de aquel coloso de piedra y torreones que escalaban hacia el cielo. Lo vi tal y como debió de ser, en mitad del mar rocoso, guardián de un lugar que, al parecer y como decía el siempre sabio Sebastián Márquez, no estaba elegido al azar.

—Es por esa puerta, señor —dijo un funcionario demasiado joven para tratarse de quien yo buscaba.

Nada más entrar me encontré con un inmenso tapiz un tanto deshilachado pero enorme de proporciones, copando toda una pared. Había algo, sin embargo, que me era familiar. Fue como una llamada que hizo centrar mi mirada en un punto muy concreto y escondido de aquella gran superficie. Un rostro tocado con grotesco sombrero y extraños personajes a su alrededor que me recordaban algo...

—¿Eres tú? —dije pasando suavemente la yema de mi dedo por su efigie.

Ahí estaba de nuevo, como una señal guiando mi camino hacia alguna parte, la cara fantasmal que me miraba girando su cuello desde otro mundo. La faz deforme por las ondulaciones del inconfundible «hombre-árbol» dándome la bienvenida. No tuve más remedio que mirar la ficha rectangular, todavía incrédulo.

Tapiz encargado por el monarca como copia de la obra llamada El Jardín de las Delicias, *de Hieronimo El Bosco, tejido hacia 1580.*
Es el más antiguo del monasterio.

En soledad, impactado por aquel recibimiento tan casual —¿o nada lo era ya?—, fui recorriendo el recinto pausadamente, mirando por las ventanas y observando los cuidados jardines rectangulares, comprobando cómo los carámbanos de hielo colgando de las ventanas siempre cerradas le daban al conjunto un aspecto fantasmagórico. A veces, en mitad de los pasillos rectos, trazados a escuadra y cartabón por un concepto supremo de austeridad, rectitud y cálculo, me giraba observando la largura y el fondo cada vez más oscuro, intentando imaginar el efecto de las espantosas creaciones de Hyeronimus en un lugar tan apartado y gobernado casi siempre por la sombra.

Un entorno idóneo dependiendo de cómo se quisieran observar.

Al final del trayecto, en el que empleé una hora y del que disfruté por el hecho de no toparme con nadie, bajé al panteón regio por una escalinata larga, rodeada de mármoles dorados y pequeñas lamparillas en los laterales. Al fondo, en la sala circular donde los sepulcros duermen el sueño eterno de la monarquía, vi a un hombre, de más de sesenta años y enfundado en un traje azul, explicando casi en susurros algo a un visitante que atendía con una libreta en la mano y unas gafas de pasta grandes enmarcando su cara. Aquella conversación, en cuanto la entendí al bajar unos peldaños más, me detuvo en seco. Creí no ser visto y me quedé allí un instante, ascendiendo un poco para ocultarme de sus miradas, espiándoles.

—Lo que me preguntas, en el fondo, es lo que rige todo esto. Debes saber que se construyó con los mismos planos del Templo de Salomón. Así lo quiso él y así se hizo. ¿No has visto la escultura del rey Salomón, sabio entre los sabios, en el patio?

—¿Y eso explica el concepto de matemática sagrada?

—Claro. Hace poco cogí un libro de la biblioteca privada y ahí cuentan todo con detalle. El porqué de ciertas medidas, el juego de trasladar palabras y números. Toda una ciencia, la cábala, de la que ya no entendemos nada realmente, pero que el rey Felipe II conocía muy bien.

—¿Trasladar palabras por números?

—Eso sería lo más simple, pero más o menos. Vamos a ver... es como si tú coges la palabra ADÁN, y entonces eso significa 14114, que es la traslación directa a la posición de las letras de nuestro alfabeto, ¿no?

El chico guardó silencio. ¿Por qué habría elegido justo ese nombre que daba origen al término con el que se identificó la herejía a la que perteneció El Bosco? ¿Por qué ADÁN? ¿Me estaba volviendo demasiado suspicaz? ¿O directamente estaba enloqueciendo y en todas partes veía claves inexistentes donde sólo había inocentes casualidades?

—Si se suma término a término, es decir 1+4+1+1+4, da un resultado de 11. Es decir, 1+1= 2. ¿Comprendes?

—Ahora me parece que sí, Genaro. Se reduce el nombre de Adán a dos... y el dos tiene entonces un significado concreto dentro de una serie de leyes secretas que sólo conocen los iniciados.

—¡Eso es! ¿Ves como lo has entendido? La simplificación, la pureza, la reducción al principio es lo que rige toda esta construcción mágica. ¡Todo lo que ves aquí está gobernado por eso!

Genaro. Ya estaba todo claro y a pesar de eso el corazón me retumbaba como en esas ocasiones en que parece que se va a salir de la caja torácica. Aguardé a que el estudiante curioso subiese con su anorak y su libreta ya cerrada. Pasó por mi lado sin saludarme, creo que sin verme siquiera, ensimismado en lo que aquel guarda le había revelado con tanta sabiduría. Cuando desapareció allá arriba aproveché para bajar sin más preámbulos, sorprendido ante la erudición de aquel hombre que me interesaba por otros muchos motivos... ocurridos hacía más de cuarenta años.

—Genaro Castro, sí. Ése soy yo. ¿Y usted es?

Durante varias horas estuve hablando con aquel hombre. Su afición por la numerología y las leyendas encerradas en aquel lugar eran lógicas después de haberse empapado durante casi veinte años de las claves que encerraba cada metro cuadrado de aquel templo desconocido para la gran mayoría. Incluso me confesó una cosa en el último momento; había escrito un libro con seudónimo, titulado *El Escorial hermético y oculto,* donde había volcado todo lo que había logrado aprender a lo largo de tantas horas de rondas en soledad. No se vendía mucho, pero era muy interesante según su punto de vista.

Lo primero que hice, como mandan los cánones, es acudir a la librería situada junto a la entrada y comprarlo. Acto seguido le pedí que me estampara su rúbrica.

Para Aníbal Navarro, que siente interés como yo por los secretos del Gran Templo Escurialense, Octava Maravilla del Mundo.
Abrazos, Genaro Castro.
Febrero 2005.

Después, sin duda ya más amigos, me confirmó algunas de las cosas que Sebastián Márquez me había dicho por teléfono —la bola de una torre repleta de reliquias, la botica alquímica, los libros malditos, las reuniones de magos y nigromantes— y se prestó a mostrarme uno de los *boscos* —una segunda versión de *El carro de heno*— que se guardaba en una oscura sala capitular.

Curiosamente, cuando estábamos frente al cuadro y sus criaturas extrañas e infernales, no dijo una sola palabra. Se mantuvo en silencio, tras de mí, cruzado de brazos y juraría que con la mirada entornada hacia el suelo.

Cualquiera diría que guardando sumo respeto o devoción.

Al salir me aseguró, cada vez con más confianza, que todos los miembros de Patrimonio Nacional que hacían guardia nocturna habían hablado alguna vez de «la aparición». En un momento incluso insinuó, sin bromear, que algún compañero había pedido la baja voluntaria tras una noche demasiado larga vigilando los aposentos del rey.

—Me han hablado mucho de la leyenda del *perro negro*... —comenté mientras él iba apagando las luces de cada sala que íbamos dejando atrás.

—Y le han dicho bien. Surgió en el año del Señor de 1593, según cuentan las crónicas, justo tras varios autos de fe contra las herejías en Castilla que presidió el rey... Créame, no las trate como leyendas o cuentos de viejas. No lo son. Una se refiere, efectivamente, a un perro encorvado y carroñero que aparecía en las noches en las que había habido una muerte accidental de alguno de los obreros que estaban construyendo las torres. Un ser que se aproximaba a los jardines y que a veces, ya muy cerca del monasterio, se convertía en persona, en niño. Los frailes discutieron mucho, dicen que uno de ellos murió un 13 de junio de aquel año por la impresión de encontrarse a la figura caminando por este mismo pasillo, avanzando con una cara maligna y las manos alzadas...

—¿En este mismo? —dije mirando atrás.

—Sí, ahí mismo. Y las apariciones, por lo que se escribe no en una sino en muchas crónicas que aquí se guardan, siguieron en momentos muy determinados y cruciales. Y los ladridos, en esas madrugadas, poco a poco se transformaban en un llanto de ultratumba. A veces en risas. Fue terrible y algunos lo dejaron escrito.

—Por lo que sé —le corté—, Felipe II puso mucho interés en que no existiera constancia de todo eso.

—Cierto, tal era el miedo que tenía. Pero otros sí lo hicieron hasta épocas bien recientes. Acompáñeme por aquí y le enseñaré algo...

Giró sobre sus pasos y se introdujo en un laberinto de puertas y pasillos. Por algunos de ellos había que pasar agachado y la sensación de claustrofobia aumentaba potenciada por la oscuridad absoluta. Al final llegamos a una especie de celda espartana, sólo una mesa pegada al muro, un camastro, una silla y el candil que encendió nada más entrar. Y un montón de libros apilados en el suelo. Cogió uno de ellos que casi coronaba la torre...

—Los voy apartando aquí. Son algunos que me interesa leer en tantas horas muertas, ya sabe. Mire, mire usted mismo lo que pone.

«Y es cierto quien afirma haber visto al *perro negro* y al extraño infante husmeando los contornos del monasterio en épocas señaladas de la vida del monarca. Por ejemplo, el día de la muerte de la reina Isabel y en el fallecimiento del mismo rey. Todo esto hizo recrudecer las discusiones sobre si había sido correcto el emplazamiento, si no se había tentado a la suerte al haberlo construido sobre una de las bocas del infierno. Tras los sucesos acaecidos en la funesta noche del 13 de septiembre de 1598, todo quedó bajo un gran velo de silencio motivado por la pena de aislamiento y muerte ordenada para quienes se atreviesen a difundir lo que se consideraban secretos de Estado».

—Esto —dijo cerrando las tapas gruesas y arrugadas por la humedad— lo escribió Ricardo Sepúlveda en 1888, haciendo inventario de una serie de sucesos ocurridos aquí. Como ve, no es sólo una leyenda.

—¿Boca del infierno? ¿A qué se referían con eso?

El gesto del cultivado guarda cambió de inmediato. Me pareció que meditaba la respuesta.

—Es una tradición muy antigua que habla de líneas de energía que atraviesan la tierra de parte a parte. En los aposentos reales hubo un mapa que fue robado hace mucho tiempo y donde se trazaban en color rojo. Se creía que eran positivas o negativas y que circundaban el mundo uniéndose sólo en determinados puntos muy concretos. Suele coincidir con el cruce también de ríos subterráneos. Eso pasa aquí, a mucha profundidad. El rey, con sus asesores y expertos en arquitectura y ocultismo, eligió este sitio por algo. Muchos dicen que quiso contrarrestar la boca del infierno, pues se pensaba que el cruce que aquí había era de ese tipo, colocando encima la mayor obra mágico-religiosa efectuada en toda la cristiandad. Una especie de lucha entre las fuerzas del bien y del mal; una batalla abierta de símbolos, energías del pasado y aquel presente. Nunca lo sabremos a ciencia cierta, pero en los primeros escritos existentes sobre la zona ya hay referencia a este entorno como sitio poderoso, energético, telúrico. Quizá el rey lo consideró óptimo para ahondar aún más en el conocimiento de lo sobrenatural y lo oculto. Yo estoy convencido de ello.

Me sentí más aliviado al salir de aquella celda. Caminamos por un enjambre de estancias y acabamos ante los aposentos. La cama con dosel, austera para un emperador tan poderoso, resultaba chocante. Al lado, el escritorio y unos dibujos de plantas donde siglos antes estuvieron los cuadros de Hyeronimus, reunidos pacientemente en una misión que duró varios años y para la cual se desembolsaron auténticas fortunas para sorpresa de algunos consejeros y enfado de los religiosos del monasterio.

—Aquí estuvieron los cuadros de El Bosco y el Planisferio Telúrico con las líneas de poder —dijo descolgando el cordón rojizo que vetaba el paso.

Al preguntarle sobre la agonía de Felipe II, Genaro fue taxativo:

—Fue terrible. Las visiones y las fiebres le llevaron al borde de la locura. Ahí mismo sucedió todo, pero apenas nada salió de estas paredes. Es un secreto de Estado, como decía el escrito que le enseñé, de los muchos que aún se guardan aquí.

—Pero ¿se sabe si él vio las apariciones?

—Lo que se sabe, gracias a unos escritos de uno de sus consejeros conocido como el padre Atienza, es que el rey preguntó por el *perro negro* o el *niño negro* en su último día. Afirmó al fraile que lo había presenciado varias veces así, configurado en esencia animal y en niño, y que sus lamentos lo despertaban y le llenaban de gran miedo. Encargó a los religiosos que rezasen para conjurarlo y justo cuando repetía que aquella visión le producía pavor por ser motivo de una venganza cayó en un sopor y dejó de respirar.

—¿El tal Atienza fue testigo de toda esa conversación?

—Sí, y cuentan que él también acabó epiléptico y loco. Aunque nadie sabe por qué.

Sobre el extraño pintor, Genaro fue mucho más austero en su descripción.

—Se han dicho muchas cosas fantasiosas y superfluas. Yo no creo que fuera un hereje maligno. Debía de ser un hombre con un conocimiento profundo del esoterismo y eso es lo que atraía al rey; la sabiduría en todas sus vertientes. Por eso sus composiciones, aberrantes y terroríficas para muchos, estaban aquí. A veces Felipe II y sus especialistas pasaban noches enteras delante de cada uno de ellos, pasándoles por delante fuegos y creando sombras extrañas. De eso escribió Poleró, el gran catalogador de todo el arte que pasó por estas salas en los buenos tiempos.

—¿Cómo dice?

—Que eso es lo que refleja el inventario de las piezas que hubo aquí en su día, que fueron muchas más que las que hoy puede ver. Resulta que incluso algunos de los cuadros de El Bosco se ennegrecieron por los experimentos que hicieron con ellos. No se sabe el motivo, pero sólo a ésos les pasaban velas, ungüentos, se quedaban horas mirándolos en silencio. Quizá para descifrar algo. Hasta hoy nadie lo ha podido saber.

Fue imposible arrancarle nada más. Ya en la salida, con la lonja y su empedrado inmenso y rectangular reflejando la luna redonda, le pregunté por aquel episodio de juventud; por aquel ladrón anónimo que escaló justo hasta la antigua estancia del Museo del Prado donde se hallaban los cuadros de Hyeronimus y que él vio precipitarse al vacío.

Creí, con la confianza adquirida y habiendo charlado además sobre otras piezas robadas como el Planisferio Telúrico, que era el momento preciso.

Me equivoqué.

—Eso es mentira. Yo no estaba allí. Y ahora, por favor, le ruego que se marche.

Dicho esto desapareció patio adentro, confundiéndose con la penumbra. Lo curioso es que a lo largo de la conversación previa me había confirmado que había ejercido de jardinero y guarda en el Museo del Prado durante años.

¿Por qué negaba entonces la evidencia?

Corrí tras él y lo alcancé. Se giró bruscamente y en un movimiento reflejo abrí mi carpeta. De ella surgió como un fantasma de otro tiempo la portada de *El Caso*. Con su fotografía inconfundible y la declaración pormenorizada que hizo en 1961.

El hombre, de baja estatura, delgado y con ojos penetrantes, se me quedó mirando muy fijo, sin saber qué decir ante aquel documento que me había sacado de la faltriquera en el último momento.

—¿Querría usted cenar conmigo?

A lo largo de la velada, efectuada en el lugar de la comida, en la misma esquina, pero con viandas más ligeras y propias de la noche, anoté frenéticamente todo lo que Genaro me confesó. Daba la impresión de que no acababa de alcanzar a comprender qué demonios hacía yo con aquel recorte original, pero al mismo tiempo agradecía desprenderse de la pesada carga de un secreto tan viejo y comenzó a contarme una historia que casi me impidió probar bocado. Antes de que empezara su relato acepté un pacto; no volver a preguntarle jamás.

—Lo que pone ahí no se ajusta a la verdad. Yo estaba allí, cierto, pero pasaron más cosas que no fueron publicadas por el periódico. La policía dio la versión que quiso para evitarse complicaciones y el periodista se limitó a reproducirla. Aquella noche yo escuché un golpe muy fuerte y salí de la casa que teníamos, muy cerca de la fachada principal. Cogí la porra y una cadena gruesa y descubrí a un hombre que, sin duda, se había partido la espalda en la caída. Al mirar hacia arriba comprobé que había intentado violentar la rejilla de seguridad de la ventana de la segunda planta que daba acceso a la sala dedicada a El Bosco y algún que otro pintor de los primitivos de El Escorial. Tenía aquel hombre la cara desencajada por el dolor y repetía que le dejase marchar, que lo levantase o que de lo contrario yo lo pagaría muy caro. Aquello me asustó. Entonces miré hacia la verja que da al paseo del Prado y allí vi a una persona vestida también de negro, con un abrigo amplio y sombrero, mirándome muy fijamente. Sentí miedo, pero no supe cómo actuar. Aquel ladrón agonizaba y creo que en un momento fue consciente de que no podría incorporarse ni siquiera con mi ayuda. Entonces, notando que le llegaba el fin, me dijo que por favor le diese unos papeles que llevaba en una especie de pe-

queño macuto al individuo que vigilaba fuera. Yo me negué
en un principio y dije que iba a llamar a la policía, pero el hombre
replicó con una serie de maldiciones con tal furia que me llenó
de temor. A todo esto yo veía que, con total frialdad, aquel señor
estaba allí quieto, sin inmutarse. No distinguía su rostro, pero
sabía que estaba siguiendo con detalle todo lo que hablábamos.
El caído, desde el suelo y cada vez costándole más respirar, me
dijo que su jefe ya me había visto y que sabía quién era yo. Gritó
que de no darle esos papeles, regresarían, en plural, y que lo pagaría mi familia, mi padre, mi madre.

»Que nos acuchillarían a todos.

»Al parecer, su único interés era desprenderse de ese material.
Decía que la policía no podía encontrarlo bajo ningún concepto.
Que si los agentes lo cogían con eso yo lo pagaría muy caro y de
por vida. Que lamentaría haber nacido. Que eran muchos y que
un guarda como yo era muy poca cosa para abortar su misión.

»Y todo esto, para que se haga una idea, con el hombre aquel
junto a un coche oscuro y grande, mirando. Total, no sé qué pasó
que le dije que me los diera, que adelante, que iba a hacerlo a
cambio de que dejara en paz a los míos. Entonces el tipo, que ya
sangraba por la nariz, los ojos y la boca, me pidió que abriera el
macuto que había caído junto a él. Dentro había unas herramientas, tijeras, un martillo y una manta, pero también unos papeles doblados. Salí corriendo a toda prisa para dárselos al individuo de afuera, sin saber bien lo que hacía, lleno de miedo
conforme iba para allí y escuchando a mi espalda cómo los lamentos del ladrón se convertían en unos estertores. Me quedaban
unos treinta metros para llegar hasta la valla cuando escuché la
sirena de la policía. Al parecer uno de los guardias del interior
había visto algo, había escuchado algo. Yo sentí que el mundo se
me venía encima. ¿Qué hacer? ¿Detenerme? ¿Continuar?

»Seguí hacia delante y me pareció distinguir ya de cerca una
cara con bigote, quizá quemada, arrugada o picada por la viruela. No sé, fue sólo un instante. Cuando estaba casi frente a
él y separado por la verja vi que llevaba unos guantes negros,

al igual que el hombre que se había matado cayendo al vacío. Iba a llegar pero entonces el coche de la policía enfiló la calle derrapando. El personaje del abrigo se giró y se metió en el suyo arrancando a toda prisa y yo me quedé sin poder cumplir el cometido, allí, en mitad del jardín, escuchando a los agentes saltando la valla y con aquellos documentos en la mano y el muerto detrás. Atenazado por mis temores no conté nada a la policía y creo que ellos nunca supieron la identidad del ladrón, que no llevaba papeles y al que nadie reclamó.

»Durante días, a través de mi ventana, esperé la llegada a la misma hora de aquel desconocido. Una noche tras otra seguía convencido de que elegiría el mismo lugar. Pero jamás regresó.

»Transcurrido un tiempo no pude resistir mirar aquel plano. Era un croquis de la segunda planta con dos equis marcando justamente la sala de los *boscos*. Un aspa estaba justo en la ubicación que ocupaba una pieza muy concreta: *Los siete pecados capitales*, la misma que colgaba en la alcoba del rey el día de su muerte. Por la otra cara aparecía una huella de niño.

»Una mano abierta, oscura.

»Eso no he podido olvidarlo nunca y hasta a veces sueño con ello. Como si se me apareciese en mitad de la noche intentando estrangularme.

»Después de aquello, de temer lo peor, esperé a que a mi difunto padre lo jubilasen y volviese al pueblo. Yo pedí de inmediato el traslado al monasterio. Cuando supe que aquí aún había algún cuadro del mismo pintor sentí temor, no sé bien por qué. Muchas noches, haciendo guardia, creí escuchar voces y ver una sombra que correteaba como un niño al final del pasillo. Cuando esto ocurría, discretamente y sin decir nada a nadie, me metía en mi cuarto y allí me encerraba. Lo peor fue cuando algunos de los compañeros más veteranos me contaron que en los años cuarenta pasó lo mismo aquí.

»Que otro ladrón entró a robar.

»Y éste, por desgracia, sí consiguió su objetivo.

30

provechando que Helena aterrizaba en Madrid para presentar su nueva revista a un grupo de selectos patrocinadores, quedamos a la hora de la sobremesa. Tenía que ponerla al tanto de todas mis pesquisas. La última, precisamente, la tenía allí, en las páginas de ese libro abierto entre las manos, un tratado exhaustivo sobre la historia de El Escorial en el cual había un registro de robos y accidentes. Una de las fichas era bien curiosa:

«1941, 13 de noviembre. Un ladrón provisto de escalas y correajes llegó a burlar la guardia y entró en la celda capitular donde se guardaban algunas preciosas obras. Optó por una de ellas, no la más importante, quizá por la facilidad para su traslado. Se trataba de *La tela de los sueños*, de Hyeronimus van Acken, El Bosco».

Aquella pintura, un panel de tríptico desaparecido y muy deteriorado, era otra de las preferidas de Felipe II, aunque esos detalles sólo debían de conocerlos determinados especialistas. No existen fotografías ni copias. Su ficha, la original del primer inventario escurialense, es muy escueta:

«199.2- *La tela de los sueños* o *La tela del infierno*. Cuadro muy bueno pero desagradable de Jerónimo Bosco o Bosque, en

243

el que aparece una *bruxa* desenvolviendo a una criatura de su mortaja y un camposanto grande en el cual los difuntos se levantan de sus tumbas. Situado en la alcoba real».

¿Qué interés tenían aquellas piezas? ¿Quién quería robar justo las que estaban en los aposentos reales? ¿Por qué jamás pasaron a circuitos de coleccionistas o subastas? ¿Qué fue de ellas? ¿Dónde están?

—Ya sé que me he pasado con los UVA... —dijo la recién llegada sacándome de mis tribulaciones y sonriendo tras plantarme dos sonoros besos casi en la comisura de los labios—. ¿Cómo han ido tus investigaciones?

Iba impecable como siempre, con un traje de raya diplomática bajo el abrigo, el pelo recogido en una cola de caballo y muy morena.

—Sobre Lucas —le dije— no he logrado saber mucho más. Del pintor y los cuadros que le obsesionaban, sí. Parece que desde tiempo inmemorial determinados personajes anónimos han intentado recuperarlos, jugándose la vida en el cometido.

Le mentí. No quise mostrarle las fotos de Lucas Galván, ni siquiera decirle que las tenía, pues percibía en el brillo de sus ojos que a pesar del tiempo transcurrido no había podido olvidarlo. Ella no sólo recordaba a un reportero muerto en circunstancias extrañas. Para aquella mujer era algo más importante y, de alguna manera, yo era el único culpable de que hubiese llorado amargamente más de un vez en pleno apogeo de su vida exitosa. Exhibir ante ella esa ristra de imágenes iba a ser un trago muy duro y opté por obviar esa parte.

—Está claro que la gente que se metía en el universo de ese pintor quedaba atrapada para siempre. ¿No has llegado a pensar en la posibilidad de que algo maligno esté manejando todo esto?

Alcé una ceja, sin acabar de entenderla.

—Me refiero a algo demoniaco. No sé, quién sabe si ese hombre, El Bosco, hizo un pacto con el lado oscuro. A mí todo esto me empieza a parecer digno de magia negra y tengo miedo. Te juro que ya tengo miedo por ti.

—Yo creo que el mejor homenaje que se merece Lucas Galván es descubrir lo que le pasó. Por qué murió, qué es lo que encontró y qué tiene que ver el maldito pintor en toda esta historia.

—Mira, Aníbal, tú tienes toda la vida por delante. Tu programa de radio va viento en popa... Camina hacia la luz, no hacia la oscuridad. A Lucas ya nadie lo puede resucitar.

—Lo que hice ayer en el programa es una mierda —respondí cortante.

Abrió mucho los ojos, sorprendida por mi reacción.

—¿Cómo dices? Pero si fue precioso...

—Ya, ya. Hay temas que surten ese efecto. Pero yo estoy con la cabeza en otro sitio, con esta obsesión. Lo que estoy haciendo en la radio no me vale ya. No puedo apartarme de este torbellino y tengo que seguir. Sé que es difícil de entender, pero sólo pienso en esta historia y tengo que saber qué es lo que descubrió Galván en ese pueblo muerto, el porqué de su último escrito y sus referencias a El Bosco y al «hombre-árbol»... Tengo que saber qué hacían los Hermanos Electricistas y cómo resucitaban el *Imprimatur,* cómo elegían los lugares... ¿Lo entiendes? ¡Verlos! ¡Tener enfrente a esas entidades que están ahí! ¡Entre dos mundos! ¡Ése es el gran secreto! Lo demás vale ya poco...

Helena me puso la mano sobre la muñeca. Y en sus ojos percibí cierta angustia. ¿Estaría viendo en mi cara y en mis expresiones lo mismo que vio en los últimos días de Lucas Galván?

—Te comprendo, pero también te quiero. ¿Lo entiendes ahora tú?

Imaginé que se refería al cariño. ¿O no era eso? La dejé continuar.

—Deseo ayudarte y no perderte. Por eso tengo miedo, porque todo esto, de algún modo, ya lo viví hace muchos años. Tú siempre te has destacado por tu serenidad, por no creer ni dejar de creer. Así lo afirmas siempre en tu programa. Debes controlarte, a pesar de que estés descubriendo cosas muy fuertes. Pero debes mantenerte como eres tú, firme y con los pies en la tierra. Bien sujeto, sin desprenderte de la realidad. ¿Me comprendes?

No respondí, pero en aquel instante me vino a la mente la imagen flotante y onírica del retrato de Hyeronimus. Los pies como barcas a la deriva, lejos de esa solidez del suelo a la que ella se refería por mi bien. Yo me sentía cercano al «hombre-árbol» siempre inestable, yéndose lejos hacia el abismo del terror.

¿Estaría empezando el mismo viaje de locura?

—¿Al menos lograste saber dónde lo enterraron? —me dijo casi en un susurro mirando después a izquierda y derecha, como para comprobar que nadie lo había escuchado.

—¡Eso es lo que te iba a preguntar precisamente yo a ti! ¿Acaso nunca estuviste ante su tumba? ¿Es que no fuisteis los de la revista a su funeral hace treinta años?

Su silencio fue la única respuesta.

—¿Me quieres decir que no sabes dónde dejaron su cuerpo? ¿Que no lo reclamasteis? —insistí alzando un poco la voz sin poder creerlo.

Helena respondió entrecortadamente, rasgando a tiras el sobre rojo del azucarillo y cubriéndose la mirada con las gafas de sol de diseño.

—Notificaron su muerte a la revista, pero meses después de que hubiera tenido lugar. Le habíamos perdido la pista, no sabíamos nada de él y un agente de la Brigada de Investigación Criminal o algo así nos llamó al cabo de mucho tiempo. Sé que es difícil de creer, pero por lo que nos dijeron debió de estar un tiempo incluso sin identificar, abandonado como un perro.

—¿La Brigada? ¿Y qué tenían que ver ellos en todo esto?

—Quizá investigaron si hubo asesinato o algo por el estilo. De todos modos, parecía que se trataba de un agente a modo particular, alguien que nos daba esa información para nuestra tranquilidad.

—¿Y sabes su nombre? —pregunté viéndome reflejado en los amplios cristales oscuros que tapaban su mirada.

—Llamó varias veces, siempre con mucha discreción, y puedo confirmártelo porque era yo la que siempre cogía el teléfono en aquella empresa. Él me decía que no tenía por qué proporcionarme esos datos, pero que estaba seguro de quién era el muerto ya que ocasionalmente leía la revista y no tenía margen de duda. Nos confirmó que durante bastante tiempo después del hallazgo el cadáver había estado sin reclamar... La prensa local sólo dio las iniciales y nadie se enteró. Sólo ellos disponían de la ficha completa de su identidad.

—No lo entiendo. ¿Nadie quiso hacerse cargo de él? ¿No tenía familia?

—Eso es lo triste. En Argentina nadie quiso saber absolutamente nada de él. En España sucedió lo mismo, excepto nosotros, que fuimos los últimos en enterarnos. Era un hombre que estaba solo en el mundo.

Sin poder ver la expresión de sus ojos noté cómo estiraba ligeramente el cuello y tragaba saliva.

—Pensábamos que seguía por ahí, con sus locuras, que cualquier día entraría por la puerta de la redacción pidiendo otro adelanto para su gran exclusiva... Creímos que iba a ser como siempre, otra de sus ausencias. Pero nos equivocamos.

Helena cogió la patilla de las gafas y la subió lo justo para acercarse el pañuelo recién extraído del bolso.

—Esperaba volver a verle y... —se le quebró la voz—, llevaba ya uno o dos meses en algún depósito o bajo tierra.

—¿Os pidieron que fuerais vosotros a confirmar la identificación?

Negó con la cabeza varias veces.

—Fue cuando le escuché decir al policía que había sido enterrado en Toledo. Pero no sé si se refería a la capital, a algún osario o a algún sitio concreto de la provincia. Incluso una mañana, engañando a Gisbert, fui sola, en autobús, para saber dónde estaba. Me volví de vacío.

—¿No te quisieron dar la información?

—Me dijeron que al no ser ciudadano español se deja un tiempo para que se reclame el cuerpo y se publica en no sé qué boletín que, evidentemente, nadie lee. Al cabo de equis semanas va al depósito. Después, si nadie se interesa por él, se entierra en una fosa común o en lo que se llama nicho de caridad. Así, como suena.

—Pero ¿ni siquiera os dijeron cómo fue encontrado el cuerpo?

—Nada. Hasta mucho después no lo supimos, y por una casualidad. Fue gracias a un lector que nos mandó el recorte de prensa del periódico de la provincia donde venía que había sido hallado en pleno campo, en un cementerio abandonado. Nos remitía el asunto como una muerte ritual o algo extraño. Era bastante frecuente que muchas personas rastreasen *motu pro-prio* en la prensa regional y nos enviasen cosas curiosas. Es entonces cuando hilamos definitivamente los hechos, por las iniciales, el lugar y la fecha, y supimos que aquélla fue, de alguna manera, su esquela.

—¿Y qué pensasteis en la redacción? ¿Había algún motivo en ese pueblo perdido para...?

Vi su rostro, sus ojos verdes que habían aguantado bien los embates del recuerdo. Me miraba con ellos muy abiertos.

—Nos dio tiempo a pensar poco. El jefe dijo que a partir de ese momento el nombre de Galván estaba maldito en aquella redacción. Que a nadie, ni por asomo, se nos ocurriese mencionarlo, recordarlo, preguntar.

Recordé al viejo director temeroso, encogido, mirándome desde el otro lado de la puerta entreabierta con cara de asesino cuando fui a comprarle los últimos papeles del reportero a su propia casa de Barcelona. Recordé cómo se resistió y cómo me despidió de allí tras ver cómo su arqueada mujer tomaba el dinero que les ofrecí.

—¡Qué vergüenza! —exclamé—. No se puede obligar a nadie a olvidar sus sentimientos...

—No me vengas con chistes —sonrió con ironía—. Tú ya sabes cómo es el periodismo. Todo el mundo se olvida. A mí me extrañó mucho la preocupación de Gisbert cuando anunció aquella orden. Posteriormente supe el porqué de su actitud.

Dejé la taza a medio camino, sin llegar a los labios, esperando a que continuase.

—Le pasó algo en su propia casa. El viejo me lo confesó poco antes de que yo emprendiera vuelo a otra editorial. El día de mi despedida me llamó a su despacho. Estuvo cariñoso, a pesar de que siempre fue un personaje hosco. Una vez que estuvimos los dos solos en aquel cuarto donde amontonaba papeles y revistas, me preguntó por aquellos días, por la muerte de Lucas, por mi relación con él... La verdad es que aquel interrogatorio me extrañó muchísimo. Sabía que yo había sido una persona especial para Lucas y quizá por eso quiso sincerarse.

—Pero ya había pasado bastante tiempo, ¿no?

—Debíamos de estar en 1980, así que habían transcurrido, al menos, dos años. Gisbert había cambiado mucho desde entonces, parecía deprimido, y eso que nadie hablaba del tema en la redacción. Recuerdo que abrió su cajón y me enseñó los últimos papeles que Galván le envió desde Toledo un tiempo antes de morir. Esos que ahora tienes tú. Los que le compraste a precio de oro.

—No tanto... ¿Y? ¿Qué te dijo?

—Le temblaban las manos al sostenerlos..., puedo verlo ahora mismo. Parecía que le daba miedo sólo tocarlos. Me enseñó las fotografías de la ermita derruida que iban enganchadas en un clip a aquellos folios. Había también unas de un pueblo medio abandonado y las páginas garabateadas, como sin sentido, cruzando frases, entrecortándolas, poniendo cosas en otro idioma... En fin, eso ya lo sabes tú.

—¿Y no te enseñó dos imágenes a color?

—Sí, las dos *polaroid* que iban en el sobre. Las tuve delante pero no mucho tiempo. Enseguida las guardó otra vez. Al parecer, y esto me lo contó Gisbert como si le fuera la vida en ello, habían sido tomadas por algún vecino de ese pueblo y habían llegado de algún modo a manos de Lucas. Por lo que me contó, no tenía ni idea hasta que le enviaron anónimamente aquellas dos imágenes. Entonces empezó su búsqueda. Recuerdo que

Gisbert no las quería ni mirar, pero me las puso a un palmo de la nariz y me dijo: «¿Ves algo?».

—¿Y qué le respondiste?

Helena extendió la mano y me agarró la mía muy fuerte.

—¿Ésas también se las compraste?

Respondí afirmativamente, sin hablar. Entonces noté que me presionaba más fuerte, más, hasta llegar a ser algo casi desagradable. Sentí las uñas esmaltadas clavándoseme y me fue imposible evitar, como en un retazo que llegó de pronto, evocar a aquella vieja pedigüeña en las calles de Toledo, aferrándoseme con su tenaza de carne y hueso. No sé por qué me vino eso a la mente. Sólo sé que me asusté y retiré la mía en un impulso. Ella lo percibió y volvió a colocar la palma encima, más suavemente...

—Perdóname, esto no se lo he contado a nadie, ni a mi ex marido, y la angustia me mata.

¿Ex marido? Noté que iba a romper a llorar de nuevo por la tensión y le acaricié una mejilla, disculpándola.

—Tranquila, Helena, yo también estoy susceptible... Me han pasado cosas raras en los últimos días y te pido que no me tengas en cuenta algunas reacciones.

—Lo sé. El recuerdo me sigue provocando algo que...

—Tranquila, estoy aquí —dije acariciándole el pelo y acercándole mi vaso de agua.

—Es que vi claramente lo que aparecía en ellas, ¿comprendes? Vi aquellas figuras vestidas con ropas antiguas y mirando fijamente a la cámara distinguiéndose de la oscuridad. Un niño de frente entre las lápidas y un grupo de niñas agarradas de la mano avanzando en un rincón de aquel lugar.

Noté que se me erizaban los cabellos.

—Así se lo dije a Gisbert, tan claro como ahora me estás oyendo.

—¿Y cómo reaccionó?

—No te exagero, se palpó el pecho y se echó hacia atrás. Se desabrochó la corbata y lo noté hinchado, enrojecido..., parecía que le iba a dar un infarto allí mismo. Tuve miedo hasta que las guardó de nuevo. Me dio la impresión de que esperaba que yo, como si estuviese ciega, le dijese que allí no se veía nada.

—Lo que no entiendo, y perdona que te corte, es por qué no las publicó en su revista, pues era un buen material.

—No sé, quizá esperaba la segunda parte del reportaje para poder unir todo aquel galimatías y realmente acabar teniendo una auténtica exclusiva. Pero, mala suerte, el reportaje quedó inacabado para siempre. Galván nunca volvió y él se convirtió en un ser temeroso y preocupado con aquello entre las manos. Le cogió miedo y pretendió olvidar el asunto encerrándolo para siempre en el cajón.

Llegó la camarera preguntándonos si deseábamos algo más. Los dos negamos con la cabeza y yo saqué mi cartera. Ella, de inmediato, puso su mano como si fuera un guardia señalando *stop*.

—Hoy pago yo.

Al marcharse la mujer con la bandeja y el billete prosiguió el relato.

—Nunca le vi tan preocupado a lo largo de los cuatro años que trabajé allí. Al final todo tenía que ver con algo que no contó a nadie más y que, sin saber aún por qué motivo, me confesó en mi última tarde allí. Su gran secreto.

—Sigue. Te escucho.

—Según me confesó antes de despedirnos, una noche, ya en la cama, Gisbert se despierta por algo que parece un lamento. Un quejido que va de más a menos y que se acerca. Está en su casa de campo de Sitges. Solo. Hacia las tres de la madrugada empieza a escuchar eso, y le parece que es alguien que está sufriendo de manera terrible. Piensa en un herido afuera. Se levanta temeroso y mira por la ventana, que da justo a la playa. Es un lugar aislado, y prácticamente las cristaleras van del techo al suelo. Está un rato escondido tras las cortinas, espiando, pero no ve nada extraño. El mar está en calma y en la arena no hay nadie. El sonido se ha marchado y él, un poco impresionado, decide encender las luces para dormir así. Después, si acaso para confirmar que no pasa nada raro, sale al pasillo. Entonces es cuando lo ve...

—¿Lo ve? ¿A una persona? —pregunté ansioso.

—No, algo que flota a un metro y medio del suelo. Una especie de rectángulo negro, como la pantalla de un televisor apagado, allí, al final del todo, acercándose poco a poco...

—¿Y qué hace?

—Le entra tal miedo que cierra la puerta del cuarto de un golpe. Es una casa vieja de campo y para echar el cerrojo hay que utilizar la llave antigua. Se pone nervioso porque no acierta las dos o tres primeras veces y nota que el quejido vuelve a escucharse, nítido, perfecto, pero viniendo de frente por el pasillo. Se queda de pie, sin saber si llamar a la Guardia Civil, dando vueltas. Pasan así un par de minutos y cuando todo parece ya calmado, abre la puerta, para cerciorarse de que todo pudiera ser debido a un mal sueño. Entonces comprueba que el rectángulo negro está justo enfrente de su cara, como balanceándose, casi como si fuera algo opaco...

La escuchaba mirándola fijamente. Ella dibujó en el aire aquella forma.

—Ahí estaba... Cierra casi a punto del paro cardiaco, temblando y pone una silla de tope del miedo que tiene. Cuando logra colocarla quiere ir hasta la mesilla para tomarse las pastillas del corazón. Entonces, de pronto, la luz se va, se funde... y está a punto de entrar en una crisis nerviosa. Pulsa una y otra vez el interruptor y entonces, sobre la pared del propio cuarto, empieza a ver el rectángulo negro..., como si la hubiese atravesado poco a poco.

—¿Se había metido dentro de la habitación?

—Más bien parecía proyectado desde otro sitio, reflejándose junto al marco de la puerta. Lo que hizo es echarse hacia atrás y, por instinto, coger las sábanas y las mantas, agarrarlas con las dos manos para cubrirse hasta el cuello, como en un acto de protección. Empieza a escuchar nítidamente como si alguien escribiese en la pizarra con tiza. Muy claramente. ¿Recuerdas ese sonido de cuando éramos pequeños, en el colegio? Poco a poco, fue perfilándose una mano negra, como de niño, y tras ella, como si portase una imaginaria tiza blanca, empezaron a surgir unas letras en esa pantalla...

—¿Unas letras? ¿Comprensibles?

—«Purgatorio».

Experimenté un ligero temblor en los antebrazos. Además de ser la misma palabra que yo había grabado nítidamente, como si alguien la pronunciase a mi espalda en mi visita al camposanto de Tinieblas, era en el fondo un término cristianizado del *Imprimatur*. El lugar, la interfase donde deambulan determinadas fuerzas y energías que aún no comprenden su situación. Determinadas entidades que pueden captarse por casualidad, o invocación.

—Todo eso ocurrió una madrugada a las tres de la mañana, pero no una madrugada cualquiera, sino la del 18 de diciembre de 1977. La misma en la que yo recibí aquella llamada a la misma hora y soñé con aquel cuerpo descuartizado.

Exhalé el aire que llevaba más de un minuto aguantando en los pulmones. Helena, como si se hubiese quitado un gran peso de encima, esperaba mi opinión...

—Y ten en cuenta que ninguno conocíamos en aquel instante ni siquiera la forma ni el lugar donde había muerto Lucas. Ahora pienso que era un mensaje, nos estaba llamando para que supiéramos lo que le había pasado...

—Pero ¿lo relacionas? En las fotografías ponía que fue encontrado el día 22...

—Sí, pero según nos informó aquel policía anónimo llevaba varios días sin que nadie lo viera... O sea que el momento exacto de la muerte pudo haber sido unos días antes.

—¿Y desde entonces no volviste a ver a Gisbert?

—Jamás. Yo creo que ambos hicimos esfuerzos por olvidarnos del asunto... hasta que apareciste tú en nuestras vidas.

31

Todo eran preguntas. Demasiadas preguntas.

Por eso me encerré en casa tres días en los que desconecté el teléfono y el ordenador y no dejó de sonar un CD con música de los tiempos de Leonardo da Vinci. El clavicémbalo y los cánticos de hace cinco siglos, tan sugerentes y rebotando en ecos de bóvedas invisibles, me relajaban lo suficiente para hacer inventario de todo lo que había descubierto al ir adentrándome en el légamo oscuro de esta historia.

Lo hacía así, como quien se agarra a la barra para no caer, pues notaba que naufragaba en el torbellino de los acontecimientos.

Tenía claro que la trama en la que me había sumergido por accidente al rastrear la muerte de un reportero ya olvidado me había puesto tras la senda de un viejo secreto; de un conocimiento oculto que venía de muy antiguo y que tenía, por la naturaleza de los hallazgos que me salían al paso, una especie de punto de inflexión en la figura enigmática, colosal y siempre incomprendida de Hyeronimus van Acken, El Bosco.

Quizá fue éste quien, por su relación directa con los herejes y su inmersión en sus costumbres y ceremonias, vio con mayor claridad algunas cosas prohibidas que están más allá de los sentidos ordinarios.

Y no sólo lo vio con sus propios ojos, sino que lo pintó, dejando por vez primera en la Historia una serie de documentos de lo que se escondía allí, tras el telón del umbral oscuro por el que todos hemos de pasar algún día.

Tenía la corazonada de que el lugar muerto donde había aparecido aquel cadáver hacía treinta años estaba relacionado con una antiquísima secta de iniciados que fue revitalizada por el pintor brabanzón justo cuando llegaba su tiempo de declive y máxima persecución. Aquel camposanto debía de ser parte de una aldea que desde tiempo inmemorial ya había acogido en su seno los viejos templos paganos y las ceremonias de los primeros malditos. Gentes que siguiendo remotas tradiciones debían conocer los enclaves de poder positivo o negativo de determinados lugares —tal y como siglos después los estudiosos heterodoxos detallaron en mapas visibles como el Planisferio Telúrico de El Escorial— y que experimentaban en ellos a la busca de otras verdades que no estaban escritas en ningún libro sagrado.

Fascinados por el mensaje y las visiones del otro lado, los marginados que no aceptaban la fe cristiana se aislaron en una especie de gueto odiado por su propio entorno. Así ocurrió en aquel lugar y seguramente en muchos otros que fueron borrados del mapa a sangre y fuego.

Y desde entonces, lugares de duelo y dolor, flota algo allí. Algo que sólo determinadas personas o elementos accidentalmente pueden captar.

Tenía hechos constatados, documentos y evidencias, pero faltaban los enlaces correspondientes para sostener la teoría. La historia oficial negaba rotundamente cualquier relación.

Y sin embargo, la había. Tenía que haberla.

La obsesión de Felipe II por algunas composiciones terribles de *El Maestro* debía de obedecer a una serie de planes que jamás fueron escritos. La persecución, compra y recuperación bajo cualquier método de ciertas pinturas que ya habían ganado fama de mágicas en determinados círculos de iniciados escondía seguramente una motivación suprema.

¿Acaso se perseguía neutralizar su energía tenebrosa y oscura trasladándolos a un entorno consagrado a la luz cristiana y rodeado de reliquias sagradas?

¿Pretendería el rey hacer ese enfrentamiento de objetos de poder en la soledad de un lugar mágico y aislado como El Escorial? ¿O se trataba de probar por sí mismo los extraños efectos que surgían de ellos si se daba con las claves y rituales para comprenderlos?

¿Acaso habría caído el monarca en la seducción irresistible de otear en el Más Allá tal y como hacían los herejes adamitas del Libre Espíritu en sus más antiguos ritos que él combatió y reprimió con dureza a lo largo y ancho de su mandato?

¿Ésa era la fuerza fluyente que mantenían los cuadros? ¿La misma que arrastró al Círculo Bosch y a los herejes? ¿La misma que sedujo a Felipe II y sus consejeros? ¿La que se llevó a Galván hacía treinta años?

¿Ése era el poder de unas pinturas que entraban en el alma?

¿Quiénes eran esos personajes anónimos que llevaban siglos intentando robar algunas de esas piezas jugándose la vida en el empeño?

¿Y qué significaba la mano pequeña de un niño pintada de negro y que aparecía en los últimos libros consultados por el reportero muerto? ¿Y la blanca en las tumbas más viejas del camposanto de Tinieblas?

Por otro lado me encontraba con una serie de experiencias más inquietantes y que, por lo que había constatado, casi todos los integrantes de la trama, desde hacía quinientos años, habían vivido de una forma u otra.

¿Serían entonces las sombras de perros y niños espantosos una derivación de los experimentos que se llevaron a cabo en aquellas celdas del monasterio? ¿El mismo principio que aparecía en las fotos que alguien mandó a Galván atrayéndolo como en un canto de sirena en su último viaje hacia las ruinas del pueblo maldito?

¿Y lo que nos estaba ocurriendo a todos los que estábamos adentrándonos en la trama tanto tiempo después? ¿Qué eran esos avisos, esas visiones, esos sueños, esas heridas propias de haber peleado en la madrugada con alguien que se acercaba para darnos un mensaje?

¿Qué mensaje?

Las pesadillas, las visiones de un hombre descuartizado o de una pizarra siniestra, la voz que dice «purgatorio», los individuos de negro, las llamadas, la sensación de perpetua vigilancia... ¿Eran ésas las diferentes caras de un *Imprimatur* activo que siguen activas para atormentar al ser humano? ¿Es lo mismo que errante y sin descanso asustaba desde las primeras civilizaciones tal y como quedó grabado en el fondo de algunas tumbas de Egipto como una sombra negra sin rostro?

¿Era el propio reportero muerto el que quería hacernos partícipe de su secreto de ese modo?

Demasiadas preguntas. Quizá por eso no me sorprendió tanto la de Márquez.

—¿Te vienes con nosotros?

La propuesta llegó justo a medianoche y por teléfono. Klaus Kleinberger estaba ya en Italia. Allí iba a tener lugar la gran subasta de grabados atribuidos al Círculo Bosch, esos autores que pretendieron perpetuar el mensaje de El Bosco tras de su muerte copiando alguna de sus obras clave, quizá temerosos de que alguien las hiciese desaparecer de inmediato.

No les faltaba razón en su oportuna precaución, pues de no ser por su viejo testimonio litográfico no sabríamos nunca qué hubo en ciertos cuadros más extraños y llenos de *poder* que a lo largo del tiempo fueron robados, quemados, apartados de la circulación de modo traumático.

Había un detalle más: el gran experto alemán afincado en París, muy interesado en mis pesquisas, tal y como plasmó en la dedicatoria de su libro, se hacía cargo de todos los gastos y no admitía un no por respuesta. Él nos esperaba ya en ese mismo lugar de ensueño al cual todos los artistas de todas las épocas acudían a la búsqueda de reconocimiento y fortuna. Sin embargo, según las propias indagaciones de los expertos, *El Maestro,* también diferente en esto, llegó allí por otros motivos muy distintos que por fin podían ser aclarados.

Sebastián, antes de colgar, me repitió tres veces la contraseña que en apenas diez horas debía depositar en la Terminal 1 de Barajas, oficina de Alitalia, para que me extendieran el billete en clase *business.*

¿Cómo despreciar tanta amabilidad?

32

Venecia tiene dos caras.

Es como su propia máscara de carnaval bicéfala y teatral: una sonríe y otra se lamenta. Por el día, con esa luz tan clara y ese vapor que filtra el sol convirtiéndose en neblina, todo es una postal bucólica y algo decadente. Los *gondolieri*, los palacios, las fotografías desde los puentes con vistas al Gran Canal, los gorros arlequinados con cascabeles y los turistas de un lado a otro, dispuestos a comprar lo que sea menester.

Incluso a veces, en las plazas amplias, entre las fachadas de colores propios de barrios de pescadores que lindan con el lujo y los palacios nobles, suena una música de órgano inconfundible que es la banda sonora oficial de esta especie de museo vivo que parece engalanarse para ser visto y admirado desde cualquier ángulo.

Pero cuando cae la noche, todo cambia.

La piedra se vuelve oscura, la armonía cromática se borra de inmediato, las callejas, sin un alma, parecen más estrechas y los desconchones resaltan en las paredes como una viruela de la piedra. Hay cajas de frutas de los mercados por el suelo, como restos de una batalla reciente, y las tuberías oxidadas sumergen su cabeza en el agua detenida como anfibios de hierro que descienden desde unos techos afilados y siempre próximos al desprendimiento. Más allá, en mitad de un silencio absoluto, aparecen escaparates apagados desde los que asoman esas caretas blancas que muestran la boca torcida hacia abajo, como si despreciaran nuestra visita a deshora.

—La subasta se celebrará aquí por un motivo que nadie dice pero que muchos conocemos; la verdadera muerte de *El Maestro* se produjo en el corazón de esta ciudad.

Klaus Kleinberger imponía. Pantalón de pana beige, chaqueta de cuadros con coderas, más de uno noventa de estatura, cabello rubio peinado a raya y un bigote espeso y más blanco por las puntas quizá por efecto de la pipa que cada poco tiempo encendía chasqueando un encendedor de oro macizo. Era el vivo retrato de Bismarck y la voz le surgía tan poderosa, tan profunda y violenta, que hacía que inmediatamente Sebastián y yo cortásemos cualquier expresión para permanecer en silencio. Todo lo que decía, quién sabe si a causa de esas cuerdas vocales prodigiosas, parecía dotado de una pátina de autoridad incontestable. Conocía bien la ciudad y sus secretos, y a esas alturas, después de varias horas hablando desde el mismo instante en que nos recibió en una lujosa lancha-taxi a la misma entrada del aeropuerto Marco Polo, ya nos había hecho partícipes de unos cuantos. El más asombroso, el que me erizó los cabellos mientras atravesábamos la enmoquetada recepción del Luna Baglioni —un espléndido cinco estrellas situado en la misma trasera de la plaza de San Marcos—, ni siquiera él se había atrevido a publicarlo en ninguno de sus trabajos. Se refería a un hallazgo efectuado por una conservadora del Palacio Ducal hacía unos años.

—Allí estaba su firma, la de Hyeronimus, en una esquina, y cerca del techo, cubierta por las diferentes capas de pintura que se habían añadido a lo largo de los siglos. Arriba en la habitación os la enseño. ¡Os vais a caer de espaldas!

Deshice la maleta a toda prisa, deseoso de subir a la suite del reputado Kleinberger para averiguar aquella marca en el interior de uno de los lugares más macabros que el ser humano pudo imaginar.

¿Qué demonios hacía la estampa de El Bosco en una de las cárceles más duras del mundo? ¿Por qué nadie lo había dicho abiertamente? ¿A qué se temía después de tanto tiempo?

Cumplido el cuarto de hora de cortesía que nos habíamos impuesto los tres, nos encontramos en la 609. Cuando golpeé con los nudillos en la puerta noté la emoción de Sebastián en el rostro. El hallazgo también era nuevo para él. No se había descolgado su cámara digital del cuello y miraba todo con grandes ojos de niño. Imagino que en aquel instante debían de parecerse mucho a los míos. Al entrar, el alemán ya había enchufado su Pentium 4 portátil extraplano sobre el escritorio. En la finísima pantalla, inconfundible, la rúbrica de *El Maestro*. No había la menor duda... pero aquello no debería estar allí.

—No hay más que realizar esta sencilla superposición, comparándola con una firma suya reconocida, y veréis cómo son exactas.

La segunda imagen, situada en un rectángulo en el lado derecho y procedente de *El carro de heno* —obra reconocidísima y hoy expuesta en el Museo del Prado—, se fundió perfectamente con la que surgía en el otro recuadro, pintada sobre la blancura de una pared sórdida. Las letras encajaban milimétricamente.

—*Voilá!* ¿Lo veis? Estuvo allí, experimentando, sumergiéndose en su mundo, conectando con el sufrimiento concentrado, con el mal de los hombres... Dispuesto a plasmarlo en su última gran obra.

Ya en el exterior, caminando en la oscuridad y paralelos al Hospicio de San Lorenzo, allí donde las calles se apiñaban hasta obligar a ponerse en fila india a los grupos de viandantes, amplió la información que le demandábamos con nuestra cara de expectación:

—Hace unos tres años, en las obras de reforma de los llamados *pozzi* o cárceles del Palacio Ducal, una colaboradora y excelente restauradora encontró esto en el proceso de catalogación de firmas e inscripciones de condenados. El fin del catálogo era usar copias de las firmas en escayola para conmemorar los cuatrocientos años del levantamiento del famosísimo puente de los Suspiros. Le dije que la volviese a cubrir con un compuesto no destructivo. Que la volviese a esconder hasta que yo llegase... por si acaso.

Esa misma estructura a la que se refería Kleinberger, el famosísimo paso levadizo, era un buen ejemplo de las dos caras de Venecia. Por el día los turistas se arremolinaban para inmortalizar su estampa, convencidos de que el nombre le venía por la melancolía que generaba el entorno a los enamorados. Sin embargo, con la noche, uno se daba perfecta cuenta de que todo volvía a vestirse con el atuendo genuino: los suspiros, mucho menos románticos, eran proferidos por los reos condenados a muerte mientras se les trasladaba a las húmedas celdas de castigo que estaban justo debajo de la sombra del arco y casi al nivel del agua.

—La Inquisición —prosiguió Klaus guiándose con destreza por el laberinto y hablándonos de espaldas por encabezar el grupo— creó aquí una auténtica ciudad subterránea de la muerte. Incluso constituyó un cuerpo siniestro llamado Signori di Notte (Señores de la Noche) de los que hay abundante información en los legajos históricos. Se encargaban de la lectura de las sentencias capitales de los reos, tenían a su cargo la sala de tortura con todo tipo de instrumental y hacían batidas nocturnas para realizar arrestos con el fin de arrancar confesiones para luchar contra determinados grupos heréticos. Era, a su modo, un grupo de élite que al parecer acabó excediéndose en su labor.

Por un momento imaginé, doblando el esquinazo de esa misma calle inhóspita, la fúnebre procesión de ensotanados, a veces tapados con capirotes para impedir su identificación, vagando en busca de víctimas propiciatorias para hacerles confesar en lo más profundo de los *pozzi*.

—Disponían del sótano más profundo del Palazzo, la planta más oscura y en la que hay aún nueve celdas de aislamiento total, construidas al mismo nivel que la laguna. Allí es donde apareció la firma... pero nunca se ha hecho público.

Al final de un pasadizo de no más de un metro de ancho llegamos a una diminuta *trattoria* que tenía fama entre los auténticos conocedores de las entrañas de la ciudad.

—No se ha probado la pasta de verdad hasta que no se ha estado en Domenico León. ¡Adelante!

A esas horas, ya tarde para la tropa local, estábamos solos. Ante el Lambrusco, la lamparilla con su vela roja iluminándonos tenuemente y los platos rebosantes, seguimos escuchando boquiabiertos aquella historia que proporcionaba un giro importante a lo conocido en torno a Hyeronimus van Acken.

—Todos los especialistas coincidimos en la inexistencia de documentos sobre la vida de *El Maestro* entre 1500 y 1505. ¿Estamos de acuerdo, don Sebastián?

El editor asintió mientras nos pasaba el tazón con el *parmigiano* rallado.

—Bien es cierto que desde aquí hasta su muerte tampoco los hay; todo lo más existe un legajo suelto como constatación de unas misas por su alma muchos años después y efectuadas en su ciudad natal. Por eso nadie sabe cómo fueron sus últimos años, justo esos en los cuales plasmó sus cuadros más sorprendentes y misteriosos.

—¿Se está refiriendo a las *Visiones del Más Allá*? —pregunté comprobando cómo Sebastián sonreía orgulloso al ver que demostraba los conocimientos que él mismo me había enseñado.

—Por supuesto —contestó Klaus de inmediato—, imagino que aquí el amigo Márquez ya te habrá puesto al corriente de ese tríptico maravilloso y ensoñador del cual se arrancó la tabla central. Todos pensamos que ahí, en el gran panel, podía ir el cuadro del *Imprimatur*. Los datos de los que disponemos conducen a eso. Desde que desapareció tenemos que conformarnos, aunque no es poco, con las tablas que veremos dentro del Palacio: la ascensión de los cuerpos a través de esa visión única del túnel de luz prodigiosa, y la representación del infierno y la caída de los condenados a los abismos. Sólo han quedado ésas, pues ya desde muy antiguo alguien se llevó esa tabla a algún lugar y por algún motivo que desconocemos.

—Hay que tener en cuenta que esa obra es la misma que presidió la agonía y muerte de Felipe II en la pared de su alcoba del monasterio de El Escorial. Por desgracia allí también se le acaba perdiendo el rastro tras el incendio ocurrido a la muerte del rey —puntualizó el aludido.

—Y no deja de ser curioso —replicó Kleinberger enrollando con maestría sus *spaghetti*— que la tabla acabase en España partiendo de aquí, precisamente del Palacio Ducal y justo tras el incendio provocado en 1505, justo cuando suponemos que El Bosco terminó, vivo o muerto, sus experimentos en lo más profundo de los *pozzi*. Como verás, el fuego y los viajes de esta pintura parecen unidos para siempre. La pregunta es: ¿fueron provocados por los que estaban empeñados en trasladarla a otro lugar? ¿O simplemente fue robada por comerciantes que luego la vendieron al mejor postor? Y si es así, ¿por qué la partieron llevándose sólo un fragmento y no el tríptico completo?

—Parece más inteligente llevársela entera en el caso de tratarse de ladrones que buscaban recompensa.

—Entonces, hoy se le ha perdido la pista por completo a ese cuadro y ni siquiera usted intuye dónde pudo ir a parar. ¿Me equivoco?

—Desde la muerte de Felipe II, en 1598, ya nadie sabe dónde está. Tampoco se sabe dónde fue comprada hacia 1592 por los enviados del monarca ni a quién. La única certeza es que aparece repentinamente, catalogada como muy tenebrosa y digna de la locura, en ese tiempo y dentro de los inventarios del monasterio de El Escorial, junto con otras obras de *El Maestro*.

—Pero ¿qué es lo que aparecía en ese cuadro para provocar tal fascinación?

Por un momento Klaus y Sebastián iniciaron la frase atropellándose. Seguramente querían decir lo mismo. Fue el último quien finalmente trató de exponerlo con claridad...

—Oficialmente, una parte mostraba la ascensión de los cuerpos a ese Más Allá que por vez primera en la Historia se representa, con un ingenio jamás imaginado por ningún otro autor, como una serie de círculos concéntricos. Por el otro lado, aparecen unos seres horribles, agarrando a los condenados para sumergirlos en un mundo de tinieblas. Como digo, sobre el papel, esto es el cielo y el infierno; un tríptico más con la eterna dicotomía moral. Sin embargo...

—Sin embargo —prosiguió Klaus con su voz retumbando en la roca viva de la pared—, estamos convencidos, por las soluciones innovadoras y por las claves expresivas radicalmente vanguardistas y distintas a todo lo pintado anteriormente por ningún otro hombre, que eso era el vivo retrato de dos experiencias. De dos vivencias personales al límite. En definitiva, retrató dos auténticas inmersiones al límite entre la vida y la muerte que le dejaron marcado para siempre. Lo que debió de hacer fue adaptar unas enseñanzas que desde tiempo remoto los Hermanos del Libre Espíritu llevaban a gala para conocer el *otro lado*. Esos paneles muestran, por tanto, el pasadizo de luz, el túnel resplandeciente que se abre entre el mundo de los vivos y los difuntos, el pasillo donde aparecen los seres que nos dicen que no es el momento. Incluso llega a dibujarlos al final. El otro, es un descenso real al mundo de las sombras, un viaje infernal a sus propios demonios interiores. Siguiendo la lógica, lo que había en el centro...

—Lo que había en el centro —continuó Márquez agarrando el vaso con un temblor emocionado— era la fase intermedia, el otro fenómeno que había vivido en su larga y oscura estancia en las entrañas de la tierra y el dolor. Estuvo en los *pozzi* porque ése, probablemente, era uno de los lugares cerrados con más *Imprimatur* concentrado de la tierra, condensado en miles de muertes, millones de horas de lamentos y sufrimiento y determinada piedra de granito aislante que se cree desde antiguo que puede ser una especie de conductor de estos fenómenos. Así, como una cobaya de su propio experimento, los vio y los quiso dibujar. Allí estaba presente, como siempre, nuestro viejo amigo el Khaivit egipcio, sonriente, diabólico... como los extraños niños que aparecen en las fotografías obtenidas en el pueblo de Toledo que alguien en su día mandó al reportero Lucas Galván. Es lo mismo en esencia.

El tiramisú casero apenas bajó por el gaznate. Tuve que dar otro trago. Y volví a preguntar:

—Pero, entonces, ¿aquí surgió el supuesto Círculo Bosch? —pregunté cada vez más sorprendido.

—Efectivamente. Los primeros grabados que se refieren a algunos trabajos de *El Maestro* aparecen en esta ciudad tras su muerte. Aquí debió de recibir o enseñar a otros sus creencias y claves. Quién sabe si esos aprendices vieron lo mismo que él en sus amargos trances en el fondo de las celdas de castigo. Todo ocurrió en esos años vacíos. Tampoco estamos seguros de si después de salir de los *pozzi*, El Bosco quedó con vida o fue sólo un cadáver que llegó en muy mal estado a los brazos de su amada Aleyt en Hertogenbosch.

—Probablemente —irrumpió Márquez de nuevo— fuese incinerado y luego le harían esas misas, mucho tiempo después, que son las que aparecen en el documento que queda y al que se refieren todos los historiadores sin indagar más. Lo cierto es que nadie conoce su lugar de entierro ni su tumba..., ni sabe dónde fue a parar su cuerpo.

—Además —ratificó Klaus al tiempo que apuraba el amargo *espresso*—, lo de quemarse y no quedar apegados a la tierra era un dogma importante en el credo de los Hermanos del Libre Espíritu. Precisamente para evitar el *Imprimatur*, el cadáver debía ser quemado de inmediato y soplado al aire. Da la sensación de que a veces, como condena y conociendo esta firme creencia, la Iglesia, en su cruda batalla para el exterminio de la herejía, llegó a construir rudimentarios camposantos a las afueras de algunos lugares para condenar eternamente a los que tantos problemas les causaron y de algún modo dejar allí encerradas sus almas para siempre.

—¡Entonces eso explicaría la fotografía aérea de Tinieblas de la Sierra! —exclamé casi levantándome de la silla de paja—. ¡Se enterró allí a todos los miembros de la secta! ¡En la roca viva!

—En efecto, y te confirmo que en ciertos focos de resistencia herética fue una práctica común. Auténticos sarcófagos en la piedra para atentar contra una de las más sagradas creencias de aquellos hombres criminales, espiritistas y libertinos en palabras de los sacerdotes de aquel tiempo. «Las hogueras de los muertos» era el último ritual que hacían aquellos hombres y mujeres, con el objetivo de reducir a cenizas unas anatomías que quedaban abrasadas pero aún totalmente formadas tras su paso por la pira inquisitorial. Abrían las tumbas y requemaban a los difuntos para liberarles de su anexión a la tierra impuesta por una Iglesia en la que no creían. Y cuando eran sorprendidos, pues a la hoguera por profanadores.

—Y así se alimentaba el odio sobre el odio, una y otra vez en una batalla sin final...

—Dolor y sangre siempre en un círculo vicioso que dejaba el entorno más y más lleno de *Imprimatur* —me contestó Sebastián sin dudarlo.

—Pero hay algo que se me escapa en todo esto respecto al poder de aquella tabla misteriosa —dije mirando fijamente a Kleinberger—. ¿Alguien habría diseñado el plan desde el principio sabiendo que el monarca iba a sentirse intrigado por esa tabla y la iba a colocar en su propio aposento sometiéndose a su influjo?

Ambos se quedaron callados como estatuas.

—Y de ser así —proseguí ahondando en mi duda—, ¿quién pudo ser?

—Es posible. Aunque también podemos pensar en la doble cara del propio monarca. Yo me decanto más por esta hipótesis, pues era una persona defensora de la raigambre católica a ultranza, pero a la vez fascinado con asomarse a los umbrales de lo desconocido. Alguno de sus consejeros simplemente le pudo comentar que había una obra muy poderosa que generaba, en determinadas circunstancias, ciertos efectos. Ten en cuenta que los nigromantes, concentrados sobre todo en Toledo, estaban al tanto de cualquier cosa asombrosa, incluidas las prácticas de los más extraños grupos. La tabla veneciana cobró justa fama por algún motivo y eso bastó para atraer la ambiciosa sed de conocimientos del rey. Querido Aníbal, aquélla era sin duda la creación más poderosa que hizo *El Maestro*, fruto de meses de visiones en la húmeda celda de los *pozzi*.

—Extraigo de todo esto que el Círculo Bosch era en realidad una parte más de la Hermandad del Libre Espíritu...

—No se puede decir que fueran exactamente lo mismo, pero las conexiones existían. Unos eran artistas que admiraban a un genio vanguardista y que, también impulsados por ese sentido de la curiosidad que acompaña a los creadores, querían experimentar, cada vez más asombrados por lo que estaban viendo; los segundos eran unos creyentes capaces de matar o inmolarse por su creencia total en el grupo y su filosofía. Sólo algunos componentes del primer sector debieron de pasar la línea que separaba ambos conceptos. Lo que sabemos es que quizá el último *bosco* se pintó en esas condiciones extremas, en un auténtico experimento que fue bien conocido por un estrecho círculo de colaboradores que seguían muy de cerca las evoluciones de *El Maestro*. Ahí estaba el retrato del mal y lo cierto es que, después de cinco siglos, sólo podemos tener una idea de lo que se plasmó en él gracias a esto...

A la señal del experto, Sebastián sacó una hoja doblada del bolsillo de su chaqueta. Al desplegarla vi algo terrible. Una imagen de apariencia maligna que producía un desagrado inmediato. Un ser, una cara a la que era difícil mantenerle la mirada. Debajo una firma enigmática: *TS.*

—Y esto es lo que vamos a comprar mañana, demostrando que somos los mejores.

Acto seguido chocaron las palmas, emocionados, como dos hinchas que celebran un gol de su equipo. Casi había olvidado que en apenas unas horas asistiríamos a la esperada subasta que nos había llevado hasta allí. Aquella conversación apasionante y que yo intentaba relacionar con aquel pueblo muerto y su camposanto me había aislado de todo.

Al salir al exterior, por simple sugestión, todo me pareció más frío, más desangelado y oscuro. No podía olvidar, aunque lo intentaba, lo sentido al encontrarme de bruces con el grabado del Círculo Bosch. Y en cada ventanuco, al igual que me ocurriese en Toledo, creía ver a alguien mirándome, siguiendo mis pasos, sonriendo malévolamente como las máscaras del carnaval de las sombras.

33

quélla fue una noche para no olvidar.

La crónica podría empezar reflejando mi sorpresa al atravesar la grandiosa plaza de San Marcos. Hacia las diez, con el centro histórico absolutamente desierto, y los soportales con todas las tiendas cerradas, sentí como el brazo de Klaus detenía mi caminar en dirección al hotel. Sonriendo, me dijo que no tuviese tanta prisa; después giró sobre sus talones y señaló el Palacio Ducal, construcción cuya superficie de tonalidad clara parecía brillar con luz propia en una esquina de aquel rectángulo que muchos consideran el más bello del mundo. Los arcos de aspecto casi arábigo y los huecos alineados en la pared con forma de trébol le dan un aspecto mágico, como de antigua fortaleza que guardase todavía muchos secretos en su interior. Mis dos anfitriones, reservándose el último guiño de la jornada, me confirmaron que teníamos una cita con la conservadora de guardia, la misma que había protagonizado el sensacional hallazgo de la firma de Hyeronimus van Acken en una pared de la celda de aislamiento de los *pozzi* existentes en el subsuelo del edificio.

Sin decirnos una palabra volvimos sobre nuestros pasos atravesando en diagonal la *piazzetta* que muere en el mar Adriático, torciendo a la izquierda en busca de la puerta de acceso de los empleados.

El contraste que producía penetrar en aquel edificio observando techo y suelo llamaba la atención. Como dos mundos. En las alturas aparecían tallados prodigiosos, relieves y volutas de pan de oro, frescos con escenas idílicas pintados por los más grandes de la escuela veneciana. Al mirar hacia abajo la perspectiva variaba como anunciando lo que venía; se notaba la piedra cada vez más húmeda y deslizante formando círculos de moho. La negrura y un frío concentrado de siglos que entraba en el tuétano de cada hueso sin previo aviso era la tarjeta de bienvenida.

Sería un error, eso sí, olvidar en aquel ambiente tan desangelado, la repentina y turbadora presencia de nuestra guía en aquella incursión clandestina: Laura Burano, mujer muy atractiva de larga melena color caoba y unos treinta y cinco años que lucía falda y medias negras cubiertas sólo en parte por una pulcra bata blanca con el nombre bordado en el pecho. Sus grandes ojos almendrados y verdosos, casi próximos al tono de las esmeraldas, me recordaron, como en un *flashazo,* a los de Helena.

La Burano, además de poseer una belleza antigua e impactante, era una de las mejores en su campo. Tras los abrazos y besos de rigor, como si tuviese la lección aprendida al detalle y siguiese instrucciones muy precisas, introdujo su tarjeta plástica en el ordenador de entrada, dejando elevada la barra para que pudiéramos pasar los tres, como hacen esos colegas que reviviendo viejos tiempos se cuelan en el metro burlando al revisor. Después tecleó muy rápido unos dígitos que, por lo que intuí, desconectaban todas las alarmas del edificio. Se escuchó un clac en los pisos que quedaban bajo nuestros pies, como si decenas de regletas se hubiesen desactivado al mismo tiempo.

Tenía la agradable sensación de encontrarme inmerso en una película de espías, a la vez que seguía el aleteo de las vestiduras de aquella mujer que cruzaba a toda prisa por salones repletos de las mejores obras de artistas como Tintoretto y Veronés que, en silencio, vigilaban desde las alturas.

El Palacio, edificio clave en el cual se impartió justicia en toda la República de Venecia, está constituido por inmensas salas donde el lujo y el esplendor quedan de manifiesto en la caoba reluciente, los cortinajes y los grandiosos frescos con motivos mitológicos. Es el testimonio de un modo de vida esplendoroso que, poco a poco, había ido entrando en decadencia.

Pero nuestro particular objetivo estaba más cerca de las catacumbas del subsuelo y sólo se podía alcanzar penetrando en él, como quien va a la busca de una cara oculta que muy pocos habían visto y que jamás salía en las postales. Bajamos muy rápido, provocando un rosario de sonidos con los zapatos golpeando cada peldaño, por las escaleras que conducían a un patio inmenso donde unos gigantes de piedra hacían guardia desde hacía siglos, custodiando la estrecha entrada a las prisiones.

Un cartel apoyado en un muro y señalando *Prigioni* con una flecha nos indicó una portezuela robusta y más baja que todas por las que anteriormente habíamos pasado. Ya no había esmaltes, escudos nobiliarios ni filigranas en la madera. Entrábamos de lleno en el universo de la roca de granito desnuda, esa misma que, según especialistas como Márquez, tenían el don de recoger determinadas energías y mantener el inquietante *Imprimatur*.

Laura hablaba despacio, en un italiano muy comprensible, casi al modo de los guías que comandan por el día grupos de turistas multilingües y que siempre se quedan en la planta superior. Su voz nos hizo saber —al menos a mí— que algunos primitivos cronistas describieron ciertos cuadros de El Bosco colgando del muro central que vertebraba todo el dispositivo de mazmorras, alejados del resto de artistas coloristas y amables; prisionero siempre en la oscuridad, vigilando los lamentos de los condenados a muerte.

Para ella no había duda: el experimento de Van Acken había durado al menos cuatro años. Según su teoría —compartida al cien por cien por un Klaus que asentía en silencio escuchando hablar a quien había sido alumna aventajada—, la falta de expedientes inculpatorios en los legajos inquisitoriales que se conservaban en el archivo de la justicia y que había repasado una y mil veces en jornadas agotadoras, demostraban que *El Maestro* no estuvo nunca preso cumpliendo una pena. Más bien todo daba a entender que pudo ingresar voluntariamente, previa petición, acudiendo ante los magistrados con importantes cartas de recomendación del poderoso Jacobo de Almaigen, Gran Maestre hereje del Libre Espíritu en todo el ducado de Brabante y noble de rancio abolengo e inmensa fortuna.

El objetivo de Van Acken sería disponer de un auténtico *pozzo* para vivir ciertas experiencias secretas al límite, con el fin de ahondar más en su conexión con las sombras y su posterior reflejo en aquellos cuadros de los que hoy sólo quedan unas piezas sueltas que nos impiden conocer la totalidad del mensaje. Se desconoce el argumento que utilizó para conseguir su difícil cometido de ser encerrado, pero los cuadros se quedaron allí como parte del pago convenido. Tampoco es posible saber si en el transcurso de su aislamiento voluntario creativo, por llamarlo de algún modo, El Bosco pudo enloquecer o incluso fallecer en lo más hondo de aquel receptáculo húmedo e infecto.

—Con ustedes, las *Visiones del Más Allá...*

Tan enfrascados estábamos con la historia que nos narraba la conservadora que apenas caímos en la cuenta de que ya habíamos llegado al último habitáculo situado justo antes de las celdas. Allí, dentro de una sala, aparecían varios rectángulos negros cubiertos por hornacinas de cristal de las que salía un dispositivo cuadrado a modo de alarma con una luz tintineante.

—Es un humidificador para mantener la temperatura justa que requieren estas obras —aclaró Laura al ver que Sebastián y yo mirábamos directamente el piloto rojo, que era lo único que sobresalía entre los diferentes tonos de oscuridad que sólo permitían identificar ciertos relieves en distintos tonos de penumbra.

Klaus, que se había quedado un poco más atrás, pulsó entonces un interruptor situado justo en la jamba de la puerta de acceso. Acto seguido se fueron encendiendo gradualmente los receptáculos y allí surgieron, rompiendo la oscuridad, las tablas de las que tanto había oído hablar en los últimos tiempos. La ansiedad era grande, pero ya en la primera centésima de segundo de claridad supe que había merecido la pena tanto desvelo.

Allí, frente a nosotros, aparecía el tubo de luz sobrenatural, la prodigiosa formación de círculos concéntricos tantas veces descrita en las experiencias cercanas a la muerte. Debajo de él, ascendiendo hacia su epicentro resplandeciente, las almas ingrávidas que iban al encuentro de los guardianes sin rostro que esperaban en la frontera entre dos mundos. El impacto fue fortísimo. Tanto que me acuclillé, casi en una reverencia a aquella grandeza misteriosa, sintiendo cómo se me erizaba el fino vello de la nuca y notando que me faltaba el aire. Era la catarsis ante el arte mágico y oculto de aquel hombre; era la sensación física que emanaba de aquellas creaciones. Algo que permanecía vivo allí para quien quisiera leerlo, imposible de demostrar en ningún laboratorio y bajo parámetros científicos, pero que entraba directamente en lo más hondo del alma.

Permanecimos en silencio por un tiempo indefinido, inmóviles, rendidos ante aquel agónico descenso a los infiernos que se revelaba en la segunda tabla. Esa en la que los horribles demonios de tono verdoso y largas cerdas surgiendo de la cara se destacaban flotando en el abismo, atenazando a los condenados para hundirlos en un agujero negro de apariencia acuática, angustiosa e interminable.

Afiné la mirada y vi, pintado y perdido, un cuerpo humano desnudo que reflexionaba nostálgico en la orilla del precipicio infernal, llevándose la mano a la cabeza, maldiciendo su suerte sentado en la piedra azabache del averno, mientras se aproximaba a su espalda, inmisericorde, una de esas criaturas dispuesta a llevarle hasta los confines de la nada más profunda. En el otro extremo, ya inmersos en el torbellino profundo del mal, un demonio cubierto con inconfundible hábito gris sostenía el cráneo de un desdichado y con una daga le atravesaba la tráquea de parte a parte.

Fue el primer impacto ante aquellos dos cuadros alargados, la corazonada certera como una ecuación matemática. Sí, tuve el convencimiento, la revelación de que mis amigos tenían razón: aquello eran experiencias reales del autor, sucesos vividos, sentidos. Sólo así podía pintarse ese algo que envolvía la estancia, que palpitaba para causarnos un sobrecogimiento atávico, milenario...; una maldad perpetua y demoniaca que parecía dominar al mundo se presentaba allí, como pintada por sí misma. Y sólo podía ser así, habiéndolo visto, habiendo viajado como un argonauta en busca de los límites del bien y del mal.

Allí había un mensaje, una enseñanza, algo más.

—Estamos seguros —irrumpió solemne Sebastián— de que ciertas invocaciones secretas y determinados estados alterados de conciencia provocados por aislamiento y ayuno a los cuales se llegaba por cierto sistema propio de los místicos provocaban determinados efectos en quien miraba repetidamente estos cuadros. No dudo de que Felipe II lo sabía muy bien.

Se hizo de nuevo el silencio y Klaus, con una simple mirada, pareció leer telepáticamente mis pensamientos acudiendo a abrir el maletín que nada más entrar le había dado Laura. Dentro había dos docenas de piezas de acero brillante perfectamente ordenadas, parecidas a finos bisturíes y lupas de diversos aumentos; instrumental propio de un cirujano del futuro que reflectaba con destellos plateados en mitad de aquella penumbra.

—He esperado este momento durante años. La reflectografía digital por descomposición de color ha avanzado mucho y nos permitirá, aquí y ahora, bucear en el interior de estas maravillas y conocer sus secretos. Vais a asistir a un momento histórico...

Al tiempo que articulaban todo aquello, sobre el fondo del golpeteo de unos tubos con otros, me confesaron que las autoridades italianas habían impedido cualquier análisis de ese tipo a pesar de las diversas solicitudes interpuestas durante años por el experto alemán. La cerrazón llegó a un punto que Kleinberger, tozudo como pocos, diseñó este plan de ataque directo y clandestino para, junto a su colega Burano, efectuar un análisis a la brava saltándose todas las barreras burocráticas.

—En el tiempo de Van Acken se utilizaba la «técnica del diamante» —irrumpió ella—, un procedimiento que se basaba en el mismo principio de lo que ahora vais a ver.

Estaba asombrado. Mientras montaban aquella especie de largos cilindros parecidos a batutas de director de orquesta y las conectaban mediante USB al portátil de Klaus, me contaron como ya en el siglo XVI, y seguramente desde mucho antes, determinados pintores heréticos dejaban sus mensajes ocultos en las obras utilizando diferentes tinturas que podían ser absorbidas por capas posteriores que las disimularan a simple vista. Así, a través del complejo procedimiento de la descomposición de colores, se podía alcanzar una lectura rudimentaria pero parecida a nuestros sistemas láser y ultravioleta. En esa época —se cree que Van Acken y los suyos lo hicieron con asiduidad—, se calentaban unos hierros con forma de tenaza al rojo vivo, se dejaba la estancia en oscuridad total reduciendo el oxígeno al máximo y se pasaba varias veces delante del cuadro. Después, en la punta de ese artilugio se colocaba con sumo cuidado un diamante, elemento capaz de descomponer las diversas franjas del espectro de la luz. Con técnica y destreza, las pasadas de esa piedra preciosa y el efecto del rojo vivo revelaban por unos instantes las capas posteriores y ocultas de pintura. Y así se leían códigos cifrados, claves, mensajes prohibidos que, de otro modo, hubiesen llevado esas creaciones directamente al calor de la hoguera. Al escucharles comprendí de inmediato la escena que me había parecido absurda días antes al hablar con Genaro, el guarda de El Escorial: las extrañas sesiones de Felipe II y sus especialistas «aproximando fuegos» a los cuadros de El Bosco tenían entonces un sentido. Buscaban algo.

Las autoridades venecianas, igual que las de Lisboa y Madrid, que son los lugares donde se conservan hoy las obras más importantes, han impedido hacer cualquier análisis. Parece que la mano de la Iglesia sigue siendo muy alargada.

Las palabras de Laura me dejaron pensativo. Junto a la calefacción había un botón negro, una especie de pulsador que metió hacia dentro haciendo surgir de él un sonido hidráulico. Acto seguido, los cristales que protegían los cuadros se elevaron muy lentamente, como una ventanilla de coche que se abre hasta desaparecer. Caminé unos pasos y observé mejor el canto de las tablas y entonces vi, como en las obras expuestas en El Escorial o el Museo del Prado, que allí estaban las mismas marcas de ligeras quemaduras. Pequeñas ampollas y burbujas en el óleo que demostraban una proximidad a altas temperaturas. En todos se había intentado hacer el experimento, rastreando algo que dormitaba allí adentro.

—Lo intentaron unos y otros —dijo Klaus como si de nuevo supiese en lo que estaba discurriendo— con casi todos los cuadros de Hyeronimus. Creemos que Jacobo de Almaigen, el Gran Maestre del Libre Espíritu y figura clave en su vida, los leía con gran destreza, así como los integrantes del Círculo Bosch, pues dejaron instrucciones precisas del sistema de lectura camufladas en algún grabado. Sabemos que en *El Jardín de las Delicias*, por ejemplo, en el panel izquierdo en el que aparece Dios creando a Eva, surge en una capa subyacente un demonio terrorífico, con cabeza de niño sonriente, grandes manos desproporcionadas y dos colmillos, a punto de abrazarle. Esto lo descubrió un experto madrileño en los años treinta, con una técnica antigua derivada de lo que antes hablábamos. Fue inmediatamente expulsado de la ANCA —Asociación Nacional de Críticos de Arte—; sus libros, retirados; y él, excomulgado. Murió en la indigencia y al parecer muy arrepentido de su atrevimiento. Pero ese detalle, y el panfleto clandestino que logró hacer circular por la ciudad hasta el estallido de la Guerra Civil, mostraba la foto con la figura clarísima. Sólo eso ya cambiaba todo el sentido del cuadro. Ahora tomad, poneos esto y quedaos aquí atrás...

Unas gafas parecidas a las de los nadadores, moradas, muy gruesas y sujetas con una goma, nos dieron el aspecto de soldadores profesionales en mitad de una obra de alta tecnología.

Instintivamente Sebastián y yo hicimos caso, intimidados por la chispa azulada y silenciosa que surgió de los dos cilindros que ellos portaban. En apenas un segundo, una luz se proyectó en la pared, provocando un círculo violáceo de medio metro de diámetro. Al tocar el muro enseguida vimos cómo aparecían en él varias manchas globulares que iban creciendo, parecidas a nubes de diferentes formas.

—Es la humedad remanente que hay dentro de la pared. ¡Esto tiene la facultad de entrar en el alma de las cosas! ¿No es maravilloso?

Tras la emocionada exclamación del profesor alemán, Laura hizo una serie de comprobaciones enfocando su dispositivo al suelo y dirigiéndolo después hacia las *Visiones del Más Allá*. La luminosidad que despedía era cuadrada y abarcaba toda la hornacina con una tonalidad roja clara. Dejó allí el artilugio, alineado de modo permanente; después se colocó a nuestra espalda, poniéndose el portátil sobre las rodillas y empezando a teclear sin parar.

—Puede proceder, jefe.

El círculo que surgía del láser de Klaus entró de inmediato en el área delimitada por la otra luz fija. Al superponerse una frecuencia de luz sobre la otra surgieron destellos de diversos colores, como pequeñas explosiones que reflejaban franjas centelleantes de arco iris.

—Todo va bien. ¡Ése es el efecto de la descomposición de las franjas del color! —exclamó Sebastián maravillado queriendo demostrar que no se quedaba atrás en este tipo de cuestiones.

El foco fue recorriendo poco a poco toda la superficie de la parte dedicada al infierno. Se veía a simple vista que había otras figuras demoniacas cubiertas por la negrura general de la composición. Algunos eran niños, o casi bebés, que en vez de caer al abismo como el resto parecían flotar ingrávidos, con las manos alzándose, generando una especie de saludo-exclamación a las alturas.

Pero la mayor sorpresa llegó un minuto después, nada más comenzar a explorar la zona del tubo de luz.

—¡Santo Dios! ¡Incrementa dos puntos de intensidad!

Los tres reaccionamos igual. Márquez y yo dando con nuestras espaldas en la pared, impresionados por aquello. Escuchamos teclear a la conservadora y el fulgor de la luz creció. En mitad del túnel de círculos concéntricos, escondido tras múltiples mantos de pinceladas blancas que configuraban ese resplandor tan especial, surgía una estructura negra, al principio sólo intuida, pero después nítida, rotunda, una estructura que se erguía amenazante rompiendo las tinieblas de cinco siglos. Una mano negra, abierta, desafiante.

—El emblema de la hermandad... ¡Lo sabía!

El grito de Klaus me sobresaltó. ¿De qué demonios estaban hablando?

—Luego te lo explico, querido amigo, antes mira, mira esto... ¿Es grandioso o no? —dijo haciendo girar la luz y desvelando letras góticas y números que cubrían por completo la tabla.

—Es una mano negra como la que hallé en el camposanto, como la que vio el guarda de El Escorial en los planos de aquel ladrón de 1961, como la que Galván dibujó en los márgenes de los libros de la Biblioteca Nacional, como...

El historiador alemán me posó su mano gigantesca sobre la boca. Luego me susurró:

—Tranquilo, tranquilo. Ya te iré explicando todo. Ahora apenas hay tiempo...

Estuvimos allí una hora exacta anotando los signos, aún intimidados por aquella mano abierta, terrorífica, que parecía querer atraparnos, estrangularnos, acabar con nosotros por haberla despertado de su letargo.

—Mano negra y mano blanca, la eterna lucha entre los herejes y la Inquisición en el siglo XVI...

—¿Cómo dice?

Demasiadas emociones en un solo día. Kleinberger y la Burano habían recogido todo con una celeridad impresionante. En un abrir y cerrar de ojos ya estábamos bajando por pasadizos de caracol aún más claustrofóbicos, iluminados tan sólo por la linterna que portaba la valiente mujer, que siempre encabezaba la comitiva en su calidad de conocedora de cada piedra y sorpresa del camino.

—¡Cuidado con el escalón!

Tropecé y a punto estuve de estamparme de rebote contra una ventana de gruesas rejas oxidadas que era la viva muestra de que ya estábamos en aquel laberinto de pesadilla: los *pozzi*, la prisión más asfixiante y temida en el Renacimiento.

—Más de treinta y cinco mil hombres fueron torturados y ejecutados aquí mismo, acusados de herejía por los Signori di Notte. Y muchos más agonizaron por enfermedades, podredumbre de huesos a causa de la humedad, pulmonía, tisis, hambre, reyertas, locura... y aquí se metió *El Maestro* en absoluta soledad. ¿No es...?

—¿Maravilloso? —contesté adelantándome a su ya familiar coletilla—. Sí, desde luego. Pero, por favor, dígame algo más de lo de las manos. ¿Dice que estaban puestas por la Inquisición?

—No.

—Pero usted acaba de...

—¡Schhhhhhh!

La petición de silencio llevándose el índice a la boca me hizo frenar en seco. Laura y Sebastián, dentro de uno de los cubículos en los que había que entrar agachados por una gruesa puerta de piedra de no más de medio metro presidida por un ojo de buey en el que se podía leer «Capacita 2», ya alumbraban el interior de la bóveda. Nosotros entramos detrás, a gatas, notando la humedad pegajosa de la piedra y oliendo el aroma particular de los canales del exterior. Estábamos exactamente a nivel del mar, bajo el puente de los Suspiros, en lo más aislado y profundo de la Venecia que no se visita.

—¡Ahí está! ¡Ahí la tenéis!

Justo en el momento del grito jubiloso de la intrépida conservadora yo me encontraba mirando un poco más arriba, justo en el límite que señalaba el óvalo de luz. Noté un escalofrío que me recorrió todo el espinazo, encogiéndome como un animal asustado. Había letras sueltas, dibujos inexpresivos de caras, cruces... y mensajes que daban miedo:

Marco Ronconi, condannato a morte

Sin embargo, lo que realmente interesaba en aquella prisión por la que revoloteaba un aire denso, cargado de miasmas y de llanto y dolor concentrado, era lo que había un poco más abajo. Laura me pidió que sostuviese la linterna en un punto fijo que ella misma había delimitado con una señal a modo de diminuta cruz de lápiz casi imperceptible. A continuación, sacó de su bolso un botecito que creí alcohol y un poco de algodón. Tras varias frotadas desapareció lo que se presumía una cubierta falsa de pintura blanca reciente, y entonces apareció la gran sorpresa.

Hyeronimus van Acken, 1505

—¡Bravo! ¡Bravísimo! —dijo Klaus arrodillado para no darse con la cabeza en el techo de aquella celda mortuoria, poniendo su gigantesca palma sobre el hombro de la sonriente y emocionada mujer.

No era un experto en El Bosco, pero los libros leídos en esos meses y la contemplación de las obras de los diversos museos no dejaban lugar a la duda ni siquiera a un profano como yo. Era él y estuvo allí.

—¿Habéis escuchado?

El tono de la interrogación de Sebastián, que permanecía más próximo a la puerta, nos hizo girar la cabeza a los cuatro como si fuésemos autómatas, desviando nuestra atención de la importantísima rúbrica. Fue una respuesta afirmativa al unísono, inquietante por lo que significaba en la incómoda posición, allí metidos y sin poder siquiera ponernos de pie en mitad de la gruta ponzoñosa y con todo el exterior a oscuras.

—¿Pero no dijiste que íbamos a estar a solas? —le recriminó Klaus a Laura con el semblante blanco como la cera.

—Hasta dentro de treinta y cinco minutos —replicó la conservadora mirando las manecillas de su reloj— no puede haber nadie en todo el edificio porque...

—¡Silencio! ¡Alguien está bajando los peldaños! ¡Apagad la luz! ¡Apagadla! —les grité.

Antes de escuchar el clic de la linterna y de que todo se volviese oscuridad, una oscuridad helada y amenazadora, vi la cara de horror de Sebastián mirándome fijamente. Tras él, avanzando rápidamente, casi deslizándose por el pasillo de piedra hacia nosotros, una figura muy alta envuelta en una túnica negra.

Entonces creí que el corazón se me iba a parar.

34

anini con mantequilla, café con leche, huevos con bacón y zumo de naranja. Todo sobre cubertería de plata en mitad del salón Marco Polo del Luna Baglioni, con tapices, lámparas de araña y sofás forrados de terciopelo rojo.

Y luz, mucha luz entrando por los inmensos ventanales a primera hora de la mañana. Toda la que nos había faltado durante la pesadilla vivida en el interior de los *pozzi* y que, a tenor de nuestros semblantes derrotados, no queríamos siquiera recordar.

Alguien había pretendido asfixiarnos con un sistema rudimentario a la vez que inteligente. Y lo peor es que había estado a punto de lograrlo.

—La única posibilidad es que hubiesen entrado por el pasadizo de San Marcos. Laura está convencida de ello.

—¿*Hubiesen*? ¿Creéis que eran más de uno? —pregunté a un Klaus con ojos hinchados de no haber dormido un minuto.

—¡Desde luego! Ten en cuenta que al levantarme tras el golpetazo escuché como subían las escaleras no dos pies... ¡sino por lo menos cuatro y a toda velocidad! —exclamó Sebastián untando mermelada en uno de aquellos *brioches* recién hechos.

No estábamos confundidos sino, más bien, completamente *atemorizados*. No podíamos dudar de lo que habíamos presenciado allí abajo...

En plena oscuridad, vimos cómo la sombra se acercó, pero apenas la escuchamos bajar por la escalera de caracol, quizá por el griterío que nosotros mismos provocábamos sin darnos cuenta, al observar la firma de El Bosco emergiendo de la bóveda. Cuando quisimos reaccionar ya la teníamos encima y todo fue como un destello, como un meteoro que entró iluminando el cubil sombrío.

Era una madeja de tripa animal y grasa de la que salían unas llamas azuladas, posiblemente avivadas por gasolina. Rebotó en el muro del fondo y apenas en un segundo todo empezó a envolverse de un humo grisáceo, tóxico y fétido. Yo fui el único, por mi posición, que llegó a ver cómo la silueta, muy alta, se acercaba aún más tras habernos arrojado el *obsequio demoniaco* en el interior de la celda.

Justo después notamos que la puerta empezaba a moverse sobre sus goznes, sin duda con la intención criminal de dejarnos allí adentro. Reaccionamos al unísono, gritando las cuatro gargantas en una y abalanzándonos sobre ella con todas nuestras fuerzas, casi de cabeza, convencidos de que alguien quería convertir aquello en una sepultura común. Notamos entonces, al empujar desde nuestro lado, que alguien hacía intentos desde el suyo para encajar los cierres. Reconozco que pensé lo peor, mareado ya por aquella nube ponzoñosa, cuando vi que faltaban no más de tres centímetros para que los pestillos encajasen con el fin de crear un horno de la muerte.

Era un atentado perfectamente calculado.

—Esto reafirma mi hipótesis de que los Signori di Notte no han muerto —dijo Klaus casi susurrando, desconfiando hasta de la pareja de estadounidenses que un poco más allá se levantaba de su mesa con su ristra de riñoneras fosforescentes y las cámaras compactas colgadas al cuello.

—Pero esa orden de la Inquisición veneciana se disolvió en 1806, es imposible que ayer...

—¡La Historia puede decir lo que quiera, Sebastián! —respondió el alemán haciendo sonar un vozarrón que ya extrañábamos—. ¡Ellos pretenden que nadie revele la verdadera personalidad de *El Maestro!* ¡Ni que se publicite bajo ningún concepto el credo de la herejía! ¡Para ellos la batalla continúa aún contra todo aquel que difunda cualquier cosa respecto a los Hermanos del Libre Espíritu! ¡No han muerto unos... y no han muerto otros!

—*¿Otros?* —insistí.

—Querido Aníbal... ¿Tú crees que los robos de El Escorial, los intentos en el Prado, o las siete obras desaparecidas de los museos de Lisboa y Viena en el último siglo son cosas propias de la casualidad? Yo no.

—Pero entonces me estás diciendo que...

—¡Lo que oyes! ¡No pensarás que sólo los nazis del III Reich robaban objetos de poder y obras de arte! Como ves hay ciertos caballeros, a lo largo de los años, muy interesados en volver a recuperar determinadas obras de *El Maestro* cueste lo que cueste. Y ésos no son coleccionistas convencionales. Estoy seguro de lo que te digo.

—¿Y qué se pretende? ¿Volver a juntarlas de determinada forma como hizo Felipe II en su alcoba?

—Podría ser. O podría ser que, a pesar del exterminio oficial de los herejes, el espíritu de aquella secta adamítica siguiese vivo. Tampoco habría que descartar que algunos de sus miembros reclamasen a lo largo del tiempo lo que les pertenecía. Sus cuadros de poder y ensoñación. No habéis pensado que los planos del ladrón muerto del Museo del Prado podrían ser la prueba de esa reactivación a lo largo del tiempo. Ahí, en esos documentos que se quedó el guarda, estaba también *la huella.*

Nuestra situación era complicada. No podíamos ir a San Marcos, institución donde nació en su día aquel cuerpo siniestro que representaba la mano dura y la cara oscura del florido Renacimiento, para denunciar lo que nos había ocurrido y dejar claras la sospechas de que nuestros agresores habían salido de la célebre iglesia de origen bizantino que cada día recorrían miles de inocentes turistas. Habría sido una locura, pues éramos nosotros los que objetivamente habíamos violado todos los sistemas de entrada del Palazzo Ducale.

—Ese túnel es la única vía —había dicho Laura Burano despidiéndose en la madrugada, aún con el reflejo del miedo en su mirada verde.

Laura tenía algunas magulladuras en el rostro por haberse caído de bruces en el momento en que los cuatro, como una piña, pudimos bloquear la puerta empujando más que quien intentaba encerrarnos, precipitándonos contra el pasillo a tiempo sólo de observar cómo un bulto sin forma definida se alejaba de nuevo por la húmeda escalera.

—Lo que nos ha ocurrido —prosiguió Kleinberger— demuestra que, a pesar de la disolución oficial de la Inquisición y los tribunales del Santo Oficio en todos los rincones del orbe cristiano, clandestinamente y operando de modo autónomo e incontrolado, existen personas que prosiguen su cruzada contra cualquier intento de reflote de las herejías.

—¿Cruzados del siglo XXI? —pregunté desconcertado.

—Así lo creo. En determinados lugares, sólo en algunos donde hay un peligro latente de reactivación de determinadas creencias, esta gente debe de tener unos cuerpos de guardia siempre previstos, siempre alerta...

—Tenemos sospechas —prosiguió Sebastián— de que, sin regirse por órdenes de nadie y menos del Papa, han actuado como una facción de choque, por convencimiento propio, durante años. Una especie de célula integrista cristiana que se rige sólo por sus propios decretos internos. Siempre, como decía Klaus, en determinados enclaves...

Por vez primera entendí aquella sonrisa maliciosa del veterano editor. Se refería a los *lugares de poder*, a los entornos susceptibles de ser empleados por los herejes para realimentar sus antiguos ritos. Los practicantes de esas verdades perseguidas sabían de la fuerza de esos entornos. Y lo sabían por sus antepasados y por la tradición oral transmitida durante generaciones en el seno de alguna de las sectas primitivas más longevas. Al mismo tiempo, daba la sensación de que, en la otra cara de la moneda, determinadas facciones añorantes de los métodos de la Inquisición como único modo de acabar con el cáncer de las creencias apócrifas custodiaban y vigilaban esas fuentes energéticas tan seductoras para todos aquellos que habían abandonando la fe oficial.

Así, la batalla se perpetuaba por lo siglos de los siglos en un panorama desolador que habíamos vivido en nuestras propias carnes. Como una de esas criaturas infernales de El Bosco que aparecían mordiéndose la cola, comenzando a devorarse a sí mismas en un círculo interminable de destrucción.

En ese momento pensé en Galván y en su cadáver desarticulado sobre una vieja tumba sin nombre. ¿En manos de qué facción habría caído él?

—Sé que es difícil de creer —me espetó Klaus mirándome fijamente y con cara de preocupación—, pero muchas muertes que ahora me vienen a la mente no han sido fruto del azar. Al revés, se planificaron fríamente y con el convencimiento de que nadie iba a encontrar a los culpables...

—Claro, porque... ¿quién iba a insinuar siquiera que grupos de exterminio del tiempo de la Inquisición siguen pululando por ahí y sin control? ¡Ya encontrarían cualquier otro argumento! Y lo encontrasen o no, a los tres días estaría todo olvidado. Saben que hoy cualquier noticia caduca en dos días —sentencié cada vez más preocupado y ya dándome cuenta de lo certeras que eran las sospechas de mis amigos.

Al subsuelo del Palazzo Ducale sólo se podía acceder por un pasadizo muy estrecho abierto en la roca viva y que conectaba la basílica con la pared oeste del recinto. Entramos en San Marcos, maravillados por los destellos de sus altísimas cúpulas y sus mosaicos de oro. Lo vimos todo, pero en determinado punto una puerta y unas cadenas ponían el *stop*. En su interior, escondido de las turbas de viajeros multinacionales, surgía el conducto húmedo y oficialmente cegado. Curiosamente era el mismo por el cual entraban las comitivas de los Signori di Notte para proceder a las torturas y ejecuciones de los presos en el siglo XVI. Por lo tanto, alguien había utilizado con nosotros un método a la antigua usanza, como si las manecillas del tiempo hubiesen retrocedido cinco siglos y fuésemos nosotros los que estuviésemos encerrados en los *pozzi* cumpliendo larga condena.

—Lo que no entiendo —pregunté al historiador alemán saliendo de nuevo a la luz de la plaza— es cómo permitieron el experimento de *El Maestro* dentro de una de las celdas. ¿No era eso por sí mismo una gran herejía?

Klaus sonrió entre las sombras de los soportales que íbamos recorriendo a toda prisa.

—Tal vez no lo permitieron. Esa firma que viste ayer es lo último que pintó. Estoy convencido de que acabaron con él aquí mismo, diga lo que diga la Historia.

Hyeronimus van Acken pudo haber permanecido hasta 1505 en el interior de los *pozzi,* sumergiéndose en sus visiones, pintando determinadas obras —que allí quedaron hasta que manos anónimas decidieron llevarse algunas— e influyendo de algún modo en otros artistas con los que tuvo algún contacto esporádico o que, se supone, incluso acudieron a verle cuando corrió la noticia de que el extraño genio estaba en Venecia. La biografía oficial confirma que a partir de ese momento no hay más noticias de él. Sólo un breve legajo aparecido en la catedral de su ciudad natal, Hertogenbosch, en el que se asegura que en el invierno de 1509, cuatro años después, se rezaron misas en recuerdo de su alma encargadas por su propia esposa, Aleyt.

Nada más.

—Este intento de asesinato debe hacernos reflexionar. Quizá lo mejor sería abandonar nuestras investigaciones. Marcharnos de aquí, olvidar... Sabían muy bien quiénes éramos y qué es lo que hacíamos. Nos han vigilado desde nuestra llegada al aeropuerto. O incluso desde antes.

Klaus sonaba verdaderamente afligido; se sentía culpable de lo ocurrido y no era ni la sombra del hombre maravillado que unas pocas horas antes se extasiaba analizando las entrañas de las *Visiones del Más Allá.* Parecía calibrar mejor que nosotros el verdadero peligro al que nos estábamos enfrentando.

—No somos los primeros que nos hemos encontrado con una sorpresa así, queridos amigos. Y eso es lo que me aterra llegados a este punto.

—¿A qué te refieres? —incidió Sebastián, cada vez más inquieto.

—Por ejemplo, al experto que descubrió el demonio dentro de *El Jardín de las Delicias* y que fue excomulgado y olvidado en la ruina. Bien, ahora os digo que hay una parte de la Historia que sólo conocemos unos pocos y que a mí me contó su hijo años después...

Nos detuvimos los tres como si nos hubiese activado un freno de mano instantáneo.

—Antonio Quijorna, el historiador madrileño de los años treinta de quien ayer os hablé, apareció en su casa, sentado delante de algunos libros sobre obras de *El Maestro.* Estaba muerto, y cuando el forense lo examinó encontró cinco heridas de arma blanca, muy profundas, en la parte baja de la espalda.

Nuestro silencio se tornó angustioso.

—Era una cruz, una auténtica cruz latina. Tres puñaladas a lo largo de la columna y, casi al final, dos en horizontal afectando al hígado y los riñones. Además, todos los libros, que hablaban de El Bosco, estaban manchados con manos blancas en las cubiertas. La puerta no estaba forzada, como si él hubiese abierto con toda confianza a algún colega o conocido que venía a consultarle.

—¡La mano blanca! —exclamé abriendo la mía—. ¡El último reportaje de Galván hablaba de «la venganza de las manos blancas»!

—Claro. Imagino que debió de conocer una serie de datos de las barbaridades que se cometieron en el pueblo de Toledo que él investigaba. Es lo que te empecé a decir ayer. El signo de la mano negra, esa misma que surgía en mitad del tubo de luz de las *Visiones del Más Allá* escondida en una de sus capas más profundas, es el emblema que desde muy antiguo adoptaron los herejes del Libre Espíritu. Era como una señal identificativa que algunos llegaron a grabarse en el cuerpo a modo de compromiso eterno con la causa. Al parecer, al menos eso certificaban algunos escritos de los diversos procedimientos inquisitoriales en los que se interrogó a miembros de la herejía que no resistieron la tortura, en los experimentos de visiones y ensoñaciones en busca del otro lado siempre aparecían unas terroríficas manos de niño abiertas. Ese gesto, alzar las manos mostrando las palmas, era su contraseña y su clave.

—La mano negra representaba el reverso oscuro —apuntó Márquez—, una especie de negativo fotográfico de nuestra dimensión, una clara alusión a las que portaban los *Imprimatur,* las criaturas guardianas de los lugares de dolor concentrado durante generaciones enteras. Entrar en su mundo, observarlas sin dejarse vencer por el miedo, era una prueba de valor y conocimiento. Justo después del túnel de luz, en determinados viajes que hoy podríamos considerar de tipo astral, lo primero que aparecían eran los niños de manos alzadas. Era aterrador, pero había que superarlo.

—*Las manos del anticristo* —prosiguió Klaus tras el apunte de Márquez—, así las llamó la Iglesia más ortodoxa durante el tiempo que duraron los combates a sangre y espada contra los herejes hasta su exterminio. Los miembros de la hermandad no se quedaban atrás, mataban sacerdotes y religiosas, a veces mutilaban los cuerpos y les grababan a cuchillo su signo en la espalda. Por eso, después de actuar en cada pueblo, en cada comunidad que fuese sorprendida con integrantes del Libre Espíritu en su censo, los cuerpos de represión de la Inquisición lo primero que hacían era pintar de blanco cualquier mano negra existente en muros, viviendas... purificándolos. Era un modo de demostrar y hacer saber que aquellos entornos que habían estado infestados por los enemigos de la fe estaban ya vacunados de su mal. Que, extirpado el tumor, podían volver a ser habitados por cristianos de sangre vieja sin temor al influjo demoniaco. Ésa era la venganza.

Todo lo que yo había visto en la abandonada aldea de Tinieblas de la Sierra donde se encontró el cuerpo de Lucas Galván en 1977 encajaba con cada uno de los elementos que los dos expertos me estaban describiendo en aquella caminata. Las fosas en forma de cruz —descubiertas tantos siglos después por la accidental fotografía aérea— donde fueron sepultados los más primitivos habitantes del pueblo con el fin de abortar su práctica pagana de la incineración, los signos en las fachadas, demostrativos de la existencia previa de grandes bloques de piedra provenientes de algún templo con culto prohibido que fueron reutilizados para construir la ermita... y aquel pantocrátor terrible de los frescos que alzaba su mano blanca sonriendo ante los pecadores condenados que se quemaban lentamente a sus pies.

Todo encajaba como un antiguo puzle de los horrores humanos.

—¡Demonios! ¡Si todavía no has visto las imágenes!

De pronto caí en la cuenta de que Kleinberger, con el ajetreo de las jornadas anteriores, aún no había podido observar todo aquel material. Quedaba una hora para la gran subasta, así que les pedí que esperaran en una de esas terrazas atendidas por camareros engominados y vestidos con frac, mientras subía raudo a mi habitación en busca de los documentos gráficos, incluidos el texto y las imágenes que acompañaban el último reportaje del periodista argentino muerto en la aldea maldita. Estaba seguro de que le iban a dejar impresionado ya que, como él mismo decía, aquel pueblo podía ser la gran crónica en piedra que revelase toda la verdad en torno a la larga batalla mantenida durante siglos entre los herejes y sus perseguidores. Una especie de polvoriento libro varado al final de una loma, con sus claves dispuestas a ser leídas después de tanto tiempo de silencio.

El ascensor se detuvo en mi planta y, nada más enfilar el largo pasillo enmoquetado y desierto, me di cuenta de que mi puerta estaba abierta. Pensé en la señora de la limpieza, a pesar de que había dejado bien visible el consabido cartel de *No molestar.*

Al entrar, comprobé que nadie había hecho la cama ni cambiado las toallas del espacioso baño con ducha hidrotermal. Me quedé de pie unos segundos y enseguida me abalancé como un poseso sobre la maleta, como si una corazonada certera me indicase lo peor.

Mi maleta estaba abierta por un lateral: alguien la había forzado.

Cuando la desplegué sobre la mesa no me lo podía creer. Toda la ropa aparecía removida, como si alguien hubiese buscado algo con nerviosismo y con el tiempo justo. Lo más curioso es que el móvil y mi bolsa con las cámaras fotográficas permanecían intactos sobre la silla. De lo que no encontré ni rastro, para mi desesperación, fue del portafolios de piel en el que guardaba cuidadosamente todo el material referente a mis investigaciones en Tinieblas. Las fotos, el artículo de Galván, un CD con las imágenes captadas en mi visita. Todo había desaparecido en un abrir y cerrar de ojos. Miré por la ventana y, a modo de rudimentaria y peligrosa escalera de incendios, comprobé como un largo tubo con pequeños salientes, cual alargada espina de pescado, conectaba el canal con la fachada. Por ahí, quizá llegando en una barca y aprovechando la calma de la zona, alguien había subido jugándose la vida. La sorpresa se incrementó cuando en recepción denuncié el robo y se comprobó, tras tres o cuatro telefonazos del agitado encargado, que los ladrones no habían entrado en ninguna otra alcoba ni se habían llevado nada de valor a pesar de que los cuadros y jarrones de porcelana estaban a mano y en cada esquina.

Todo era demasiado extraño y por eso mismo bajé con la cara propia de un enterrado vivo.

—¡Las diez y cuarto en punto! —exclamó Sebastián mostrándonos su reloj Breitling de correa de cuero marrón como si nosotros no tuviéramos el nuestro y sin dejarnos apenas reflexionar sobre lo sucedido.

A pesar de todos los percances, y de la sensación de angustiosa vigilancia que nos atenazaba, salimos dispuestos a terminar lo que en definitiva habíamos ido a hacer a Venecia. Así, en apenas cinco minutos y haciendo un juramento de valor, nos plantábamos en el cercano Museo Correr, enclave en el cual se efectuaría la extraordinaria subasta de grabados del Círculo Bosch.

35

ómo dices? ¿Estás segura?

Teníamos muy claro que nuestra presencia resultaba ingrata a quien quisiera vernos muy lejos de la ciudad, de las tablas y de cualquier cosa que tuviese que ver con *El Maestro*. Quizá por eso no nos sorprendimos mucho cuando, en la sala anexa donde se concentraban las dos docenas de participantes en la puja, Kleinberger nos transmitió las palabras telefónicas de Laura Burano, aún temerosa y algo débil tras su último descubrimiento en los *pozzi*.

—La pobre chica ha bajado allí hace una hora. No ha encontrado rastro de la antorcha que nos lanzaron, ni huellas de ningún tipo, a excepción del pendiente que se le cayó al dar con su cara en el suelo. Alguien había regresado antes para limpiarlo todo, incluida la firma de Hyeronimus, que ahora vuelve a estar cubierta por una capa de pintura blanca...

La blancura ocultando la oscuridad herética. El símil volvía a encarnarse y nosotros, siendo conscientes del detalle, entramos en la gran sala central de la biblioteca y, aunque fuera por un momento, las angustias se nos mitigaron como por ensalmo mágico al ver aquel espectáculo asombroso.

Se trataba de un altísimo habitáculo de techos forrados por estanterías que contenían decenas de miles de tomos antiguos, donde dos colosales bolas del mundo, con más de quinientos años a la espalda, una con el planisferio terrestre y la otra con el celeste, nos daban la bienvenida. Era como penetrar en el corazón del más luminoso Renacimiento italiano. Nada que ver con los sótanos de pesadilla que aún no nos podíamos quitar de la cabeza y que regresaron instantáneamente al avanzar hasta el panel negro donde habían colocado, como en hornacinas acristaladas, cada uno de los grabados que iban a ser subastados. Fuimos pasando por ellos, apergaminados y de diferentes tamaños, al tiempo que en voz baja Klaus iba resumiéndonos, casi en titulares, su esencia y su misterio.

—Grabado de Albert Coek de 1516, célebre impresor de Amberes, representando *El Anticristo o La noche sin Cristo,* obra basada en un original desaparecido de *El Maestro* que en su día también compró Felipe II para El Escorial. La plancha original se quemó un siglo más tarde en un auto de fe público ante la catedral de Colonia por considerarlo maldito... Y aquí, mirad, tenemos una maravilla por la que estoy pensando si doblar mi puja. ¿No es maravilloso?

Nos señaló, con la sonrisa de un niño frente al escaparate de una pastelería, otra representación que a mí me sonó familiar al primer golpe de vista: *Hombre-árbol a la deriva,* una efigie con cuerpo de huevo roto y barcas en los pies idéntica a la pintada por El Bosco como autorretrato en el panel derecho de *El Jardín de las Delicias.* Pero no era precisamente ese ser quien me llamaba poderosamente la atención. Mis ojos se fueron directamente a la cara que aparecía elevada y grande, como un sol barbado emergiendo sobre la mar y abriendo las fauces negras dispuesto a devorar a la errante criatura imaginaria. La firma, *TS,* visible en el margen derecho, contenía una clave.

—Aquí tienes al misterioso *Monogramista TS* —me explicó Klaus—, uno de los culpables de la reactivación de la herejía del

Libre Espíritu en la Castilla del siglo XVI. De él son los dos grabados que tenemos que llevarnos de aquí al precio que sea.

—¿Un seguidor español? —contesté como un autómata.

—Una especie de anónimo que firmaba con esas dos letras engarzadas a modo de monograma.

De inmediato me fijé en algo y ya no tuve dudas. Me alejé unos pasos y confirmé mis sospechas. Aquel rostro que surgía amenazante a punto de engullir al delirante «hombre-árbol» tenía algo que...

—¡El pantocrátor de Tinieblas de la Sierra! ¡Es el pantocrátor! ¡Ya lo tengo!

De inmediato, un pequeño grupo de posibles compradores, todos con la misma pegatina circular azul en la solapa que nos habían puesto a la entrada, me miró con muy mala cara por mis aspavientos y alaridos. Incluso alguno, con aire de resabiado lord inglés, se bajó los anteojos como para escrutarme mejor. Sebastián se hizo el invisible y Kleinberger les sonrió, seguramente por tratarse de viejos conocidos *cazatesoros*, como disculpándose por mi estruendoso comportamiento.

—Hay que mantener la compostura aquí, muchacho. ¡No debes mostrar nunca admiración desmedida por ninguna obra o te aseguro que se pondrán de acuerdo para que lo paguemos muy caro!

El historiador alemán, viejo zorro en estas disputas de alta sociedad, sabía que ante la llegada de cualquier intruso no deseado podía surgir una inmediata confabulación de aquel núcleo duro de expertos para que el novato, si quería realmente una de las piezas, tuviera que disputársela duramente hasta acabar pagando el triple o el cuádruple de lo que realmente valía.

Eran, por lo que me contó el cicerone alemán, un auténtico comité nómada que se encontraba en cualquier rincón del planeta dispuesto a batallar por determinadas piezas de museo. El belga Raimond van der Poel, el francés Maximilian Rochet, el norteamericano Terry Dantley... Todos estaban en la parrilla de salida, conscientes de que la carrera iba a ser dura al competir con los ambiciosos italianos, también avezados en esas lides.

Quizá por eso pasamos, disimulando bastante mal y sin apenas detenernos, ante la última vitrina. Allí se exponía el grabado original que vi la noche anterior en el papel que me mostró Sebastián.

Imprimatur... con la *TS* como rúbrica.

Por fortuna, junto a los seis grabados expuestos, había varios lotes de cuadros más amables atribuidos a Veronés y Tiziano que a buen seguro iban a llamarles mucho más la atención en su encarnizada disputa.

O al menos eso creíamos.

—Os digo que esa cara sonriente, esos dientes, esos ojos... ¡Hasta las cejas! ¡Toda esa expresión es la del pantocrátor que está en el fresco de la ermita de Tinieblas presidiendo un infierno terrorífico! ¡Os lo juro!

Los dos amigos me hicieron callar de nuevo, pero mi convencimiento repentino debió de hacer mella en Klaus, quien me aseguró al sentarnos que iba a ofrecer hasta ciento cincuenta mil euros por esa representación demostrativa a priori de la enigmática conexión toledana de El Bosco. Seguramente, tal y como me fue explicando ya frente al oficiante que con martillo presto iba dando paso a cada lote, el *Monogramista TS*, del cual jamás se supo nombre concreto, fue uno de los más activos artistas del Círculo Bosch tras su viaje a Venecia en 1502. No había nada comprobable al cien por cien, pero artistas flamencos de gran talla como Joachim Patinir o Quentin Metsys —cuyas obras también estuvieron y están en El Escorial— se nombraron como primeros difusores de la extraña realidad de *El Maestro* en una labor a medio camino entre la experimentación pictórica y la fe adamítica propia de los Hermanos del Libre Espíritu. Sin embargo, en determinado momento y quizá avisados por personas anónimas pero influyentes, dejaron de inmediato de pintar cosas desagradables para dar un giro de ciento ochenta grados y dedicarse a temas del gusto de los mecenas. Una fractura evidente que se puede ver aún hoy en sus obras. Un antes y un después quizá obligado.

Hubo, eso sí, otro corpúsculo de segunda fila que al parecer siguió muy de cerca las evoluciones de Hyeronimus en su exilio italiano, aprendiendo de él, escuchándole en determinadas visitas e incluso experimentando del mismo modo en el intento de ver la auténtica cara del Más Allá. Más que miembros genuinos de la herejía, fueron seguidores, casi apóstoles, de la labor de aquel misterioso pintor. En ese círculo de elegidos estarían Henry Met Nijboer, autor de terroríficos cuadros repletos de manos negras y demonios sonrientes; Joseph de Ulaca, que representó en sus tres únicas obras enormes sapos y reptiles vestidos con sotana y saliendo de las tumbas de los cementerios; y el *Monogramista TS*, al parecer natural de la comarca de los Montes de Toledo, a tenor de algunos retablos aparecidos en diversas aldeas con el mismo sello, y sin duda el más dotado técnicamente de los tres.

Los dos primeros fueron quemados vivos en el mismo año, 1516, en una de las primeras fases de acción contra las sectas adamíticas en varios países de Europa y junto a la mayoría de sus grabados abrasándose a sus pies. Del tercero nada se supo. Sólo que tras su convencional autoría de iconografía religiosa —que aún engalana algunas pequeñas iglesias de pueblo—, sufrió un cambio drástico en su producción para acabar convirtiéndose en grabador de composiciones horripilantes, que seguramente le hicieron maldito a los ojos de la Iglesia castellana. Algunos apuntan a un retiro o clausura en alguna de las cuevas de su región. Quizá —pensé para mis adentros— los frescos de la ermita derruida en el despoblado de Tinieblas de la Sierra fueran su último gran legado.

—¡Lo conseguimos, Aníbal! ¡Lo conseguimos!

Sebastián entró alzando los puños, con la cara henchida por la emoción. Media hora antes, justo cuando se iniciaba la puja por el material atribuido al Círculo Bosch, había preferido salir de la gran sala y pasear por el viejo museo. No aguantaba la tensión de ver cómo mis amigos se jugaban su dinero.

—¡Son nuestros! ¡Nuestros!

Era obvio que Kleinberger sabía pelear perfectamente en cualquier terreno, incluidas las subastas de primer nivel y máxima competencia.

—¡El *Imprimatur* en nuestras manos! ¿No es maravilloso? —me gritó con alegría copiando la coletilla del alemán y dándome un sonoro abrazo con los ojos llenos de lágrimas.

Habían comprado los dos grabados del *Monogramista TS* que se exponían. Doscientos mil euros pagó Márquez por su sueño. Una primera copia en la que se veía una sombra horrible, quizá de niño endemoniado, mirando de frente, fijamente, flotando en una especie de danza macabra en mitad de una gruta que recordaba a la perspectiva asfixiante de los *pozzi*. Desconocía si quinientos años antes causaría el mismo efecto aquel retrato del mal, pero estaba seguro, sin ser un especialista en la técnica, de que era una escena inolvidable que removía las entrañas del alma. Un *shock* inmediato para todo aquel que la hubiese visto aunque fuera una sola vez en la vida.

Según todos los indicios podía tratarse de una descripción fidelísima del *Imprimatur*, ese motivo que al parecer figuró en su día como parte central del tríptico de las *Visiones del Más Allá*. Klaus estaba convencido de que el autor toledano la fue grabando a lo largo de sus frecuentes visitas, fijándose en el original que Hyeronimus estaba ejecutando en la celda de aislamiento.

—¿Ves esta inscripción? —me dijo mostrándome unas diminutas letras góticas que aparecían a ambos márgenes de la escena grabada y de las que no me había percatado antes.

—Perfectamente —dije al leer que en una ponía «Inferno» y en la otra, casi cortada en el otro lado, «Ánima Lux».

—Esto debía de ser una descripción de lo que iba a cada lado en el conjunto original. Es decir, los fragmentos que vimos ayer en el Palacio Ducal, el tubo de luz de las ánimas y la caída a los abismos del infierno. Las partes que se quedaron huérfanas de este núcleo central por algún motivo. Él, que sepamos, sólo grabó esto... quizá con la misión de que no se perdiera el mensaje más importante.

—¿Y si lo tomó como boceto para volver a pintarla en otro lugar? —dije dudando de si acababa de soltar una barbaridad.

Ambos se quedaron repentinamente callados. Pensativos.

Una cosa sí era cierta: allí estaba el contenido de lo que un día, encarnado en óleos y colores sobre una tabla, hacía ensoñar si se seguían determinados procedimientos secretos hasta hacer que aquel bebé puesto en pie con cara de anciano y dos colmillos abandonase el rectángulo de madera y pasase a nuestro propio mundo. Allí estaba el esquema certero de lo que creó El Bosco en su exilio terrible y que tras un tiempo de oscuridad reapareció misterioso en El Escorial, ante el lecho de muerte del hombre más poderoso del mundo.

Sí, allí estaba presente el recuerdo de lo que hubo, la energía que está junto a nosotros desde el inicio del tiempo y que sólo se puede ver en circunstancias muy precisas según dicen los iniciados de todas las culturas. El principio activo abismal que no se puede invocar alegremente, pues es capaz de atormentarnos hasta morir... Hasta convertirnos en un alma perdida y condenada a vagar junto a él.

—Todo lo que hemos hablado en estos meses, lo que pasó en aquel pueblo, lo que mató a Galván, lo que sigue presente en algunos lugares de poder... Todo se resume en esto.

Yo me quedé pálido. Me llevé las manos a la cara. Aquella figura, aquella forma negra y apocalíptica también la había visto en el fresco de la ermita de Tinieblas. Al menos una parte, pues ésa era la cabeza del diablo que asomaba, deteriorado por la pintura negra y la quemazón, pugnando junto a la del gran pantocrátor. ¡La misma!

Los dos expertos, impresionados por lo que les dije, se quedaron cumplimentando los trámites burocráticos en el propio museo. Entonces decidí, con el tiempo justo, regresar al hotel para rehacer mi maleta *profanada* y disponer todo para el viaje que en pocas horas nos conduciría de nuevo hasta el hogar.

La verdad es que latía en mi interior cierta premura por abandonar una ciudad bellísima a la que habíamos descubierto accidentalmente el reverso oscuro. Cumplida la misión, había que desaparecer de allí cuanto antes.

Eso es lo que dictaba el instinto.

36

¿Y si intentásemos hacer un experimento a la antigua usanza en aquel mismo lugar?

Ante mi pregunta, los ojos del alemán brillaron como ascuas. Los de Sebastián, sin embargo, mostraron preocupación. Quizá porque llegábamos muy justos al embarque de nuestro vuelo, o quizá porque tenía demasiado respeto a determinadas fuerzas de la naturaleza que oficialmente no existen pero que parecía conocer muy bien.

—Estamos jugando con fuego, amigos. Yo sólo aviso. Mirad como acabó Lucas Galván, muerto sobre una tumba que no era la suya. No me cabe la menor duda de que él intentó una invocación allí... y ya veis el resultado. Os tengo aprecio y no me gustaría perderos. Más claro no lo puedo decir.

La verdad es que aquellos últimos diez minutos, ya casi frente al arco de metales del elegante aeropuerto Marco Polo de Venecia, fueron emotivos. Juramos volver a encontrarnos en breve, en España, para que Klaus viese sobre el terreno aquellos frescos deteriorados pero llenos de claves que ningún historiador se había dignado reflejar en ninguna obra.

Como si nunca hubiesen existido.

Las manos repintadas, las fosas en la piedra formando una gran cruz, el rostro del diablo que era idéntico al que aparecía en la tabla más extraña jamás pintada. Era vital que una autoridad mundial como él pisase el lugar donde había quedado reflejada una historia terrible y olvidada que entroncaba directamente con las creencias de Hyeronimus y los suyos. Como si allí se hubiese librado una batalla definitiva en algún momento de la Historia y a partir de ese instante todas las piezas hubiesen quedado dispersas.

Al final, viéndonos tan emocionados, hasta el editor prometió unirse a la futura comitiva siempre y cuando no realizásemos ningún extraño experimento sólo apto para iniciados.

—Hasta pronto, Klaus. Te prometo que me dejaré la vida para saber más de ese lugar. Nos veremos allí... Muy pronto.

El reto estaba sobre la mesa y yo decidí que iba a jugar mis cartas. Unas cartas casi olvidadas que a regañadientes había puesto en mi mano Aquilino Moraza, el párroco toledano, con forma de tarjeta de visita. A partir de ese instante era importante iniciar la segunda fase de la investigación. La saqué del bolsillo de mi chaqueta y la puse sobre la bandeja de plástico del Boeing de Alitalia que ya se encontraba a 33.000 pies. Sebastián ya dormía, con la cara girada hacia el cielo nocturno que pasaba ante nosotros a través de la ventanilla ovalada. Yo pensé en muchas cosas a lo largo del trayecto de dos horas y media. Mirando la luna redonda, allá a lo lejos, comencé también a recordar el cuerpo de Laura Burano, quien probablemente nunca más volvería a mirarme con aquellos ojos verdes infinitos...

Archivo Diocesano de la Comarca de los Montes de Toledo.

—¿Sabía usted que existe otro Tinieblas de la Sierra en la provincia de Burgos?

Me equivoqué de pleno con Esteban Plaza Marcos. No era muy mayor, no era orondo, no llevaba anteojos. No era, en fin, como lo había imaginado.

—Me interesa todo lo relativo a la historia de ese lugar. Estoy haciendo un trabajo y necesito concretar algunos datos.

—Ya, ya le he entendido. ¿Y está seguro de que el padre Moraza le dijo que la documentación se encontraba aquí? —inquirió la atildada voz que se iba haciendo más grave al resonar en el pasillo del monasterio.

—Mire —respondí metiéndome la mano en el bolsillo—, él mismo me dio su tarjeta con esta dirección. Si quiere le llamo ahora por teléfono y habla directamente con él para que vea que...

—Tranquilo, tranquilo. Si viene recomendado por él, está en su casa. Lo que ocurre es que yo ahora tengo misa de una y luego debo asistir a una comida con la congregación. Casi será mejor que le deje esto y que usted se arregle allí arriba como pueda. Es al final del pasillo. Sé que es una descortesía pero...

—¡Por favor! Ni se preocupe. Se lo agradezco de veras y espero poder encontrar en un par de horas lo que busco y no revolver mucho.

—Lo que usted busca... desgraciadamente es fácil de encontrar. En casi todos los documentos antiguos se habla de *aquello*. La peste hizo estragos. No hay que darle más vueltas.

Cuando cerré el puño apretando la llave en su interior creí estar soñando. Jamás me habían dado luz verde con tanta facilidad y reconozco que, por un momento, estuve a punto de darle un abrazo con toda mi alma a aquel joven ensotanado de cara pálida y pelo peinado hacia delante para disimular la incipiente calvicie.

—Le advierto —me dijo desde el umbral— que hay cosas más bonitas que buscar en la historia de esta comarca...

—Lo sé, lo sé. ¡Muchas gracias por su ayuda! Por cierto, ¿conoce un libro llamado *Estudio médico de la peste en los Montes de Toledo* de un doctor que...?

—¿Cómo ha dicho? ¿De eso no le ha hablado ya el padre Moraza?

—Pues no. La verdad es que no.

—¿Y por qué le interesa concretamente? —dijo avanzando de nuevo hacia mí y con un semblante que había cambiado radicalmente.

—No, nada, ni se preocupe —balbuceé sin saber bien qué responder para salir del paso—, era un encargo de un amigo mío bibliotecario que...

—Ya. Oiga, ¿y no será mejor que me dé las llaves y me espere a la salida de misa y así le indico todo lo que puede buscar? O mejor aún, ¿no es más conveniente que hable con Moraza más despacio y usted aguarde a que yo le informe posteriormente de...?

—¿Pero no escucha las campanas llamando a misa? ¡Acuda, que los feligreses le están esperando! ¡Le aseguro que yo acabaré pronto!

Corrí sin disimulo escaleras arriba mientras él se quedaba parado, estático, frente al pórtico ojival. No le di ni tiempo a reaccionar pues salí disparado hacia el claustro en busca de la última celda, aquella en la que desde hacía más o menos un siglo se apilaba y clasificaba la historia eclesiástica de la región.

En el patio central, en el centro justo de un cuadrado perfecto rodeado de columnas, sonaba el chorro de agua, susurrante, surgiendo de la primitiva fuente de piedra.

A la una de la tarde entré en aquella estancia procurando no romper aquella paz que contrastaba con mi ansiedad interior.

¿Por qué se habría puesto así el archivero nada más mencionar el título del libro que Galván buscaba y que al final robó de la Biblioteca Nacional?

En la celda se extendían varias baldas repletas de material antiquísimo, casi apergaminado y sin encuadernar. Algunos eran rollos dentro de tubos sellados, otros se almacenaban atados como pliegos de cordel. Al fondo, bajo un Cristo demasiado pequeño para aquella alta pared blanca, varios archivadores divididos en «defunciones» y «bautismos». Casi junto a la puerta libros antiguos, apolillados, incluido hasta alguno de los años setenta con portada a color amarillenta por el sol y dedicada a las iglesias de la región. Sobre la mesa, espartana y sin el más mínimo ornamento, dos ficheros que medio abiertos, como si hubiesen sido recientemente consultados, dejaban entrever una serie de tarjetas rectangulares escritas a máquina para la correspondiente búsqueda en los legajos y documentos.

Abajo, rebotando con el eco, escuché voces. Quizá una discusión que se iniciaba. Entonces presentí que debía darme mucha prisa.

Pasé mis dedos separando sus cantos en busca de la *T* de Tinieblas. Hubo suerte.

Talavera de la Reina, Tembleque, Tinajas...Tinieblas de la Sierra.

Bajo la inscripción 26, correspondiente al número de municipio, se grapaban tres tarjetas repletas de códigos para la posterior búsqueda en las baldas donde se apilaban los legajos. A primera vista, mucha información era aquélla para un lugar tan olvidado.

Tinieblas, partido judicial de Montes de Toledo, 31, 2 kilómetros cuadrados, 11 habitantes. En 1900, 181, en 1930, 97, en 1960, 49. Comprende las entidades de población siguientes: Alquería de Jiloca, 3 habitantes, y Goate, despoblado.
Iglesia de Santa María y picota inquisitorial.
Economía basada en labores agrícolas, cultivo de leguminosas, ganado lanar.

Sabía que en menos de una hora el archivero Esteban —sumamente intrigado por mi última referencia al libro sobre la peste en Castilla— se presentaría allí abortando cualquier búsqueda. Lo presentía. Por eso fui anotándolo absolutamente todo, como si el instinto me dijese que tenía que abandonar aquel lugar cuanto antes.

Hubo un momento en que escuché unas pisadas que se aproximaban por el claustro. Afiné el oído y me quedé quieto como un muñeco de cera, con el rotulador en la mano y el cuaderno abierto en la otra. Llegaban pausadas, como si quisieran no alertar de su presencia. La milenaria piedra del suelo jugaba a mi favor, ya que podía ir escuchando perfectamente su avance. En un momento dado se pararon y alguien, estoy seguro, estuvo unos segundos apoyando su oído en la puerta para intentar escuchar. Lo lógico sería haber llamado, o directamente entrar sin el menor problema.

En todo caso el único intruso allí era yo.

Inquieto por esa sensación me levanté muy despacio procurando no hacer ruido, elevando incluso el pequeño taburete en el que me había sentado para que no arrastrase el suelo. Me acerqué y acto seguido las pisadas arrancaron de nuevo, alejándose. Estuve tentado de salir, pero opté, no se por qué, por echar la llave por dentro.

Goate: entidad poblacional anexa a Tinieblas de la Sierra. Despoblada en su totalidad. Ruinas de la ermita del Salvador, crucero de las Ánimas en el camposanto. Tumbas antropomorfas anteriores al siglo XI y camposanto del XVI.

Empecé a copiar aquellas letras antiguas y apretadas a toda velocidad. Era demasiado texto y no me iba a dar tiempo. Por un momento se me pasó una idea por la cabeza. La estaba madurando tan rápido como me era posible cuando escuché golpes en la puerta. Auténticos manotazos.

—¡Abra por favor! ¡Sabemos que está ahí!

Al menos dos monjes querían pasar, pues estaba utilizando el plural. Sólo hablaba uno. Y su voz, quebrada y anciana, no me ofrecía ninguna confianza.

—¿No nos oye? ¡Abra o tiramos la puerta abajo!

Calibré el peso de aquellas hojas. ¿Podría hacerlo?

—¡Es la última vez que se lo decimos! ¡Abra de una vez y no nos obligue a...!

Caminé hacia la puerta decidido a explicarles lo que estaba haciendo. Fue cuando, muy cerca ya del marco, algo captó mi atención como si me llamase desde un lateral. Era el signo; una mano blanca, señalando algo con el índice.

Sentí entonces un latigazo helado bajando por las vértebras. Era una especie de bargueño repleto de cajones con ese emblema y una cerradura. Saqué las llaves y comprobé que además de la grande y antigua con la que me había encerrado allí, había otra pequeña.

Y encajaba perfectamente.

La sorpresa se encontraba allí adentro, sin duda. Abrí observando a aquellos dos religiosos encapuchados bajo el umbral. Me eché hacia atrás instintivamente. Uno se descubrió la cabeza. El otro siguió embozado.

—Condenado periodista..., ¿es que no nos oía?

El monje, que sin duda sabía muy bien quién era yo, tenía la barba blanca como a sectores y una serie de pupas rodeando su boca. También creí apreciar que le faltaba algún diente para completar el retrato. Era un aspecto inquietante. Lo que más me atemorizó, sin embargo, era el compañero, que llevaba un grueso cordel rodeando su cintura. Era como un tronco macizo y me sacaba más de dos cabezas. Pasando a mi vera se dirigió, sin pronunciar una palabra, a los estantes donde reposaban los legajos.

—Ahora nos va a decir lo que buscaba y qué es lo que estaba apuntando. Y tendrá que explicarlo bien claro si no quiere que...

En ese instante el fraile silencioso tomó directamente el tubo de cartón sellado donde se escondían los legajos que yo había intentado copiar sin éxito. Sonó el golpe de aire al quitar la tapa y entonces volvió hacia nosotros. Es curioso, pues tampoco le llegué a ver bien la cara en ese instante. Sólo el profundo óvalo negro. Tan negro y profundo como el tubo donde ya no había nada.

—¡Hijo de Satanás, has venido aquí para robarnos! ¡Para profanar la casa del Señor!

Pocas veces he visto una cara de odio como ésa. Llegó a lanzarme un puñetazo. O quizá pretendía hacer exactamente lo que hizo, rasgar mi mano hincando sus garras infectas. Noté sus uñas largas, sucias, haciendo tres surcos en mi piel en un zarpazo digno de las alimañas. En un acto reflejo y por pura supervivencia le empujé con toda mi alma contra el fraile encapuchado, intentando bloquear su salida en tan reducido espacio. Y entonces corrí.

Corrí como alma que lleva el diablo.

o sé si había merecido la pena jugarme la vida por aquellos pergaminos. Sebastián encendió el flexo de su taller y los puso al trasluz, como si en ellos también se pudieran localizar códigos ocultos.

Mientras tanto, yo me empapaba en alcohol la herida tan fea que me había dejado a modo de recuerdo aquel monje infernal.

—Al final decidí marcharme de Toledo. Me sentía vigilado por esos frailes extraños a lo largo y ancho de la ciudad. Cogí el coche y me vine lo más rápido que pude. Creo que querían interrogarme, matarme... ¡Yo qué sé!

—Tranquilo, compañero. Ten en cuenta que les has robado algo que quizá sea muy preciado para ellos —respondió volviendo a enrollarlos muy cuidadosamente.

—¿Preciado? ¡Pero si ahí no se puede leer nada!

Casi todos estaban borrados, como si les hubiesen echado un ácido por encima que hubiera disuelto la tinta de algunas partes. Sólo podía rescatarse un primer fragmento que resumía de modo categórico toda la historia, calificando la zona como despoblada a partir de 1593 a causa de la peste bubónica que sepultó a todos los habitantes. Era imposible extraer algo más de aquel montón de papeles centenarios. Otra cosa era el libro. El preciado libro que encontré en aquel bargueño sobre el que había manos blancas pintadas.

—Yo no lo relacionaría con el signo de las facciones que perseguían herejes...

—Pero ¿qué dices, Sebastián? ¡Está claro que es el mismo emblema!

—Te equivocas. Mira esto. También es una forma de señalar obras condenadas.

Sobre la amplia mesa de madera me puso uno de esos mazacotes de más de mil páginas que se apilaban en torres que llegaban casi hasta las vigas de madera. Era un *Índice de libros prohibidos de la Inquisición española*. Concretamente, el último que se imprimió, en 1819. Abrió una de sus páginas y la señaló:

Ley cuarta
Los libros que están prohibidos, aun para los que tienen licencia de leer libros prohibidos, se señalan con esta mano.

Ciertamente era el mismo dibujo. No abierta como en las tumbas o los frescos, sino cerrada, indicando algo muy preciso. Algo que no debía ser leído por considerarse pecado mortal.

—Tienes razón. Lo consideraban una obra maldita por su contenido...

Había huido del monasterio con los legajos bajo el jersey y aquel *Estudio médico de la peste en los Montes de Toledo* en mi maletín. Por lo menos esto último sí había merecido la pena. Leyendo la parte dedicada a Tinieblas de la Sierra comprendimos por qué los monjes lo guardaban allí y porque Galván se fugó con él treinta años antes de los salones de la Biblioteca Nacional.

—Éste —dijo Sebastián abriendo de nuevo sus tapas con suma delicadeza— es quizá el único análisis serio que alguien realizó sobre la zona en cuestión. Los datos que se dan aquí contradicen totalmente lo que se refleja en los archivos históricos oficiales. Se trata de una denuncia en toda regla. Y quizá por eso lo tenían en su propio apartado de libros prohibidos.

—¡Lo extraño es que la Inquisición dejó de hacer índices a principios del siglo XIX y éste es de 1935!

—La oficial sí, amigo. ¿Pero a estas alturas tienes la seguridad de que no haya otros que sigan actuando bajo aquellos parámetros?

Terminé de desinfectar la triple herida, tan parecida a la que alguna noche me había hecho yo mismo atravesando la espalda, y me marché con mis tesoros bajo el brazo. Sebastián volvía a dudar de la conveniencia de hacer una expedición definitiva a Tinieblas y Goate. Tenía miedo y yo le acabé dando ánimos, aunque mi situación no era exactamente la mejor. Antes de despedirme le pregunté por el grabado comprado en Venecia:

—Me han llamado hoy de Sotheby's, creo que en un par de días estará aquí.

Al llegar a casa descongelé mi triste cena y me puse frente a la pantalla. Fui escaneando con mucho cuidado las páginas de aquel viejo libro referidas al poblado de nuestros desvelos en un intento de conservarlas en lo más profundo del disco duro.

Por si acaso.

Al terminar descolgué el teléfono. Había dos mensajes nuevos. El primero era una voz bastante desconsolada y familiar.

—Mira, no estoy en mi mejor momento. Supongo que te he cogido afecto. Ya te llamaré yo cualquier otro...

No había podido dejar su recado íntegro. El siguiente mensaje estaba grabado un minuto después. Sentí intriga por lo que Helena tenía que decirme. A lo mejor era una declaración valiente de amor. ¿Por qué no?

—¡Purgatorio!

Tras la frase una risa larga, interminable. Una carcajada que me dejó clavado en la silla, mirando a cada rincón del oscuro despacho. Si el monje encapuchado era humano y tenía voz, ésa debía de ser la suya.

38

studio médico de la peste en los Montes de Toledo
Editado por el ilustre doctor Leandro Sárraga
Apuntes sobre Tinieblas de la Sierra y su barrio
de Goate

Bien saben los nobles toledanos que he tenido un enorme interés en los últimos años por este pueblo oficialmente desaparecido a causa de una supuesta epidemia focal sin precedentes en la provincia.

Defender mis tesis, que están amparadas no por suposiciones sino por datos concretos que ahora parece que quieren ser vetados o ridiculizados para ocultar la verdad, me ha valido grandes discusiones que me gustaría zanjar ofreciendo las conclusiones tras casi una década de estudios.

El hallazgo de una serie de documentos originales de la época, hallados tras unas obras de acondicionamiento de los tabiques de un palacio de la ciudad y que recientemente he tenido que depositar presionado bajo pena de cárcel en el archivo diocesano, me dan autoridad moral para escribir la verdadera historia, que se contradice frontalmente con la que hasta ahora ha sido difundida.

Esos legajos, que me han sido arrebatados de la peor manera, son la crónica de una atroz verdad que demasiado tiempo llevaba enquistada con falacias y silencios impuestos.

Como especialista en mi campo considero una aberración la afirmación, mantenida por las autoridades eclesiásticas de la ciudad, de que una especie de maldición acabó de una vez y para siempre con una aldea que, desgraciadamente y esto es innegable, contó con ciertos disidentes de la fe entre sus pobladores.

Pero no existen las maldiciones a causa de la peste. La ciencia no puede admitirlas jamás. En todo este tiempo he acudido a las fuentes genuinas que hoy ya son imposibles de consultar por el hecho de que ciertas instituciones las han enclaustrado en sus aposentos. Mi objetivo es demostrar que se ha manipulado una verdad incuestionable: el exterminio de 1592.

Un acto terrible y vergonzante que pretende ser borrado de todos los legajos existentes para que las gentes del futuro nunca sepan de él.

Datos históricos del emplazamiento

Existen restos arqueológicos que confirman la presencia de población sedentaria en el barrio anexo de Goate al menos desde hace cinco mil años. Mucho antes de que fuese fundado el pueblo de Tinieblas de la Sierra, denominado así desde el siglo XII por las condiciones climatológicas que eran y siguen siendo habituales, ya hubo dólmenes de invocación funeraria en la explanada donde hoy se extiende la aldea muerta.

Existe una serie de deidades prehistóricas en la montaña, anatomías de considerable tamaño con escudos, lanza y coronas, dibujadas con sangre y tinturas vegetales. También se constata presencia más antigua de manos de hombres y mujeres reflejadas en salientes de la piedra que pueden datarse en varios milenios. Todo parece correlacionarse con ritos funerarios ancestrales.

Siguiendo esas mismas doctrinas, en el lugar parece asentarse desde tiempo remoto y previo a la débil romanización, alguna comunidad eremítica que construye rudimentarios templos y efectúa excavaciones antropomorfas a modo de tumbas o sarcófagos naturales en los que jamás, quizá debido a la antigüedad, se encontró un solo resto humano. En su interior hay señales de incineración.

De temperaturas extremas y escasa vegetación, Goate aparece en documentos escritos por vez primera en la llamada Nómina de San Provencio —1212—, primitivo sistema de censo en la que constan dieciocho casas y cincuenta vecinos. En su inmensa mayoría son gentes humildes que pagan su tributo anual al regente en sacas de cereal y perdices, abundantes en la comarca.

De finales del siglo XI es su ermita dedicada al Salvador y su torre de San Miguel Arcángel, que aparecía en la fachada lanceando a un maléfico dragón con cabeza humana. Esta última fue incendiada en 1593 y ya no quedan ni los cimientos. La ermita, sin embargo, conoció ciertas remodelaciones ornamentales interiores y estuvo siempre alzada sobre una estructura previa y desconocida. En su interior aún se conservan frescos góticos ejecutados por algún maestro local hoy desconocido y jamás catalogado. Son figuras de corte muy esquemático y fuertemente arcaizante, muy distintas a las existentes en otros pueblos de la comarca. Los temas centrales son el Apocalipsis, gobernado o vigilado por un pantocrátor de apariencia primitiva y de rasgos casi bizantinos. Hay repintes y marcas de arreglos en diversas zonas donde se presentaba la escena del pecado original y un área destinada al infierno de la que apenas se conserva nada.

Intervenciones del Santo Oficio toledano

En 1231 vuelve a aparecer Goate en los legajos dentro del proceso de brujería efectuado contra seis naturales de dicho lugar. En el documento 26/05/11 del archivo diocesano se puede leer:

El tribunal pesquisador de situaciones especiales y herejías a las órdenes del obispo de Toledo envía a la aldea de Goate a los jueces para asuntos de la santa fe catholica con el fin de degüellar a espada a seis bruxas que se confiesan culpables de lo que sigue; renegar de Dios, blasfemar, hacer homenaje al demonio, adorar y sacrificar en su honor, ofrecerle los hijos, matarlos antes del bautismo, consagrar a Satanás aún en el vientre de sus madres, matar al prójimo y a niños pequeños para hacer cocimiento, comer carne humana y beber sangre, desenterrar a los muertos.

A partir de esta referencia son insistentes las denuncias, presentadas ante la autoridad del Santo Oficio por vecinos de Tinieblas, de profanaciones del cementerio de Goate. En muchas ocasiones, ante la petición del párroco que ofició los correspondientes entierros, diversas comisiones eclesiásticas certifican la apertura de tumbas y el expolio de cadáveres. En 1397 hubo casos de peste y cólera morbo en casi todos los pueblos de la provincia.

Sin embargo, por algún motivo desconocido, se produjeron refriegas militares en Goate contra un asentamiento denunciado de herejía. La autoridad ajustició a un grupo de doce personas acusadas de pertenecer a los Hermanos del Libre Espíritu.

Sin juicio ni interrogatorios fueron vestidos con la «ropa del moribundo», compuesta de ropajes gruesos coronados por un capirote con dos ranuras para los ojos, y exhibidos públicamente el 18 de enero. Algunos vecinos de otras aldeas les culpaban de haber atraído a la *Muerte negra* hasta la comarca a través de sus ritos impuros.

A partir de este instante, se sucederán venganzas, muertes y decapitaciones de algunos habitantes de Tinieblas por parte de algunos exaltados que perpetúan el odio. Muchas noches alguaciles enviados desde los Montes de Toledo tienen que extinguir las grandes hogueras que en algunos puntos de la barriada se producen clandestinamente. En la mayoría de las ocasiones, cuando llega la autoridad, ya no hay ningún vecino. Tan sólo un cadáver, ya sea adulto, anciano o niño, envuelto en paños blancos y quemándose en silencio.

Por orden del tribunal presidido por Martín Castaños azotados, linchados con piedras y argollados fueron en el rollo de Tinieblas de la Sierra, doce hombres y muieres que pertenezían a los que dizen llamarse «del Espíritu Libre», que vivían en comuna en el barrio de Goate, profiriendo cantares obscenos y prohibidos, sacrificando inocentes en su delirio y en contra de los cuales orden hay de ser perseguidos desde el edicto de 1331. Allí quedaron aferrados hasta expirar.

Actos parecidos, ya con el funcionamiento regular del Santo Oficio, acontecen a lo largo de los siglos XV y XVI, remarcándose el lugar en el *Índice de enclaves de especial vigilancia* escrito por el obispo de Calahorra, don Alonso de Castilla, a raíz de ciertos sucesos ocurridos en sus dominios y que le obligaron a reseñar los pueblos de pocos habitantes donde habían acontecido más de tres procesos por causas de herejía y superstición con resultado de quemas y muertes públicas.

Era una guía de reincidentes peligrosos en toda regla y en la que se encontraba, entre muchos otros, el siguiente documento:

Está siendo en exceso laboriosa la extirpación de ciertas prácticas en algunos focos de la provincia como el aludido pueblo de Goate. Miembros del Santo Oficio de Calahorra y Estella, expertos avezados en el tratamiento de estas doctrinas heréticas, se han trasladado para los procedimientos que hubieron de efectuarse. Existe reincidencia destacada en este lugar, donde ha cobrado fuerza la creencia en el temor que inspiran ciertas fantasías demoniacas, cuya protección buscan ciertos seres envilecidos a través de una adoración impía que se ha practicado en sagrado tras la alevosa muerte del cura. Estos sucesos son similares a los ocurridos en Laguardia y Calahorra años atrás y para los que el papa Adriano VI expidió en 20 de julio una bula con el fin de la exterminación de esta asociación cuyos creyentes habían abandonado la santa fe cathólica por medio de fórmulas rituales con las que profanaban la sagrada Eucaristía y cometían otras acciones criminales y repugnantes con el fin de asegurarse el amparo y la amistad de Satanás. En este poblado o alquerías de Goate, junto a Tinieblas de la Sierra, se tienen identificados a varios herejes de los «Hermanos de Adán», uno de los ramales más incontrolados y violentos de la dicha hermandad.

Al amanecer del 9 de junio de 1591, ante la presencia de Felipe II y frente al Arco de la Sangre de la plaza del Zocodover de Toledo, se quemaron vivas a tres mujeres: Olalla Sobrino, de sesenta años, Juana de Izquierdo y Catalina Mateo, las tres viudas y detenidas en Goate dos noches antes cuando transportaban en un saco los cuerpos de varios niños recién difuntos. Más delitos y hechos inexplicables provocados por sus malas artes fueron confesos con la aplicación del tormento.

Ante el temor de que todo el pueblo hubiese quedado maldecido, el propio obispo Gaspar de Mendoza efectúa una serie de exorcismos públicos ayudado por seis sacerdotes que rociaron los campos, las casas y las personas con agua bendita. Se detectó para espanto del monarca gran cantidad de infantes sin bautizar, algunos ya de larga edad, y fueron arrestados los padres que permitían esa situación. Los niños, algunos de los cuales respondían a nombres caprichosos no cristianos, fueron llevados a la pila de la Iglesia para recibir bautismo.

En junio de 1592 ocurren los hechos más graves. La noche del 23 al 24, San Juan, se denuncia a la autoridad local la muerte y despedazamiento del párroco Miguel Guevara, que apenas llevaba dos meses en el lugar. Antes de la llegada de las fuerzas del orden, los pobladores de Goate se estaban acuchillando y despellejando vivos, profiriendo palabras ininteligibles que parecían góticas, estando en cueros y después de ingerir ciertos bebedizos preparados por las mujeres. Presas de una histeria colectiva, algunos de los acusados murieron tras ciertas convulsiones y fueron colocados ya muertos sobre la pira. Los que pudieron gritar y blasfemar cuando las llamas iban devorándoles los pies, aseguraron desafiantes, entre muecas espantosas dignas de la locura, que seguían la auténtica doctrina de Adán. La restauración de un mundo puro, anterior al pecado original.

Una comitiva real, con Felipe II a la cabeza, asistió al exterminio de toda la población. Los asesores indicaron que la presencia satánica era ya incurable, y expuestos una serie de argumentos que nunca sabremos cuáles fueron, todo natural de aquella aldea fue pasado por la espada y posteriormente quemado en efigie, o directamente colocado sobre las llamas en vida.

Estos actos se llevaron con la mayor celeridad posible. Según parece, el último ajusticiado fue un niño de corta edad que tardó mucho tiempo en morir abrasado por las llamas.

Se practicaron y reutilizaron fosas de piedra, algunas de las cuales ya llevaban allí desde antiguo, para sepultar los casi setenta cadáveres. Se tacharon los ídolos y pintadas que habían proliferado en el tiempo de rebelión tras la muerte del cura, y se prohibió asentamiento humano en el lugar. Los vecinos de Tinieblas y de otros lugares ni siquiera recogieron muros y piedras para otras construcciones y la aldea quedó casi intacta a merced del tiempo.

En los legajos oficiales, a partir de entonces, figura como explicación del despoblamiento un azote vírico de peste bubónica que sólo afectó a ese enclave respetando al resto de vecindarios. Una mínima comprobación estadística nos demostrará que en ese año, ni en los quince posteriores, no hubo epidemia alguna en ningún pueblo de la región. A partir de entonces todos los documentos copiarán los mismos términos, olvidándose lo que realmente sucedió: el exterminio indiscriminado y sin juicio de hombres, mujeres y niños en la aldea de Goate, una noche de San Juan de 1592. Durante el siglo XIX se llevaron allí los ataúdes de niños de toda la región víctimas de ciertas enfermedades.

Sirvan estas líneas para hacer justicia con aquellos inocentes, aunque sea tantos años después.

39

A esas horas la sala sexta de la división informática de la Policía Científica estaba atestada de gente. Tuve que hacer un par de requiebros para que los dos cafés con leche en vasito de plástico no se derramaran al volver a entrar.

—¡Acércate! ¡Corre!

Mi buen amigo Sergio Zabala había actuado muy rápido en esta ocasión. Me senté a su lado y miré a las dos pantallas planas. En una, en letras verdes sobre fondo negro, ponía *voz 1* y en la otra, *voz 2*.

Pulsó «intro» y ambas sonaron a la vez.

—¡Es la misma! ¡Exacta! —grité llamando la atención de otro informático con uniforme y pistola que tecleaba respaldo con respaldo y que llegó a girarse para mirar con desgana lo que estábamos haciendo.

—Es un tono muy extraño, como lejano. Y no sólo es idéntica, sino que puede tratarse de una grabación que se ha empleado dos veces con el objetivo de asustarte...

Al fondo había un panel con el mapa de Madrid y un montón de luces. La sombra de un hombre alto y fuerte lo atravesó decidida hasta llegar a nuestro lado provocando el chirriar de las suelas de goma. Sin llegar a sentarse, sólo apoyando sus manos en el canto de la mesa, nos transmitió la noticia:

—Aparece.

Aquella sentencia me hizo dar un respingo. Hacía veinticuatro horas que le había pedido a mi amigo un enorme favor. Él no podía hacer mucho, pero el capitán Robles sí. Y tras él me adentré por un pasillo estrecho que se parecía a los tubos articulados por los que se sale del avión.

—En el superordenador no aparece ni rastro. He tenido que bucear por el archivo manual para encontrar algo.

—No sabe cómo se lo agradezco, para mí es una información valiosísima que...

—No se acostumbre —cortó en seco empujando la puerta y sosteniéndola para invitarme a pasar.

Aquella habitación era una gigantesca colmena cuadrada. Las cuatro paredes, desde el suelo hasta un palmo del techo, estaban cubiertas por pequeños cajones de madera. En cada uno una letra. O un año. Al ver aquello e imaginar al fornido policía buscando sin parar estuvo a punto de darme un remordimiento de conciencia. Sobre la mesa situada en el centro ya reposaba una carpetilla. Se veía el escudo con el águila y debajo la palabra Toledo.

Robles la abrió y sin dejarme ver su interior en ningún momento comenzó a leer de pie. Como quien desenfunda su arma, saqué mi cuaderno y empecé a anotar a toda velocidad.

Ficha:

«Aquilino Moraza y Díaz, nacido el quince del uno de mil novecientos veintinueve. Cursa estudios en el seminario de los dominicos donde ingresa a los trece años. Se le abren dos expedientes por desorden público y agresión. Llamado a declarar el siete de junio de mil novecientos cincuenta y cinco como único imputado en el sumario TO/13/5/55.

Absuelto al no hallarse pruebas incriminatorias. Exiliado a París, prosigue sus estudios en la Sorbona, donde realiza un doctorado en Cristianismo Primitivo. Existe un parte posterior de Interpol abierto a causa de lesiones provocadas en dicha ciudad en 1971».

—Ten en cuenta que te he leído una ficha de los años setenta. Si luego hizo algo debería constar en los archivos de tarjetas perforadas o en el informático. Y ahí ya te digo yo que no hay nada más.

Mis sospechas hacia el párroco toledano habían crecido a lo largo de toda la investigación. El amable cura, tan docto y sabio aparentemente, se me había ido revelando como una figura enigmática de la que sabía más bien poco. O para decirlo claro, de la que conocía sólo lo que él quería que conociese. Por eso, inquieto tras salir herido de la trampa que parecía querer haberme tendido en el archivo diocesano, decidí acudir a ese archivo secreto que oficialmente no debería poderse consultar.

—El sumario de Toledo que viene mencionado ya no está aquí.

—¿Te refieres a los expedientes de su declaración como imputado? —respondí inquieto.

—No. Me refiero a todo el sumario. Sólo está la carpeta. El interior falta. En aquellos años, en fin, una orden de arriba podía hacer esto y mucho más.

—¿Una orden de quién?

—Está claro, ¿no? —respondió con una sonrisa.

Me encogí de hombros.

—Este pájaro era cura, ¿me equivoco? ¡Pues ya lo sabes! En los años cincuenta, y más en Toledo, esto volaba en un pis pas si el sacerdote rebelde estaba bien recomendado. No fueran a fastidiarle la brillante carrera.

—¿Y lo de Interpol viene?

—Pero es muy breve. Es otro expediente de agresión en una universidad de París. Nada grave. Al parecer el amigo era un tanto revoltoso...

—Es, pues aunque mayor, aún vive y doy fe de que tiene brío y nervio a raudales. Oye, ¿y qué es lo que pone? —dije de nuevo abriendo las tapas del cuaderno como si se me otorgase una segunda oportunidad.

—Es que queréis saberlo todo —replicó Robles después de chasquear los labios con cara de funcionario cansado de tanto trámite.

Tuve un negro presentimiento al salir de aquella sala. Tras despedirme de Sergio Zabala, que seguía escuchando aquella voz doble una y otra vez mientras las ondas se dibujaban en el monitor, arranqué mi coche y conduje en busca de la ciudad imperial. Antes, mientras descolgaba el abrigo del perchero, le había hecho una sola pregunta a mi fiel amigo. Su respuesta incrementó mis sospechas.

—Claro. El TO significa siempre audiencia provincial, y los números son la fecha. En este caso ya ves: 13/5/55: 13 de mayo de 1955.

Agradecí que la nueva redacción de *La Tribuna* estuviese en la parte moderna de la ciudad. El casco antiguo, siempre tan sugerente y sombrío, era un lugar demasiado reducido para estar seguro de no cruzarme con Moraza o alguno de sus amigos. Sabedor de que jamás abandonaba la almendra de calles que rodeaban su iglesia de San Pedro Mártir, respiré tranquilo. Antes de subir a la segunda planta de aquella casa que rodeaba un gran patio central a modo de corrala del siglo XXI hice una llamada con el móvil.

—¡Querido Aníbal! ¿No me digas que ya está todo dispuesto para nuestra exploración?

El vozarrón de Klaus Kleinberger sonaba tan cercano que parecía que, en vez de en su lujosa residencia de invierno en Colonia, aquel hombre se encontrase pared con pared.

—Tan sólo un par de días. Ahora estoy detrás de una pista que puede ser importante y te llamaba por eso...

—Dispara...

—¿Fue a ti a quien dieron una brutal paliza en la Sorbona?

—¿Y cómo sabes tú eso? —respondió sorprendido.

—Mis contactos, ya sabes.

Soltó una carcajada mientras yo atravesaba el pasillo, viendo ya la puerta de madera al final, con el cartel de *La Tribuna* clavado bajo la mirilla redonda.

—Me dieron una buena. Tanto que casi no salgo vivo...

—Y eso que estás hecho un sansón —respondí.

—¡Eso era antes! Fue cuando presenté mi primer libro sobre El Bosco, aquel en el que ya proponía su adhesión a la herejía de los Hermanos del Libre Espíritu. Te hablo de hace mucho tiempo..., yo quizá no tuviera ni treinta años.

—Sí, me hablas exactamente del primero de noviembre de 1971.

—Fue un día de Todos los Santos, es cierto... Pero ¿cómo puedes saberlo tú?

—Ya te contaré en cuanto nos veamos. Ahora dime, ¿qué es lo que pasó?

—Pasó que mi libro era tan malo e indocumentado que la gente, en vez de escucharme, se empeñó en utilizarme como *puching ball*...

—En serio, Klaus. Es importante.

—A la salida de la biblioteca de la universidad, ya de noche y llegando a mi coche después de haber estado mostrando unas diapositivas sobre mis teorías, me cogieron tres encapuchados. Primero me insultaron y luego me dieron puñetazos y patadas rompiéndome el tabique nasal. Por eso tengo esta nariz tan rara.

—¿No lograste identificar a ninguno?

—Iban los tres de luto riguroso, y con una especie de gorra o capuchón. Me dieron en la nuca y yo creo que buscaban mi muerte sin dejar huellas. Entre la lluvia de golpes recuerdo insultos como «hereje», «hijo del diablo» y cosas por el estilo. En el hospital, donde estuve tres semanas con varios huesos rotos, me dijeron que me habían quemado los libros, el vehículo —un «Volkswagen Escarabajo» al que tenía gran cariño— y todas las diapositivas dentro de sus cajetines de plástico. Fue un aviso serio.

—¿Y la policía no logró saber nada de ellos?

—Nunca. Puse la denuncia pero alguien debió de dejarla abandonada por ahí. Te confieso que durante un tiempo pasé mucho miedo. Ya no presenté nunca más mis obras allí.

—¿Uno de ellos era muy alto?

—¿Cómo dices? —respondió como si no se acabara de creer lo que le estaba preguntando.

—Que si uno de ellos era tan alto como tú. ¡O más que tú!

—Pues ahora que recuerdo... Uno sí. Muy alto y delgado. Vestido todo de negro.

Los periodistas del rotativo toledano eran todos muy jóvenes y amables. Algunos conocían mi programa de radio y, justo es decirlo, todo fueron facilidades. Uno quiso aprovechar para acercarme una grabadora y pedirme que respondiese a unas breves preguntas para sacar una entrevista al día siguiente.

Me supo mal decirle que no. Pero era fundamental que no se supiera que había estado allí. Y con la incógnita de los jóvenes colegas a mi espalda, y pidiendo disculpas por ese sigilo que parecía tan fascinante para ellos, me encerré en el archivo y encendí el proyector de microfilms. Sin dudarlo un ápice, me dirigí al rollo de celuloide que tenía una fecha en la tapa: 13 de mayo, 1955. Enganché la cinta en ambos extremos metálicos y aquello empezó a pasar ante el visor en blanco y negro. Adelante, atrás, y por fin la noticia. Una sola columna, quizá por el pudor que provocaban este tipo de sucesos en la prensa regional. Un breve que para mí fue más que suficiente:

Ayer, cerca de la catedral
ENCONTRADO UN CADÁVER

A las once y media de la noche, en las inmediaciones del callejón de los Niños Hermosos y junto a una tapia de adobes, fue ha-

llado por los operarios del servicio de limpieza de nuestra ciudad un cadáver de varón de unos sesenta años. Según han facilitado fuentes de la comisaría de policía, presentaba varias heridas de arma blanca en la espalda y zona renal. Vestía traje de color oscuro, botines de piqué y sombrero. Fue hallado en decúbito prono y llevado al Hospital Provincial ya cadáver. Nadie escuchó gritos ni se hallaron marcas de resistencia o pelea. No fue víctima de robo, pues portaba trescientas veinte pesetas y el reloj de oro y su cadena estaban en el bolsillo del chaleco. De momento no ha trascendido la identidad del finado. Entre los vecinos de la zona, mayoritariamente ancianos, se ha propagado una injustificada sensación de temor. Es un hecho aislado y la confianza en el orden policial es lo que debe prevalecer en estos momentos.

Revisé el periódico de arriba abajo y en los dos días siguientes no hallé ni una sola mención al incidente. Muy pocas fotografías, retratos de personajes populares de la ciudad, una hoja con noticias del campo y viejos anuncios de lociones, cremas de afeitar y colmados locales lo ocupaban todo. Como si no hubiese pasado nada.

Sin embargo, al tercero, inserto en la sección de necrológicas, aparecía el dato que faltaba.

El que yo estaba esperando.

Ayer, en el cementerio de La Vega, fueron enterrados los restos mortales del doctor don Leandro Sárraga, médico epidemiólogo y cirujano, que fue acompañado de un nutrido séquito de familiares y amigos que le dieron el último adiós emocionado tras oficiarse una misa en la ermita del Cristo. El cuerpo salió de las dependencias del Hospital Provincial, donde estuvo custodiado y examinado por los forenses tras ser hallado, como conocen todos los lectores, en penosas circunstancias el pasado martes. Fuentes de la Brigada de Investigación Criminal nos confirman que se ha inte-

rrogado a una persona en relación con el espantoso suceso. Seguiremos informando.

No cumplieron la palabra los antiguos reporteros de *La Tribuna*. Revisé varias semanas y ya no hubo ni rastro de la noticia. Todo se llevó con el mayor sigilo, demostrándose así que en la tranquila ciudad nada podía perturbar la calma. Del único imputado nada más se supo. Quizá porque la misma mano alargada que hizo desaparecer los expedientes tiempo después ya estaba actuando para que no cundiese el escándalo de ver implicados a miembros de una orden religiosa en tan turbio asunto.

Una mano seguramente muy blanquecina a pesar de la sangre.

Al salir del edificio, mirando desde la acera al casco histórico apagado y flotante sobre el río Tajo, sólo pensaba en tres cosas.

La primera, el uno noventa y cinco aproximado de Aquilino Moraza, el cura al que tanto le hervía la sangre al hablar de herejías y que decía no saber nada de lo ocurrido en Tinieblas de la Sierra a lo largo de la Historia.

La segunda, las puñaladas en la zona de los riñones, quizá tan precisas como las que formaban una cruz en la espalda del especialista madrileño que en la posguerra descubrió extraños signos y figuras escondidas en *El Jardín de las Delicias*.

La tercera, la descomunal altura del monje encapuchado y sin rostro que entró aquella mañana a por mí en el archivo diocesano quizá con el objetivo de que nunca saliese de allí.

¿Uno noventa y cinco más o menos?

40

mprimatur. Primera impresión del dibujo original basado en la obra desaparecida de Hyeronimus van Acken, El Bosco, impreso en el taller de Heinz Küipper y atribuido a alguno de los miembros del Círculo Bosch. Adquirido por doscientos mil euros».

—Esto —dijo Márquez señalando la escueta ficha que Sotheby's incluía en el embalaje de cada pieza— es en esencia lo mismo que aparecía en las *polaroid* que te robaron.

—Grabado y fotografía, fotografía y grabado. Está claro. Quinientos años de distancia, pero idéntica evidencia..., idéntico temor. *El Maestro* lo sabía muy bien.

Al tanto de mis últimas indagaciones, Sebastián me pedía calma y discreción. Para él no había pruebas incriminatorias para denunciar a Moraza. Sólo teníamos un par de casos traspapelados muy antiguos. Nada más.

—No debemos dar pasos en falso. Ni sentir temor...

A pesar de esas palabras, que intentaban ser convincentes, se sentía inquieto, incómodo, vigilado. Quizá por eso me hablaba con un inexplicable sigilo a pesar de encontrarnos al final de la tarde, en su entrañable taller y sin espías por ningún lado. Cogió el paquete con las dos manos y me lo extendió como para que fuese yo el que iniciase la ceremonia de apertura...

—Ha llegado hoy y he pensado que tenemos que abrirlo los dos juntos, porque los dos lo hemos conseguido y casi nos va la vida en ello. Empieza tú.

Le puse la mano en el hombro y con toda confianza le miré a los ojos:

—Me niego. Eso es cosa tuya. Y por cierto... ¿tienes miedo?

—¿Cómo? —dijo mientras se disponía a desembalar el paquete.

—Te noto algo nervioso desde el regreso de Venecia. ¿Te ha pasado algo?

A pesar de las ganas de ver por fin desenrollado y en nuestras manos el mágico grabado del Círculo Bosch, Márquez dejó la caja sobre la mesa y me señaló la puerta verde de la entrada.

—Han llamado varias veces. Siempre a última hora y del mismo modo.

—¿Y quién era? —pregunté notando esa inconfundible sensación de que diversas áreas de la piel se me iban poniendo de gallina.

—No tuve valor para abrir. Estaba trabajando en poner estas tapas que ves aquí y, a eso de las tres de la mañana, escucho dos golpes de nudillos ahí fuera.

—¿No tocaron el timbre?

—Para nada. Y eso me extrañó más. Se me había hecho muy tarde y pensé en algún borracho o algo así. Cuando me iba acercando, dispuesto a coger el pomo para abrir pensando que eras tú, noté una sensación rara. Como...

—¿Un presentimiento?

—Exacto. Y volví hacia atrás, procurando no hacer ruido. Estaban ya todas las máquinas apagadas. Me acurruqué ahí, donde estás, y esperé más de media hora para salir.

—¿Y?

—Ya no había nadie. La calle que sube estaba toda desierta, claro. Y al final, donde el esquinazo del café, vi a un individuo parado. Sin hacer nada. Como esperando algo.

—¿Un hombre?

—No me fijé bien. Salí corriendo sin disimulo en la otra dirección, sin pensar que luego tendría que dar un rodeo. Fue la sensación, como la alarma de peligro que se me activó. Quise alejarme a toda costa...

Lo peor no fue eso. La noche siguiente, a la misma hora, tal y como pudo comprobar por el reloj blanco que colgaba de la pared, volvieron los dos golpes a sonar. Sebastián tuvo más miedo y fue precavido, tomando la pata metálica de una silla que siempre estaba apoyada, por si acaso, junto a la primera pila de libracos. Como en la ocasión anterior, no insistieron nuevamente. Sin embargo, sí sonó una respiración rota, de alguien anciano, y una voz clara pero sofocada, que daba la impresión de ser pronunciada por un enfermo terminal, se dejó sentir, traspasando las maderas de la puerta como si fuesen de mantequilla.

—Ayúdeme, por favor. Abra... Abra a este pobre peregrino.

La media hora de espera de la noche anterior se quedó corta. Hasta las cuatro, con toda la ciudad durmiendo, no fue capaz de poner el pie en la calle el veterano editor. El día anterior había vuelto a ocurrir. Y entonces me expliqué las ojeras, la barba a medio afeitar, el aspecto desaseado...

—¡Has dormido aquí! —grité sin acabar de creerlo.

—¡Shhhh! Baja el tono, por favor. Es cierto que me he quedado, aprovechando que tengo un montón de trabajo. Pero esta vez tomé una precaución.

Se señaló la cintura donde colgaba un modelo de móvil bastante antiguo, con su funda de plástico y ribetes negros.

—Ya sabes que casi nunca lo utilizo. Pero tras lo de la segunda noche me lo he pensado mejor. Por eso hace unas horas llamé a la policía. Por asegurarme.

—¿Que llamaste al 091?

—Sí, se personó aquí un *zeta* y lo que hicieron fue llevarme a mi casa. Les dije que estaba sufriendo amenazas...

—¡Pero eso no es verdad, Sebastián!

—Sí que lo es...

Paranoia, cansancio o confusión, la tercera noche mi amigo volvió a acercarse al umbral con el teléfono en una mano y la pata metálica en la otra. Esta vez lo que escuchó le heló la sangre en las venas y le hizo retroceder instintivamente. Sin embargo, era curioso, a pesar de que parecían susurros, se oían claros y nítidos, inundando todo el solitario taller de la vieja imprenta...

—*Padre nuestro que estás en los cielos, santificado sea tu nombre...*

Muy asustado, el editor tecleó los tres dígitos de la Policía Nacional. Al mismo tiempo, como si el visitante del otro lado lo supiese y quisiera terminar su misión, comenzaron a escucharse golpes más fuertes. Manotazos atronadores que retumbaban en cada maquinario metálico del interior propagando su eco.

—Al final se fueron, porque me escucharon hablando con la centralita de la comisaría. Lo dije bien fuerte para que se dieran cuenta. Oí sus pasos huyendo por la acera y entonces otra voz, distinta a la que rezaba, quizá de mujer anciana, comenzó a reírse en una carcajada que se prolongó unos segundos hasta que desapareció calle arriba. No sé si serán imaginaciones mías..., pero es como si supieran que este paquete llegaba hoy. En fin, ha llegado el momento tan esperado.

Dicho esto, hizo varios aspavientos al arrancar con el cúter un par de metros de papel burbuja del interior del paquete. Siguiendo una delicada liturgia cien veces repetida en aquel mismo rincón con otras piezas únicas, extrajo con cuidado un largo cilindro de cartón y me lo mostró como quien sostiene el más preciado de los trofeos. Por un momento se abstrajo de la triple pesadilla nocturna y por el gesto emocionado creí que se le iban a saltar las lágrimas.

—Y de aquel cuadro, amigo Aníbal, del poder que tuvo, del temor que infundió, sólo queda este testimonio copiado fielmente por su círculo de iniciados. Todos perseguidos, todos ajusticiados. Pero la obra, desafiando al tiempo y a la ira de los hombres, sobrevivió para regresar. ¿Lo comprendes? ¡Este pedazo de historia vuelve de su túnel del tiempo para mostrarnos su mensaje!

Justo al hacer este comentario la cuchilla trazó un giro inesperado al toparse con una arruga del envoltorio. Sonó un crujido seco, se desprendió una esquirla y con gran fuerza salió disparada en dirección a su garganta. Sólo un rápido movimiento evitó que se le hincara como un dardo. Rebotó en la pared y cayó justo sobre el lacre rojizo que taponaba el tubo donde se custodiaba el grabado. Me quedé paralizado como una estatua y a él le ocurrió lo mismo. Nos miramos fijamente, rígidos y sin abrir la boca hasta que sus labios esbozaron una sonrisa. En aquel instante me dio la impresión de que, por algún motivo, aguardaba el posible accidente.

—Alcánzame la tijera que está en la estantería a tu derecha... ¡Y cambia esa cara, hombre! ¡Que aquí no ha pasado nada!

—¡Se te ha podido clavar en el cuello! —repliqué balbuceando.

Hizo caso omiso de mi comentario. Simplemente tomó el trozo de metal entre las yemas de los dedos y se lo aproximó mucho a la cara...

—Esta noche, esperando aquí sentado a que volviesen a llamar a la puerta, he revisado algunas cosas. ¿Sabías que Nicholas Tarnat, uno de los más grandes expertos en los grabados de los seguidores de Hyeronimus, quedó ciego en Lieja hace cincuenta años?

Me encogí de hombros. ¿Cómo iba a saberlo si nunca me lo había contado?

—En 1956, desembalando una copia apócrifa de *La noche sin Cristo,* el filo se partió en dos fragmentos que le rasgaron los ojos al mismo tiempo y con una precisión macabra. No murió allí de milagro. Lo encontró su hija en su trastienda de anticuario.

Enmudecí.

—Falleció a los tres días en el sanatorio provincial —prosiguió Márquez dejando sobre la mesa la afilada escama—, presa de grandes temores, aislado en la negrura y dialogando en su repentina demencia con un interlocutor invisible que sólo él presentía. Intentaba agredirlo a puñetazos, llegando a caer del camastro varias veces en sucesivas madrugadas. Las enfermeras no querían atenderle en aquella última habitación del pasillo. Les daba miedo, escuchaban voces, golpes, pasos. Como si alguien rondara al enfermo.

De nuevo de rodillas clavó la punta de la tijera en el extremo y tras hacer sonar el vacío extrajo aquel pergamino enrollado... Su cara era la viva imagen del éxtasis.

—¡Mira qué maravilla!

Apareció la imagen y sentí náuseas. Juraría que una gran parte de mí se arrepentía de haber comenzado la investigación. Quizá fuera la expresión de aquel retrato siniestro, de esa cara tan distinta a todas cuantas había visto. Aparté la mirada.

—¡Somos dichosos! ¡He aquí probablemente la única copia de esta inmersión en lo más oscuro del alma! Sólo *él* fue capaz de plasmar lo que otros temían. Sólo *él* se adentró en el verdadero magma de las tinieblas humanas, en la inseguridad ante la muerte, en las áreas inexploradas del inconsciente. Sólo *él*....

Pasamos unos minutos en total silencio, mientras el día se marchaba por el pequeño ventanuco de cuatro cristales, allá arriba y casi junto al techo, y daba paso a la oscuridad. Y fue en esa casi ausencia total de luz cuando notamos que la mueca de aquel ser del grabado cobraba matices nunca vistos entre las sombras, como si se alimentara de ellas y quisiera regresar, manifestarse...

¿Se habría completado el proceso y estaríamos enloqueciendo?

—Aquí, querido compañero, se presenta la esencia de eso que tanto te ha atormentado durante todo este tiempo: la chispa vital y errante perdida en la interfase, la entidad desubicada que tiene conciencia de su propio pecado y que vaga. El muerto que intenta regresar con un fin concreto y que a veces hace el mal. Aquí está, en nuestras propias manos y rescatado del olvido gracias al soberbio trabajo de copista del *Monogramista TS.*

—Tenemos que ir a Tinieblas cuanto antes... —le dije cortando su emotivo discurso.

—Yo no, compañero. Y te recomiendo que tú tampoco.

El miedo no se le iba de los ojos. Puso mil excusas y al final, casi discutiendo, le dije que no podíamos abandonar en la recta final. Él se quedó allí, observando su grabado y quizá esperando a que por cuarta vez llegase la visita en la madrugada. Se negó en redondo a que le acompañase y al despedirme fue muy claro.

—En esta ocasión actuaré con mayor inteligencia. Avisaré a la policía un poco antes de la hora y sabremos quiénes son esos tipos...

41

rufixarium?

—Eso es. Se trataba de un medio popular de ejecución en el siglo XVI. Era una forma de castigar a los herejes más peligrosos y se practicaba con una serie de golpes que requería mucha destreza. A veces era de cuatro heridas, con las dos horizontales un poco más elevadas, y otras de seis.

—Era muy doloroso...

—¡Lo más doloroso! Se tardaba en morir y a veces a algunos les hacían la «cruz de llagas» antes de ponerlos en la hoguera. Los propios líquidos renales que surgían por esas aberturas, al contacto con el fuego, producían la peor de las muertes. Hay un estudio de esa época que lo llama el «dolor infinito».

—¿Y cuándo dejó de practicarse?

—Se prohibió, por decreto papal de obligado cumplimiento, a finales del XVI. Se consideraba algo demasiado inhumano.

Baltasar Trujillo, el forense, me sacó de dudas con su prodigiosa memoria. No recordaba haber tenido jamás un cadáver con esas señales ante su mesa de autopsias, pero a través de viejos libros y detallados grabados conocía muy bien el significado de aquel terrible modo de matar. Según me explicó, había verdaderos especialistas en la ejecución del *crufixarium,* siniestros verdugos que con una sola daga y en un movimiento parecido al descabello, descoyuntaban algunas vértebras y partían los riñones como si fuesen gelatina. El golpe que tenían que hacer era parecido al que hoy practica el subalterno encargado del descabello del toro, sólo que en el nacimiento mismo de la columna.

—En un abrir y cerrar de ojos, el pecador infiel sufría y quedaba para los restos con la marca del Señor en la espalda. Algo puramente iconográfico y con fines aleccionadores. Una manera de generar miedo para mostrar hasta dónde eran capaces de llegar con el fin de combatir las herejías. Precisamente en Toledo, a mediados de ese siglo, se editó el único manual acerca de esta práctica.

—¿Recuerdas la mancha que aparece bajo la ropa en una de las fotos de Lucas Galván muerto?

—Sí, pero ya te dije que eso sería cualquier otra cosa. ¿Qué tiene que ver eso con la técnica antiquísima por la que me preguntas? ¡Ya te dije que ese hombre murió por «pánico 7»! ¡Si le hicieron algo más fue a posteriori!

Avanzaba hacia Tinieblas de la Sierra con todo mi equipo fotográfico y de grabación. El día había amanecido bueno y había que aprovecharlo. Mi misión consistía en preparar el terreno para la futura y definitiva investigación con Klaus Kleinberger.

—Cuídate, Aníbal. No me gusta la historia en la que te estás metiendo.

Colgué y dejé el teléfono junto al freno de mano. Aceleré durante el trecho de buen asfalto que aún quedaba y pronto me vi dentro del laberinto de caminos que serpenteaban entre los montes. Quería comprobar por mí mismo hasta dónde se podía avanzar con el todoterreno para así calcular el punto preciso de instalación del campamento base con todos los equipos que íbamos a llevar en la futura expedición. Aquello, pensaba sonriendo para mis adentros, iba a ser un despliegue propio de la NASA.

Seguro que al final iba a conseguir convencer a Sebastián.

Tiene un mensaje nuevo.

Estaba ya en los lindes de la zona donde la cobertura desaparecía como por arte de magia. Penetraba en un área oscura para las telecomunicaciones y sonó el pitido indicador de que un SMS había llegado hasta el móvil. Pensé de inmediato en una comunicación del editor para contarme cómo había ido su noche de vigilancia. Quedamos en que cuando se despertase me daría el detallado parte de incidencias. Intenté leerlo con una mano pero las revueltas eran tan pronunciadas que tuve que orillar el coche hasta dejar las ruedas casi al filo de la ladera. Entonces me fijé bien en lo que ponía.

Soy Helena. He tenido el sueño horrible otra vez. Estoy asustada. Llámame.

Lo hice. Sonó la primera señal y enseguida se cortó. Sabía que el teléfono quedaría difunto desde ese preciso instante y me detuve en mitad de la calzada pensando si retroceder cinco o seis kilómetros, justo hasta el inicio de la maraña de montañas, para poder llamar a Helena. Algo grave tenía que haberle sucedido.

¿A qué se refería con lo del sueño? ¿Quizá a lo que vio en su piso compartido de Barcelona hacía treinta años en la madrugada en que murió Galván? ¿A la figura descuartizada que flotaba en la negrura del pasillo?

Lo pensé un par de segundos... Y seguí adelante.

...Continúa... ola de criminalidad en la capital de España... una noche... entes de la policía han... el portavoz ha señal... dispositivo que...

También la radio se fue extinguiendo poco a poco en su marejada de interferencias. La zona parecía un auténtico embudo aislante para cualquier tipo de onda. Fue al llegar a una curva en la que se obligaba a reducir a diez por hora cuando me paré para contemplar el paraje desde las alturas y hacer varias fotos.

Al bajar, lo primero que se percibía era el soplido del aire moviendo las copas de algunos árboles desperdigados por la pendiente. Era un sonido de naturaleza salvaje y solitaria. Al fondo, encaramado con sus casas grises tan difíciles de distinguir del color de las barrancas, Tinieblas. Un lugar que juraríamos abandonado de no ser por el par de finas hileras de humo que salían lentamente de la techumbre de dos casas.

—¡A los buenos días! —grité nada más orillar el coche al inicio de la única calle de tierra que dividía en dos el racimo de edificaciones. En el esquinazo creí ver por un instante a uno de los abuelos de la otra vez cerrando la puerta de dos hojas de madera. Corrí unos metros y golpeé con los nudillos. Estaba cerrada.

—¿Hola?

Sólo me respondió el viento, cada vez más frío, bajando como una serpiente que se deslizaba por las rendijas y entonando una especie de cántico que a veces se agudizaba, afilándose. Era un aire cortante que transportaba partículas heladas, casi imperceptibles, que quizá eran anuncio del granizo que estaba a punto de llegar. Miré alrededor y mi reloj. No eran más de las cinco de la tarde, pero todo estaba empezando a envolverse de una bruma que nacía en el suelo, junto a los troncos centenarios, como un vapor concentrado y muy blanco que salía de las entrañas del propio suelo.

—¿Hay alguien...?

Juraría que vi al mismo viejo que tiempo atrás respondió a algunas de mis preguntas. Aquel que no quiso contarme más del barrio maldito que se extendía al otro lado de la loma. El portal era el mismo, el último. No había margen de error.

Caminé unos pasos hacia atrás, apoyándome en el muro derruido del otro lado para tomar algo de perspectiva, y entonces comprobé que la chimenea seguía activa. Bajé los ojos y me fijé en otro detalle: había una mano blanca pintada sobre el dintel. No se trataba de un número ni de cualquier otro signo: sólo los cinco dedos albinos y abiertos.

Si hubiera podido contemplar mi rostro, habría jurado que se transformó de inmediato. Mentiría si dijese que no me sentí observado desde alguna de las grietas de aquella gran tortuga de piedra que era la estructura del caserón. En el regreso hacia el vehículo golpeé en las otras tres viviendas que tenían un mínimo aspecto de estar habitadas.

Nadie respondió.

—¿Hola?

Intenté memorizar el camino que anteriormente había hecho a pie y me adentré en una serie de charcos perpetuos que parecían estar en mitad del carril desde el inicio de los tiempos. Eran profundos, oscuros, con forma de ventrículos alimentados por aguas diversas que allí debían de ser muy frecuentes. Era imposible bordearlos sin mojarse a fondo. Al intentarlo una vez me fijé en que la vegetación de los laterales tenía escarcha.

—¡Mierda!

Noté cómo las ruedas se sumergían poco a poco en aquella negrura líquida. Más, cada vez más, hasta escuchar algo parecido a un clac. Cierta parte del chasis había tocado fondo al final de aquella especie de laguna olvidada. Aceleré y noté cómo las cuatro ruedas giraban al unísono levantando una cortina de barro que caía como lluvia densa sobre las ventanillas.

—¡Vaaaamos!

Le grité al todoterreno, como si pudiera obedecer a mis palabras, y pisé de nuevo a fondo. Tanto que empecé a notar un olor a quemado y un humo sospechoso elevándose a ambos lados del capó. Abrí la puerta y vi que estaba prácticamente sumergido hasta su base en todo el barrizal. Entró agua marrón y densa hasta dentro y cerré como pude. Cerré, y notando cómo mis botas manchadas se deslizaban en los pedales, di la marcha atrás. Entonces percibí cómo los engranajes del coche se hundían más en algo no identificado que bien pudiera ser una raíz de árbol sumergida cual trampa al final del socavón. Con miedo de quemar el motor de manera irremediable quité el contacto. Después miré a mi derecha y volví a ver el móvil sin cobertura.

En ese momento fui consciente de que no debía haber ido hasta allí solo. Al girarme para comprobar si el pueblo era aún visible, creí distinguir a alguien que, aún muy lejano, parecía avanzar con sus aperos de labranza al hombro. Respiré aliviado. Seguramente estarían acostumbrados a los imbéciles como yo que embarrancaban en los lugares más inverosímiles. Esta gente, pensé para mis adentros, siempre solía disponer de cuerdas y cadenas para náufragos urbanitas perdidos en sus cuatro por cuatro.

—¡Aquí! ¡Necesito ayuda!

Saqué la mano por la ventanilla y me giré cuanto pude. Pero algo me extrañó. No había nadie y el cielo tenía un tono azul muy oscuro, anunciando que la noche ya estaba encima. ¿Me habría imaginado a la figura como si fuese un espejismo?

Me agarré fuerte al volante y giré el retrovisor interior para ver bien todo el cristal trasero. Las salpicaduras me impedían tener una panorámica completa y la situación me comenzaba a poner nervioso.

Arranqué de nuevo y volví a apretar al máximo, hasta hacerme daño con el pie. Noté que la parte derecha del vehículo sí lograba avanzar unos centímetros y justo cuando estaba a punto de despegar los bajos de la gran piedra o raíz que me sujetaba, escuché otro golpe seco, como un latigazo. Después, se apagó el motor.

Di un puñetazo en el salpicadero. Tan fuerte que vi cómo se me amorataba el canto de la mano.

—¡Maldita tartana!

Me pasé al asiento del copiloto y abrí la puerta con el fin de comprobar si en ese otro lateral el charco maligno parecía menos profundo y se podía atravesar de algún modo. Tanteé con la bota si hacía pie y entonces sentí una risa muy cercana. Una risa que me llenó de pavor y que ya había escuchado alguna vez. Elevé la mirada y me encontré con ella. Una anciana enlutada, jorobada, cubierta por un pañuelo que le tapaba el rostro.

Respiraba fuerte y llevaba una guadaña.

—¿Es que no me conoces?

El último rayo del sol reflejó algo dorado entre sus manos y justo en ese instante, con todas mis fuerzas y presa del pánico, salté hacia delante cayendo fuera del perímetro de la ciénaga. La puerta quedó abierta con todos mis aparatos, cámaras y dispositivos dentro del coche. Y yo corrí. Corrí una vez más sabiendo que en ello me iba la vida. Y detrás de mí, aquella carcajada que escuché cada vez más lejana, como una pesadilla que se desvanece.

Hasta no estar bien seguro, trescientos metros más allá, no me giré, sofocado y a punto de echar el bofe por la boca. Allí vi mi todoterreno varado en mitad del camino, pero no había rastro de la anciana. Desde esa posición, ya cerca de la loma que conducía al antiguo barrio muerto de Goate, se podía otear todo el contorno y no encontraba lugar donde esconderme.

¿Habría visto realmente lo que creí contemplar? ¿Me jugó una mala pasada la imaginación?

Las viejas vestidas de negro y sin rostro no se volatilizan. Por lo tanto, tenía que pensar en algún tipo de ilusión óptica, de imagen dormida en mi subconsciente que había aflorado en ese momento preciso a causa de la tensión que llevaba acumulada. Quizá mi cerebro, ese amigo-enemigo, al encontrarme en una situación de peligro y después de ver el símbolo de la mano en el dintel de aquella puerta, relacionó hechos y tejió...

—¡No hay nada que más despierteee...

Mis divagaciones se cortaron en seco. Me volví bruscamente al escuchar aquel cántico cercano y conocido, como transportado por aquel aire maldito que no dejaba de soplar, y que se me había metido a través de los oídos hasta lo más profundo del alma.

—... que pensar siempre en la muerteee!

La letanía de las ánimas, la misma que ya le había escuchado a aquella vieja demoniaca cuando me salió al paso frente a la ca-

tedral de Toledo, empezó a sonar muy cercana. En coro, como
si varias voces me estuvieran rodeando. Lamentos y una campanilla que sentía avanzando gradualmente como si fueran lobos
a la caza de una presa.

Me palpé los bolsillos del chaleco buscando instintivamente
algo para defenderme. Sólo encontré la pequeña, la diminuta
linterna de pilas que apenas alumbraba.

—¿Quién anda ahí?

Grité con todas mis fuerzas, trazando al mismo tiempo un círculo completo con mis talones con el fin de comprobar que poco
a poco aquella bruma tan extraña iba ya desdibujando mi coche
varado a lo lejos. El foco era débil frente a aquella densidad de
sombras que me envolvía sin remedio. Lo puse al frente y, creo
que debido al terror que ya se estaba desatando en mis entrañas,
vi una cara en el propio haz de luz. La cara de un niño, por unos
instantes. Un niño peinado a raya, riendo, con los dientes negros. Apagué y encendí. Allí estaba, en el óvalo que se proyectaba contra la pantalla de niebla.

Y creo que no era ningún espejismo.

Entonces salí a la carrera de nuevo, como un loco, poseído
por el miedo, trompicándome, gritando juramentos que creía
desconocer. Corrí rumbo a las ruinas del barrio desierto buscando un refugio para huir de aquello.

El esqueleto desnudo de lo que fueron casas, con diferentes
formas que la muerte y la ruina habían dejado allí desvencijadas,
fue quedando a los lados. Apenas eran cimientos de grandes muros.
Alumbré uno de ellos y entonces vi signos, los mismos que aparecían en la ermita. Claves hundidas en la piedra que no quería
ya leer ni comprender. Grabados milenarios que acrecentaban mi
temor y me hacían avanzar más allá, huir de ellos como quien
se aleja de una amenaza. Así vi como a lo lejos aparecía una colmena llena de rectángulos más negros que la propia oscuridad
que ya había caído sobre mí. Era el camposanto. Los nichos.

Maldije mi suerte varias veces. Y mi osadía. Dirigí la linterna hacia ellos, sin pasar la verja que allí seguía inmutable y oxidada. Entonces leí algo que pasó desapercibido en mi primer viaje, aquel que hice tras la pista de Galván, sin conocer siquiera la historia del lugar. Pasé muy lentamente por encima de unas letras grabadas en el friso de aquellas tumbas paralelas a la tierra...

Camposanto de infecciosos

Comprendí al leerlo a qué se refería el asesinado doctor Sárraga en su libro sobre la falsa peste. El mito de la apócrifa historia ocultada por ciertos sectores había otorgado al camposanto cierta fama de maldito. Auténtico cementerio de herejes de siglos remotos, fue repudiado en toda la región, secreto para la mayoría de censos y borrado de todos los papeles oficiales. Enclave de ejecución de los pobladores de Goate y de diversos miembros de la Hermandad del Libre Espíritu, pudo ser utilizado durante algún tiempo como fosa común de aquellos que, por su enfermedad contagiosa, representaban un peligro para el resto. Sólo así se le pudo dar un uso. La creencia popular, hasta bien entrado el siglo XX, obligaba a las familias de estos difuntos, sobre todo a las que con dolor portaban los sepulcros blanqueados de los infantes, a enterrarlos en una ubicación alejada del casco urbano. Y qué mejor que aquélla, con toda la soledad del mundo.

Restos de Angelita González Cavero, 7 años, y de sus hermanas Elvira, 9, y Agustina, 4. Vuestros padres no os olvidan

Hubo un momento en que apagué la luz por miedo a que alguien siguiera mi pista. Sin ella ya era incapaz de distinguir ni mi propia mano extendida. Me la puse frente al rostro, en mitad de aquella negrura tan densa como jamás había padecido, y abrí los dedos al máximo, recreando en mí aquel signo que me había perseguido durante todo este tiempo. La señal que, a empujones, me había llevado hasta allí por algún motivo.

—¡Ven!

Lo escuché nítido y muy cerca de mí. La voz de un niño. Quizá el mismo y espantoso que se había aparecido en el haz de la linterna. El de la boca podrida y los ojos sin párpados. El del pelo lacio. Sí, ése era, y creo que lo vi caminando muy despacio, como una silueta, cerca del crucero en mitad del camposanto. Escondiéndose tras él, como en un juego detenido en el tiempo. Me froté los ojos aún incrédulo. Después, convencido de que estaba allí, justo en el mismo lugar en el que aparecía en las *polaroid* que acompañaban el último texto de Lucas Galván, me acurruqué cuanto pude, retorciéndome en un ovillo hasta hacerme daño, colocándome de espaldas en el pequeño murete que servía de base a aquella verja de pinchos.

Así transcurrió un minuto en el que procuré ser invisible, desapareciendo de aquella pesadilla, cubriéndome para no ser visto. Entonces escuché poco a poco cómo los matojos se iban apartando suavemente en mi misma dirección. Cómo las malas hierbas que habían crecido arremolinándose durante siglos en los laterales del cementerio, se iban doblando... cada vez más cerca.

—¡Ven!

Lo vi junto a mí, a un palmo de mi cara, agarrando los barrotes con las dos manos y sacando su cabeza abombada de criatura deforme por entre los cilindros oxidados, sonriendo, alargando su brazo esquelético para alcanzarme. Noté un susurro, una lengua helada, pasando por mi cabeza. Como si unos dedos pequeños intentaran asir mi pelo desde arriba sin lograrlo.

Y entonces, sin querer mirar, presa de la histeria, salí a la carrera despegándome de aquella piedra y cruzando el camino para entrar en la ermita, cayendo de bruces nada más pasar el umbral de su arco semiderruido. La vieja construcción, abierta como un huevo roto, parecía el único lugar bajo techumbre donde protegerse. Así, en aquella posición, permanecí un buen rato, hundiendo mi nariz y mi barbilla en aquel suelo frío mientras fuera seguía escuchando la llamada.

Temí mirar hacia arriba porque sabía lo que me iba a encontrar. Al final lo hice. Encendí la linterna y apunté arriba, justo sobre mí, y allí surgió, como si estuviese esperando mi regreso, el pantocrátor. El Dios calvo con mechones de pelo. Con la boca abierta y profunda que reía ante el infierno que se abría bajo su presencia. Con los dientes simétricos, pequeños, alineados. La orejas toscas, igual que los pies inmensos que asomaban entre la toga blanca. Y los ojos, esos ojos almendrados, sin pupila, tan blancos como las manos que se dirigían al cielo impartiendo una justicia implacable y eterna.

Casi creí escuchar su risa, su carcajada rebotando en las bóvedas burlándose del reportero que, como el otro desgraciado que hasta aquí había llegado treinta años antes, quiso escarbar en su enigma. La oía, la percibía, estaba ahí mientras yo pasaba mi luz por las siluetas que se retorcían entre el fuego que aparecía pintado más abajo. Las figuras de los infieles siendo descuartizadas por los demonios, los niños precipitándose boca abajo, como naciendo de nuevo en el infierno, las pecadoras gritando, semidesnudas, intentando aferrarse a algo mientras caen al abismo. A un lado, la cabeza de aquel demonio, de aquel ser indescriptible que era el vivo retrato de lo que había visto en los grabados de Venecia. Aquel *Imprimatur* de más de tres metros de altura y tapado hasta el cuello por una capa de pintura añadida tiempo después.

Me acerqué gateando hasta donde debían de estar sus pies y palpé toda la superficie. Estaba húmeda, como si transpirase... Viva.

—¡Santo Dios!

Aún tuve fuerzas para pronunciarlo con aquella supuración impregnándose en mis dedos. Me miré las yemas, poniendo el foco sobre ellas: estaban manchadas por aquel barniz de siglos, desprendiendo un olor a moho, mareante, denso, que se iba extendiendo por el recinto. Me atreví a coger una lasca de piedra de aquel suelo agrietado y comencé, como fuera de mis cabales, a raspar con fuerza.

A los dos minutos enmudecí.

—¡Santo...!

Repetí la operación tres o cuatro veces y fui quitando capas cada vez más gruesas de aquella especie de alquitrán que cubría la escena. Aparecieron las piernas famélicas del *Imprimatur,* en la misma posición que mantenían en el célebre grabado del *Monogramista TS.* En la misma posición por tanto que en la tabla original que *El Maestro* pintó en los *pozzi* del Palacio Ducal.

Al fin nos encontrábamos cara a cara.

Seguí y seguí, sudoroso, casi olvidándome de lo que me había sucedido afuera, sin querer mirar atrás, hacia el área de la pared derruida que quedaba a mi espalda y por la que se veía el cementerio donde se aparecía el niño. El lugar donde quizá estaba ya, guiada por la baliza inconfundible de una pequeña luz en mitad de la penumbra, la vieja enlutada de la guadaña.

En aquel momento me daba igual, estaba poseído por una fuerza superior. Arranqué de cuajo aquellas capas que quisieron vetar a uno de los protagonistas del fresco. Me subí a un saliente de roca y proseguí la labor, escuchando mis propios jadeos, hincando aquella punta a modo de sílex primitivo sobre la pared de una antigua caverna, y así fui viendo más... y más.

—¡TS!

Allí estaba el emblema definitivo del toledano que portó el mensaje herético de El Bosco. Ya con las manos, tirando de los colgajos de aquella especie de cuajo negro que goteaba, arrancándolo como pellejo de otro tiempo, fui desenvolviendo la placenta maligna para devolver la vida a aquella entidad. Estaba allí, pugnando con Dios Padre, colocando su mano negra sobre la blanca del pantocrátor. A punto de envolverla con su poder, mirándole desafiante y luchando de tú a tú. Desafiando con su naturaleza las normas de lo establecido por la religión oficial.

Observé el rostro de aquella criatura y en su pecho una serie de letras de apariencia gótica parecidas a las que vimos surgir en las tablas de las *Visiones del Más Allá* cuando Klaus Kleinberger y Laura Burano hicieron la reflectografía.

Oh magister, imprimatur anima invocat...

Ahí estaban las frases que se repetían una y mil veces para entrar en los estados alterados de conciencia. Ahí figuraba el formulario secreto para, orando hasta perder el sentido y ayudados por el ayuno ritual, entrar en otro mundo y ver cómo las figuras abandonaban su superficie de dos dimensiones para acudir a nuestro encuentro. Ahí aguardaban los secretos condensados de la antigua doctrina de los herejes del Libre Espíritu. Ahí, por fin...

Pensaba en Klaus, en su rostro cuando estuviera frente a aquella pintura maldita, la copia a gran tamaño de la tabla de *El Maestro* que alguien llevó a aquella aldea escondida para seguir creyendo. Pensé en Laura Burano y los experimentos que podría hacer allí. Pensé hasta en Helena. Todo eso surcó mi cerebro en un instante, mirando extasiado aquel rostro venido de otro mundo y encarnado en los pinceles de los conocedores de la otra verdad. Después creí caer, arrastrado por un tirón seco que terminó haciendo retumbar mis entrañas al caer contra el suelo. No perdí el equilibrio por mí mismo. Algo me había cogido por el pantalón. Algo frío, de hierro, penetrando en él y rasgándolo, empujándome al vacío hasta dar con mi espalda allí abajo.

Quedé boca arriba y entonces, a pesar de que la linterna cayó junto al vértice de la pared, alumbrándose ella misma al chocar con la piedra, distinguí en la penumbra dos siluetas. Una estaba muy cerca de mí y reía. Llevaba la guadaña en las manos. La misma con la que me había enganchado. Yo notaba correr un reguero caliente por la pantorrilla, pero no sentía dolor. Podía más el terror. El miedo a la otra figura, alta, gigantesca, esperando hierática en la entrada y cubierta con su capucha.

Luego escuché unas palabras de la anciana:

—Quien me desobedece es condenado...

Noté sus garras, las mismas que me detuvieron a la carrera frente a la catedral de Toledo, clavándose en mis hombros, despidiendo su piel un olor nauseabundo y viendo cómo destellaba uno de sus dedos. A continuación, todo negrura. La lluvia suave en la cabeza, el viento y la verja del camposanto abriéndose y crujiendo en mitad de la noche. Me llevaban en volandas, muy aprisa, y sentí que mi piel se me erosionaba y sangraba. Adelante escuché los pasos firmes del monje sin cara.

—¡Ahora ve con las ánimas! ¡Ellas ya te esperan en el purgatorio eterno!

Y la risa infernal, retumbando en mis oídos. Y en mi cara, en mi pómulo derecho aplastado, una losa fría, tan helada como una lápida. Y el golpe seco, como quien rompiera la cáscara de un huevo de hueso. El toque rápido y el mareo en riadas descendiendo por la nuca y los omoplatos, durmiéndolo todo en un hormigueo doloroso de sangre detenida. Luego el círculo que lo iba absorbiendo todo y que me rodeaba con una luz de claridad repentina. Padecía vértigo, todo se movía y se llenaba de ruidos, de voces, de otras manos que me golpean, que tiran de mí.

Y un pitido que se aproximaba muy a lo lejos...

Círculos blancos formando un embudo que me llevaba más allá de la muerte.

42

Quinientos años justos.

Cinco siglos exactos después del viaje de Hyeronimus van Acken a través del puente que separa las orillas de la existencia, inicio mi propio viaje. Se repite la escena de una de las tablas custodiadas en Venecia. Comienza mi propia ascensión de las ánimas, ya voy hacia ellas. Ya acudo a su llamada deslizándome por el túnel infinito. He jugado y he perdido.

¿O he ganado?

Pongo mi mano en la frente, para no ser deslumbrado, y veo, muy al fondo, aquella luz primigenia pulsante. La luz de la esencia infinita de la que todo parte. La del principio y el fin.

Noto un calor que me envuelve y me acurruco cogiendo mis rodillas. Una atmósfera salada, suave. Una placenta que queda atrás, abriéndose como una bolsa transparente y perdiéndose ingrávida hacia mi espalda, hacia un área adonde ya no puedo mirar, recto el cuello que avanza en una sola dirección como *drakkar* de un barco antiguo.

Sin posibilidad de regreso.

En los laterales de aquel resplandor circular aparecen cuadrados que emergen de pronto, escenas, diapositivas vivas colgadas en la exposición de uno mismo. Allí estoy, mirándome a mí, con los ojos tristes, con la bata de rayas verdes y el gato bordado en el bolsillo. Con el pelo a tazón, posando para una foto que ahora veo desde el otro lado. Y la soledad del primer día de colegio, y un balón, y un desayuno con mis padres, y el sol entrando por la ventana. Y el primer beso. Y el primer fracaso.

Todo cada vez más deprisa, circulando hasta fundirse en una tira silenciosa, sin voces ya, pero con olores. Con olores del recuerdo y del tiempo. Con las calles viejas de la niñez y los pájaros de la mañana posándose en la buhardilla. Me dejo llevar, nadando, sintiendo el frío del agua del mar, viendo a mi abuelo llevándome en brazos y protegiéndome de las olas.

Me estiro, haciendo una cuña con mis brazos, adentrándome más, penetrando como una flecha en esa blancura. Y al final las siluetas me llaman. Una levanta los brazos hacia arriba. Entonces siento miedo. El resplandor se va apagando y aquella figura danza mostrándome sus palmas oscuras.

Es la señal de los herejes... que también me aguardan.

A un lado, muy cerca de mi hígado, noto una cara que brota. Una faz viva que me ha salido del cuerpo como una prolongación de mi anatomía. Un rostro que me mira con una gaita sobre el cráneo. Es la cabeza del mismísimo «hombre-árbol» que se ríe y me observa con sus ojos de huevo blanco. Quiero taparme pero no puedo. Algo va mal. Me noto virar a mi derecha. No veo a los seres queridos.

¿Dónde están? ¿Dónde estoy?

Me fundo con el borde del tubo de círculos concéntricos. Noto que me quemo, que me corto en dos, que sale un brillo, como si el contacto de mi yo provocase chispas en la superficie pulida. Alguien me arrastra, me desvía del camino. Tengo que llegar a la luz del otro mundo, a reunirme con las ánimas. Pero no puedo. Doy brazadas y el aire se vuelve más denso. Me hundo. La mitad de mi estructura la tengo ya fuera. Un ojo está en el embudo de blancura, el otro en una noche infinita, sin estrellas. Un cosmos apagado que es un gran precipicio de vértigo interminable. De él, como una marabunta que avanza desde alguna dimensión perdida, empiezan a llegar sonidos. Sonidos de dolor. Y escucho.

Caballos, gritos, fuego, es una visión de otro tiempo. Una escena que no es mi vida. ¿Qué hace allí?

Miro a la cara del «hombre-árbol» que ha salido de mi hígado. Junto a ella, flotando como yo pero quedándose poco a poco atrás, un individuo despeinado, nariz aguileña, bigote lacio, gesto ausente, envuelto en un gabán negro. Me recuerda tanto a...

Intento verlo bien pero algo me empuja, noto sus manos de hierro en los riñones, precipitándome hacia la zona oscura. Y entonces los sonidos me envuelven, lejos ya del túnel de la claridad prodigiosa. Estoy en un espacio negro, quizá para siempre. El desvanecimiento otra vez, como un ascensor que baja mil pisos en un segundo. El corazón y los pulmones suben ingrávidos. Soy invisible. Aire. Me noto caer y el sonido de las llamas cada vez es más fuerte y me envuelve por completo como una cápsula ardiente. Entonces, veo cosas, escucho cosas de nuevo. Más nítidas...

Me han lanzado hacia otra dimensión del tiempo. Estoy en la historia que nunca viví. Y veo un pueblo que me resulta familiar. Las casas no parecen derruidas y aún tienen techos. Hay unas hogueras en mitad del cementerio que también conozco. Y relinchos de animales asustados.

—¿Osáis, mísero infiel, no revelar la ubicación de la tabla que solicita el rey?

El padre Atienza agarra al hombre por el cuello. Hasta Felipe II le pide calma desde el interior de la reluciente armadura que utiliza para las grandes ocasiones. A su vera, el bibliotecario Benito Arias Montano suplica clemencia, mirando hacia atrás y viendo horrorizado cómo todo el pueblo es conducido al camposanto donde ya crepitan tres grandes piras alimentadas por unos monjes encapuchados. Hombres, mujeres y niños, despojados de sus ropas, van en fila india, alzando sus manos, dejándose atar a los palos. Conscientes de que su destino está marcado.

—¡Hereje infecto! ¡Sabemos que la trajeron aquí hace mucho tiempo! ¡Nos lo ha confirmado uno de nuestros consejeros! ¡Hablad ya!

La respuesta es una mirada fría, acurrucada pero sin atisbo de rendición. Y el silencio.

—¿No os dais cuenta de que vamos a prender fuego a todas estas creaciones satánicas y a cada uno de vosotros si no nos llevamos el maldito cuadro que desea su majestad? —insiste el fraile golpeándole la cabeza contra la pared de la ermita.

El individuo de barba, muy delgado, es el único que porta un andrajo a modo de vestimenta, se lo han dejado puesto quizá por ser el líder espiritual de esa comunidad asentada en Tinieblas. Apoya su espalda en las piedras y lentamente hace un gesto que enerva aún más a la comitiva...

—¡Hijo del diablo! ¡Aún osáis mostrarnos las palmas de las manos pintadas de negro! ¡Siervo del mal! ¡Contemplaréis de qué forma limpiamos esta tierra de vuestro pus hediondo!

Comienzan a escucharse los gritos desde la explanada del camposanto. El fuego crepita con la carne humana en su interior y caen cenizas y gotas de grasa hirviente al pie de los sarcófagos de piedra que algunos canteros que acompañan la comitiva regia se han encargado de reabrir uno a uno. Les hincan una especie de palanca y con un golpe de mazo las carcasas de piedra, como si se horadase en un gran panal, van abriendo sus fauces dispuestas a albergar los cuerpos carbonizados que un poco más allá se amontonan. Después, a cada mano negra plasmada en la superficie, le van pasando un manto de pintura blanca.

—¿Sois el líder de este hatajo de perdidos? ¿El que deja morir a los suyos por proteger la tabla?

Tras estas palabras, echando espumarajos por la boca de la fuerza con que las pronuncia, el padre Atienza, sudoroso, propina una patada en la cara del individuo famélico y silencioso de larga cabellera albina. Éste, a pesar de sangrar por la nariz, como si no sintiese nada, alza su dedo índice y señala al fresco que tiene sobre la cabeza. Una escena grandiosa en la que un Dios Padre deforme y cruel, lejos de la caridad que predicaba Cristo, sonríe malévolo ante el dolor de los condenados. Ahora el resplandor del fuego, entrando por el ventanuco, se añade fantasmagóricamente a las rectas llamas pintadas por el viejo maestro que un día llegó hasta allí, otorgándoles una sensación de movimiento. Como un balanceo.

A su lado hay un ser del mismo tamaño e igual importancia, batallando de tú a tú, como una sombra de otro mundo que intentase vencer a ese pantocrátor que porta un libro en las manos. Justo a ese punto indica con su brazo tembloroso Benito Arias, consejero del rey...

—*Ego sum lux mundi*... ¡Yo soy la luz del mundo! ¿No lo entendéis? Entregaos a él, abandonad vuestro culto infame de las sombras, pedid por vuestros pecados y reuníos con la gracia del Señor... ¡No os atormentéis más y confesadnos dónde está la tabla para detener esta barbarie! ¡Tened piedad de los vuestros!

El hombre sólo mira al rey. Y éste parece escucharle con suma atención, pero sin decir nada...

—Vuestro consejero no os mintió. Seguro que fue algún traidor al que dejamos entrar en nuestras ceremonias y que luego vendió su alma al mejor postor. La pintura que tanto os interesa fue traída aquí hace casi cien años por el monogramista que aprendió de *El Maestro* con el fin de copiar una parte en esta gran bóveda para iniciar la gran labor de la ensoñación. Le fue encomendada la misión de salvarla y nuestros hombres la rescataron de la cárcel de Venecia para traerla a lugar seguro. Con ella a su lado, reflejó la esencia que sólo conocemos los iniciados y dejó escrito el modo de acceder a lo que está más allá de la vida. Es esto que está aquí, pero que jamás sabréis interpretar...

—¿Pero dónde está la tabla original? ¡Decidlo ya o sufriréis más que ninguno! ¡Os juro que es vuestra última oportunidad! —grita el padre Atienza apartando de un empujón al conciliador bibliotecario.

—No merecéis esa sabiduría. Y moriréis sin atisbar lo que viene tras el último paso. Ya estáis malditos... por los siglos de los siglos.

—¡Engendro de todos los demonios! ¡El *crufixarium!* ¡Que le practiquen el *crufixarium* de inmediato! —vocifera el fraile apretando los puños mientras Felipe II, con el semblante quizá impresionado por la serenidad de aquel hombre, opta por salir de la ermita.

Veo entonces, desde mi atalaya invisible, como entra uno de los encapuchados que estaba quemando a la gente afuera. Lleva un cuchillo corto y ancho, reluciente y con el mango de madera negra. Coloca de espaldas al sujeto y le arranca los andrajos que lleva puestos.

—*Oh magister, imprimatur anima invocat...*

La extraña letanía, leída del propio fresco, se repite en la voz del anciano hasta que la daga penetra en el espacio intercostal y con una serie de movimientos rápidos destroza la zona renal dibujando en la carne una cruz perfecta. Cae como un saco, hacia atrás, sin gritar de dolor...

—Por Dios bendito... ¡No podemos llegar a esto! ¡No podemos actuar con esta locura propia de las bestias!

—¡Callad, bibliotecario, y no nombréis al Señor en vano! Él y sólo Él sabe bien cuál es nuestro cometido. ¿Acaso no recordáis lo que hicieron estos hijos de mala madre con el párroco?

—Lo sé, pero no podemos arrasar un pueblo entero por venganza. Esto tendrá consecuencias y además... ¡parece que el diablo estuviese manejándonos a todos en esta espiral de sangre y fuego que no termina!

—¡Cerrad la boca! Vuestras lecturas demasiado ambiguas y que deberían estar prohibidas os han ensuciado el pensamiento. ¡Esto es una santa cruzada y de ella se sabrá lo que nosotros queramos que se sepa!

Arias Montano, cada vez más hundido por el horror que le envuelve, se echa a llorar poniéndose las manos sobre el rostro.

—Sois el rey y vos de naturaleza tibia y así es imposible acabar con esta podredumbre de Satanás. ¡Trocearon al cura sobre el altar! ¿Me oís? ¡Eso es lo que hicieron!

—Padre, por favor, olvidémonos de la tabla y huyamos. ¡Dejemos libres a esos otros!

El monarca está de pie, en silencio, observando el humo cada vez más negro y grasiento que sale de la pila de cuerpos humanos. Ya apenas queda nadie. Han muerto casi todos. Se dirige hacia allí, con la color demudada, pensando quizá en las palabras de maldición escuchadas al anciano de la ermita.

Dentro continúa la conversación entre los dos religiosos.

—¡Este despojo ha osado insultarnos y maldecirnos! ¡Y todo por culpa de esa maldita pintura que tanto os interesa! No me culpéis a mí, pues habéis sido el rey y vos quienes os habéis empeñado en encontrar esa creación maléfica. ¡Yo sólo cumplo órdenes del Altísimo!

—Actuar de este modo tan brutal —responde el aludido entre sollozos— puede traernos problemas, padre Atienza. Ya sabéis cómo están las cosas de la fe en Europa y yo tengo mis temores después de lo que estoy viendo aquí.

—Descuidad, que yo tengo un plan...

El menudo fraile, con el pelo pegado a la calva, ríe henchido de orgullo antes de confesar...

—Fundaré una orden, un cuerpo de gloriosos cruzados que estarán siempre alerta ante cualquier rebrote que intenten estos adoradores del diablo. Dejadlo de mi cuenta.

—¿Pero esa orden existe ya?

En ese instante alguien abre la puerta de madera de la ermita y la humareda con olor a carne quemada penetra en el interior, cubriendo el cuerpo asaeteado del anciano que aún agoniza en un rincón. El pantocrátor ríe con su boca profunda y sus globos oculares sin expresión. Al lado, la figura del *Imprimatur*, quizá por una ilusión óptica, parece cambiar su gesto. Es algo casi imperceptible, parecido a un sutil espejismo. A pesar de ello ambos religiosos lo han notado en el instante mismo de ocurrir.

Y se han echado atrás.

—¿Lo habéis visto? —repite Arias Montano dos o tres veces sin apartar sus ojos del fresco.

—¿A qué os referís?

Atienza lo sabe perfectamente. Aquella cara del ser sombrío que pugna con Dios Padre en la bóveda ha variado su cara. Ahora es terrible, mucho más que antes.

Y les mira.

—¡Que traigan pintura negra y borren todo eso de inmediato!

—Pero ¿osaréis cubrir a Dios Padre? ¡Eso es pecado mortal! —replicó el bibliotecario aún sin despegar la mirada de aquel rostro arcaico recién transformado.

—¿No me oís, soldado? ¡Haced desaparecer ese demonio infame! ¡Rápido!

—Señor, me presento aquí por otra cuestión —la voz surge de una de esas capuchas de monje donde sólo se ve penumbra y no asoma ni un atisbo de rostro humano.

—¿Qué queréis? —replica Atienza fijándose en que el recién ajusticiado por el método del *crufixarium* se ha girado, quizá en un estertor de la muerte, y ahora sonríe.

—Hemos encontrado la tabla. Estaba en uno de los sepulcros de piedra que tenía una mano negra dibujada.

Salen en estampida los dos frailes dispuestos a darle la noticia al rey. En el exterior perciben que aún no se han apagado los gritos. Se detienen en seco y a la vez, sintiendo de nuevo un escalofrío al escuchar, simplemente por el tono tan violento y apocalíptico, una serie de sentencias que sin duda son maldiciones.

Terroríficas maldiciones propias de un tiempo muy remoto.

—¡Majestad! ¿Qué os ocurre, majestad? ¿No lo habéis oído? ¡Hemos encontrado lo que buscábamos! ¡Hay que trasladar el cuadro a El Escorial de inmediato y marcharnos de aquí cuanto antes!

Toman del brazo metálico y plateado al monarca. Pero éste no responde ni se mueve. Sólo mira fijo, como bajo el influjo cimbreante de la única hoguera que queda encendida. En su interior hay un niño que no muere. El último hereje. Un niño que alza los brazos en una danza maléfica, mostrando las palmas abiertas. Manos negras carbonizadas que ya empiezan a caerse a trozos, ardiendo por dentro. La cara se apergamina. Abre la boca y está toda hecha carbón, como podrida. Ríe y mira fijamente al hombre más poderoso de la tierra. El fuego sigue envolviéndolo pero no lo tumba. Todos los verdugos, ropajes oscuros y dagas sujetas por el cordel que recorre la cintura, están asombrados y de rodillas. Nadie se atreve a subir al entramado de maderos al rojo vivo.

Pero no son las brasas las que les frenan. Es el temor a esas blasfemias jamás antes escuchadas en la boca de ningún otro ser...

—¡Purgatorio...!

El niño ríe antes de que la cabeza vaya hacia atrás y caiga como una piedra, dejando el cuerpo contorneándose durante unos segundos eternos, decapitado. Los brazos siguen arriba. Lo último que ha dicho es algo comprensible, señalando a Felipe II...

—¡Te perseguiré hasta en el purgatorio!

Después todo se me va nublando. Y vuelvo a escuchar voces. Ya no hay túnel de luz. No sé dónde estoy, todo vuelve atrás. El vértigo. El corazón otra vez como un maquinario que se mueve continuamente. Un pitido constante retumba en mi cabeza. Y una respiración fuerte y helada me envuelve.

Huelo a menta, que entra hasta los pulmones.

43

No oye nada. No siente nada. Procuren que no las note disgustadas.

El doctor se marchó y junto a mi cabeza estaban ya aquellas dos mujeres mirándome fijamente.

Sí que oía. Perfectamente. El olor a menta y la respiración fría cada vez que exhalaba rebotaba en la máscara de plástico que cubría mi nariz y mi boca. No podía moverme, pero sí enfocar mi mirada hacia abajo para ver aquel montón de vendas cubriéndome por completo. Los brazos surcados por agujas y cables verdes y blancos. Y varios goteros con suero transparente. Y las pantallas. Las pantallas parecidas a las de mis amigos de la policía científica o de la radio. Los monitores verdes con sus gráficas arriba y abajo.

En cuanto el médico desapareció por la puerta las dos mujeres se abrazaron llorando desconsoladamente. Helena y Laura. Deslumbrantes.

Pero... ¿qué había pasado?

Hablaban sin parar. Yo sólo podía escucharlas dejando de respirar, deteniendo el maldito émbolo del aire. Aguantando unos segundos para escuchar nítidamente sus voces sofocadas. Entrecortadas. Cada cierto tiempo entrelazaban sus brazos de nuevo y reposaban la cabeza de una sobre los hombros de la otra.

—¡Lo sabía! ¡Sabía que iba a ir allí! Por eso llamé a la Guardia Civil y entonces...

Casi me ahogué por aguantar. Notaba mi debilidad. Antes yo creo que pasaba del minuto o minuto y medio bajo el agua. Diez segundos son suficientes. Helena estaba rota de dolor, tanto como mis riñones. Esos en los que notaba una punzada atravesando la carne viva.

—El sueño me lo dijo. Fue lo que vi en mi pesadilla lo que me hizo llamar...

Al parecer, la noche anterior a mi último viaje a Tinieblas, Helena vio algo a los pies de su cama. Se despertó y allí estaba la figura de Lucas Galván. Ella creyó verlo así. Pero en vez de sentir pavor como hacía treinta años, lo que percibió fue una sensación de profunda tristeza y una certeza: que yo había ido al pueblo maldito, quizá a encontrarme con la misma muerte que el reportero argentino. Con esa seguridad llamó a la Guardia Civil de los Montes de Toledo, y fue entonces cuando se encontraron con un todoterreno con las puertas abiertas, en mitad de un camino que casi nunca tomaba nadie. Más allá vieron a unas figuras moviéndose en el camposanto. Las vieron huir, una muy alta y la otra extraordinariamente baja, como un enano. Sobre una de las lápidas había un cuerpo, el mío, tumbado boca abajo, con los brazos en cruz, un golpe seguramente letal en el cráneo y una puñalada en el riñón derecho, perpendicular a la columna, de donde manaba abundante sangre.

Así supe de mi suerte.

Laura Burano tenía un recorte de prensa entre las manos. Lo movía de un lado a otro y yo procuraba fijarme. En un momento de reposo lo dejó sobre la mesilla y leí lo que pude. Entonces casi volví a desvanecerme, a sumergirme en otro de esos sueños malditos.

—¡No te vayas ahora, Aníbal! ¡Aguanta, por favor!

En el periódico aparecía la fotografía de mi amigo Klaus. Con su bigote de morsa y su cara sonrosada. Ponía que se había tirado por el balcón. Desde la buhardilla de su estudio, en su caserón perdido en el campo.

No pude leer más que el antetítulo:

Los ladrones robaron un valioso grabado recién adquirido por el experto.

Sentí las punzadas por todo el cuerpo, como si los demonios de El Bosco estuvieran atravesándome con mil lanzas del infierno. Creo que hasta me moví, como en un espasmo. Después, aunque no cerré los ojos, un velo negro, a cortes, como una pantalla que se va atrancando, mi vista fue desapareciendo. Entonces escuché el tumulto y lo que hablaban entre los tres...

—Se ha acelerado el pulso... no se preocupen. ¡Enfermera! ¡Aumente la dosis intravenosa en doscientos miligramos!

—Mire, doctor, estamos muy asustadas. Nos han ocurrido a todos una serie de cosas que...

—Discúlpeme, señora —respondió el médico a Helena—, pero creo que eso es mejor que se lo cuenten todo a la policía. Es un tema que tiene que ver con su área. Nosotros sólo podemos velar por la salud del enfermo. Bastante hemos hecho con recuperarlo de la muerte.

Al parecer había estado cincuenta y tres minutos más allá que aquí. Navegando en una franja desconocida que se extiende entre dos mundos. Temía quedarme ciego, pues mi visión no regresaba. Y no podía gritar para decirlo. Nadie parecía enterarse de que yo no podía ver nada. Sólo escuchaba la respiración, el olor a menta, y las palabras...

—¿Cómo le contaremos lo de Sebastián? —dijo la voz cada vez más lejana de Laura Burano.

Aquella tarde, en la sala novena del hospital, supe que no sólo Klaus se precipitó al vacío después de que alguien entrase por su ventana, escalando como una sombra, sino que mi amigo, el entrañable editor Sebastián Márquez, había sido encontrado asesinado en un rincón de su estudio. Esta noticia no salió en ninguna parte, sólo en los boletines radiofónicos y sin decir nombres. Quizá yo mismo la escuché parcialmente, envuelta de interferencias, mientras acudía al pueblo maldito.

Ocurrió la última noche que le vi, cuando quedó a la espera de los gamberros que habían golpeado su puerta. No debió de llamar a la policía. O se presentaron antes de la hora anteriormente repetida. Su muerte fue distinta. Se había desangrado por cuatro puñaladas en la espalda, a la altura de los riñones. Y su grabado también había desaparecido, aunque esto sólo lo sabían Helena y Laura Burano, amigas a raíz de la doble tragedia.

Lo que más me impresionó fue una frase de la primera, casi al despedirse:

—¿Estás segura de que son manos blancas las que aparecieron en la puerta del taller?

Laura, antes de que se escuchasen los dos últimos besos y un llanto largo, respondió que sí. Que ella misma las limpió con alcohol nada más llegar a España. Aún estaban allí y la policía no les había hecho ni caso. Que eran manos grandes, dejando marcas de pintura blanca o cal sobre la madera de aquella pequeña puerta. Dos días después del accidente de Klaus, ocurrido en la misma madrugada y quizá a la misma hora de la muerte de Sebastián, la conservadora italiana estuvo llamando a mi teléfono durante horas. Al final, establecidos ciertos contactos, supo de mi accidente tras pasar la noche en Tinieblas. Las dos se conocieron en la sala de la UVI, conmigo en coma. Y fueron contándose todo, sintiendo cada vez más miedo.

Por eso reconocía perfectamente quién era la que lloraba a cada ocasión.

—¡Hasta siempre!

Sentí la mano de Helena en aquella despedida. Hasta entonces no había notado el tacto de nada. Y su piel caliente, con cuidado para no lastimarme, recorrió la palma y el antebrazo.

Me debían de dar por desahuciado. Escuché llegar a un sacerdote de la capilla diciendo algo. Algo que me aterró...

—Yo no le daré la extremaunción. Enterado de su situación, es el párroco de San Pedro Mártir quien quiere personarse para efectuarla. Ha insistido mucho y estará al llegar. En ese momento aquí no debe haber nadie más. Ni siquiera los médicos...

Quise gritar, arrojarme al suelo, extender los brazos. Pero era imposible. Sólo la respiración y el dolor en el pecho. Aquilino Moraza iba a venir en mitad de la madrugada... El mismo que me recomendó ir al monasterio donde se guardaba el archivo diocesano el día que estuvieron a punto de matarme. El mismo que me engañó intentando disuadirme de esta historia. El mismo que medía uno noventa y cinco de estatura. Como el monje encapuchado que entró aquella tarde, sin mostrar el rostro bajo su capuchón, dispuesto a acabar conmigo en aquella sala de los legajos. El mismo que vi en la última escena, a mi espalda, con su sotana movida por el viento, en la ermita de Tinieblas.

Ése era el que iba a venir.

—¿Quién es usted? ¡No puede...!

Sonó un golpe seco. E instantáneamente un cuerpo cayó al suelo. Presentí que era el guarda de seguridad que la policía judicial había puesto a la puerta de mi habitación. No sabría decir la hora, pero por el silencio absoluto debían de ser las tres o las cuatro de la madrugada. Se abrió la puerta muy lentamente y escuché pasos. Pasos de más de una persona. Y quise quitarme la maldita máscara y los goteros. Y las vendas y las agujas. Y huir. Sentí que el corazón me latía muy fuerte. Lo escuchaba retumbando ahí adentro, en el pecho, como un tambor que solapaba los pitidos de la máquina que comenzaban también a hacerse audibles.

—Ave María Purísima...

La voz ronca de Moraza se hizo presente. Cada vez más cerca. Después, por lo bajo, una risa. La inconfundible risa de una vieja.

Escuché cómo arrastraban una silla para que el cura se sentara. Percibí después el aliento helado de la anciana; tan baja que su cabeza debía de llegar justo al almohadón, respirando muy cerca de mi cuello.

Me temblaba todo el cuerpo y no sé si eso sería perceptible para ellos. No había voces de médico, ni de ninguna visita, ni de ningún familiar. Solos los tres en el peor momento. Entonces Aquilino Moraza comenzó a hablar muy despacio, con la risa de aquella vieja diabólica sonando de vez en cuando, como si nunca dejase de reírse de mi suerte. Lo que escuché, tendido en la cama y ciego, me hacía seguir respirando muy fuerte, como dando las últimas boqueadas de mi vida.

—Venimos aquí para darte nuestro particular sacramento. Yo me iré y ella, fiel aliada, rematará la labor. Para ella ha sido fácil subir por la escalera de emergencia sin ser vista. Hay poca vigilancia ahí afuera y nadie sospechará de mí. Ni las huellas coincidirán cuando te encuentren la señal bendita en la espalda, querido amigo. Lo tenemos todo bien atado, como siempre ha sido.

Escuché la unión de dos metales. Como un brindis macabro. Y pensé en los anillos. En el resplandor de los dedos de la vieja, y en el sello extraño y antiguo que llevaba Moraza y al que no presté excesiva atención. De haberlo hecho posiblemente hubiese visto la conexión.

—Los Signori di Notte estaban perfectamente coordinados, como los tentáculos que van a una misma cabeza. Pero la suerte os salvó en el último instante dentro de los *pozzi* de Venecia. Una pena. Por eso hemos tenido que diversificar el esfuerzo y actuar uno a uno. Ninguno nos lo ha puesto muy difícil...

Escuchaba los pitidos de la máquina, que debía de estar a los pies de la cama, informando de los latidos de mi corazón, y confié en que algún médico, alguna enfermera, se presentase allí para salvarme.

—La verdad es que Lucas Galván sí nos lo hizo aún más complicado. Un hombre que creyó en la fe de los herejes y que, como no podía ser de otro modo, tuvo que pagarlo. Después de muchos años de tranquilidad, desde que ajusticiamos a aquel pobre historiador que descubrió las pinturas ocultas de *El Jardín de las Delicias*, todo era calma. Como debe ser. Con una única fe y con los Hermanos del Libre Espíritu haciendo pequeñas tropelías sin importancia. Siempre intentando robar los cuadros del pintor demoniaco para tratar de volver a unirlos a fin de dotarlos de su antiguo poder. Descalabrándose incluso para conseguirlo... ¡Cosa de locos!

En un momento el cura quedó en silencio. Ordenó a la vieja que se escondiera y percibí cómo su aliento se iba alejando hasta desaparecer. Él se levantó y oí que la puerta se abría ligeramente. Después, a mi pesar, se volvía a cerrar y los pasos firmes regresaban a mi vera.

Escuché un seseo muy particular. El de un cuchillo cuando sale de la funda.

—Matar a Galván fue divertido. Su última noche allí vio cosas que no cabían siquiera en su mente. Nuestra verdugo le dio su toque, apareciendo por la espalda, y cayó de bruces aún con el espanto en los ojos. Temor de Dios...

La risa de la vieja volvió a hacerse presente. Los pasos cortos avanzaron desde el ángulo opuesto en el que se había refugiado unos minutos por orden del párroco. Ahora venía a por mí para terminar la tarea inconclusa en el camposanto.

—Dejar al reportero argentino con vida hubiera sido demasiado peligroso para nuestros intereses. Por eso le fuimos volviendo loco como a ti. Con las llamadas oportunas, con las amenazas, con los cebos. Los periodistas sois presa fácil. ¿Quieres volver a escuchar la voz que te ha perseguido todo este tiempo?

Moraza rió y después la anciana pronuncio la palabra «purgatorio» exactamente tal y como yo la había registrado en la cinta magnetofónica en el camposanto. Tal y como posteriormente apareció en un mensaje de móvil. Era ella, y había estado siguiéndome, siempre a mi espalda, como una rémora demoniaca.

—Los Señores de la Noche —prosiguió el cura recreándose en sus palabras— seguimos fielmente los dictámenes de nuestro sagrado padre Atienza, el mismo que fue ingresado en el manicomio tras el incendio de El Escorial por culpa de aquellos cuadros malditos. El mismo que juró establecer esta orden prodigiosa que vengaría la muerte del rey. El mismo que enseñó la nueva estrategia a otros sacerdotes ingresados en aquellos pabellones psiquiátricos. ¡Los trataban como a locos y la locura la tenía el resto, que era incapaz de ver el peligro que nos poseería de no actuar con firmeza!

Noté una bocanada de humo. Estaba fumando y la lanzaba sobre mi rostro. La nariz y la boca no lo notaban, cubiertas por la máscara. Pero los ojos sí. Y escocía.

—El monarca baluarte de la cristiandad murió maldito. Eso sólo lo sabemos unos pocos. Maldito por el último hereje quemado en el camposanto. Desde entonces la batalla continúa sin piedad ni misericordia para vengar aquella ofensa.

Es difícil describir el dolor que sobrevino después. Fueron tirones, decenas de tirones desgarrando la piel, levantando las vendas. Las sondas y los cables se me arrancaron. Me sentí como una marioneta que manejaban a placer. Creo que moví las manos y noté cómo el líquido, no sé si de mi sangre o de los sueros, me caía por los antebrazos. Ya estaba de espaldas, manipulado por aquellas garras diestras en su labor.

—Ya te advertí en nuestra primera entrevista. El reportaje no merecía la pena. La historia está escrita por nosotros y nadie la va a cambiar. Entrometerse en sus designios es cosa prohibida. Tú, como tantos otros, sentiste la llamada herética y te adentraste en ella, sin comprender que ajena a vuestra curiosidad insana se disputa una batalla entre el bien y el mal. Y nosotros somos el bien. Ellos, con sus artes ensoñadoras y sus ritos paganos, conectan con otra realidad que flota y que es maligna. Pero les seduce como humanos. Así, estas almas imperfectas atraen a quien pueda denunciar los hechos para reescribir el pasado. Ése es su cometido. Dejarnos por mentirosos. En ocasiones transmiten un mensaje, intentando que alguien continúe el camino para desvelar lo que pasó. Nosotros, sencillamente, obramos para que todo siga como está. Para que nadie se pregunte nada.

Para que nadie ose revisar nuestros preceptos. Como debe ser. Como el justo Dios manda...

En ese instante el pavor había remitido. Era consciente de mi suerte y en el estado en que me encontraba preferí la ceguera a tener esa imagen ante mí. Noté la punta de la daga de nuevo en mi riñón, separando las vendas y apósitos que cubrían la herida. Noté que la hoja entraba de nuevo por la misma abertura inacabada en el camposanto. La otra mano, abierta y con uñas largas, sujetaba mi nuca. Luego escuché los rezos del padre Moraza alejándose. Cerrando la puerta.

—*In nomine pater, fili...*

Después llegó el caos. Los gritos en el pasillo. Los objetos cayéndose y el cuchillo que, creo, no entró tanto como pretendía en el calor de mis entrañas.

—¡Alto o disparo!

Escuché la frase varias veces. Y un corpachón que caía al suelo con gran estruendo. Probablemente el de Moraza. Eran policías, alertados quizá por alguno de los miembros de seguridad que habían denunciado la agresión a un compañero en la planta novena.

Un segundo antes la vieja había huido. Había salido por algún lado zigzagueando como una serpiente venenosa. Por la ventana, por la puerta... ¡Por la escalera de incendios!

Quise gritar y decirlo. Pero fue imposible. Me notaba cada vez más débil, más liviano, más viajero hacia la nada infinita.

44

alí del coma una semana después.

Lo primero que vi fue un rayo de sol entrando por la ventana y rebotando contra las paredes blancas. En un principio pensé que era de nuevo el embudo de luz que se extiende hacia el otro lado. Pero no. Era la señal de que ya había regresado.

Al mes me dieron el alta, aunque aún me estoy recuperando y debo pasar muchas horas tumbado. Con Helena hablo muy de vez en cuando, pues al parecer ocurrieron demasiadas cosas en el largo tiempo de oscuridad que pasé en la cama 901. Ella se trasladó a Estados Unidos, en un proceso definitivo de expansión de su potente grupo editorial.

Le dije que era una gran oportunidad y que las tinieblas de esta historia ya no tenían nada que ver con ella. Había cumplido su misión y ahora su mundo de luz estaba más allá de este círculo infernal en el cual sólo nos debíamos quedar flotando, como las ánimas del purgatorio, los que llevamos inserta en la sangre la imperiosa necesidad de seguir descubriendo.

Aunque nos vaya la vida en ello.

Laura Burano dejó su empleo y viajó a Holanda para establecer allí una empresa de restauración a particulares. También quiso olvidarlo todo y abandonar cuanto antes aquellos siniestros *pozzi*. Su última llamada fue especial. Me telefoneó justo al pasar por Hertogenbosch, confirmándome que la casa donde nació *El Maestro* aún seguía en pie, frente a la explanada del gran incendio, impasible al paso de los siglos.

Me costó mucho tomar la determinación, pero algunas veces me pierdo por el Museo del Prado y vuelvo a quedarme fijo frente a la cara del «hombre-árbol». Entonces, sin que nadie me vea, le pregunto cosas.

Procuro quedarme muy quieto durante el tiempo que haga falta, convencido de que algún día obtendré las respuestas que sigo aguardando.

Aquilino Moraza, detenido en la espectacular operación del hospital, fue ingresado en un psiquiátrico penitenciario en los límites de la provincia. Una noche, pocos días después, apareció ahorcado, y el periódico *La Tribuna,* casualidades de la vida, le dedicó un breve en la misma página que treinta años antes había informado de la muerte de Lucas Galván en el camposanto.

Nadie supo, sin embargo, un detalle que me confirmó el forense Baltasar Trujillo: bajo la sotana, en el camisón blanco que le cubría de los hombros a las rodillas, había una mano negra abierta. De niño.

Hasta hoy no se ha descubierto a los culpables.

De aquella anciana infernal que quiso conducirme al otro lado a golpe de *crufixarium* no supe más. Quizá por eso escribo este libro. Consciente de que la batalla continúa y para denunciar lo que, entre todos —incluidos mis queridos amigos muertos—, hemos descubierto pagando un alto peaje en la aventura.

Yo sigo con veintiséis puntos de sutura en un costado. Pero puedo andar y ya veo bien. Por eso respiro tranquilo. Convencido de que mi lucha contra los que han manipulado y ocultado ciertos fragmentos de la Historia proseguirá mientras haya un solo lector dispuesto a acompañarme.

Hoy mismo, al caer la tarde, he regresado a Tinieblas. Allí, en la tumba solitaria, en la misma que iba a acoger mi cuerpo, previo asesinato ritual, he depositado tres flores en recuerdo de Lucas, Sebastián y Klaus.

En honor a su memoria mi cruzada continúa.

Nota del autor

Es cierto...

Que Hyeronimus van Acken pintó en Venecia las *Visiones del Más Allá*.

Que entre 1500 y 1504 se produjo un enigmático vacío documental acerca de su vida y se desconoce cómo murió.

Que Felipe II, en la hora de su muerte, pidió obsesivamente que agrupasen todos los cuadros en su alcoba.

Que los Signori di Notte fue un cuerpo eclesiástico del Santo oficio que torturaba y ejecutaba a los herejes en los *pozzi* del Palazzo Ducale.

Que los más grandes especialistas, como W. Fraenger, asocian sin lugar a dudas al pintor con la Herejía Adamítica, asignando alguna de sus más grandes obras —*El Jardín de las Delicias*— a encargos del Gran Maestre de esa secta.

Que Jacobo de Almaigen existió y fue el Gran Maestre que vivió en Hertogenbosch, influyendo de modo determinante en la obra de El Bosco.

Que sus cuadros se han intentado robar en las fechas y lugares precisos en los que se describe en esta novela.

Que los Hermanos del Libre Espíritu llegaron y se establecieron en algunos pueblos de España.

Que algunos fueron quemados vivos en la provincia de Toledo y en presencia del rey Felipe II.

Ojalá el lector prosiga sus pesquisas. Le aseguro que se encontrará con autenticas sorpresas.

Si quiere compartirlas, le estaré aguardando.

Indice